林少华的文学课

林少华 著

中国出版集团　现代出版社

图书在版编目（CIP）数据

林少华的文学课 / 林少华著 . —— 北京 : 现代出版
社 , 2021.12

ISBN 978-7-5143-9505-1

Ⅰ . ①林… Ⅱ . ①林… Ⅲ . ①中国文学－当代文学－
文学研究②日本文学－现代文学－文学研究 Ⅳ .
① I206.7 ② I313.065

中国版本图书馆 CIP 数据核字 (2021) 第 212706 号

林少华的文学课

作　　者	林少华
责任编辑	刘全银　王志标
出版发行	现代出版社
地　　址	北京市安定门外安华里 504 号
邮政编码	100011
电　　话	010–64267325　64245264（传真）
网　　址	www.1980xd.com
电子邮箱	xiandai@vip.sina.com
印　　刷	三河市宏盛印务有限公司
开　　本	880mm × 1230mm　1/32
印　　张	12.5
字　　数	262 千字
版　　次	2022 年 1 月第 1 版　2022 年 1 月第 1 次印刷
书　　号	978–7–5143–9505–1
定　　价	58.00 元

序

　　我大约从二〇〇五年开始应邀去校外讲点什么，二〇一一年以后讲的场次明显增多。一二十年讲下来，二三百场还是有的。讲过的学校，包括北大清华在内，至少可数出一百所。

　　无须说，除极少数过目成诵口若悬河的天才演说家，一般人总要准备讲稿或列个提纲。具体到我身上，大体只有讲稿而没有提纲。而且是相当详尽的讲稿，即使一两分钟的开场白等所谓套话，我也非写下来不可，甚至每个字每个词都不肯轻易放过。比如向邀我来的东道主表示谢意，是说"非常感谢"好呢，还是说"十分感谢、十二分感谢、万分感谢"抑或"衷心感谢、由衷感谢"好呢，我都不敢马虎。每每为此谢绝东道主的酒宴或"工作餐"，宁愿把自己关在酒店房间里反复推敲。倘久久举棋不定，便自嘲困兽犹斗；而若倏尔拍板，就不由得顾盼自雄，颇有曹孟德横槊赋诗的豪情盛慨。

认真？自傲？二者都不能完全否认，却又源于同一心理：自卑。我是乡下人出身，虽然在关东广东山东闯荡了大半生，京津沪穗等大城市也不知去了多少次，有的不知住了多少年，但对于"城"总还是多少心存疏离兼敬畏之感。一如当农民的弟弟每次进城（县城）总要特意换一身穿戴，我登台演讲之前总要字斟句酌——之于我，此即穿戴。于是造成"认真"。自卑心理的另一种效应，就是反过来催生了自傲：得弄得好点儿，别让城里人小瞧咱！表现于开场白，就要求自己不讲人云亦云、千篇一律的套话，而力争别出心裁、别具一格。如此年长日久，就有了一个信念：哪怕再是寻常套话，也可以捣鼓出不寻常的修辞以至诗意！进而认同这样一种说法：有一个好的开场白，演讲就成功了一半。

实际上也好像成功了一半。会场漫说座无虚席，甚至站无虚地，有时竟站到了门外，好几个男生吊到窗外护栏上也不止一次。

那么成功的另一半靠什么呢？其实同样靠修辞，尤其靠幽默这一修辞手法。也许你会问重要的难道不是思想性、学术性吗？那当然重要。正因为重要，所以任何人都不会忽略。而任何人都不会忽略的东西，专门强调一遍又有多大意思呢？据我耳闻目睹，大多数演讲者不仅忽略开场白的修辞，从而张口来一句"大家下午好，今天很高兴来这里和同学们见面交流……"，并且进入正题后也往往忽略修辞，少有文体意识，以致听的人很快松懈下来，或低头看手机心无旁骛，或借故去卫生间溜之乎也。那又有什么办法呢？又能怪谁呢？

怪修辞！是的，"太阳底下无新事"，世界上并没那么多观念、理念、概念天天升级换代，但其表达方式则可以瞬间花样翻新绝尘而去，存在无数可能性。比如"笑"，作为概念不可能数不胜数，而关于笑的修辞则完全可以因人而异，异彩纷呈。且以中外两位当代作家为例，王小波说笑得好比"大饭店门口的旋转门"，村上春树说笑得俨然"出故障的电冰箱"。喏，笑得突破常规吧？出人意表，少顷悠然心会。妙！村上春树说他为文有个不让读者睡过去的诀窍。比如说失眠，若说"对于我，睡不着的夜晚是很少见的"，读者读了势必无动于衷，睡着者也未必少见；而若借用雷蒙德·钱德勒的比喻，说"失眠的夜晚和肥胖的邮差同样罕见"，那么读者肯定一下子来了精神。

演讲同样如此，同样需要修辞艺术，尤其是幽默修辞。记得演讲当中讲到孤独的时候，我在列举了种种孤独状况之后，斗胆以自己为例："其实世界上最孤独、最孤独的，莫过于来此演讲之前一个老男人深更半夜在卫生间里独自对着镜子咔哧咔哧染头发。"话音未落，听众席已笑成一片。有的女生甚至笑出了眼泪——她无疑从中体味出了某种悲凉的人生况味、某种悲壮感。当然也可以来点儿轻松的幽默。例如形容自己应邀来上海一所985名校时的心情，"心情好极了，好得简直像租来的心情。这可不是说谎哟，借用村上君的说法，'一年之中我也有几天不说谎，今天恰好是其中的一天'"。而若得意忘形之间讲过头了,超时了,有时就这样表示歉意:"我的广义上的本家林语堂先生说过,绅士的演讲应该如女人的裙子,愈短愈好。不幸我讲长了……"

总结一下,斟酌再三的开场白是我演讲成功的一半,另一半即上面说的幽默修辞。

也许你要说古人云"美言不信,信言不美"。但请别忘了,古人还有一个说法,"言之无文,行而不远",既文且信,"修辞立其诚",庶几得以两全。亦如诗,"诗以道志""诗缘情以绮靡",志、情俱不可废。古代经典诗文,莫不如此。"居庙堂之高,则忧其君;处江湖之远,则忧其民",可谓信与文、志与情浑融一体的显例,庶几风行千载,尽人皆知。

最后要交代的是,摇唇鼓舌一二十年,讲稿积攒三十余篇,这里收录十九篇。每篇文末附有于何时何处讲过的"流水账"。人有人的履历,文有文的履历,此即讲稿的"履历"。罗列之间,过目当中,彼时彼地的鲜花、笑脸、掌声等场景倏然萦回脑际,感叹自己曾被那么多人所需求所喜爱,越来越老的我因之不再孤独。又怎么能孤独呢?心间分明浮现出了十年前南京邮电大学演讲会场一位从南京师大赶来的中文系女生送给我的诗:"没有旗帜 / 没有金银彩绸 / 但全世界的帝王 / 也不会比你富有 / 你运载着一个王国 / 运载着花和梦的气球 / 所有纯美的童心 / 都是你的港口!"

不用说，也要感谢现代出版社的王守本先生。因了他，这些七零八落的讲稿、这些温馨浪漫的记忆得以汇聚于此，得以成为一本小书被读者朋友拿在手上。

林少华

二〇二一年六月二十一日夜于窥海斋

时青岛久雨初晴与星汉灿烂

目录

2

我为什么翻译《挪威的森林》：方向感，勤奋，操守

今天的讲座主题，较之学术，可能更和人生有关，所以先就我的人生概括几句——刚才主持人已经介绍了，请再让我自我介绍一下。

时间这东西，的确是太快了，快得莫名其妙。转眼之间，我的大半生、大大半生就过去了。也曾气吞万里，也曾如日中天。而今,情愿也罢,不情愿也罢,我的人生都已进入日暮时分。日暮途穷？不，途未穷而日已暮，这尤其让人感到悲凉。回首过往人生，我曾这样自我画像、曾有这样的人生感言：徘徊于讲台之上，躬耕于字里行间。省察人的复杂与纯粹，笃信美的不二与永恒。从珠江之畔的暨南大学,到黄海之滨的海洋大学，三十八年过去，弹指一挥间。在乡下老家拥有田园半亩，每念归去来兮，而仍奔波于城里，不知老之已至。换个说法，不妨概括为八个字：教书、译书、写书、评书。如此成就了四种身份：教书匠、翻译匠、滥竽充数的作家和未必像样的学者。

若问一个人混得四种身份是不是很厉害？谈不上有多厉害，大学文科，尤其人文学科的老师里边，不少人都有四种甚

至五种、六种身份。不过作为我，有一点可能是其他老师所没有的，而且是颇有传奇色彩的：由于极为特殊而又广为人知的原因或不可抗力，我只读到初一。初一上大学、考研读研，进而混上了教授，混得这个身份那个身份。怎么样？难以置信吧？够传奇够厉害的吧？在这个意义上，我的人生感言不重要，人生本身才重要。换句话说，我今天讲什么不重要，我出现在这里才重要——我出现在这里就可能给大家一个莫大的安慰和鼓舞：噢，那个人初一就能混到今天这个地步，何况我呢！

其实不是我厉害，而是书、BOOK、ほん厉害。大家可能知道也可能不知道，我任职的中国海洋大学在崂山校区图书馆专门设立了"林少华书房"，二〇一九年十月为此举行揭牌仪式。我在仪式致辞中这样概括了书和我的人生的关系：

这里是图书馆。实不相瞒，上大学之前我从未进过图书馆。甚至没有一张哪怕只有三条腿的书桌，只能趴在窗台柜角或炕桌上对着煤油灯看书写字。一不小心，灯火苗就刺啦一声烧着额前的头发，烧出一股烧麻雀般的特殊的焦煳味儿。这当中忽然有一天，我带着这股特殊的焦煳味儿，从穷得连乌鸦都会哭着飞走的小山村扑向省城，跨进东北第一高等学府吉林大学；若干年后南下广州，走进华侨教育第一高等学府暨南大学，开始我的教学生涯；许多年后北上青岛，来到海洋学科第一高等学府中国海洋大学，直至此时此刻。

三个"第一"，三次迁徙。第一次带了几本书，第二次带了几十本书，第三次带了几千本书。大半生时间里，塞北岭南，海内海外，风霜雨雪，颠沛流离，一路上我失去了许许多多、许许多多；没有失去的，几乎只有书。毫无疑问，失去了书，也就失去了我，失去了今天的我。另外，书也好像耽误了我。不是开玩笑，二十世纪七十年代，很少有哪位漂亮姑娘对一个小书呆子感兴趣，她们感兴趣的，好像更是别的什么。所幸，我对书的兴趣很多时候超越了我的所有高尚和不高尚的兴趣。与此同时，我开始自己动笔写点儿什么、译点儿什么。我觉得，如果只看书不写书，那就好比只乘凉不栽树，有可能是一种不大礼貌甚或自私的行为。粗算之下，以单行本记，我自己写了八本书，翻译了九十八本书。以发行量计，仅上海版四十四种村上系列就已超过一千二百万册。这意味着，有几千万中国读者通过我的翻译领略了异国语境的微妙，也通过异国语境领略了中文表达的神奇与美好。

自不待言，我的人生也和绝大多数人一样，经历过许多困顿、磨难甚至屈辱，而我读的书、写的书、译的书，在困顿中给了我诗与远方，在磨难中给了我勇气与庄严，在屈辱中给了我光荣与梦想。而这些书的很大一部分，今天有了一个新家——中国海洋大学在不亚于天堂模样的学校图书馆慨然设立"林少华书房"。为书之幸，莫过于此。为人之幸，莫过于此。这不是客套。借用我的老伙计村上君的说法，一年之中我也有几天不说谎，今天恰好是其中的一天！

的确不是说谎。不信，来日去青岛旅游时不妨顺便看看，我一定热情接待。毫不夸张地说，如果有谁从我的人生中忽一下子把书拿走，我的人生势必土崩瓦解。而若把手机拿走，则仍可以完好无损。噢，马上拿走怕是有点麻烦，不出示健康码怕是寸步难行。

除了书，成就我的人生的还有一个至关重要的因素：勤奋。我的座右铭是：一日不可虚度。当年刚上初一，我就在笔记本的封面上抄写了苏联作家奥斯特洛夫斯基的这样几句话："人最宝贵的是生命，生命属于人只有一次。人的一生应该这样度过，每当回忆往事的时候，能够不为虚度年华而懊悔，也不为碌碌无为而羞愧。"那时才初一，还没有什么往事可以回忆，所以更多的意味体会不出，知道的只此一点：不可虚度此生。而要想不虚度此生，就先要不虚度此日：一日不可虚度。放到现在，奥斯特洛夫斯基的这段话很可能被大众说成"心灵鸡汤"而一笑了之，但对于二十世纪六十年代穷得只有过生日时或拉肚子拉得直不起腰时才能吃上一个煮鸡蛋的乡下孩子，这段话简直是神圣不可侵犯的，钢铁就是这样炼成的！至今我都感谢这句话，感谢奥斯特洛夫斯基，在我的人生中，他可比村上春树（むらかみはるき）重要多了，紧要多了！

是的，一日不可虚度。太远的就不说了，就说大学四年读研三年吧，忙得都舍不得花时间谈恋爱。当然，作为正常的男人、男生，哪个女生长得漂亮也是知道的，也曾一次次为之动心，在食堂排队打饭或在教室上下楼时也曾斜眼偷瞄过不知多少次——噢，男人倒是不能说是暗送秋波——但一想到还有那么多书没看、那么多资料没查，就只好忍痛割爱。真正的忍痛割爱！这点上你看人家村上春树可就潇洒多了。村上说他在早稻田大学七年唯一的收获就是把现在的老婆追到了手。的确是费了好大劲儿才追到手的，因为在那之前两人都分别有正相处的对象，这点在《挪威的森林》中已透露了个中信息。他在书的《后记》也明确说了，"这部小说具有极重的私人性质……属于私人性质的小说"。对了，村上那七年可不是本硕连读的七年，光读本科就读了七年。搞对象东搞西搞，搞学潮搞来搞去，就是不搞学分，学分搞不够，结果读了七年本科——七年本科，没准能收入"吉尼斯世界纪录大全"。而我那七年是本硕七年。七年时间，学了日语——不怕你笑话，学日语之前我都不知道天底下居然有日本语这个语种，以为日本人就像抗战片里的鬼子兵一样张口"八格牙路"闭口"你的死了死了的"那样讲半生不熟的汉语——是的，学了日语，读了研，写了论文，拿到了文学硕士学位。索性这么说好了，七年唯一的缺失就是没谈对象。所以，当我现在"回想往事的时候"，你别说，还真有些为"虚度年华"、为"碌碌无为"而懊悔。岂止虚度一日，简直虚度七年！所以这方面请大家最好不要向我学习。那么应该向村上春树学习不成？这怎么说好呢？就结果而言，向村上学习也没什么不好。喏，人家村上如今可是满世界飘红的、除了诺贝尔文学奖什么都捞到了的大作家，财源滚滚，声名赫赫，金光闪闪。而七年忙得没谈恋爱的这个我呢？教书匠，翻译匠，西风瘦马，日暮途穷，惶惶不可终日。

不过为了避免更大的误导，我必须补充几句。村上非常喜欢看书，十五岁前后、顶多刚上高中那个阶段就看了好几大本《马克思恩格斯全集》，"一头扎进去看了没完"。《资本论》也看了。不仅看了，而且为《资本论》"简洁明快"的行文风格给吸引住了（"有一种相当吸引人的地方"）。卡夫卡和陀思妥耶夫斯基也通读了。还说高中时代把学校图书馆的书统统看完了。可能多少有点儿夸口——成功男人嘛！——但喜欢读书和读书量大是千真万确的事实。唯其如此，也才把"绿子"那样的漂亮女生追到了手。喏，《挪威的森林》里面，绿子问渡边读没读过《资本论》。渡边，或者说村上告诉绿子"要想真正读懂《资本论》，必须掌握与之相关的系统思维方式"。甚至可以说，《资本论》阅读是渡边"收获"绿子的一个因素。书中第十章绿子对渡边吼道："你脑袋是不是不正常？又懂英语虚拟式，又能解数列，又会读马克思，这一点为什么就不明白？为什么还要问？为什么非得叫女孩子开口？还不是因为喜欢你超过喜欢他吗？我本来也很想爱上一个英俊些的男孩，但没办法，就是看中了你。"喏，漂亮女生就是看中了长相未必漂亮但读了《资本论》的渡边君。下面更精彩、更美妙的，因为时间有限，我就不引用了。不过我还要补充一句，这招儿如今未必有效哟，甚至有可能适得其反：女孩子没准因为你读了《资本论》而质问"你脑袋是不是不正常"？但愿这是多余的担心，但愿。

扯远了，回到勤奋、回到"一日不可虚度"上来。

有人说，看一个大学老师是怎样一个老师，看他寒暑假干什么就知道了。并不很夸张地说，自一九八二年研究生毕业当老师以来，包括二〇一七年办理退休手续之后又被于志刚校长另聘为"通识教育讲座教授"这两年，三四十年时间里，没有寒假，没有暑假，也没有周六周日节假日，始终处于"一日不可虚度"的意识以至实际状况之中。也正因为这样，才能在正常教学之余翻译了不止九十八本书，又自己写了至少八九本书。这点其实笨想也想得出，作为老师，我哪怕再偷懒耍滑拈轻怕重，要上的课、要开的会、要写的论文、要填的表格也是少不了的。而此外又要涂抹出一百多本书来，那就只能打课余时间的主意，在课余时间上面争分夺秒敲骨吸髓：但凡不用上课，都可谓此其时也！当然我也因此付出了未尝不可说是惨重的代价，没时间陪家人，没时间做家务。对了，一次讲座互动回答相关提问时，我如实说了自己不做家务并且写进微博发布后，受到无数女性的激烈抨击，不出一两个小时就铺天盖地涌来几千条跟帖，说我是大男子主义，这我自然明白。而骂我是"直男癌"什么的，就骂得我一头雾水，即使现在也不明不白。我只是说我个人不做家务，并没有号召天底下所有男人都不做家务，何况我也没鼓吹不做家务就天经地义理所当然，而只是状况描述罢了。这怎么就错了呢？要说错，也只能向家人检讨错误，和别的女性岂不毫不相干？不过反正这点千万不要向我学习，少出几本书事小，不做家务事大。这方面的后果很严重。

最理想的状态是二者兼顾，既做家务，模范丈夫，五好家庭，又笔耕不辍，著作等身，率模天下。这也不乏其例，如我校第一任外文系主任梁实秋教授，可能还有胡适博士。我的广义上的本家林语堂先生大概也能算上半个。

记得海大文圣常院士说过一段话（大意）：我们生下来就享受着李白杜甫等民族先贤留下的"床前明月光"等文化恩泽，因此我们有义务给后人留下一点儿什么，这样才是公平的，也才能保持文化传统不至于中断。平庸如我，固然没有文院士那样的境界，但至少晓得他说的是对的。如果我们不留下一点儿具有文化意义上的什么，只留下一大堆形形色色的电脑手机或机器人，留下一大片五花八门的钢筋混凝土房子，留下一大排鳞次栉比的中外银行，那好意思吗？那有何脸面去见李白杜甫苏东坡曹雪芹他们？当然，如果只见马克思倒问题不大，毕竟我们推翻了资本主义，实现了社会主义。看这趋势，实现共产主义也指日可待。

总之，我们必须留下点儿什么。只有留下点儿什么，自己本身也才能留下。一位日本教授告诉我，世界上的人大体可以分为两类：一类是可能留下来的，一类是似乎留不下来的。我知道他指的是一个人是不是有存世之作。作为我，存世之作诚然不敢奢望，但留下一点儿涂鸦性文字总还是可以争取做到的。大家知道，中国是个不屈不挠留下二十四史（世界绝无仅有！）的以字立国、以文史辞章称雄于世的国家。说绝对些，没有记录、没有文字记录，就等于什么也没有，等于无，等于零，等于什么也没发生。不过我这把年纪，留下什么也好不留下什么也好，其实都不重要了。一切取决于年轻人，各位年轻人一定要在文化上，进而言之，在人类文明史上留下点儿什么，这样也才能上无愧于先人，下无愧于后代。而要这样，就一定要勤奋，做到"一日不可虚度"。当务之急，就要先把手机放一放。手机这玩意儿，实在是太会讨好我们了，讨好我们的眼球，讨好我们的欲望，讨好我们的心思。其目的只有一个，那就是让我们把时间花在它身上，独霸我们的时间，谋杀我们的时间。当然不是说看手机纯属虚度，收获也还是有的。常言说开卷有益，开机也未必无益。但另外，看手机肯定看不出学位，看不出学者，看不出工程师，看不出科学家。估计也看不出女朋友男朋友。因为碰巧看同一本书而成为恋人进而成为夫妻的例子倒是有，我知道的就不止一例两例，但没听说看同一牌子同一款的手机而看成恋人的。或许你要说："林老师，我正在用手机看《资本论》看二十四史而且快看完了哟！"果真？也许。毕竟这世界上存在所有特例所有可能性。

不过，一般情况下我想给你的忠告是，在大家都齐刷刷低头看手机的时候，最好你一个人坐在某个角落里静静地看书——那是一幅多么动人的美学场景啊！如果你是男生，笃定有不止一个女生向你投去别有意味的视线。如果你是女生，起码有两个男生想方设法引起你的注意。不瞒你说，昨天飞来上海的飞机上，在几乎所有乘客都闷头看手机或张着嘴打瞌睡的时候，斜对过儿就有一位女孩儿始终一动不动地看书，那专注的神情，就好像"全世界所有的细雨落在全世界所有的草坪上"。加之正好有夕阳的光线从椭圆形的机舱窗口斜射进来而且正好射在她奶黄色的毛衣和秀气的脸庞上，使得她的半身剪影显得那么柔和那么优雅那么美丽。假如时光倒流半个世纪，我肯定厚着脸皮抻长脖子搭讪，问她看的什么书。假如正好看的是我翻译的《挪威的森林》或者我自己写的《小孤独》什么的，往下的发展，真有可能一个是渡边君一个是小林绿子了。然而现实是，想象很美好，现实很残酷，休说倒流半个世纪，倒流半个小时都是痴心妄想。所以，恕我一再重复：一日不可虚度！

那么怎样才能不虚度呢？除了上面强调的勤奋，我认为还要有方向感。必须说，有时候方向感比勤奋还重要。借用《挪威的森林》里永泽的说法，那好比劳动和努力的区别：没有方向感的勤奋是劳动，有方向感的勤奋是努力。说法诚然有些玄乎，但作为感觉倒也不是不能明白。那么什么是方向感呢？一下子还真说不大好，勉强说来，那恐怕既是一种朦朦胧胧的直觉，又是一种近乎执拗的理性判断。

还是让我接着《挪威的森林》往下说吧！姑且让时间倒退到一九八八年。地点是广州的暨南大学，暨南大学的一九八八年。那年秋天我从日本留学回来，继续在那里任教。

回来不久，差不多同时有两家出版社找我翻译日本小说，一家要我翻译村上春树的《挪威的森林》，一家要我翻译川端康成的《睡美人》(眠れる美女)。那时的村上不比现在,年轻,出道没有多少年,在中国还是无名小辈。而川端毕竟是得了诺贝尔文学奖的老作家、大作家,已经通过《伊豆舞女》等电影作品在国人中有了知名度和影响力。究竟翻译哪本好呢?但这个纠结在看完全书后很快消解了——毕竟《睡美人》有些太"那个"了。不说别的,那时社会整体风气还比较保守,如果有学生看了我译的《睡美人》,那么在课堂上他会以怎样的眼光注视站在讲台上的我这个老师呢?何况又一身地摊货!当然,要解决也容易解决,用个笔名就是,比如不是林少华而是"华少林"什么的(实际上出版社也提议来着)。于是我又通读一遍,而且读得比较仔细。结果这回模模糊糊感觉出村上小说的两个特色:一是故事有相当丰富的内涵,尤其对个性开始觉醒和开始看重个体尊严的年轻人,可能具有微妙的渗透力和多种启示性。二是村上语言风格或文体独具一格,有可能为某些惯常性中文表达带来一种新的艺术参照。而《睡美人》以及我读过的其他日本传统文学作品则不具备。于是我获得了一种不妨称为方向感的直觉——循此可以上路。而后来的发展大体证明这是对的。至少在我了解的文学文本里边,经由我的翻译呈现出来的村上文体是独一无二的。同济大学文化产业系教授、小说家张生说"林老师以一己之力重新塑造了现代汉语"。诚然是溢美之词,但我的译笔毕竟引进了一种带有陌生美的独一无二的异质性文体,从而为汉语文学语言的表达多少带来新的艺术可能。这么说,听起来难免让人觉得不大舒服,认为老王头卖瓜自卖自夸，不懂谦虚是美德。问题是，我既然卖瓜，想不自夸都不行。太谦虚没有必要，卖瓜是硬道理。

其实不单我自夸，还有他夸。例如中山大学哲学系教授、著名近代史专家、《帝国落日》的作者袁伟时先生就夸过我前面说的另一点。大约二〇〇九年，《挪威的森林》在广州入选"金南方·新世纪10年最受读者欢迎的十大翻译图书"。颁奖晚宴席间，我有幸同袁伟时先生相邻而坐。这位八十高龄的终审评委用我久违的广东腔普通话告诉我，《挪威的森林》这样的外国文学作品所表达的个性、个人主体性和个人尊严，对于我们有特殊意义——读的人多了，读的时间久了，潜移默化当中就会形成一种社会风潮，从而促进中国社会的变革和进步。他还为此举了一两个例子。喏，你看，我做了一件多么可歌可泣的事情！说白了，假如我翻译的不是村上春树，而是川端康成，那么我肯定不会取得今天这样的成功，不会有今天这样的所谓影响。这就是方向感，方向感的作用。

不过，老实交代，我翻译《挪威的森林》，也不单单出于方向感这一个原因。还有一个原因，因为不怎么光彩、有些难以启齿，所以至今我很少直言不讳。但今天是个例外，毕竟日语系洪伟民教授在这抗疫时期冒着一定风险把我请来了，贺瑛副校长又在百忙之中特意光临主持，我若继续隐瞒真相，可就有点儿太不够意思了，再怎么着，我也是个良知未泯的读书人。

那个原因到底是什么呢？钱（おかね、マネー）。我当时——一九八八年——非常缺钱，有时想钱想得头昏脑涨，每

次经过银行门口都产生一个奇特的冲动。研究生毕业没几年，一个月工资不是七十九块五，就是七十五块九。自己的小家成立不久，乡下老家有贫穷的父母和一大堆弟妹，正可谓上有老下有小，经济上捉襟见肘入不敷出。为人师表的我站在讲台上穿的衣服大多是在学校后门地摊上买的，我基本是穿着地摊货站在讲台上给一大帮子衣着光鲜亮丽的港澳生侨生上课的，就算我张口就是一首诗，而要保持所谓师道尊严也好像有些心虚，自惭形秽。无论如何都需要赚点稿费补贴生活开支，至少要让自己穿得多少体面一些。写论文当学者诚然美妙，但在很大程度上是以钞票的美妙为前提的——说起来不好意思，我便是在掺杂着这种既不美妙又未必多么猥琐的心态下翻译《挪威的森林》的。

　　这就是说，我翻译《挪威的森林》的缘起，除了方向感外，固然还有经济因素，但支撑翻译过程中的情绪和兴致的，就不再伴随经济因素了——钱没有那么大的能量或魔力——不言而喻，翻译这本书的一九八九年之初，我的年龄还远远没有今天这么老，莫如说还拖着一小截青春的尾巴。没能在花前月下湖畔山坡谈上一场正正规规、酣畅淋漓的恋爱，以致翻译当中有时候多少伴随恋爱补偿心理。如笔下出现的绿子"简直就像迎着春光蹦跳到世界上的一头小鹿"，我的心也蹦跳得像一头小鹿。对了，让我激动的还有这样大家想必也熟悉的一句和一段。一句是："'喜欢我喜欢到什么程度？'绿子问。'整个世界森林里的老虎全都融化成黄油'。"一段是："春天的原野里，你一个人正走着，对面走来一只可爱的小熊。浑身的毛活像天鹅绒，眼睛圆鼓鼓的。它这么对你说道：'你好，小姐，和我一起打滚玩好吗？'接着，你就和小熊抱在一起，顺着长满三叶草的山坡骨碌骨碌滚下去，整整玩了一天，'我就这么喜欢你。'"喏，你看，这样的恋爱情调和表达方式，相对于中国当时尤其那以前的语境，岂不是全新的、颠覆性的？这其实已经超越了补偿心理，而带来一种完全陌生化的异质性的审美享受。

不过，最让我心动的是这样一段文字：

当我恍然领悟到其为何物的时候，已是十二三年以后的事了。那时，我为采访一位画家来新墨西哥州的圣菲城。傍晚，我走进一家意大利比萨饼店，一边喝啤酒嚼比萨饼，一边眺望美丽的夕阳。天地间的一切全都红彤彤一片。我的手、盘子、桌子，凡是目力所及的东西，无不被染成红色，而且红得非常鲜艳，就好像被特殊的果汁从上方直淋下来似的。就在这种气势本人的暮色中，我猛然想起了初美，并且这时才领悟到她给我带来的心灵震颤究竟是什么——它类似一种少年时代的憧憬，一种从来不曾实现而且永远不可能实现的憧憬。这种直欲燃烧般的天真烂漫的憧憬，我在很早以前就已遗忘在什么地方了，甚至很长时间里它曾在我心中存在过都没有记起。而初美所摇撼的恰恰就是我身上长眠不醒的"我自身的一部分"。当我恍然大悟时，一时悲怆至极，几欲涕零。她的确、的的确确是位特殊的女性，无论如何都应该有人向她伸出援助之手。

是的，谁都有"少年时代的憧憬"，谁都有"自身的一部分"需要唤醒。多么微妙的心弦共振，多少美妙的语言表达！浪漫、温婉、新颖、爽净，别出心裁，不落俗套，和我以前读过的日本作家的小说截然有别。前面说的文体上的方向感就这样一步步得到确认和实现。说到底，翻译也好研究也好或其他任何职业选择也好，上不来方向感的东西，最好不要勉强自己，不要刚一起步就把自己逼入死胡同。人生有限，集中有限的人生做对路的事情要紧。这也让我进一步认识到：文学翻译不仅仅是语汇、语法、语体的对接，而且是心灵通道的对接、灵魂剖面的对接、审美体验的对接。换言之，翻译乃是监听和窃取他人灵魂信息、审美信息的作业。我倾向于认为，一般翻译和非一般的区别，就在于前者描摹皮毛转述故事；后者传递灵魂信息、美学信息，重构审美感动。总之，我就是这样陪伴《挪威的森林》、陪伴村上君开始了中国之旅，又眼看着她由不入流的"地摊"女郎变成陪伴"小资"或白领们出入星巴克的光鲜亮丽的尤物，进而升格为半经典性世界文学名著。

把佛经翻译成汉语的古代翻译家鸠摩罗什说翻译就是用舌头积累功德。就我翻译的村上作品系列而言，是不是功德不好说，但三十多年来不同程度地影响了一两代人的生活情调、精神格调以及行文笔调、说话调调，恐怕可以大体认定为事实。这也给了我人生困难时刻的尊严、自豪感和奋然前行的动力。

在这个意义上，我必须感谢翻译，感谢世界上存在翻译这样一种活计，这样一种艺术形式。

说到这里，也许有哪位想问：后来你不是还翻译了《失乐园》了吗？是的，是翻译了，但那不是一九八八年，而是二〇一八年了。系错的是最后一个纽扣，而不是第一个纽扣——年纪大了，基本出息到头了，拐个小弯也不至于犯多大的方向性错误。其实那本书一开始我推辞了半年都没接招儿。最后被逼无奈，我对青岛出版社说你们是不是存心让我晚节不保哇？不料对方轻轻一笑："林老师，你本来就没什么晚节可保嘛！"话固然说得不符合事实，但有奇妙的说服力。主动给的版税更有说服力。译完出版，日方代理人大喜过望："林老师还《失乐园》以原有的文学性，终于把它从色情小说的泥沟里打捞上岸！"好了，不再自鸣得意了。

上面主要谈了勤奋，一日不可虚度，谈了作为翻译《挪威的森林》的方向感。不妨说，方向感里面也多少有职业操守的考量。下面就请让我就此约略展开一下。

说起来，我是一九八二年从吉林大学研究生院毕业后南下广州在暨南大学当老师的。八二年的硕士，含金量很高，比现在的博士都宝贝多了，百分之百硕士黄金时代。"动乱"祸止，国家趋治，百废待兴，求贤若渴。当时是毕业分配制，分配只有一个去向：统统去当大学老师，别无选择自由。给我的报到通知书上写的是暨南大学。于是我从长春坐四十八个小时"硬座火车"直奔广州，开始我的教师生涯。

那几年可真叫人开心啊！我所在的外语系——那时候还没有叫外语学院——的系主任曾昭科教授兼任广东省人大常委会副主任，系总支书记的丈夫是广东省政府秘书长，系副主任是知名的诗人和翻译家翁显良教授，暨大前任校长、老教育家杨越先生和我在同一个党支部。当然更重要的是，他们对我这个小字辈、小硕士生全都那么友善。也就是说，我周围充满无数金色的可能性。感觉上就好像校园所有的紫荆花都朝我盛开怒放，所有的露珠都朝我闪闪发光，所有的女生看我的时候都面带微笑。实际上也一帆风顺。在系主任曾昭科先生的授意之下，我两年刚过就跳过讲师升为副教授，成为当时广东省最年轻的文科副教授。之后不到三年曾先生又要我报教授。实不相瞒，我婉言谢绝了。不是说谎，二十世纪八十年代，教授凤毛麟角，我见到的教授都是德高望重的一方名流，即使我的导师当时也不过是副教授，我一个后生小子何德何能敢当教授！所以真心谢绝了。后来由于种种原因，十年之后才当上教授。但我不后悔。德不配位，才不配位，当上了岂不等于将自己置于炉火上烤！

　　补充说一句，特别器重我的曾昭科先生后来因为太忙而不再担任系主任，五年前的二〇一五年在广东省人大常委会副主任、全国人大代表任上去世。曾昭科教授曾留学于京都大学、牛津大学。他去世后不久我写了一篇怀念文章，最后这样写道："先生一生波澜壮阔，跌宕起伏，阅人历事，无可胜数。我想先生一般不会记起自己无私关照过的我这个晚辈，但我会永远记住他，记住他提携后学的仁厚长者之风，记住他不顾个人安危的伟大的爱国情怀和高洁的民族操守，记住他非凡的使命感和历史功绩。黄海夜雨，灯火迷离，天地空茫，音容宛在。愿先生在天之灵安息！先生千古！"

这里我想说的另一层意思是：先生的风范和人格也在一定程度上感染了我，影响了我，使得我在一时身处逆境的时候不肯委曲求全。同时使得我更加看重操守和风骨。调来青岛二十多年了，一次下了班车在校园路上和文学院一位教授闲谈，谈到某种现象时我提到操守，那位教授冷冷一笑，拍着我的肩膀说："林老师，操守两个字用在他们身上，那可是太奢侈了呀！"同学们，一个大学老师，教授也好博导也好身兼领导也好，如果被人如此评价，如此不屑，那么所有头衔、地位、奖项、荣誉称号又有何意义可言呢？用易中天最近说的话说：学问可以不做，但人不可以不做。是吧？八个字：德要配位，才要配位！包括硕士学位博士学位的位。

不能不承认，我们的大学教师，包括教授、博导在内，总体上当然是好的，但德不配位的人也绝对不止一个两个。北大钱理群教授好几年前就一针见血地指出，我们的大学——包括北大在内——正在培养精致的利己主义者。究其原因，在我看来，在于我们有的老师本身就是精致的利己主义者。生于本土，未能传承中国修齐治平先忧后乐的士子情怀；留学欧美，未能学到西方凌空高蹈一往无前的形而上追求；负笈东瀛，没能带回日人一丝不苟克己奉公的精神。的确，操守、风骨、气节、格局用在他们身上是太奢侈了。叽叽歪歪，左顾右盼，战战兢兢，东张西望，自己的事再小也大，别人的事再大也小，完全没有人格感染力，至于实践某种风范，更是一纸空谈。

正是出于这样的认识和焦虑，我给研究生讲的第一次课，总是讲如何做一个知识分子，让他们写的第一篇小论文（Report）的题目，大多是"我心目中的知识分子"。推荐的几种参考书目里边，有一本是《陈寅恪的最后的20年》，还有北大陈平原写的《中国大学十讲》，以便让研究生们至少能够在书中接触那些伟岸的身影，感受其坚定的操守和高贵的灵魂。不错，就学问、学统来说，除了钱锺书，全世界也好像没有谁能和陈寅恪相提并论，这点恐怕谁也学不了、达不到，但他怀有的"华夏之文化……终必复振"的文化自信和以文化托命人自许的使命感，尤其那种从不曲学阿世孤高自守的操守、风骨和人格境界，毕竟是可以追随也应该追随的。

从技艺角度来说，秦桧的字或许足够出类拔萃，但就风骨而言，比得上岳飞的"还我河山"吗？全然不在一个档次。无他，盖因字如其人。一个仰天长啸壮怀激烈，一个仰人鼻息鬼鬼祟祟，你要学他们哪个？别的不敢瞎说，在我接触的日本文学日本文化研究这一领域，真正做出像样成绩的，基本都是有些操守和格局的人，至少是人格上过得去的人，比如北大的严绍璗、北师大的王向远、天津师大的王晓平、复旦的王升远——和他们交谈，受益匪浅就不是社交性修辞。是的，天南海北，到处忽悠，除了学生和读者，我所接触的多是教授、博导和博士们，令我肃然起敬的固然不在少数，但让我怀疑"这也是博导、博士？"的人也绝非个别。有的博士，开口家长里短，举止猥琐不堪，开会只想混个"脸熟"，以至让我心中暗想——也许我心地阴暗——这人的博士是怎么读的呢？他的导师是怎么导的呢？读博三四年下来，别的姑且不说，连个优雅、文雅也没学会？及至求之于操守、风骨、家国情怀、浩然之气，恐怕更是痴心妄想，借用那位教授的评价：那太奢侈了呀！

或者你想归因于量化评价体制：评价要的是 SCI、CSCI，要的是 A 刊 C 刊论文，要的是课题、项目和获了什么奖，没人评价你是不是优雅有没有操守，那东西没法量化。可是我要说，那东西纯属内在的心灵自觉，无法量化，也无须量化评价。如果大学四年、研究生三年以至七年八年，连这点心灵自觉都无从谈起，那不也是一种虚度，甚至是真正的要命的虚度？一日不可虚度！

不过，这一个多小时大家怕是虚度了——听我信口开河自吹自擂。抱歉抱歉！

★此文最初用于 2020 年 4 月 2 日中国海洋大学第七次通识教育讲座（线上）。后来在以下学校讲过：2020 年 12 月 1 日上海商学院"上商大讲堂"，2021 年 5 月 20 日暨南大学外国语学院（线上），2021 年 5 月 21 日山东大学"东方文化大讲堂"通识教育讲座第十五讲（线上）。

《挪威的森林》：作者、译者与读者之间

今天讲《挪威的森林》。在我翻译的大大小小厚厚薄薄一百本书里边，毫无疑问，《挪威的森林》是最有名的，也可以说是我有幸抓得的第一张好牌，或掘得的第一桶金。就销量来说，在拙译四十三本村上系列总销量里边大约占了一半（1370万∶650万），在拙译一百本书里边占了三分之一。说老实话，我这个从未混得一官半职的普普通通的教书匠之所以得到一些大众性声望，也主要靠的是《挪威的森林》。然而三十多年来，我从未就这本书做过专场讲座，就好像它是我心中一个秘密，或者像是一个陪我度过一段特殊岁月的旧日恋人？说不清楚。说不清楚，不说也罢。反正今天在这么多人面前讲《挪威的森林》是第一次。感谢大家一如既往地特意赶来捧场，也感谢教务处通识教育中心特意提供这么好的时间段和讲座会场。谢谢！

那么下面就开始讲。讲什么呢？三点。一是作者村上怎么看的：村上与《挪威的森林》；二是译者怎么看的：我与《挪威的森林》；三是读者怎么看的：读者与《挪威的森林》。

我独立翻译的四十三本村上里边，最新的一本是村上访谈

集，名叫《猫头鹰在黄昏起飞》。村上在书中这样说道："我也看了数量相当不少的书，但真正好的故事意外之少。出的书虽然铺天盖地，可是一个人一生当中遇到的真正精彩的故事、能扑入心灵深处的小说，我觉得为数不多。"差不多同样意思的话，后来他又说了一遍："在我看来，人生中真正值得信赖的或深有感触的作品，某种程度上数量是有限的。……无论写小说还是不写小说的人，都觉得对自己真正有重要意义的小说，一生当中不外乎五六本。再多也就十来本吧！而归根结底，那类少数作品成了我们的精神筋骨（backbone）。"

这五六本以至十来本，就当代外国文学来说，对于我们，可能有玛格丽特·杜拉斯的《情人》，有厄尼斯特·海明威的《老人与海》《永别了，武器》，有加西亚·马尔克斯的《百年孤独》，还可能有米兰·昆德拉的《不能承受的生命之轻》、司各特·菲茨杰拉德的《了不起的盖茨比》，以及 J.D 塞林格的《麦田里的守望者》。除此以外，作为大概率，应该有村上春树一本，那就是《挪威的森林》，迄今总发行量已超过六千万册。一般认为平均每本书有四个读者，这样，这本小说的读者数量就有两千五百万左右。如果加上一九八九年至二〇〇〇年之间漓江版《挪威的森林》，就可能逼近三千万。以至村上春树或《挪威的森林》成了一种文体符号、文化现象。尤其耐人寻味的是，这一现象主要发生在文学日益被边缘化的时代——不妨断言，即使在这个声像信息劈头盖脸弥天盈地的互联网时代，小说这一文学样式、文学这一艺术形式仍然具有无可替代的优势，仍是一种无法轻易告别的了不起的武器，既可以承受生活之重，又可以承受生命之轻。至少，眼下任何一种声像形式都不可能如《挪威的森林》这样把无数微茫的情绪升华到审美层次。同名电影不少人都看过吧？作为小说版的译者，我可是看得险些睡了过去。原因无他，图像版的魅力不如白纸黑字的魅力！文学的魅力！

一、村上与《挪威的森林》

白纸黑字版《挪威的森林》，读的人这么多，自然疑问也多。读者来信也好，网上跟帖也好，每每有人问我渡边君是不是就是村上本人，绿子是不是就是村上夫人，以及性与爱、爱与死、死与生等许许多多，林林总总。可我毕竟是译者，回答起来深感捉襟见肘，所以今天请作者本尊、请村上"出山"直接回答。

一九四九年出生的村上于一九八六年写这部小说，年龄恰好就是《挪威的森林》男主人公的年龄——"三十七岁的我那时坐在波音 747 客机的座位上"。难怪有读者说这部小说有村上的自传色彩。村上本人也不完全回避，在后记中坦率承认"这部小说具有极重的个人性质……属于个人性质的小说"。后来一位名叫柴田元幸的东京大学教授问书中主人公和他有没有重合部分的时候，村上也说"那样的部分我想是有的"。但又马上强调："那终归只是一个视点。因为主人公是第一人称，所以需要有相应的'感情移入'，在某种程度上。这样，我的嗜好也好想法也好直接融入其中的情况也是有的。不过就拿小说里出现的'料理'来说吧，较之我的喜好，不如说游戏成分更多些……不是说全都一丝不苟。因此这些细小地方，读者如果一一信以为真可就糟了。"再比如音乐，"我个人向来不怎么喜欢'披头士'。倒也不是说讨厌，听还是听的。不过一定程度上的确是和自己相重合的。另外，也有的融入主人公以外的其他人物身上。"例如永泽这个人身上，村上就承认多少有自身的投影，"因为我在某种程度上也存在那种极端部分"。还说永泽在道德意义上破产了，跌落了，而这也让他对永泽的性格怀有兴趣，"这是因为我亲眼看到有人在现实生活中跌落。还有，在某种意义上，自己也是个差点儿跌落的人。人生这东西到处是又黑又深的地洞。我觉得那种恐惧感无论谁都是有的。……所以，他们——那些人——的存在之中也有我自身的存在，可那不就是我；我也存在于作为主人公的'我'之中，但那不过是一个选项罢了，正如我本身也不过是一个选项"。

这意味着，不仅渡边君有村上的影子，永泽身上也不无其"个人性质"，若村上本人不说，我们任何人恐怕都始料未及。至于村上到底在多大程度上就是渡边君，村上始终避而未答。不过据村上的朋友"揭发"，他的夫人村上阳子即是绿子的原型。一来村上阳子的确毕业于基督教系统的大学，二来村上本人也说他和夫人正式确定关系费了好长一段时间，因为两人原先都有相处的对象——这也和小说情节不谋而合——很难一下子甩掉。说起来，我倒是见了村上两次，但因为见的地方不是他家，而是位于东京城中心的村上事务所，所以没能见到村上夫人。看照片，无论长相还是气质，倒是都和想象中的绿子有几分相像。不过更让我浮想联翩的，是刚一见面村上就介绍给我的两个年轻女助手——村上特意说不是女秘书，是女助手（assistant）——她俩让我当即想起《1973年的弹子球》中和"我"共同生活的双胞胎姐妹208、209。顺便说一句题外话，女秘书和女助手能有多大区别呢？反正我是区别不了。

关于性与死，村上十几年后在"创作谈"中这样谈道："写《挪威的森林》时我要做的事有三件：一是以彻底的现实主义文体来写；二是彻底写性和死；三是彻底消除《且听风吟》那本小说含有的处女作式羞赧，即把'反羞赧'推上前台。"在另一篇文章中村上毫不"羞赧"地就此写道："在《且听风吟》中我遵循一个原则，就是不写性与死。后来想全部推翻，想放开手脚来写性与死。彻底地写，写够写腻为止。这个愿望是达到了，写得尽情尽兴。人一个接一个死，性场面一个接一个出现。只是，性场面根本就不性感，居然还有人说是色情……说现在的年轻人是那样的不成？可若连那个都算是色情，我倒是想问那些人到底过的是怎样的性生活。"直到二〇一七年，村上仍对被人说成"色情作家"这点耿耿于怀，只是语气没那么激动了，笑道："现在也差不多还是不好意思。"

除了以上三点，还有一点涉及这本书的创作缘起："此外还有一点，那就是我眼看就四十了，想趁自己的三十年代还拖着一条青春记忆尾巴的时候写一部类似青春小说的东西。记得我当时接受采访时曾表示要写一部让全国少男少女流干红泪的小说。"

　　也就是说,《挪威的森林》是村上在写作手法上改弦更张和怀有青春危机感的产物。手法上面说了,青春危机感则在《挪威的森林》开头第一章借主人公之口再次提起:"……记忆到底还是一步步离我远去了。我忘却的东西实在太多了。……但不管怎样,它毕竟是我现在所能掌握的全部。于是我死死抓住这些已经模糊并且时刻模糊下去的记忆残片,敲骨吸髓地利用它来继续我这篇东西的创作。"在这个意义上,不妨认为村上是想对青春时代——包括自己在内的一代人的青春时代做一个总结性交代。实际上《挪威的森林》也几乎包含了所有的青春元素:连带与孤独,开朗与感伤,追求与失落,坚定与彷徨,充实与寂寞,纯情与放荡,时尚与乡愁,奔走与守望,无奈与救赎,忏悔与迷惘……在这个意义上,确如村上所说,较之"恋爱小说""青春小说",说"成长小说"大约更为接近。

　　至于令不少人感到困惑的书名,村上说直到要交稿时还是另一个书名。"当然,'挪威的森林'这个书名作为选项一直存在。但因为过于贴切了,作为我是想极力避免的。而且直接挪用披头士乐曲名称这点也让我有所抵触。毕竟那一代人的气味沾得太多了。但另外,'挪威的森林'这一说法又总是在我脑袋里挥之不去,而其他任何书名都同作品两相乖离。最后在不告知'挪威的森林'这个书名的情况下叫老婆读,之后问她什么书名好。她说'挪威的森林'好,于是书名就此尘埃落定。"

这部小说在日本卖了多少呢？出版七年后的二〇〇四年上下册加起来卖了八百二十六万册，二〇〇九年超过一千万册，创日本小说单行本印行纪录。

书卖得这么多，一来财源滚滚，二来声名赫赫，村上理应整天笑得合不拢嘴吧？然而实情并非如此。村上二〇一五年接受女作家川上未映子采访时仍在感叹："迄今为止的漫长时间里，我一直觉得自己被世间所有人讨厌。不是说谎，真的。"对方问他《挪威的森林》以后也情况依然？村上答道："一直是，或者莫如说《挪威的森林》以后变本加厉呀！正因为那让我心烦，才离开日本去国外生活……"去国外（希腊、罗马）生活期间，村上写了一本名为《远方的鼓声》的随笔集。他在书中颇为详细地写了《挪威的森林》畅销后的心情：

说起来甚是匪夷所思，小说卖出十万册时，我感到自己似乎为许多人喜爱、喜欢和支持；而当《挪威的森林》卖到一百几十万册时，我因此觉得自己变得异常孤独，并且为许多人憎恨和讨厌。什么原因呢？表面上看好像一切都顺顺利利，但实际上对我是精神上最艰难的阶段。发生了几桩讨厌的事、无聊的事，使得自己的心像掉进了冰窖。现在回头看才明白过来——说到底，自己怕是不适合处于那样的立场的。不是那样的性格，恐怕也不是那块料。

那一时期我心力交瘁，老婆病了一场。我没心思写文章。从夏威夷回来，整个夏天一直在搞翻译。自己的文章写不出，但翻译还是可以做的。一字一句翻译别人的小说，对于自己不妨说是一种治疗行为，这也是我搞翻译的一个缘由。

村上将"冰窖"遭遇归因于自己不适合成名。"有人适合成名有人不适合。痛快说来，我完全不适合。为此欢欣鼓舞的时候一次也没有。"（《猫头鹰在黄昏起飞》）

喏，你看，村上的人生也大为不易。本以为《挪威的森林》"爆卖"式畅销将他的人生之舟推向莺歌燕舞的顶峰，实则跌入了凄风苦雨的谷底。"木秀于林，风必摧之"，看来不单中国，日本情形也彼此彼此。"木秀于林"的林即便是"挪威的森林"，那也无由幸免。可以说，这既是人生得失的一种"能量守衡"，又是人性中未必光彩的一面所使然。用日本人的说法，即"名人税"，名人必交的"税"——成名的代价。

噢，对了，刚才村上说到翻译，说翻译对于他是一种"治疗行为"。那么就顺水推舟，说一下我的翻译，我翻译《挪威的森林》的缘由和过程。刚才说了，我一共单独翻译了四十三本村上，这是第一本。媒体采访时每每问起我选择这本书的缘由，以为我的眼光多么独到。其实完全不是那么回事。要说，也只能说是我的运气好或手气好，伸手一摸就摸了一张"红桃K"。这没什么好隐瞒的，也好像没什么参考价值。但愿大家听了别失望才好。

二、我与《挪威的森林》

《挪威的森林》日文原作于一九八七年九月在日本出版，一个月后我出现在日本，在大阪市立大学留学一年。每次去书店都见到一红一绿——上册鲜红鲜红下册墨绿墨绿——上下两册《挪威的森林》各带一条金灿灿的腰封摆在进门最抢眼的位置，仿佛整个日本列岛都进入了"挪威的森林"，几乎无人不看。不看的大约只我一人，只我这个日后的译者。原因在于我当时正挖空心思做一个所谓"中日古代风物诗意境比较研究"的项目，拿了国家教委六七千元钱，去日本的目的之一就是为此收集资料。况且当年我是一门心思要当像那么回事的学者的，想写两三本砖头般的学术专著，啪一声砸在桌子上把身边同事吓个半死，没时间也没闲心打量这披红挂绿的当代流行小说，全然不知村上春树为何村何树。回国前只因一个老同学送了上下两册中的下册，我为配齐才老大不情愿地买了上册。带回国也随手扔在书架底层没理没看。

岂料，命运之手正悄悄把我这粒棋子移去另一条人生轨道。一九八八年十二月，即我回国两个月后，日本文学研究会的年会在广州召开。从事日本现当代文学研究的副会长李德纯先生一把将我拉到漓江出版社的一个年轻编辑面前，极力推荐说《挪威的森林》多么美妙，我的中文多么美妙，译出来市场前景又多么美妙。可惜我当时的经济景况一点儿也不美妙，站讲台穿的衣服大多是在学校后门地摊上买的，无论如何都需要赚点稿费补贴生活开支，至少要让自己穿得体面一点儿，不至于在自己教的港澳生和华侨华人子女面前过于相形见绌。当学者诚然美妙，但在很大程度上是以钞票的美妙为前提的——说起来不好意思，我便是在这种既不美妙又未必多么猥琐的心态下翻译《挪威的森林》的。

记得那年广州的冬天格外阴冷，借用村上的说法，就好像全世界所有的冰箱全都朝我大敞四开，或者全世界所有的冷雨落在了广州所有的草坪。我蜷缩在暨南大学苏州苑三十栋一间朝北房间的角落里，身上裹一件好像用深蓝墨水染成的半旧混纺鸡心领毛衣，时而望一眼窗外路上绿子般说说笑笑的港澳女孩的亮丽身影，时而搓一搓冻僵的手指，对照日文一格格爬个不止。就翻译环境来说，同村上写《挪威的森林》时住的罗马郊外那座低档旅馆多少有些相似。只是，我放的音乐，一不是爵士乐《挪威的森林》，二不是《佩珀军士寂寞的心俱乐部乐队》。说来难以置信，我放的是中国古琴曲《高山流水》《渔舟唱晚》和《平沙落雁》。我觉得那种哀而不伤乐而不淫的超越日常性凡俗性的旋律非常契合自己的心境，使我很快在书中世界里流连忘返。仿佛直子绿子和"敢死队"们用一条看不见的细线拖着我的自来水笔尖在稿纸上一路疾驰，但觉人世间所有美妙的语汇美妙的句式纷至沓来，转眼间便乖乖填满一个个绿色的方格。

这一翻译过程促使我进一步认识到：文学翻译不仅仅是语汇、语法、语体的对接，而且是心灵通道的对接、灵魂剖面的对接、审美体验的对接。换言之，翻译乃是监听和窃取他人灵魂信息、审美信息的作业。我倾向于认为，一般翻译和非一般翻译的区别，就在于前者描摹皮毛转述故事；后者传递灵魂信息、美学信息，重构审美感动。总之，我就是这样陪伴《挪威的森林》、陪伴村上君开始了中国之旅，又眼看着她由不入流的"地摊"女郎变成陪伴"小资"或白领们出入星巴克的光鲜亮丽的尤物，进而升格为半经典性世界文学名著。

把佛经翻译成汉语的古代翻译家鸠摩罗什说翻译就是用舌头积累功德。就我翻译的村上作品系列而言，是不是功德不好说，但三十多年来不同程度地影响了一两代人的生活情调、精神格调以及行文笔调、说话调调，恐怕可以大体认定为事实。这也给了我人生困难时刻的尊严、自豪感和奋然前行的动力。

也许有哪位不由自主地想问，你吹得那么厉害，说得那么玄乎，可你翻译的村上是百分之百的"原装"村上吗？或者索性说痛快些，你没往里塞"私货"吗？对此我想这样回答：主观上我以为自己翻译的是百分之百的村上，而客观上我必须承认那顶多是百分之九十或者是百分之一百二十的村上。非我狡辩，也不但我，任何译者——哪怕再标榜忠实于原作的译者——都概莫能外。所谓百分之百的村上春树，别说翻译界，即使这个星球上也哪儿都不存在。

关于这点，林语堂有个多少带点儿色情意味的比喻。他说："翻译好像给女人的大腿穿上丝袜。译者给原作穿上黄袜子红袜子，那袜子的厚薄颜色就是译者的文体、译文的风格。"你看你看,穿上丝袜的女人大腿肯定不是百分之百原来模样的嘛!香港岭南大学原中文系主任许子东也说得够狠的:"翻译就像变性手术,一个靓仔变性后不一定是美女。"不过我以为还有另一种可能性:变得比美女还美女也不一定。总之不可能百分之百。何以如此?原因有二。其一,任何翻译都是基于译者个人理解基础上的语言转换,而理解总是因人而异,并无精确秩序(order)可循。其二,文学语言乃是不具有日常自明性的歧义横生甚或意在言外的语言,审美是其内核,而对审美情境的体悟、把握和复制(copy)更是因人而异,更无精确秩序可循。据曾任香港中文大学翻译讲座教授的台湾学者童元方之论,雅是文学翻译的唯一宗旨,信、达不能与雅并驾齐驱。而雅的最大优势(或劣势)恐怕就在于它的模糊性、无秩序性、不确定性。换言之,翻译作品是原作者文体和译者文体最大限度达成妥协和谅解的产物。

余光中《翻译乃大道》:"翻译如婚姻,是一种相互妥协的艺术。妙译有赖于才学和两种语文上淳厚的修养。能成为翻译家,学问之博不能输于学者,文笔之妙应能追摹作家。译者是不写论文的学者,没有创作的作家。"借用村上本人的说法,译者哪怕再扼杀自己的文体,也还是有扼杀不了的部分剩留下来。而剩留下来的那一小部分,可能就是译者的风格,就是林家铺子而非张家铺子李家铺子的胎记(identity)。也就是说,翻译总是在海外异质性、陌生美和本土同质性、熟识美之间保持微妙的张力和平衡。好的翻译总是介于生熟之间、土洋之间,好比火候恰到好处的二米饭。一句话，文学翻译追求的是最大近似值或最佳模拟效果。而更高层次的翻译，甚至已经不是模拟，不是克隆；而是再生，是原作的投胎转世。

说起来，我的本职工作是教书，教书匠；教书之余搞翻译，翻译匠；翻译之余写点儿豆腐块文章，半个作家；此外，为了提职称，必须写学术论文，勉强算是个学者。如此成就了我的四种身份。

不用说，这四种身份里边，让我有幸获得一点浮世虚名的，是翻译匠——人们有可能不知道我先是暨南大学的教授，后是中国海洋大学的教授，但耳闻目睹之间，大体知道我是搞翻译的某某。我本人最看重的是教书匠，而时人莫之许也。也难怪，当今之世，教授衮衮诸公，作家比比皆是，学者济济一堂，而为民众许之者，确乎为数不多。即使从"史"的角度看，能让我在文学史上勉强捎上一笔的，估计也只能靠翻译匠这个身份——尽管未曾捞得任何官方奖品奖杯奖章——因此我必须感谢这个身份，感谢世界上竟然存在翻译这样一种活计。并且感谢夏目漱石、芥川龙之介和村上春树等日本作家提供了《挪威的森林》等许多优秀的原著文本。还要感谢我们伟大的祖先留下这充满无数神奇可能性的汉字汉语，使我得以附骥远行，人生因此有了另一种诗与远方！

三、读者与《挪威的森林》

有的读者在来信中说自己看了《挪威的森林》之后，很想跟周围同学交流一下读后感或单单倾诉几句什么，遗憾的是对方不是不屑一顾就是露出不无诡异的神情，总之找不到交流对象，感到孤独。那么往下我替这样的读者找几位来交流。当然他们也多是读者。

翻阅我手头保留的剪报等资料，得以确认关于《挪威的森林》最早的读者评论是一九九〇年一月六日《文汇读书周报》署名郑逸文的文章，题为《一半是叹息，一半是苦笑》："从友人处借得一册《挪威的森林》，一夜挑灯苦读，待晨曦微露时合上小说，却没有半点放松感。那样真切地从文字上读懂都市人的压抑与无奈还是头一次；那样不知所措地让小说的悲凉浸透全身竟也是头一次。绝的是那样深沉的凉意并不能轻易引下泪来。尽管一夜风雨，书中人已泪眼迷蒙各自退回原路寻其归宿，但惜别之际留下的微笑却一拂往日之忧苦，不容你对他们（她们）是否懦弱妄加评述。"最早的出版社宣传应是一九九〇年二月九日《书刊导报》刊发时任责编汪正球的文章，题为《日本的超级事件——〈挪威的森林〉抢购狂潮》："它的成功之处令人联想到迄今仍为读者喜爱的美国作家菲茨杰拉德的青春感伤大作《了不起的盖茨比》，两部杰作具有异曲同工之妙。"

文学评论家中最早读的和关注《挪威的森林》的，应该是中国社科院文学所白烨先生，他撰文说《挪威的森林》"以纪实的手法和诗意的语言"注重表现"少男少女在复杂的现代生活中对于纯真爱情和个性的双重追求……超出了一般爱情描写的俗套，而具有更为深刻的人生意义"。文章具体发表日期一时无从核对，但十几年前在青岛相见时，白烨先生告诉我《挪威的森林》出版不久就看了，说他当时正处于精神苦闷之中，《挪威的森林》给了他很大安慰。

读者中后来成为有影响人物的广东秦朔也较早注意到了《挪威的森林》，他在一九九一年一、二期合刊号《旅潮》上撰文："1990年的秋天，带着将逝未逝或者永不消逝的青春梦幻，我走进了一片《挪威的森林》。在日本，它是漫卷每一个年轻人的春风秋雨。当我听到'请你永远记住我／记住我这样存在过'的青春呼喊时，我觉得即将22岁的我和异国的心林流荡着同一样的烟霭和山岚——就像卡夫卡说的，'我们大家共有的并非一个身躯，却共有一个生长过程，它引导我们经历生命的一切阶段的痛楚，不论是用这种或那种形式'。"

作家的反应似乎迟了几年。二十世纪九十年代中后期，徐坤、素素、彭懿、陆新之和孔亚雷、李修文等人或写书评或在创作中加以举荐和评说。其中素素认为"村上春树的思考，感性而又深邃"，她的小说《水蓝色的眼泪》，村上的投影可谓所在皆是。

纯粹以读者视角谈论和品评《挪威的森林》的书，最早的应该是二〇〇一年由当代世界出版社出版的《遇见100%的村上春树》（稻草人编著）。其中一段这样写道：

《挪威的森林》带给我们一个奇异的空间，轻描淡写的日常生活片断唤起的生活气氛令我们有所共鸣。更重要的是他们以六十年代的背景道出九十年代，甚至世世代代的年轻人心声：年轻的迷茫与无奈，年轻的反叛、大胆与率真，年轻的变动与消逝……（P95）

此外华夏出版社二〇〇五年出版的一本也是较早的专门评论集：《相约挪威的森林——村上春树的世界》（雷世文主编），书相当有分量，洋洋三十二万言。作者大多是北大在读或毕业不久的硕士博士。其中一篇以"写给青春的墓志铭"为题，以张爱玲的"红玫瑰与白玫瑰"之说（"也许每一个男子全都有过这样两个女人，热烈的红玫瑰与圣洁的白玫瑰"），把绿子比喻成红玫瑰，把直子比喻成白玫瑰：

无论得到白玫瑰还是红玫瑰，对于男人而言都永远意味着失去。因而"我"与直子、"我"与绿子之间的爱，热烈而忧伤，没有不可原谅的错误，只有不可挽回的失去。"百分百"的爱情故事发酵出静谧、忧伤而又转瞬即逝的对于气氛的感觉。它不仅可以吸引年轻人，被人标签以"青春小说"之名，而且经历了荒唐青春或"红白玫瑰战争"的中年人更容易被打动，仿佛触到早已结痂愈合的痛处，多少青春回忆扑面而来。那个在飞机上听着披头士乐队《挪威的森林》而落泪叹息的中年渡边，正是他们的影子。相信书中的渡边有很大一部分就是村上自己，否则他断然没有办法把他的心境描画得如此清晰。写书的年龄也绝不是巧合，三十七岁的村上写了一个三十七岁的渡边，两人合做一个梦。或者，这是所有男人所做的梦！总之，三十七岁的渡边在天上打开的这瓶酒，带着呼之欲出的青春气息和中年人的隐痛。

无独有偶，一位名叫无畏的南京读者在来信中也不把《挪威的森林》单纯看成青春小说：

我从来就不认为村上的书是青春小说，我从二十多岁的小伙子一直看到年近不惑。那种莫可名状的喜爱往往涌现在我打开冰箱看见不曾喝完的啤酒或是看见草丛中的猫的一瞬间，另一个人描述的另一个世界里的细节精确地映射在眼前。感叹之余每每有些欣慰：毕竟这样的存在也被感知着、被人以奇妙的文字记录下来，并且被越来越多的人所读所想。

不过总的说来，读者来信中以年轻人居多，年轻人中以大学生高中生居多，尤以高三女生居多。几年前来自浙江上虞春晖中学的高三女生这样表达她读《挪威的森林》的感受：

上了高中以后，面对学校偌大的图书馆，心中满是欢喜。

在一排排散发着墨香的书架间漫步，心中的满足难以言喻。无意间、无意间我又遇见了多年前邂逅的《挪威的森林》。心底泛起的阵阵暖流，指尖划过它的时候莫名的停顿，激活了血液中流动的活力，给了我一次次看它的冲动。这一个冲动，让我相信我会看着它看到死去。

临近午夜时看完了它。看完是什么感觉？就像什么戛然而止了，而我的生命也就此终结了。字斟句酌地看，吃饭看，走路看，睡觉看，似乎我生来就是为了看《挪威的森林》的。……最绝望的时候，总想让一切都结束。可是他们一直都告诉我，什么都不曾结束。渡边也好，绿子也好，玲子也好，"我们都在活着，我们必须考虑的是如何活下去"。《挪威的森林》带我走出了一个又一个低谷。三年了，一直将它带在身边。学习，旅行，包里总有它的位置。打开它，无论哪一页，字字句句总能让我平静下来。平缓又安静的语句像一个温泉，慢慢地渗入肌肤、渗入骨髓、渗透灵魂。

这位肯定已经考上理想大学的可爱的女高中生来信的最后有几句让我由衷欣慰和兴奋了好一会儿。恕我不懂谦虚是美德，那几句是这样的："一本一本地看下来，忽然发觉，我们所喜欢的并不只是村上，还有先生您，更确切地说，我们真正喜欢的是先生与村上的结合体。"

不过下面这封信应该是高三男生写的，来自天津。他说他读完《挪威的森林》最后一段正是日落时分。"我不敢说话、呼吸，我怕我要倾诉的内容从耳、鼻、口中逃走。我觉得自己处的环境很陌生，很想躲在书里不出来。或者像渡边那样一个人外出旅行，不吃不喝，不闻不问，走哪儿睡哪儿，不愿意别人找我……"作为读后感相当诡异吧？其实我的译后感也差不多是这个样子。

最后介绍一封上个星期刚刚接到的信，一位大三女生寄来的，从和我有关系的海洋大学附中考去山东师大。

说起来还挺好玩的。有一次看一个美女博主发她某日的爱物分享中提到了《挪威的森林》。她说她很遗憾没在年轻的时候遇到这本书。当时我觉得，嗯，这本书一定要读。第一次读的不是你译的，加上第一次读，没感到一种冲击力。这周第一次来学校图书馆的我，径直去找了《挪威的森林》。从译序开始，一字不落地读了一遍。……读完我发了一条微博，是这么写的：我是绿子，但不是渡边的绿子。可能是因为我和绿子一样都想找"一个一年到头百分之百爱我的人"，所以觉得渡边这种渣渣的男生配不上绿子的妙趣横生，配不上她的鲜活。

对了，六年前的二〇一四年十二月，我通过微博做了一项"微调查"：作为理想的婚恋对象，《挪威的森林》中你选谁？选项有直子、绿子、玲子、初美和渡边、木月、永泽、"敢死队"。

"评论"很快达148人次，其中明确表态者122人。122人中，男性组选绿子70人，选初美11人，选直子8人，选玲子6人。

女性组：选永泽 12 人，选渡边 8 人，选木月 4 人，选"敢死队" 3 人。显而易见，绿子遥遥领先。作为译者也好作为男性也好，对此我不感到意外。颇为意外的是女孩儿们的选择：永泽票数居然超过渡边。须知，永泽可是有人格和道德污点的人啊！那么女孩儿们喜欢他什么呢？概括起来，A 喜欢"他对自己事业的态度"；B 喜欢他"活得明白"；C 喜欢他那句名言，"不要同情自己，同情自己是卑鄙懦夫干的勾当"。甚至有人说曾用这句话鼓励自己度过人生艰难阶段。

相比之下，喜欢绿子的理由丰富得多也有趣得多。例如率真自然、热情奔放、生机勃勃，"简直就像迎着春天的晨光跳到世界上的一头小鹿"。再如，"活泼可爱能干，关键是还很漂亮""身上汇集着一个少女所有的乐观、好奇、调皮的生命力""这个活泼可爱的妹子在无聊的生活中点亮了我"。还有的说得那么感性，简直让人看得见他的笑脸："选绿子呀，那么暖洋洋的姑娘！"不过也有男孩儿相对理性："绿子那个状态，如果放在三十过后的人身上，就不合适了，有点儿二百五。二十多岁的残酷，就在于不得不去直面人生黑暗的现实，无人能免。绿子的洒脱有赖于旺盛的性欲、充沛的体力和不怕死的闯劲儿。渡边是早熟的，他早看清了青春迟早要挥霍一空，因而提前进入中年人的静观静思状态。"喏，这个男孩儿是不是快成渡边君了？作为老师，我觉得这样的男孩儿似乎就在自己身边——说来也怪，每级学生中必有两三个这样的男孩儿。他们稳重、沉思，喜欢独处，倾向于看历史、哲学、文学等"闲书",平时沉默寡言,问到时侃侃而谈。我见了,每每为之心动,甚至不无感伤,暗暗祝福有一个喜欢他的女孩跟他一起走向远方。

美国著名华人学者李欧梵教授在他的散文集《世纪末的反思》中,将《挪威的森林》列为二十世纪对中国影响最大的十部文学译著之一。进入新的二十一世纪之后,《挪威的森林》入选"金南方·新世纪10年阅读最受读者关注十大翻译图书"之列。主办方是广东南方电视台,经由读者投出十八万张选票并由专家和知识分子推选最后评选出来。我有幸应邀参加为此举行的"2009南方阅读盛典"电视晚会。担任终审评委的中山大学哲学系教授、历史学家,八十多岁的袁伟时先生告诉我,他看了《挪威的森林》,认为《挪威的森林》中体现的对于个人主体性的尊重和张扬,逐渐形成共识和社会风潮后,将有助于促进社会的变革,推动多元化公民社会的形成。说实话,事关《挪威的森林》的评价,我听的看的已经不算少了,但从这个角度评价《挪威的森林》的,迄今为止仅此一次,仅有袁伟时先生一人。不妨说是对《挪威的森林》最大的肯定和最高的评价。也是对我这个译者的极大鼓励,让我切切实实觉得自己终于做了一件有益于社会有益于青年的好事。

逝者如斯夫,不舍昼夜。日文原版《挪威的森林》迎来三十四岁生日,中译本也已诞生三十二年了。其间有无数读者来信朝我这个译者飞来,每三封就有两封谈《挪威的森林》。

或为故事的情节所吸引，或为主人公的个性所打动，或为韵味的妙不可言所感染，或为语言的别具一格所陶醉。有人说像小河虾纤细的触角刺破自己的泪腺，有人说像静夜皎洁的月光抚慰自己的心灵，有人说它引领自己走出四顾茫然的青春沼泽，有人说它让人刻骨铭心地懂得了什么叫成长……早年的《挪威的森林》迷如今已经四五十岁——又一代人跟着《挪威的森林》涉入青春的河床。《挪威的森林》，不仅是青春的安魂曲或"墓志铭"，更是青春的驿站和永远的风景线。

下面我想以二〇〇一年为《遇见100%的村上春树》那本书写的序言中未必精确的一段话来补充这篇讲稿：村上春树的一个高明之处，就在于他能从琐碎庸常甚至百无聊赖的日常生活层面发现情调、发现美感、发现童话，善于在精神废墟上小心聚拢希望之光，从而为我们在滚滚红尘中守住一小块灵魂栖息地，为我们在风雨欲来的茫茫荒野中搭建一座小而坚固的小屋。

我还想念一段《挪威的森林》中最让我深受触动的话，你们猜是哪一段话？提示：既不是"'喜欢我喜欢到什么程度？'绿子问。'整个世界森林里的老虎全都融化成黄油。'"又不是"像喜欢春天的熊一样"喜欢你。（春天的原野里，你一个人正走着，对面走来一只可爱的小熊，浑身的毛活像天鹅绒，眼睛圆鼓鼓的。它这么对你说道：你好，小姐，和我一块儿打滚玩好吗？接着，你就和小熊抱在一起，顺着长满三叶草的山坡骨碌骨碌滚下去，整整玩了一天。"我就这么喜欢你。"）那是关于初美的一段。一天晚上，渡边在初美向永泽发过火后送初美回去。出租车上渡边一直思索初美在他心中激起的感情震颤究竟是什么，但直到最后也未能想明白。接下去的一段是这样的：

当我恍然领悟到其为何物的时候，已是十二三年以后的事了。那时，我为采访一位画家来到新墨西哥州的圣菲城。傍晚，我走进一家意大利比萨饼店，一边喝啤酒嚼比萨饼，一边眺望美丽的夕阳。天地间的一切全都红彤彤一片。我的手、盘子、桌子，凡是目力所及的东西，无不被染成红色，而且红得非常鲜艳，就好像被特殊的果汁从上方直淋下来似的。就在这种气势夺人的暮色中，我猛然想起了初美，并且这时才领悟到她给我带来的心灵震颤究竟是什么——它类似一种少年时代的憧憬，一种从来不曾实现而且永远不可能实现的憧憬。这种直欲燃烧般的天真烂漫的憧憬，我在很早以前就已遗忘在什么地方了，甚至很长时间里它曾在我心中存在过都没有记起。而初美所摇撼的恰恰就是我身上长眠不醒的"我自身的一部分"。当我恍然大悟时，一时悲怆至极，几欲涕零。她的确、的的确确是位特殊的女性，无论如何都应该有人向她伸出援助之手。

细想之下，渡边心目中最理想的女子，恐怕既不是直子又不是绿子，而是初美。初美之所以是渡边心目中最理想的女性，主要是因为初美是他"少年时代的憧憬"的象征，是被自己早已忘却的"我自身的一部分",甚至是一种乡愁、乡愁的附丽!在这个意义上,男人一生都在寻找的,恐怕既不是红玫瑰又不是白玫瑰,而是能够激活自己心中早已远去的憧憬以及乡愁的对象。说得玄乎些,那可能更接近一种超越性,超越凡俗、年轻和美貌的诗性存在!

最后想用村上的话概括一下村上小说的主题。说起来,也是因为不时有读者问我村上小说的主题是什么。这么问也很正常,因为我们的语文教育的一个重要模式,就是要求概括段落大意、主题思想,而用这个模式读村上,就难免感到困惑。于是问我,而我也概括不出来,我就转而问村上,于是村上以公开信的形式做了回答:

我的小说想要诉说的,可以在某种程度上简单概括一下。那就是:"任何人在一生当中都在寻找一个宝贵的东西,但能够找到的东西在很多时候已经受到致命的损毁。尽管如此,我们仍继续寻找不止。因为若不这样做,生之意义本身便不复存在。"

（2019.3.6 初稿, 2020.2.1 修改, 2021.3.31 再次修改）

* 此文为 2021 年 4 月 1 日中国海洋大学通识教育讲座讲稿。其主要内容亦曾用于:2017 年 12 月 10 日上海译文出版社《挪威的森林》问世三十周年庆典"演讲、2017 年 12 月 20 日青岛理工大学外院讲座。

我见到和我翻译的村上春树

　　跟大家说实在话，别看我脸上也许没那么沟壑纵横，头发也没有完全溃不成军，但我已经老了，相当老了，至少这个会场顶数我老。有多老呢？这么说吧，我研究生毕业当副教授的时候，在座的百分之九十八点九肯定还没出生，甚至你们的父母还没开始谈情说爱。按理，老了就有老本可吃了，工作也好生活也好都应该悠着点儿，放慢节奏。可我呢，来了个倒行逆施——越老越忙，也就越忙越老，如此循环不止。也许有哪位要问，这却是何苦呢？原因固然许许多多，今天只说一个，那就是，我这个人其实混得并不怎么样。村上春树倒也说自己基本是个极为普通的人（ごく普通の人間），"走在街上也不显眼，在餐馆里一般都被领去糟糕的（ひどい）座位"。但人家那是美丽的谦虚，或者是自我调侃，是玩幽默。而这话假如用在我身上，那既不是谦虚又不是幽默，而是铁一般坚硬的事实——都这么一大把年纪了也没当上一官半职，连党支部副书记都没当上。古道西风，夕阳瘦马，或夜半更深，风雨如晦，我深感自己过往人生途中失去的东西是多么惨重，每每涌起悲凉的人生况味。这样，我就需要偶尔去外面的世界风光一下来寻求心理上的某种平衡。也巧，机会来了，昨天忽一下子从小青岛飞来大上海，飞来大上海忽悠！但愿别听着听着一忽儿借机跑光才好。若果真那样，那对我将是沉重的精神打击，极有可能让我从此一蹶不振。谢谢！

开场白够长的了，言归正传。下面我就讲一讲我见到的和我翻译的村上春树。这在狭义上，是讲我见过的村上春树或村上春树印象记；在广义上，是讲我翻译和研究的村上文学。索性捏在一起讲一讲。

回想起来，钱锺书老先生倒是说过，鸡蛋好吃，吃鸡蛋就是了，何必见那只下蛋的鸡？话虽那么说，但如果有机会，总还是见见好，见见总比不见、没见好。

马克思曾提出"掌握世界"的三种方式：宗教方式、艺术方式、实践方式。日本当年"掌握"中国就是这么干的，把中国各方面研究得透透的，结果日本在近现代很长时间里占了上风。而现在，情况似乎正在逆转。北师大比较文学与世界文学博导、知名学者王向远教授指出，进入二十一世纪以来，日本知识界对日益强大的中国的把握越来越显得力不从心，学术产出减少，而且越来越平庸化，少有真知灼见。对中国文学作品的翻译介绍也远远落后于中国对日本文学作品的译介。

王向远教授同时指出，文学是艺术、语言艺术。因此日本文学作品的译介、研究是通过艺术方式"掌握"日本的一个重要方式和途径。而且日本人的独特思想和审美意识主要是通过文学作品传达的。因此，要想真正了解日本、了解日本这个民族，无论如何都不能忽略日本文学。一般认为，日本对世界文化的主要贡献以至唯一贡献就在于日本独具特色的审美文化。近年来对中国，特别是对中国年轻人影响最大的，恐怕也是日本的审美文化。而日本审美文化的一个主要载体，就是日本文学艺术作品。作为代表性作家，例如夏目漱石、芥川龙之介、川端康成、三岛由纪夫、村上春树、宫崎骏等，他们的主要作品以及不怎么主要的作品都已经翻译介绍过来。我个人也翻译了不算很少。厚厚薄薄大大小小花花绿绿加起来已经翻译了一百本，其中村上作品系列有四十三本。至于是我们因此艺术地掌握了日本、日本文学，掌握了村上春树，还是日本、日本文学、村上春树艺术性地掌握了我们，今天这么有限的时间内一下子很难说得清楚。不过在王向远教授那里，这个问题是很清楚的。他在《和文汉读》那本书中这样写道："实际上，我们中国读者读日本文学，但我们没有因此而被'日本化'，相反，却是我们的读者'化'了日本。因为我们的绝大多数读者所读的，主要不是日语的原典，而是中国翻译家创造性翻译的译作。译作是用汉语来转换日本，在某种意义上，是把我们的语言文化投注于日本作品之上，翻译使我们化日本为己有，日本文学翻译也就成为我们'艺术地掌握'日本的一种最重要的途径。"

借用青岛某媒体的说法：在中国，我们顺着林少华的思维读懂了村上春树……某种程度上，影响了中国文学甚至中国都市生活方式近三十年的村上春树文学是被林少华"打扮的小姑娘"。得得，这从翻译角度来说，可未必百分之百是表扬话哟！

那么，下面就让我来个"正本清源"，简单讲一讲未被林少华"打扮的小姑娘"——讲讲我实际见到、就坐在我对面的原原本本的村上春树。

据我所知，中国可能只有两个人见过村上春树这位日本作家。一位是南京的译林出版社前副社长叶宗敏先生，另一个就是在下我了。由于我身份较为特殊，是村上译者，就有不少人猜想我和村上关系很"铁"，很"哥们儿"，每每问我见村上多少次，见时村上请我吃了多少道日本料理、喝了多少瓶威士忌，以及有多少漂亮艺伎贴贴靠靠暗送秋波……实不相瞒，我也只见过两次。而见过两次村上的，中国这边只我一个。一次是二〇〇八年十月底，借去东京大学开"东亚与村上春树"专题研讨会之机，和同时与会的中国台湾繁体字版译者赖明珠女士等人一同去的。另一次是二〇〇三年初我自己去的。两次都是去"村上春树事务所"，根本没有刚才说的浪漫甚至暧昧的情形发生。村上一九四九年出生，二〇〇三年那次相见时他五十四岁。两次相比，还是第一次见面印象深，感慨多，收获大。因此，这里想集中谈谈第一次见村上的情形，以及由此引发的我对村上、对村上文学的认识和思考。

村上春树的事务所位于东京港区南青山的幽静地段，在一座名叫 DENMARK HOUSE 的普普通通枣红色六层写字楼的顶层。敲门进去，看样子是三室套间，没有专门的会客室，进门后同样要脱鞋。我进入的房间像是一间办公室或书房，不大，铺着浅灰色地毯，一张放着电脑的较窄的写字台，一个文件柜，两三个书架，中间是一张圆形黄木餐桌，桌上工整地摆着上海译文出版社大约刚寄到的样书，两把椅子，没有沙发茶几，陈设极为普通，和我当时在东京郊区租住的公寓差不多。村上很快从另一房间进来。尽管时值一月寒冬时节，他却像在过夏天：灰白色牛仔裤，三色花格衬衫，里面一件黑色Ｔ恤衫，挽着袖口，露出的胳膊肌肉隆起，手相当粗硕。无论如何也很难让人想到作家两个字。勉强说来，颇像年纪不小的小男孩儿。头上是小男孩儿发型，再加上偏矮的中等个头，的确有几分"永远的男孩儿"形象。就连当然已不很年轻的脸上也带有几分小男孩儿见生人时的拘谨和羞涩。对了，村上在《终究悲哀的外国语》那本随笔集中，指出男孩儿形象同年龄无关，但必须符合以下三个条件：一、穿运动鞋；二、每月去一次理发店（不是美容室）；三、不一一自我辩解。他认为第一条自己绝对符合，一年有三百六十五天，三百二十天穿运动鞋。第三条至少可以做到"不使用文字为自己辩解"。差就差在第二条，至于怎么个差法，有兴趣的请查阅那本书，书上写得明明白白，我就不饶舌了。

见面的时候村上没有像一般日本人那样一边九十度深鞠躬一边说"初次见面，请多关照"，只是一般性握了握手，握完和我隔着圆桌坐下，把女助手介绍给我。接着问我路上如何，我笑道东京的交通状况可就不如您作品那么风趣了，气氛随之放松下来。两人开始交谈。交谈当中，村上不大迎面注视对方，眼睛更多时候向下看着桌面，声音不高，沉稳舒缓，颇有节奏感。语调和用词都有些像小说中的男主人公"ぼく"（我），尤其像《挪威的森林》里面的渡边君，而且同样一副若有所思的神情。笑容也不多（我称赞他身体很健康时他才明显露出笑容），很难想象他会开怀大笑前仰后合，也很难想象他会怒发冲冠拍案而起。给人的感觉，较之谦虚和随和，更近乎本分和自然。我想，他大约属于他所说的那种"心不化妆"的人——他说过最让人不舒服的交往对象就是"心化妆"的人——他的外表应该就是他的内心。

我下决心提出照相（我知道他一般不让人拍照。他自己说过，虽说照相时不至于手蹬脚刨甚至咬掉一根小手指什么的，但总的来说不喜欢拍照），他意外痛快地答应了。自己搬椅子坐在我旁边，由女助手用普通相机和数码相机连拍数张。我给他单独拍照时，他也没有推辞，左手放在右臂上，对着镜头浮现出其他照片几乎见不到的笑意。我当时正在翻译刚出版不久的长篇《海边的卡夫卡》，于是问了他几个翻译当中没有查到的大约与性有关的外来语。说实话，作为初次见面的人我多少是有点儿不好意思的。但村上很淡然，无所谓似的提笔唰唰写出外来语的原词英语，简单加以解释。接着我们谈起翻译。我说翻译他的作品始终很愉快，因为感觉上心情上文笔上好像有息息相通之处，总之很对脾性。他说他也有同感（村上也是翻译家），如果原作不合脾性就很累很痛苦。闲谈当中他显得兴致勃勃。一个小时后我说想要采访他，他示意两位女助手出去，很认真地回答了我的提问。这样，不知不觉又过去了半个多小时。最后我请他为预定四月底出版的中译本《海边的卡夫卡》、为中国读者写一点文字，他爽快地答应下来，笑道："即使为林先生也要写的（林先生のためにも書きますよ）！"

一个半小时后我起身告辞，他送我出门。走几步我回头看了他一眼。就长相而言，村上这个人确实像他自己强调的那样是个"极为普通的人"，没有帅气的仪表，没有挺拔的身材，没有洒脱的举止，没有风趣的谈吐，衣着也十分随便，即使走在中国的乡间小镇上也不会引起任何人的注意。但就是这样一个人在这个文学趋向衰微的时代守护着文学家园并创造了一代文学神话，在声像信息铺天盖地的网络社会执着地张扬着语言文字的魅力，在人们为物质生活的光环所陶醉所迷惑的时候独自发掘心灵世界的宝藏，在大家步履匆匆向前赶路的时候不声不响地拾起路旁遗弃的记忆，不时把我们的情思拉回夕阳满树的黄昏，拉回悄无声息的细雨，拉回晨雾迷蒙的草地和树林……这样的人多了怕也麻烦，而若没有，无疑是一个群体的寂寞、缺憾以至悲哀。

回到住处，我马上听录音整理了访谈录。其中特别有启示性或有意味的有以下四点。

第一点关于灵魂的自由。我问他是什么促使他一直笔耕不辍。他回答说："我已经写了二十多年了。写的时候我始终有一个想使自己变得自由的念头。在社会上我们都不是自由的，背负种种样样的责任和义务，受到这个必须那个不许等各种限制。但同时又想方设法争取自由。即使身体自由不了，也想让灵魂获得自由——这是贯穿我整个写作过程的念头，我想读的人大概也会怀有同样的心情。实际做到的确很难。但至少心、心情是可以自由的，或者读那本书的时候能够自由。我所追求的归根结底大约便是这样一种东西。"

让灵魂获得自由！是呀，村上的作品，一般说来，没有山呼海啸气势磅礴的宏大叙事，没有高大丰满雄伟壮丽的主题雕塑，没有一气呵成无懈可击的情节安排，也没有指点自己走向终极幸福的暗示和承诺，但是有对灵魂自由细致入微的体察和关怀。村上每每不动声色地提醒我们：你的灵魂果真是属于你自己的吗？你没有为了某种利益或主动或被动抵押甚至出卖自己的灵魂吗？阅读村上任何一部小说，我们几乎都可以从中感受到一颗追求自由的灵魂。可以说，他笔下流淌的都是关于"自由魂"的故事。任何束缚灵魂自由的外部力量都是他所警惕和痛恨的。二〇〇九年五月十七日他就下一部长篇的主题接受《每日新闻》采访时明确表示："当今最可怕的，就是由特定的主义、主张造成的'精神囚笼'（精神の囲いこみ）。"而文学就是对抗"精神囚笼"的武器。这使我想起二〇〇九年初他获得耶路撒冷文学奖时发表演讲时说的一句话："假如有坚固的高墙和撞墙破碎的鸡蛋，我总是站在鸡蛋一边（もしここに固い大きな壁があり、そこにぶつかって割れる卵があったとしたら、私は常に卵の側に立ちます）。"他还说："我写小说的理由，归根结底只有一个，那就是为了让个人灵魂的尊严浮现出来，将光线投在上面。经常投以光线，敲响警钟，以免我们的灵魂被体制纠缠和贬损。这正是故事的职责，对此我深信不疑。不断试图通过写生与死的故事、写爱的故事来让人哭泣、让人惧怕、让人欢笑，以此证明每个灵魂的无可替代性——这就是小说家的工作。"二〇一七年四月村上就《刺杀骑士团长》接受媒体采访。记者问他为什么这本书的背景投有纳粹大屠杀和南京大屠杀的历史阴影时，他回答："历史乃是之于一个国家的集体记忆。所以，将其作为过去的东西忘记或偷梁换柱是非常错误的。必须（同历史修正主义动向）抗争下去。小说家所能做的固然有限，但以故事这一形式抗争下去是可能的。"恕我重复他十多年前的话："这正是故事的职责……这就是小说家的工作。"应该说，不屈服于体制等外部力量的压制，为了"让灵魂获得自由"是贯穿村上作品的一条主线。

第二点，关于孤独。交谈当中我确认他在网上回答网友提问时说的一句话："我认为人生基本是孤独的，但同时又相信能够通过孤独这一频道和他人沟通，我写小说的用意就在这里。"进而问他如何看待和处理孤独与沟通的关系。村上回答："是的。我是认为人生基本是孤独的。人们总是进入自己一个人的世界，进得很深很深。而在进得最深的地方就会产生'连带感'。就是说，在人人都是孤独的这一层面产生人人相连的

'连带感'。只要明确认识到自己是孤独的，那么就能与别人分享这一认识。也就是说，只要我把它作为故事完整地写出来，就能在自己和读者之间产生'连带感'。其实这也就是所谓创作欲。不错，人人都是孤独的。但不能因为孤独而切断同众人的联系，彻底把自己孤立起来。而应该深深挖洞。只要一个劲儿地往下深挖，就会在某处同别人连在一起。一味沉浸于孤独之中用墙把自己围起来是不行的。这是我的基本想法。"

前面说了，村上作品始终追求灵魂的自由，但由于各种各样的限制——囚笼也罢高墙也罢——实际很难达到，因此"总是进入自己一个人的世界"，即陷入孤独之中。但孤独并不等同于孤立，而要深深挖洞，通过挖洞获得同他人的"连带感"，使孤独成为一种富有诗意的生命体验，一种无可言传的审美享受，一种摆脱日常平庸的心灵品位和生活情调。正因如此，村上作品，尤其前期作品中的孤独才大多不含有悲剧性因素，不含有悲剧造成的痛苦。而每每表现为一种带有宿命意味的无奈，一声达观而优雅的叹息，一丝不无诗意的寂寥和惆怅。它如黄昏迷蒙的雾霭，如月下缥缈的洞箫，如旷野清芬的百合，低回缠绵，若隐若现。孤独者从不愁眉苦脸，从不唉声叹气，从不怨天尤人，从不找人倾诉，更不自暴自弃。而大多在黄昏时分或夜幕下歪在酒吧或公寓套间里，半看不看地看着墙上的名画复制品，半听不听地听着老式音响流淌出来的老爵士乐，半喝不喝地喝着手中斜举着的威士忌。在这里，孤独不仅不需要慰藉，而且孤独本身即是慰藉，即是升华，即是超度，即是美。一句话，孤独是连接的纽带。在这个意义上，不妨说村上作品中的孤独乃是"深深挖洞"挖出的灵魂深处的美学景观。对了，孤独和"深深挖洞"这个说法让我想起傅雷墓碑上的一句话："赤子孤独了，会创造一个世界。"全文出自《傅雷家书》一九五五年一月二十六日傅雷写给傅聪的信："赤子便是不知道孤独的。赤子孤独了，会创造一个世界，创造许多心灵的朋友！永远保持赤子之心，到老也不会落伍，永远能够与普天下的赤子之心相接相连相契相抱！"你看，"创造一个世界"和村上的"深深挖洞"，"与普天下的赤子之心相接相契相抱"和村上的"在某处同别人连在一起"是不是有异曲同工之妙？

第三点，关于中国。采访的时候我说从他的小说中可以感觉出对中国、中国人的好感，问他这种好感是如何形成的。村上回答说："我是在神户长大的，神户华侨非常多，班上有很多华侨子女。就是说，从小我身上就有中国因素进来。父亲还是大学生的时候短时间去过中国，时常对我讲起中国。在这个意义上，是很有缘分的。我的一个短篇集《去中国的小船》，就是根据小时候——在神户的时候——的亲身体验写出来的。"最后我问他打不打算去一次中国见见他的读者和"村上迷"们，他说："去还是想去一次的。问题是去了就要参加许多活动，例如接受专访啦宴请啦，而我不擅长在很多人面前亮相和出席正式活动。想到这些心里就有压力，一直逃避。相比之下，还是一个人单独活动更快活。"

　　对了，村上在二〇一九年第五期《文艺春秋》杂志发表二万余言长文，再次谈他的父亲，主要谈他三次从军尤其第一次被征兵入伍在中国一年的经历。他说他父亲向小时候的他谈起过日军用军刀砍杀俘虏的事："不管怎样，父亲的回忆、回忆中用军刀砍掉人的脑袋的场景，无须说，在我幼小的心灵留下了强烈烙印。作为一个情景，进而言之，作为一种模拟体验。换句话说，长期压在父亲心头的重负——借用现代用语，即精神创伤——由他的儿子部分地继承下来。人心的联结便是这样一种东西，历史也是这样一种东西。其本质存在于'承袭'这一行为或仪式之中。即使目不忍视，人也必须将其作为自身的一部分接受下来。否则，历史的意义又在哪里呢？"

　　其实，村上并非一次也没来过中国。距今二十五年前的一九九四年六月他从东京飞抵大连，去了大连动物园，看了好一会儿动物园里的猫并为中国动物园有猫感到惊奇。接着从大连去长春，抱着长春动物园里的小老虎照了相，并为被索要照相费感到不解。后来经哈尔滨和海拉尔到达作为目的地的诺门罕——中蒙边境一个普通地图上连名字都没标出的小地方。目的也不是观光旅游，而主要是为当时他正在写的《奇鸟行状录》进行现场考察和取材。说起来，《挪威的森林》最初的中译本是一九八九年七月出版的，距他来华已整整过去五年。但那时还谈不上多么畅销，村上在中国自然也谈不上多么有名，因此那次中国之行没引起任何人任何媒体的注意。我看过他在哈尔滨火车站候车室里的照片，穿一件圆领衫，手捂一只钻进异物的眼睛，跷起一条腿坐着，一副愁眉苦脸可怜兮兮的样子。为这入眼的异物他在哈尔滨去了两次医院。两次都不用等待，连洗眼带拿药才花了三元人民币（三十日元）。于是村上感慨："根据我的经验，就眼科治疗而言，中国的医疗状况甚是可歌可泣。便宜，快捷，技术好（至少不差劲儿）。"

关于中国，村上提得最多的作品就是短篇集《去中国的小船》（中国へのスローボート）中的同名短篇。其中借主人公之口这样说道："我读了很多有关中国的书，从《史记》到《西行漫记》。我想更多一些了解中国。尽管如此，中国仍然仅仅是我一个人的中国。……（我）坐在港口石阶上，等待空漠的水平线上迟早出现的去中国的小船。我遥想中国街市灿烂生辉的屋顶，遥想那绿接天际的草原。"

关于中日关系，在同一部小说中村上借华侨老师之口表达出来的是："中国和日本，两个国家说起来像是一对邻居。邻居只有相处得和睦，每个人才能活得心情舒畅……两国之间既有相似之处，又有不相似之处，既有能够相互沟通的地方，又有不能相互沟通的地方。……只要努力，我们一定能友好相处。为此，我们必须先互相尊敬。"遗憾的是，刚才说了，今年十一月十七日公布的一次调查显示，接近九成的日本人对中国、对中国人持负面印象。至于尊敬，恐怕更是无从谈起了。在某种意义上，这可能也是因为中国和日本"像是一对邻居"

的关系。大家知道，邻居是最见不得对方突然变阔了的——而中国现在恰恰变阔了。

自不待言，村上的中国观或者之于村上的中国没有这么单纯。对于他，中国有历史层面的中国、有文化层面的中国、有体制层面的中国、有意识形态层面的中国、有民间层面的中国。这需要进行学术性研究才能得出结论，三言两语说不清楚。但至少有一点是清楚的，那就是村上的历史认识，也就是对日本侵华历史的认识是很明确的、正面的，这点最初主要体现在他的长篇巨著《奇鸟行状录》中。而在最新长篇《刺杀骑士团长》中得到进一步发展。书中借出场人物之口说道："是的，就是所谓南京大屠杀事件，日军在激战后占据了南京市区，在那里进行了大量杀戮。有同战斗相关的杀戮，有战斗结束后的杀戮。……至于准确说来有多少人被杀害了，在细节上即使历史学家之间也有争论。但是，反正有无数市民受到战争牵连而被杀则是难以否认的事实。有人说中国死亡人数是四十万，有人说是十万。可是，四十万人与十万人的区别到底在哪里呢？"刚才说了，村上在二十多年前的《奇鸟行状录》中就已经提到那场骇人听闻的巨大灾难，但只是寥寥几十个字。而这次，译成中文都有一千五百字之多。不仅篇幅大大增加，而且明确借书中出场人物之口质问杀害"四十万人与十万人的区别到底在哪里呢"。而这恰恰是击中日本右翼分子要害的一问。因为日本右翼分子的惯用伎俩，就是以具体数字有争议为由来淡化大屠杀的性质，甚至否认南京大屠杀作为史实的真实性。而村上一针见血地指出"四十万人和十万人的区别到底在哪里",言外之意,难道可以说四十万人是大屠杀而十万人就不是吗?这表明村上的历史认识已从史实认知层面进入政治层面、现实层面,表现出了村上在审视和追问日本"国家性暴力"的源头及其表现形式时尤其显示出的战斗姿态和人文知识分子的担当意识。二〇〇八年十月第二次见村上时他当面对我说:"历史认识问题很重要。而日本的年轻人不学习历史,所以他要在小说中提及历史,以便使大家懂得历史。并且也只有这样,东亚国家才能形成伙伴关系。"不言而喻,假如在这方面有任何右翼倾向,村上在中国的"人气"都将顷刻间土崩瓦解。他在《文艺春秋》二〇一九年第五期撰文再次表达了他的历史认识:"我们不过是朝着广袤大地降落的海量雨滴中的无名一滴罢了,固有而又能够交换的一滴。然而,一滴雨水自有一滴雨水的情思,自有一滴雨水的历史,自有其继承历史的职责。我们不应该忘却这点。即使它被轻易吸去哪里,即使失去作为个体的轮廓而被置换为集团性的什么而无影无踪。或者莫如这样说:恰恰因为它将被置换为集团性的什么才不应被忘却。"

第四点,关于诺贝尔文学奖。那时候就有人谈论村上获诺贝尔文学奖的可能性了。我问他如何看待获奖的可能性。他说:"可能性如何不太好说,就兴趣而言我是没有的。写东西我固然喜欢,但不喜欢大庭广众之下的正规仪式、活动之类。说起我现在的生活,无非乘电车去哪里买东西、吃饭,吃完回来。

因为不怎么照相，走路别人也认不出来。我喜爱这样的生活，不想打乱这样的生活节奏。而一旦获什么奖，事情就非常麻烦，因为再不能这样悠然自得地以'匿名性'生活下去。对于我最重要的是读者。例如《海边的卡夫卡》一出来就有三十万人买——就是说我的书有读者跟上，这比什么都重要。至于获奖不获奖，对于我实在太次要了。我喜欢在网上接收读者各种各样的感想和意见——有人说好有人说不怎么好——回信就此同他们交流。而诺贝尔文学奖那东西政治味道极浓，不怎么合我的心意。"

　　显而易见，较之诺贝尔文学奖，村上更看重"匿名性"。为此他不参加任何如作家协会那样的组织，不参加团体性社交活动，不上电视，不接受除全国性严肃报纸和纯文学刊物（这方面也极有限）以外的媒体采访。总之，大凡出头露面的机会他都好像唯恐躲之不及，宁愿独自歪在自家檐廊里逗猫玩，还时不时索性一走了之，去外国一住几年。曾有一个记者一路打听着从东京追到希腊找他做啤酒广告，他当然一口回绝，说不相信大家会跟着他大喝特喝那个牌子的啤酒。我想，这既是其性格所使然，又是他为争取灵魂自由和"深深挖洞"所必然采取的行为方式。恐怕也正因为这样，他的作品才会有一种静水深流般的静谧和安然，才能引起读者心灵隐秘部位轻微而深切的共振。纵使描写暴力，较之诉诸视觉的刀光剑影，也更让人凝视暴力后面的本源性黑暗。有时候索性借助隐喻，如《寻羊冒险记》中背部带星形斑纹的羊、《奇鸟行状录》中的拧发条鸟，以及《海边的卡夫卡》的入口石等。在这个意义上，不仅村上本人有"匿名性"，他笔下的主人公也有"匿名性"。事实上《挪威的森林》之前的小说主人公也连名字都没有。也是因为诺贝尔文学奖话题刚刚过去不久，大家可能比较关心，下面我就主要谈谈这点。获奖可能性到底有多大？

话说回来，客观上村上获诺贝尔文学奖的可能性到底有多大呢？我看还是很大的。理由在于，他的作品在很大程度上体现了作为诺贝尔文学奖审美标准的"理想主义倾向"。如他对一个时代的风貌和生态的个案进击式的扫描；他追问人类终极价值时体现的超我精神；他审视日本"国家性暴力"时表现出的不妥协的战斗姿态和人文知识分子的担当意识；他在拓展现代语境中的人性上面显示的新颖与独到，以及别开生面的文体；等等。事实上，他也连续入围十几年。同样作为事实，年年入围年年落得个所谓陪跑下场。二〇一二年败给中国作家莫言，二〇一三年败给加拿大女作家爱丽丝·门罗，二〇一四年败给法国作家帕特里克·莫迪亚诺，二〇一五年败给白俄罗斯女作家斯维特兰娜·阿列克谢耶维奇，二〇一六年败给美国民谣歌手鲍勃·迪伦，二〇一七年败给日裔英国作家石黑一雄，二〇一九年败给波兰作家奥尔加·托卡尔丘克和奥地利作家彼德·汉德克，二〇二〇年败给美国女诗人露易丝·格丽克。个中原因，固然一言难尽。但若容我大胆假设，村上迄今一直未获诺贝尔文学奖的原因会不会和翻译有关——英译本会不会未能充分再现村上文体的特色？而中译本哪怕据说译得再好，在诺贝尔文学奖评审中也派不上用场。

诸位也许知道也许不知道，上海译文出版社二〇一七年花天价买了村上最新长篇《刺杀骑士团长》，的确是天价哟！花这样的天价如果单单买来一个故事，那值得吗？肯定不值得。而若买来的是一种独特的语言风格或文体，一种独特的审美体验，就可能给中国文学的艺术表达带来新的可能性、启示性，那么花多少钱都有其价值。而这种价值的体现，应该说在很大程度上取决于翻译。我一向认为一般翻译描摹皮毛转述故事，好的翻译重构原作的文体和美、文体之美。至于是否果真因为英译本未能重构村上的文体和美以致影响了村上获得诺贝尔文学奖，以后有机会再说，这里姑且让我写的关于翻译的小文章：《白昼之光，岂知夜色之深》作为结束语。

村上处女作《且听风吟》，里边有一位名叫哈特费尔德的虚拟的美国现代作家。出现在开篇第一章，可惜出场就死了。

死于非命。按照他的遗嘱，墓碑上引用尼采这样一句话："白昼之光，岂知夜色之深。"

白昼之光，岂知夜色之深——我之所以特别注意二十多年前自己翻译的这句话，是因为前不久江西科技师范大学一位日语同行来信，信上说他正以拙译为例给研究生上翻译课。当他让学生翻译"昼の光に、夜の闇の深さがわかるものか"的时候，大部分学生套用那首歌名，译为"白天不懂夜的黑"。相

比之下，"您的译文真个超凡脱俗，朴实中透出豪华"！

可惜我这个人全然谈不上"超凡脱俗"。听人批评就恼，听人夸奖就喜。这次喜得心花怒放。上个星期我就带着心花怒放的心情去了中国台湾。去中国台湾淡江大学开村上研讨会。作为会议的一环，中间夹有翻译主题圆桌论坛。我、繁体字版村上译者赖明珠，以及韩国、美国等译者围着圆桌讨论村上作品翻译的"秩序"（Order）。我这次还算老实，谈的题目是"文学翻译的秩序：草色遥看近却无。"其他几位谈的则多是个人翻译体会。于是主持人东吴大学 L 教授，叫我也就此谈谈。我趁机引用南昌那位大学同行信上的例子，以此强调文体（style）忠实对于翻译多么重要。喏，"白天不懂夜的黑"，那岂不译得太平常了？尼采不但是鼓吹"超人"思想的哲学家，而且是格调高迈的欧洲顶级散文家。何况是墓碑引用之语，无论如何不应以日常语体译之……

正当我顾盼自雄之际，比我大几岁的赖明珠女士用日语开口了："依林先生的译法，那恐怕就不是尼采，而是李白了吧？"

全然始料未及。但我好歹也是上过阵的人，两军对垒，舌枪唇剑，一般不至于抱头鼠窜。日语我也是会说的，当即应道：包括台湾同胞在内，但凡中国人，无人不是李白嫡系或非嫡系的后代，这种文化 DNA 至今仍在我们身上绵延不绝，使得中国人对文体、对修辞之美分外敏感和挑剔。而中国传统笔法的特点之一即是简洁明快……话音未落，村上作品波兰语译者、美国波士顿大学一位与会者就此质疑。我耐着性子解释说，就分量而言，日语译成汉语至少减少三分之一，这未尝不是汉语相对 simple（简洁）的一个证据。为了避免汉语沙文主义之嫌，我补充说这并非出于孰优孰劣的价值判断，而仅仅是即席性状况描述。尽管这样，我还是感觉得出，会场气氛开始脱离"秩序"，借用村上的俏皮话，如啤酒瓶盖不慎落入平静的湖面。

论战结束，东京大学一位与会教授告诉我，他下面的发言碰巧要提尼采。果然，他考证村上作品中的尼采引语多有变异，例如这句就无法在尼采原著中原样找见。《查拉图斯特拉如是说》最后部分出现的相关歌词是："噢，人哟，好好听着／听深夜在讲什么？／……人世是那么深／比'白天'想得还要深。"这位东大教授的结论是：《且听风吟》中的这句墓碑引语大约由此而来。

下榻酒店不远就是有名的"淡水老街"。也是为了平息下午会场激起的几分冗奋，晚宴后夜色已深，我独自走去那里。但见老街全然不老。岂止不老，简直青春时尚得不得了。商铺鳞次栉比，货摊比肩继踵。吃的穿的用的玩的，琳琅满目，应有尽有。更时尚的是满街的女孩儿，几乎清一色短裙短裤，个个如刚刚斗胜的小公鸡，示威似的晃动着白花花的大腿，波涌浪翻，势不可当。放眼望去，白花花的大腿，白花花的灯光，白花花的店面和展示窗——尼采哟，好好看着，这里唯有白昼之光，岂有夜色之深……

★此文为 2020 年 12 月 2 日上海电力大学外院讲座讲稿。其主要内容曾先后在以下院校和其他场合讲过：2017 年 11 月 2 日华中科大外院；2017 年 11 月 7 日湖北工大"博学堂"；2017 年 11 月 29 日青岛招商银行；2017 年 12 月 12 日上海师大《外国文艺》沪江杯翻译竞赛颁奖大会；2018 年 6 月 16 日浙江大学中华译学馆；2018 年 8 月 19 日上海图书馆"书香上海文化周"；2018 年 10 月 11 日武汉工程大学、中国地质大学；2018 年 10 月 26 日对外经贸大学；2019 年 4 月 10 日华东政法大学；2019 年 4 月 23 日辽宁师大图书馆；2019 年 5 月 16 日中国海洋大学通识教育讲座第二讲；2019 年 6 月 19 日中国矿业大学"镜湖大讲堂"；2019 年 11 月 22 日山东大学"思源"报告厅；2021 年 5 月 13 日郑州升达经贸管理学院。

村上春树为什么没有获得诺贝尔文学奖

　　诺贝尔文学奖这个话题刚刚过去不久，所以今天就请让我从诺贝尔文学奖讲起。也是因为人们分外关注的村上春树据说连续十几年都与诺贝尔文学奖无缘，所以想重点考证一下或比较性地谈一下村上为什么又没获诺贝尔文学奖。先说诺贝尔文学奖本身。

　　在这个吵吵嚷嚷充满不确定性、偶然性以至荒谬性的世界上，至少有一件事像日出日落一样如期而至，那就是每年十月十日前后公布的诺贝尔奖。这个吵吵嚷嚷的世界也在它公布的一瞬间安静下来，人们或怀着崇敬的心情或带着惊诧的目光注视六个奖项的得主：物理学奖、化学奖、生理学或医学奖、文学奖、和平奖以及经济学奖。闪光灯、掌声、鲜花、笑脸，斯德哥尔摩、燕尾服、优雅而矜持的瑞典国王……

　　这一切当然要归功于一八九六年去世的瑞典化学家、工程师诺贝尔先生。据说终身未婚的他在遗嘱中交代以相当于其大部分遗产的九百二十万美元作为基金创立诺贝尔奖。包括文学奖在内的前五项是他本人生前指定的，而经济学奖则是在他去世七十二年后的一九六八年增加的。除和平奖由挪威议会五人委员会评定外，其他奖项均由瑞典相关机构评审决定。每项奖金为一百万美元左右。从一九〇一年开始，每年在他的忌日即每年十二月十日颁发。

不用说，其中争议最大的就是文学奖。俗话说"文无第一"，全世界谁写得最好并没有绝对客观的标准，实际上不少获奖者也让人始料未及。甚至有人说诺贝尔先生何必惹这个麻烦，设立什么奖不好，而作为科学家和工程师尤其主要鼓捣化学炸药的他偏要设立哪门子文学奖！

可我觉得，这恰恰是诺贝尔非同凡响的地方。他在遗嘱中没设经济学奖而设文学奖，这意味着，诺贝尔先生看重的不是钞票不是股票不是 GDP，而是小说诗歌，是文学艺术。难道这不正是他的远见卓识、他的伟大之处吗？这是因为，其他四项都是关于科学和政治的，唯独文学奖关乎人心，关乎人的心灵、人的精神、人的灵魂。诺贝尔先生显然知道，即使化学再发达、物理学再先进、医学或生理学再高端，那也是很难医治和拯救人的心灵的。进而言之，哪怕再呼吁和平，而若人心、人性出了毛病，和平也无从谈起。而能够医治和拯救人心、人性的，是不是只有两样东西，一是文学，二是宗教或神学。但宗教不可能设奖，宗教是超越世俗的。也许有人想问诺贝尔为何没设数学奖呢？据说与他爱情受挫有关。诺贝尔先生曾跟一个小他十三岁的女孩儿谈恋爱，不料不知何故，女孩儿跟一位数学家跑了。受此打击，诺贝尔终身未婚，也因此对数学怀恨在心。谢天谢地，那位女孩儿总算没跟文学家或文学翻译家跑了。这对诺贝尔先生的个人生活固然不幸，但这一不幸成就了人类文明史上的大幸。

讲到这里，我想趁机和诸位一起思考一个问题：那就是，世界上什么力量最强大？回答或许多种多样。其中不少学者认为、我也不自量力地认为，应该是文化，是包括文学在内的，以文史哲和语言文字为核心的文化的力量最强大。文化的强大是真正的强大，文化的消亡是真正的消亡。章太炎先生认为一个国家可以暂时灭亡，但只要文化没有灭亡，就有复兴的可能。在这个意义上，文化是超越国家、种族、政治，更是超越化学、医学、生理学、物理学的。举个例子。犹太人之所以颠沛流离到处流亡差不多两千年后得以复国，并影响美国以至整个世界，一个主要原因，就在于大部分犹太人没有放弃自己的文化，始终热爱作为文化载体的书籍。而中国历史上能征善战、征服半个中国二百年之久的契丹族，后来之所以没有在中华民族大家庭中找见他的身影，原因固然很多，但最根本的，是这个民族不具有足够顽强的本民族文化和语言。

反过来说，作为中华民族主体的汉族，为什么几经异族入侵和统治而完整延续至今，并开始重现辉煌重振雄风呢？一个主要原因，就在于我们有自成一体、自强不息的文化。或者莫如说，我们有汉字，有汉字记录的文史——我们有汉字记录的二十四史和《诗经》、楚辞、汉赋、唐诗、宋词、元曲，以及《三国演义》《水浒传》《西游记》《红楼梦》。如果拿李白、杜甫、苏东坡、曹雪芹和秦皇、汉武、唐宗、宋祖、朱元璋、康熙、乾隆相比，你说哪个更厉害，哪怕再推崇官本位再官迷心窍的人，恐怕也要回答李白、杜甫、苏东坡、曹雪芹他们更厉害。这是因为，"床前明月光""家书抵万金""大江东去"和宝玉黛玉们，至今仍或委婉或深切或激越或悠扬地拨动着我们的心弦，仍在影响、规定和塑造着我们的人文情怀和审美取向，仍在为我们提供作为中国人之所以为中国人的文化 DNA 或血统证明（identity）。作为中国人，如果你连"床前明月光"都不知道，你还算是中国人吗？还算是文化意义上的而非生物学意义上的中国人吗？不妨说，无论是军人还是商人，无论是职员公务员还是教员研究员，只要是中国人，就都知道"床前明月光"，甚至没上幼儿园就会背"床前明月光"。作为中国人，你可能不知道卡尔·马克思，可能不知道加西亚·马尔克斯，可能不知道博尔赫斯，更可能不知道村上春树（むらかみはるき），但你不可能不知道李太白杜工部，不知道"床前明月光"。说绝对些，在这个世界的任何角落，中国人都可以凭借"床前明月光"找到自己的同胞——你看，文化、文学具有多么顽强的力量、多么神奇的超越性、多么执着的凝聚力。

按林语堂的说法，古典诗歌在中国履行着宗教的职能。或许正因如此，中国才没有产生终极意义上的宗教。但不能说中国人完全没有宗教情怀，这个宗教情怀有可能就是文学情怀，就是"床前明月光"。"床前明月光"永远温暖着、照亮着、升华着我们的心，使得月亮不再是围绕地球旋转的受光天体，而成了形而上的乡情、乡愁、乡思的象征或隐喻，成了情思、遐思、幽思的寄托和表达，成了另一个层面的自己，成了精神性自我的重要构成部分，进而让我们对李白杜甫等民族先贤和古典诗词以至整个传统文化产生向往、敬畏，产生爱与悲悯。不用说，这也是我们文化自信的根据和基础。你看，"床前明月光"是多么伟大！除了诺贝尔先生，我还不知道世界上有谁比它更伟大。甚至诺贝尔先生也远远没有它伟大。

可是，自一九〇一年至莫言获奖的二〇一二年，一百多年时间里诺贝尔文学奖居然把这样的中国，这样长期以文立国、以士立国的文学古国全然晾在一旁不管，这无论如何都说不过去吧？不说别的，一千六百年前六朝诗人谢灵运写出"池塘生春草，园柳变鸣禽"这样的风景名句的时候，欧罗巴人还不知道风景美为何物，"春草"只是他们游牧时所骑马匹的食物，"鸣禽"不过是弯弓射箭的猎物罢了。而作为小说作品，就连一九三八年的诺贝尔文学奖得主、美国女作家赛珍珠都说她想不出西方文学里有什么作品可与《红楼梦》《水浒传》《三国演义》相媲美。

谢天谢地，莫言成为二〇一二年度第一百零九位诺贝尔文学奖获得者。而获奖的一个原因，借用物理学家、诺贝尔物理学奖获得者杨振宁先生的说法，大约就是文学和数学研究，同样都是只要有一颗脑袋即可搞定的玩意儿。是的，文学只要有一颗脑袋即可。莫言那颗从山东高密东北乡红高粱地里钻出来落满高粱花的脑袋，终结了中国本土一百多年来诺贝尔文学奖空白的历史。或许你不喜欢莫言土里土气的长相——莫言本人也不喜欢自己的长相，说自己"长相幽默"——但我们必须感谢他那颗脑袋，感谢他那颗头发虽然不多但精心梳理过、的确不无幽默意味的硕大的脑袋。

在我看来，诺贝尔文学奖的意义首先不在于认定哪部文学作品最好，而在于——前面已经提及了——它把文学置于公众热切的目光和闪光灯下，使得文学可以同科学、同经济学同政治平起平坐，使得我们在科学万能主义、工具理性主义、实用主义、物质主义、消费主义和享乐主义大行其道的今天能够趁机重新认识文学，重新审视和修复自己被那些花花绿绿的"双11"秒杀广告、被票子房子车子位子面子弄得疲惫不堪麻木不仁的心灵，从而走上回家的路，去寻找自己的灵魂归宿和精神故园。至少使我们像了不起的盖茨比那样走出金碧辉煌衣香鬓影的舞池而开始静静注视远方时隐时现的蓝色光点。感谢伟大的诺贝尔先生，感谢诺贝尔文学奖，感谢文学，也感谢暂且为我们消解了诺贝尔文学奖焦虑症的中国当代文学家莫言。

冒昧地说一下我自己，我和诺贝尔奖。尽管这个世界充满了不确定性，但有一点是确定的，尽管这个世界充满无数可能性，但有一点是不可能的，那就是，无论谁怎么看，我捞得诺贝尔奖的概率都是零。世界还不至于荒诞或魔幻、梦幻、科幻到那个地步。我固然不好争斗爱好和平，是个铁杆绿色和平主义者，但诺贝尔和平奖绝无可能落到我头上；我固然课余从事文学创作活动，写一点散文杂文小品文什么的，但没听说有谁写这个写出了诺贝尔文学奖；我固然搞文学翻译并且据说搞得还算不错，起码数量上至少有一百本了，但文学翻译家、翻译匠获诺贝尔文学奖迄无先例。不过，若说我同诺贝尔文学奖毫无干系，却又不尽然。那是怎么回事儿呢？我不说诸位想必也猜出来了：因了我的老伙计村上春树。这个世界说滑稽也滑稽——或者莫如说不知是这个世界滑稽还是我滑稽——人家日本人虚拟中获奖，我这个中国人现实中跟着瞎忙乎。然而事实就是这样。自二〇〇六年以来，每年十月十日前后我都要为村上获奖的可能性或虚拟性获奖接受采访，采访一年比一年频繁和不屈不挠。今年刚刚过去的十月七日还接受了日本主要报纸《读卖新闻》的采访。对了，前年诺贝尔文学奖公布前广东一家媒体（《深圳晚报》）要我就此给村上写一封信，一封公开信，下面就请允许我把前面的大半部分展示一下。大家趁机放松一下，话题也由此进入村上春树与诺贝尔文学奖这个主题。

尊敬的村上春树先生：

自 2008 年第二次见面以来，差不多十年过去了。借用想必您也熟悉的孔子的话说："逝者如斯夫，不舍昼夜！"我知道，十年时间里您也不舍昼夜，出了厚厚的三卷本长篇，又出了不薄不厚的单行本长篇，还出了一本又一本短篇集。同时翻译了雷蒙德·钱德勒、司各特·菲茨杰拉德和塞林格等美国作家好几部长篇。国际奖项好像也拿了好几项。而看照片，您依然毫无倦容，依然一副小男孩发型，依然半袖衫牛仔裤。

而我呢，说起来都不好意思报告。作为作家，没有石破天惊的原创小说；作为学者，没有振聋发聩的学术专著；作为教书匠，没有教出问鼎诺贝尔奖的高才生；作为翻译匠呢，不仅什么奖都没捞着，还时不时遭受批评和指责。唯一捞着的是头上的白发。记得吧？二〇〇八年年前重逢的时候我基本上还满头乌发，没准说四十八岁都有女孩儿信以为真——今非昔比、今非昔比呀！中国古人云"了却君王天下事，赢得生前身后名，可怜白发生"！而我什么也没了却也生了白发！一次演讲的时候讲到大作的孤独主题，我趁机来了个借题发挥：对了，请问诸位世界上最孤独的场景是什么？最孤独最最孤独的，莫过于一个老男人深更半夜在卫生间里独自吭哧吭哧对着镜子染头发！当然，再孤独的生活也有快乐。比如暑假回乡住了一两个月。晨风夕月，暮霭朝晖，蛙跃古池，野径鸡鸣，或银盘乍涌，天地皎然，花间独饮，醉倚栏杆……凡此种种，无不令我乐而忘忧，不知老之已至。不过，您是地道的城里人，未必中意乡下生活和知晓这山村野老的乐趣。

言归正传。十年时间里，也是因为您太忙，所以相互间联系就更少了。我动笔写信还是第一次。然而实际上又和您"联系"多多。不说别的，十年来每年十月十日前后都要接受关于您的媒体采访——采访您获得诺贝尔文学奖的可能性和果真获奖我最想说什么。采访者有贵国的共同社、时事社、NHK、《朝日新闻》和《读卖新闻》等，甚至要我务必在诺贝尔文学奖发布当日 19：00 左右守在电话机旁等候再度电话采访。这不，前几天共同社北京总局又打来了类似电话。至于中国媒体就更多了也更"刁钻"。喏，前年即莫言获得诺贝尔文学奖的二〇一二年居然有媒体问我："你是希望中国的莫言获奖呢还是希望日本的村上获奖？"二者择一，您说这叫我怎么回答？无须说，一方面，您获奖对我有实实在在的好处。您获奖了，瓜分100万美元奖金或跟您去斯德哥尔摩溜达一圈风光一回固然异想天开，但我供职的这所大学的院长甚至校长大人都极有可能对我绽开久违的笑容：原来你小子不是偷偷摸摸鼓捣涉黄"小资"流行作家，而是翻译正儿八经的诺贝尔文学奖大腕儿啊！我因此荣获校长特别奖亦未可知。所以我是打心眼里往外盼望您获奖的。可是另一方面，毕竟我和莫言有共同的中国人DNA。他获奖了，我不仅作为同胞，而且作为半个山东同乡也脸上有光。何况您也清楚：您获奖，在日本是继川端康成和大江健三郎之后的第三位诺贝尔文学奖获得者，无非锦上添花；而莫言获奖，则是中国开天辟地第一人，完全是雪中送炭。如此两难之间，消息传来：莫言获奖了，您没获奖。

为什么获奖的是莫言而不是您呢？在日本在世界上就不必说了，即使在我们中国本土，您的影响也未必亚于莫言。那么为什么获奖的不是您而是莫言呢？不但我，您的同胞、著名文艺评论家、筑波大学名誉教授黑古一夫先生也在思考这个问题。2014年他在比较了大作《1Q84》和莫言的《蛙》之后这样说道："文学本来内在的'批评性'（文明批评、社会批评）如通奏低音一般奏鸣于莫言的《蛙》。然而这种至关重要的'批评性'在村上春树的《1Q84》中全然感受不到。"他随即断言，

"在《1Q84》中，无论村上春树主观上多么注重植根于现实的'介入'（commitment），但其内容恐怕还是与'介入'相去甚远"。唯其如此，"《1Q84》才沦为空洞无物的'读物'"。相比之下，黑古认为几乎与《1Q84》同期刊行的莫言的《蛙》，"敢于如实描写被本国政府推行的'独生子女政策＝计划生育政策'摆布的农民与妇产科医生，以此揭示'政治'与'历史'的失误。所以，莫言获得诺贝尔文学奖说理所当然也是理所当然的"。"正因如此，村上春树才无缘于诺贝尔文学奖（以后恐怕也只能停留在'有力候补'的位置）。而莫言理所当然获此殊荣。"换言之，黑古先生认为您在《1Q84》中并未实际贯彻您在二〇〇九年耶路撒冷文学奖获奖演说中发表的"总是站在鸡蛋一边"的政治宣言。在新作《没有色彩的多崎作和他的巡礼之年》中更是"干净利落地背叛了这个宣言"。

黑古先生说的或许有些绝对，但不是没有根据。作为我也略有同感。是啊，您在《奇鸟行状录》和《地下》《在约定的场所》中面对日本历史上的国家性暴力及其在当下的投影毅然拔刀出鞘，而在《1Q84》中为什么又把刀悄然放下了呢？您在《斯普特尼克恋人》那部相对说来属于"软性"的小说中仍然表示"人遭枪击必流血"，作为回应，"必须磨快尖刀"！不料你在《1Q84》中描写了"人遭枪击"的种种流血场面之后，不仅没有"磨快尖刀"，反而收刀入鞘。或许您说——在《1Q84》第三部中也的确这样实践了——只有爱才能拯救这个世界。那诚然不错。但那是终极理想，而要达到那个终极理想，必须经过几个阶段。尤其在"人遭枪击"、在有"撞墙破碎的鸡蛋"的情况下，而如果不磨刀，如果不坚定"站在鸡蛋一边"，那么怎样才能完成您所说的"故事的职责"呢？黑古先生恐怕正是在这个意义上感到焦虑和提出批评的，希望您认真对待他的批评。

信姑且念到这里——信当然没有实际寄给村上——下面让我就信中的要点约略展开一下。黑古先生说的村上二〇〇九年在耶路撒冷的那篇演说中的相关一段是这样的：

有一句话（message）请允许我说出来，一句个人性质的话，这句话在我写小说时总在脑袋里挥之不去。它并非写在纸上贴在墙壁，而是刻于我的脑壁。那是这样一句话：

假如这里有坚固的高墙和撞墙破碎的鸡蛋，我总是站在鸡蛋一边。

是的，无论高墙多么正确和鸡蛋多么错误，我也还是站在鸡蛋一边。正确不正确是由别人决定的，或是由时间和历史决定的。假如小说家站在高墙一边写作——不管出于何种理由——那个作家又有多大价值呢？……我写小说的理由，归根结底只有一个，那就是为了个人灵魂的尊严浮现出来，将光线投在上面。经常投以光线，敲响警钟，以免我们的灵魂被体制纠缠和贬损。这正是故事的职责，对此我深信不疑。

那么，村上果真站在"鸡蛋一边"了吗？

问题是，事情有这么简单吗？举个例子。以谁都熟悉的《阿Q正传》里的阿Q和赵太爷为例，你站在哪一边？按照村上上面的逻辑，当然要站在阿Q一边。无他，因为赵太爷是"高墙"，阿Q是"鸡蛋"。哪怕阿Q突然伸手去摸小尼姑"新剃的头皮"，哪怕阿Q对吴妈说"我和你困觉，我和你困觉"，哪怕阿Q扑上去拔小D的辫子和偷人家的萝卜，也还是要站在阿Q一边。也就是说，无论阿Q多么错误，而只要他被认定为"鸡蛋"，那么就要站在阿Q一边，支持他反对赵太爷那堵"高墙"。

其实，别看村上说得简单，说得这么坚定，但在他的作品中，如黑古一夫所说，未必有这么坚定的体现。莫如说，在村上文学世界中，恶与善、"高墙与鸡蛋"之间并没有明确的隔离带，而大多呈开放对流状态。例如他在纪实文学作品《地下》的前言中，就对大众媒体将东京地铁沙林毒气事件中的施害者（案犯）和受害者对立起来的报道模式质疑，并为此去法院旁听。旁听当中，他觉得案犯原本都是极普通的人，有人"甚至有善良的一面"，从而"开始极为自然地一点点对他怀有同情之念"。这点在小说《天黑以后》中借主人公高桥之口说得明明白白："所谓将两个世界隔开的墙壁，实际上或许并不存在。纵使有，也可能是纸糊的薄薄的墙……"而到了《1Q84》的教主（Leader）口中，就相应成为这样的表达方式："善恶不是静止的固定的，而是不断变换场所和立场的东西。一个善在下一瞬间就可能转换为恶，反之亦然"——村上在这里提出了"本源恶"，即每个人心中都有黑暗的"地下世界"，都有犯罪DNA。换言之，高墙＝恶（错误）、鸡蛋＝善（正确）这样简单明了的构图在村上以上作品中并不存在。但不管怎样，《1Q84》把不止一人一次地奸淫初潮前十岁幼女的邪教教主，塑造成了为了保持善恶平衡而主动请死的英雄末路式的人物，这也未免太过分了。正因如此，黑古先生才提出那般尖锐的批评。

其实也不单单是黑古一夫这样的评论家和学者，即使村上的日本当代作家同行也有人持有类似疑问。例如片山恭一，以《在世界中心呼唤爱》而声名鹊起的片山恭一就是其中一位。二○一○年十月中旬他来华演讲，我应邀为他的演讲做点评，会下我们谈起村上春树。他对我这个村上译者直言不讳，说村上小说有两个问题：一个是为"国际化"砍掉了许多东西，一个是不知他想表达什么。比如"林老师你在点评中引用村上去年《高墙与鸡蛋》演说中关于个体灵魂与体制的表达——村上说得诚然漂亮，而在作品中实际表达的东西却好像是另一回事儿，不一致"。至于这点是否果真像黑古先生断定的那样使得村上无缘于诺贝尔文学奖，恐怕只能等诺贝尔文学奖评审记录五十年后解密的时候才能确认了。

不过有一点可以确认，诺贝尔文学奖的评审标准是："具有理想主义倾向的杰出文学作品。"一百多年来，诺贝尔文学奖大体授予了维护人的尊严与自由、张扬人的价值和美好的作品，"对人类价值的终极关怀，对人类缺陷的深深忧虑，对人类生活的苦苦探究"是多数获奖作家的共同追求。以此观之，村上春树既可以说距诺贝尔文学奖近了，又可以说离之远了。说近了，是因为他的大部分作品大体具备以上特点；说远了，是因为《1Q84》在善与恶的界定方面没有充分表现出"理想主义倾向"。我认为，善与恶有两种：一种是相对的可以转换的善与恶，另一种是绝对的善与恶。例如纳粹奥斯维辛集中营和日寇南京大屠杀就是绝对的恶。《1Q84》中奸淫幼女的邪教教主也是绝对的恶。如果模糊以至颠覆了绝对的恶的存在，人类社会也就没有了正义与非正义的区别，人类的前进方向也就失去了道义上的依据，"理想主义"的追求的达成也就失去了光照和驱动力。不过可喜的是，这点在二〇一七年出版的《刺杀骑士团长》这部长篇小说中有了明显的进步。

上面讲的是二〇一二年同莫言的比较。那么二〇一三年情况如何呢？以后是否永远像黑古先生预言的那样停留在"有力候补"位置，固然无从得知，但接下来的二〇一三年停留在"有力候补"位置则是事实——众所周知，获奖的是加拿大女作家爱丽丝·门罗。作为同时代作家，村上的影响与声望远在门罗之上。并且在人性发掘这一主题和细节经营、虚实相生等创作手法方面，二者又有相近之处。

加拿大卡尔加里大学英文系教授、英联邦语言文学研究会会长维克多·拉姆拉什（Victor Ramraj）二〇一四年春天访华，就门罗的文学创作在上海演讲。他认为，门罗的作品具有鲜明的地方性（本土性）和普遍性（普适性、世界性）。门罗以加拿大南部乡村为基础构筑其小说世界，却又超越了那一地域文化和历史的独特性，而对于每一个加拿大人以至世界上每一个男人女人都具有普遍吸引力，"回音般复述或唤醒了他们对人性中共通一面所产生的思考和感受"。作为故事，尽管无不植根于富有宿命意味的现实，但故事主人公们同时生活在由梦境和幻想构成的另一平行世界。读者很难将虚拟与现实区分开来。

从以上表述中不难看出村上和门罗相同中的不同：门罗的小说以她生活的乡村为基础（这点同莫言相近），村上则以大都市为舞台；门罗将地方性或本土性同普遍性或世界性熔于一炉，村上则几乎以浓重的世界性淹没了本土性。村上的另一位同行岛田雅彦甚至认为："村上春树的作品之所以能像万金油一样畅销世界各国，是因为他在创作中刻意不流露民族意识，写完后还反复检查，抹去所有民族色彩。这样，他的小说就变得'全球化'了。"至于这点是不是村上再次屈居诺贝尔文学奖"有力候补者"位置的原因，自然不能断言。但有一点可以基本肯定：作为诺贝尔文学奖得主，无论是莫言还是门罗都有浓郁的地方性、本土性生活气息，同时不乏超越性与世界性。

顺便说一下日本第一位诺贝尔文学奖得主川端康成。瑞典学院发布，川端获得诺贝尔文学奖的主要原因，在于他以"卓越的感受性……并用小说的技巧，表现了日本人心灵的精髓"。而川端对日本人心灵的表现大多是通过对自然风景和日本特有的生活道具的赞美性描写完成的，因此，他的小说充满典型的日本风景符号和文化符号，如富士山、樱花、庭园、艺伎、和服、茶道、花道、清酒、寿司等。也就是说，川端绞尽脑汁提取和演示"日本美""日本性"。村上则相反，对川端笔下那些劳什子基本不屑一顾，即使偶尔提及樱花，也同"日本美"和"日本性"了不相干。例如他在《挪威的森林》中这样写道："在我眼里，春夜里的樱花，宛如从开裂的皮肤中鼓胀出来的烂肉。"

以上讲的是二〇一二年、二〇一三年。二〇一二年村上败于莫言，原因可能是"批判性"不够；二〇一三年败于爱丽丝·门罗，原因可能是"本土性"或"日本性"不够；那么二〇一四年呢？二〇一四年十月九日，瑞典学院那位终身秘书再度推门走到一人高的麦克风前发布本年度诺贝尔文学奖得主的姓名：帕特里克·莫迪亚诺。获奖的理由是这位法国作家"用记忆的艺术展现了德国占领时期最难把握的人类命运以及人们生活的世界"。称他为"我们这个时代的马塞尔·普鲁斯特"，意思是说他的作品在主题上相互呼应，"总是相同事物的变奏，它们关乎记忆、失落、身份、寻找"。莫迪亚诺本人也承认他对寻找情有独钟："事情越晦暗，越神秘，我就越感兴趣。我甚至要从不神秘的事情中找出神秘来。"二〇一二年他接受《费加罗》杂志采访时进一步表示："我们不知要去哪里，我们只知道我们必须前行……"而前行的目的就是寻找。

老实交代，莫迪亚诺的小说我还没有好好看。但若允许我根据上面几句评语中"记忆、失落、身份、寻找"几个关键词妄加推断，我以为村上春树与之非常接近。例如寻找。二〇〇一年村上在以《远游的房间》为题给中国读者的信中这样写道："我的小说想要诉说的，可以在某种程度上简单概括一下。那就是：'任何人一生当中都在寻找一个宝贵的东西，但能够找到的人并不多。即使幸运地找到了，实际上找到的东西在很多时候也已受到致命的损毁。尽管如此，我们仍继续寻找不止。因为若不这样做，生之意义本身便不复存在。'"是呀，在《1973 年的弹子球》中寻找月台上的狗，寻找弹子球机；在《寻羊冒险记》中寻找背部带有星形斑纹的羊；在《世界尽头与冷酷仙境》中寻找古老的梦和世界尽头小镇的出口；在《国境以南 太阳以西》中寻找十二岁时握"我"的手握了十秒的岛本；在《奇鸟行状录》中寻找突然失踪的猫和离家出走的老婆；在《斯普特尼克恋人》中寻找给我以"无比温存的抚慰"的女孩堇；在《1Q84》中青豆寻找天吾、天吾寻找青豆；而《没有色彩的多崎作和他的巡礼之年》就更不用说了，多崎作从头到尾寻找高中时代"五人帮"的其他四人。最新长篇小说《刺杀骑士团长》中，主人公寻找"刺杀骑士团长"这幅画的创作秘密、免色寻找他的女儿。有失落才有寻找。可以说，村上文学母题之一或者核心就是失落与寻找，失落与寻找的周而复始，并在这一过程中确认记忆和自我身份的同一性。

哈佛大学教授杰·鲁宾就曾敏锐地觉察了这一点，他说村上的寻找过程"全部以喜闻乐见的轻松形式处理，不沉闷滞重，不抑郁，诚恳而全无伪善的幻觉。他用我们这个时代的语言向我们描述极度虚无的、令人敏感的生活的真正趣味和躁动"。鲁宾进一步断言："平凡和亲切是他作品最显眼的特征。村上最出色的成就就是体察出了市井小民生活中的玄秘和疏离。"同时强调"村上春树了不起的成就就在于对一个平凡的头脑观照世界的神秘和距离有所感悟"。无独有偶，杰·鲁宾同样提及普鲁斯特：村上"为我们这个高度商业化、低胆固醇时代提供一种清新的低卡路里式的普鲁斯特趣味。他处理的都是那些根本性的问题——生与死的意义、真实的本质、对时间的感觉与记忆及物质世界的关系、寻找身份和认同、爱之意义……"

通过以上引文不难看出，村上作品的关键词同样是记忆、失落、身份、寻找、普鲁斯特，同样"从不神秘的事情"即市井小民生活中感悟和寻找神秘。遗憾的是，瑞典学院那位秘书没有用来概括村上荣获诺贝尔文学奖的理由。显然，较之村上"以文学形式就日常生活的细节做出了不可思议的描写，准确地把握了现代社会生活中的孤独感和不确定性"（普林斯顿大学授予村上荣誉文学博士的评语）。诺贝尔文学奖评委们更看重莫迪亚诺"用记忆的形式展现了德国占领时期最难把握的人类命运以及人们生活的世界"。

再看一下二〇一五年。二〇一五年十月八日揭晓的诺贝尔文学奖得主是白俄罗斯女作家、记者斯维特兰娜·阿列克谢耶维奇。颁奖词为"她的复调书写是对我们时代的苦难和勇气的纪念"。瑞典学院新任常任秘书萨拉·丹尼尔斯在揭晓后接受采访时表示，阿列克谢耶维奇创造了一种新体裁，拓展了文学的形式。这种新体裁或新的文学样式就是纪实文学。实际上这位白俄罗斯女作家的作品也多为纪实文学，以采访当事人的访谈方式记录了第二次世界大战、阿富汗战争、苏联解体、切尔诺贝利核电站事故等人类历史上的重大事件，揭示二十世纪历史深处人类难以直面的真相。并在这一过程中"深挖人性当中的精神痛苦和不完美过程中的一种真实的和谐"（阿列克谢耶维奇作品《我是女兵，也是女人》译者、凤凰卫视资讯台执行总编吕宁思语）。吕宁思同时指出："阿列克谢耶维奇的作品有着对现实，甚至是人性的一些批判。包括对战争的批判。……她在作品中道出战争的非正义，敢于批判当时的领导层。"在一九九一年到二〇一二年采访无数当事人写成的《二手时间》这本书中，作者在反思苏联历史后质问我们：如果乌托邦引来了灾难，贪婪的资本主义模式把我们拖进万劫不复的深渊，我们破坏了环境，造成了精神的虚无，还留下什么路可以走？其实村上也有纪实文学作品《地下》及其续篇《在约定的场所》（《应许之地》），同样以采访当事人的方式记录、揭露了东京地铁沙林毒气事件整个过程及事件制造者奥姆真理教的内幕，控诉其非人道主义行径。遗憾的是，至少规模、格局就无法同前者相提并论。手法过于单一，也缺少文学性。

　　如此看来，诺贝尔文学奖评审委员会可能大体青睐于这样的文学作品：一、以宏大视角和悲悯情怀书写人类充满苦难和困窘的历史。二、有社会担当意识和现实介入力度，体现文学的根本指向性和伦理的根本责任。三、有独特的创作理念和创作手法。与其相关，评委们似乎不大喜欢个体小视角透视下的过于琐碎的个人生活片段、情感经历和生命体验。亦即对游离于社会、疏离于民众的小确幸、小孤独、小纠结、小郁闷不感兴趣。一句话，评委们可能认为村上文学不具有经典性文学作品的特点。

在我看来，文学最本质的功能，除了关乎灵魂，还在于文字审美，即以文字艺术给人以美的感动，给人的心灵以美妙的震颤。这也是文学唯一无法被取代的功能。美国文学理论家、批评家哈罗德·布鲁姆《史诗》前言："关于想象性文学的伟大这一问题，我只认可三大标准：审美光芒、认识力量、智慧。"是的，审美！村上文学可以说是这个意义上的"杰出文学作品"。或者不妨这样说，较之人类的灾难史，村上笔下展示的更是心灵史。

接下去说二〇一六年。二〇一六年没什么可说的，因为二〇一六年是个例外——例外地把诺贝尔文学奖塞给了鲍勃·迪伦。没给村上春树倒也罢了，居然把全世界那么多眼巴巴傻等苦盼的作家、写手晾在一边，偏偏给了一位歌手——七十五岁的鲍勃·迪伦成为自一九〇一年以来第一百一十三位诺贝尔文学奖得主。说得极端些，文学奖忽一下子成了音乐奖？

授奖理由也似乎没有回避这一点：鲍勃·迪伦"为伟大的美国歌曲传统带来了全新的诗意表达"——for having created new poetic expression within the great American song tradition. 并不复杂的英语，高中生都大体译得出来。所谓"诗意表达"，大约主要是指歌词。实际上他的作词也被普遍视为最大的贡献。问题是，相比于世界各国各地诗人笔下的诗作和纯文学小说作品，歌词能够称为独立的文学样式吗？鲍勃·迪伦本人也怀有同样疑问，他没有出席十二月十日举行的诺贝尔文学奖颁奖典礼，而请美国驻瑞典大使 Azita Raji 代读致辞，其中直言不讳："我的歌是文学吗？"说到底，歌词是为谱曲、为演唱而存在的，离开了曲，离开了唱，歌词岂非寸步难行？也许你说千古传诵的宋词当时不也是歌词呢？可我要说，鲍勃·迪伦能同苏东坡辛稼轩和柳永秦观那样的文学家等量齐观吗？作为假设，把苏学士的"大江东去"和柳郎中的"杨柳岸晓风残月"作为诺贝尔文学奖对象，至少我是心悦诚服的，纵然和村上春树相比。

那么二〇一七年情况如何呢？二〇一七年诺贝尔文学奖评审结果也未尝不符合村上春树作品的一个主题，那就是：世界也好，人生也好，命运也好，都充满了不确定性、偶然性，以至荒诞性。这不，当人们的目光大多仍在村上身上恋恋不舍的时候，斯德哥尔摩于十月五日宣布，二〇一七年度诺贝尔文学奖颁给日裔英国作家石黑一雄。颁奖理由是他的"小说中展现的巨大的情感力量，发掘了我们与世界虚幻性连接感底下的深渊"。同时指出石黑一雄作品最大的主题是：记忆、时间和自我欺骗。

其实，就瑞典学院指出的这一主题，尤其记忆这个关键词来说，用在村上身上也说得过去。前面说过的哈佛大学教授、《奇鸟行状录》等村上作品的译者和研究者杰·鲁宾（Jay Rubin）在他的专著《倾听村上春树——村上春树的艺术世界》（Haruki Murakami and Music of Words）中曾以独到的眼光捕捉了村上同大江健三郎的共同点："这两位作家都在深入探讨记忆与历史、传奇与故事讲述的问题，都继续深入情感的黑暗森林，追问作为个人、作为世界的公民、作为日本人的他们到底是谁。"而记忆也可以说是村上春树与石黑一雄的一个共同点。究其原因，想必出于两人都担忧国家权力在向人民灌输历史观时往往存在滥用集体记忆的问题。与此同时，一种欺骗式遗忘也发生在个体中间，因为他们被剥夺了自行就其行为进行描述的原始动力。石黑一雄的小说几乎全部关乎记忆或遗忘。他说："我是那种对于过去的不安回忆很敏感的人……我也对一个重要的问题感兴趣：一个社会、一个国家、一个族群是如何记忆和遗忘的？什么时候一个社会最好抛下难堪的过去继续前进，什么时候最好回头面对族群和国家曾经做过的那些不安的事？"（参阅 2017 年 10 月 11 日《中华读书报》）

必须说，村上同样执着于这点。大家知道，村上二〇一七年春天出版了《刺杀骑士团长》这部上下卷一千多页的大长篇。当记者问他作为小说背景为什么投有纳粹德国大屠杀和南京大屠杀的历史阴影时，村上回答："历史乃是之于国家的集体记忆。所以，将其作为过去的东西遗忘或偷梁换柱是非常错误的。"村上随后表示："故事虽不具有即效力，但我相信故事将以时间为友，肯定给人以力量。如果可能，但愿给人以好的力量。"这就是说,村上决心用小说这一形式同滥用集体记忆向人民灌输错误历史观问题,亦即历史修正主义动向抗争下去。二〇一九年五月他在《文艺春秋》杂志撰文再次表示:"历史的本质存于'继承'这一行为或仪式之中。即使目不忍视,人也必须将其作为自身的一部分接受下来。否则,历史的意义在哪里呢?"

事实上村上和石黑一雄这两位作家也互相欣赏。他们早在二〇〇一年就见面聊了两个多小时,聊了爵士乐,聊了跑步,颇有相见恨晚之感。村上说他十分喜欢石黑的小说。石黑每出一本书他都要买,买来后即使正在看别人的书也要停下来看石黑的书。石黑一雄的作品迄今已被译成二十八种语言,颇受欢迎。村上认为受欢迎的部分原因是"他的小说有一种特别坦诚和温柔的品质,既亲切又自然"。而这样的品质,村上的小说也同样具有。例如杰·鲁宾就在上面那本书中断言:"平凡和亲切是他作品最显眼的特征。"——也就是说,除了在记忆这个关键词上有共同点,又在小说品质上相仿。

去年二〇一九年获奖的两位作家也未尝不可以印证这一点。一位是波兰女作家奥尔加·托卡尔丘克,其获奖理由是:"她叙事中的想象力,充满了百科全书般的热情,这让她的作品跨越文化边界,自成一派。"另一位是奥地利作家彼得·汉德克,其获奖理由是:"他兼具语言独创性与影响力的作品,探索了人类体验的外围性和特殊性。"喏,这些理由完全可以用在村上身上。比如想象力、影响力,比如跨越文化边界,比如体验的外围性即超验性，尤其语言独创性。二〇二〇年获奖的是美国女诗人露易丝·格丽克，其获奖理由是"她充满诗意的声音和朴素的美使个体存在具有普遍性"（确定无疑的诗性声音，伴随着严苛的美（austere beauty）将个体生命放大到普遍存在）。一般认为她的诗长于对心理隐微之处的把握，进而导向人这一存在的根本问题：爱、死亡、生命、毁灭——这些文学与哲学的终极命题如一颗颗黑珍珠闪现在格丽克的诗中，使她貌似黯淡的诗有一种沉沦世界、一种人性深渊的诗性之美。与此同时，她具有一个微不足道的瞬间转化为枝繁叶茂的神秘花园的能力。（参阅 2016 年 8 月 20 日《新京报·书评周刊》）

而这样的文学主题和品质在村上作品中同样不难找见。哈佛大学教授杰·鲁宾在上面引文中就曾断言村上"处理的都是那些根本性问题——生与死的意义、真实的品质、对时间的感觉与记忆及物质世界的关系、寻找身份和认同、爱之意义"。而对于可以从中看出你我影像的个体的细致入微的体察、关注和诗意描述更是村上文学一个显而易见的特征，也是村上文学长河的一个主流。

然而村上还是同诺贝尔文学奖失之交臂，也就是说村上作品差不多连续十几年始终不入诺贝尔文学奖评委们的法眼。那么，在诺贝尔文学奖评委们看来，村上的问题到底出在哪里呢？

二〇一五年诺贝尔文学奖揭晓后诺贝尔文学奖评委霍拉斯接受腾讯文化采访。当时他把包括村上在内的一些作家比作明星："如果他们表现成功，可以走向国际，就像足球明星一路踢到世界杯那样。村上春树就是这样的典型作家，正好迎合了这种市场。他们的写作刚好实用：读者可以把书带在身边，读一段也觉得很有代入感；读完了就可以扔掉，甚至不需要记住作者的名字。当然，人们记住了村上春树。"一句话，这位诺贝尔文学奖评委认为村上作品不具有纯文学以至经典性文学作品的特点。文化学者、北大中文系张颐武教授也持类似看法，他在二〇一七年十月二十八日的《社会科学报》发表文章，谈完石黑一雄作品的纯文学性质，捎带谈起村上："至于村上春树，这些年一直是媒体和公众炒作的中心，在公众名气上他在全球都大。但太畅销，有通俗作家的意味，没有那种纯文学的复杂感觉，自然难于获奖。可诺贝尔文学奖也要有公众影响，因此村上每次都被提出来。"关于今年村上为什么没获诺贝尔文学奖，社科院外文所白烨先生在诺贝尔文学奖公布后接受中新网采访时这样说道："据我的观察，读者越追捧的，诺贝尔文学奖越不会考虑。所有越是有'热度'的作家，可能越获不了奖。"白烨同时认为，村上作品在艺术上跨度很大，有高雅之作，也有通俗之作。有一些作品如《挪威的森林》已成为流行文学的经典。村上获不获奖，都不会影响他在读者心中已有的地位。这就是说，"畅销""热度""通俗""流行文学"元素仍是村上获诺贝尔文学奖的障碍。

持这种看法的，自然不局限于霍拉斯、张颐武和白烨，也似乎是文学界乃至学术界较为通行的看法。可是我不情愿这样看。

刚才说了，二〇一六年鲍勃·迪伦获奖的理由是他"为伟大的美国歌曲传统带来了全新的诗意表达"。而关于二〇一七年获奖的石黑一雄，瑞典学院常务秘书萨拉·丹尼罗斯特意介绍说石黑"是一位非常正直的作家。他目不斜视地开拓出了自己的一片美学天地"。去年获奖的汉德克的授词说他"兼具语言独创性"，今年的格丽克的获奖理由首先提出她的作品"充满诗意"。我认为，村上春树作品也有足够新颖的诗意表达，也独自开拓出了一片美学天地，也有语言独创性和充满诗意。姑且让我从村上最新长篇小说《刺杀骑士团长》中举几个比喻修辞方面的例句看一下。

△云隙间闪出几颗小星星。星星看上去宛如四溅的细碎冰块——几亿年从未融化的坚硬的冰块。

△（他）缓缓走到门口按下门铃，就好像诗人写下用于关键位置的特殊字眼，慎重地、缓慢地。

△秋川真理惠的姑母说话方式非常安详，长相好看。并非漂亮得顾盼生辉，但端庄秀美，清新脱俗，自然而然的笑容如黎明时分的白月在嘴角谦恭地浮现出来。

△目睹她（十三岁美少女真理惠）面带笑容，这时大约是第一次。就好像厚厚的云层裂开了，一线阳光从那里流溢下来，把大地特选的空间照得一片灿烂——便是这样的微笑。

△（她的耳朵）让我想起秋雨初霁的清晨树林从一层层落叶间忽一下子冒出的活泼泼的蘑菇。

△年轻的姑母和少女侄女。固然有年龄之差和成熟程度之别，但哪一位都是漂亮女性。我从窗帘空隙观察她们的风姿举止，两人并肩而行，感觉世界多少增加了亮色，好比圣诞节和新年总是联翩而至。

如何，这些比喻是不是都很新颖别致？其中的诗意、诗性和美学天地未必亚于鲍勃·迪伦和石黑一雄，也未必亚于汉德克和格丽克。

那么为什么村上一次又一次一年又一年落得所谓陪跑下场呢？冥思苦想之间，忽然雾散云开：村上作品的英译本大概未能充分传达原作的诗意、原作的美学天地和原作的语言独创性！前面说过的哈佛大学教授杰·鲁宾（Jay Rubin）认为村上的英文翻译腔式文体（日本已故知名作家吉行淳之介称之为"美国风味"）是一把双刃剑："村上那种接近英语的风格对于一位想将其译'回'英文的译者来说，其本身就是个难题——使得他的风格在日语中显得新鲜、愉快的重要特征正是将在翻译中损失的东西。"诚然，"显得新鲜、愉快的重要特征"并非诗意的同义语，但理应包括诗意（Poetic）在内。我也问过身边读过《挪威的森林》英译本、德译本的同事，得到的回答大体是：简洁固然简洁，但总觉得其中少了一点儿韵味。这里所说的韵味，完全可以理解为诗意、诗意表达（Poetic expressions），也不妨说是美学天地。是的，想象力也好，超验性也好，翻译起来都比较容易。唯独语言的独创性、语言的诗性不好翻译。

而英译本可能由于杰·鲁宾所说的原因，客观上未能译好，以致诺贝尔文学奖评委们认为村上小说更像是有侦探小说、科幻小说元素的流行文学、通俗文学，因而未能顺利进入村上作品同样具有的"美学天地"。二〇一八年十月十三日诺贝尔文学奖揭晓前我不知第几次接受日本时事社预备性采访时，我首先肯定村上文学是有明确审美指向和艺术追求的纯文学、严肃文学。同时谈及村上在中国走红的三个原因。一是对当代城市青年孤独感、疏离感等心灵处境的细腻刻画和诗意开拓，二是简洁、机智和富有节奏感的语言风格，三是善于营造不无诡异而又温馨曼妙的艺术氛围。这三点都关乎诗意，关乎美学。而作为中译本的拙译特点之一，大约就是较有诗意，或者较有美学意韵。——"悠然心会，妙处难与君说"。遗憾的是，中译本在诺贝尔文学奖评审中根本派不上用场。唯一懂中文的马悦然先生一年前也已去世。而诺贝尔文学奖评委们又无人懂日语，因而很难充分体味村上文学中的"诗意表达"，未能进入其"美学天地"。理所当然，村上没获奖，所谓"带来全新的诗意表达"的迪伦获奖了，开拓出"美学天地"的石黑一雄又获奖了，具有"语言独创性"的汉德克获奖了，"充满诗意"的二〇二〇年的格丽克又获奖了。

那么村上本人对获诺贝尔文学奖是怎么看的呢？早在二〇〇三年初第一次见村上的时候我当面问过他如何看待获诺贝尔文学奖的可能性（那时就已经有这种呼声了）。他回答："可能性如何不太好说，就兴趣而言我是没有的。写东西我固然喜欢，但不喜欢大庭广众之下的正规仪式、活动之类。说起我现在的生活，无非乘电车去哪里买东西、吃饭。吃完回来。不怎么照相，走路别人也认不出来。我喜爱这样的生活，不想打乱这样的生活节奏。而一旦获什么奖，事情就非常麻烦。因为再不能这样悠然自得地以'匿名性'生活下去。对于我最重要的是读者。……而且诺贝尔文学奖那东西政治味道太浓，不怎么合我的心意。"

假如有一天果真获奖，哪怕再不合心意，村上恐怕也还是要去斯德哥尔摩发表演讲的。讲什么呢？川端康成讲的是"美丽的日本和我"，大江健三郎讲的是"暧昧的日本和我"。那么村上呢？我猜他十有八九要讲"虚无的日本和我"。二十九年前他就在《舞！舞！舞！》中描绘过相关场景："颁奖致辞在瑞典国王面前进行……阳光普照，冰川消融，海盗称臣，美人鱼歌唱。"

以上啰唆了这么多，诸位想必也听出了，其实，较之纯粹探讨村上近四年为什么没有获得诺贝尔文学奖的原因，莫如说目的更在于一起思考文学、文化的功能，思考优秀文学之所以为优秀文学的根据及其可能为我们提供的启示性或借鉴价值，寻找共同的文化坐标、灵魂归宿和精神家园。为此而聚焦于莫言、爱丽丝·门罗、帕特里克·莫迪亚诺、阿列克谢耶维奇、鲍勃·迪伦、石黑一雄、奥尔加·托卡尔丘克、彼得·汉德克、露易丝·格丽克和村上，尤其聚焦于村上春树。

★ 此文为 2020 年 11 月 6 日青岛大学"周五之夜"讲稿。其主要内容，此外曾在以下学校和其他场合讲过：2014 年 11 月 4 日东莞"东山湖大讲堂"；2014 年 12 月 12 日武汉大学"珞珈山大讲堂"；2014 年 12 月 14 日华中农大"狮子山大讲堂"；2016 年 11 月 2 日华中科大"大学生人文素质教育讲座"；2016 年 11 月 9 日湖南师大"读书节"；2016 年 11 月 19 日中国海洋大学生命学院；2016 年 11 月 25 日安徽农大外国语学院；2017 年 11 月 16 日重庆邮电大学"移动文化"；2017 年 11 月 21 日嘉应学院；2019 年 11 月 24 日中国海洋大学通识教育讲座第六讲；2019 年 11 月 5 日湖北工大；2019 年 11 月 9 日湖北省图书馆；2019 年 11 月 12 日武汉工程大学。

村上春树：书里的孤独　书外的孤独

二〇二〇年是特殊年月，抗疫非常时期，大家外出少了，尤其上半年，基本窝在家里不动。眼下虽然上课正常了，但仍有不少活动受到制约，难免让人多少感到孤独。不用说，谁都不会为制约和孤独而欢欣鼓舞眉开眼笑。但另外，未尝不是读书的好时机。借用村上春树的比喻：云层即使再黑再厚，背面也银光闪闪。这样，今天我想从我和大家较为熟悉的村上春树切入讲讲读书，讲讲孤独，讲讲读书与孤独的关系。或者说从读书与孤独这个角度重温一下村上文学。尽管今年获得诺贝尔文学奖的又不是村上春树，而是美国诗人露易斯·格丽克，但这丝毫也不影响村上文学的价值，不影响他在读者心目中的地位，他本人也未必因此感到孤独。当然，能得诺贝尔文学奖肯定好，放在我身上，一百万美元奖金至少可以让我在崂山校区附近买一套足够气派的房子，里边有足够大的书房，但买不成又怎么样呢？生活照样进行，至少我照样在这里忽悠。对于村上更是如此。他照样读书，照样写书，照样享受读书的孤独和孤独的读书。作为他，甚至觉得诺贝尔文学奖是个麻烦。记得二〇〇三年第一次见面的时候他亲口对我说："我现在的生活，无非乘电车去哪里买东西、吃饭，吃完回来。不怎么照相，走路别人也认不出来。我喜爱这样的生活，不想打乱这样的生活节奏。而一旦获什么奖，事情就非常麻烦。因为再不能以这样'匿名性'生活下去。"他还斩钉截铁地断言："诺贝尔文学奖那东西政治味道太浓，不怎么合我的心意。"

自不待言，读书有可能是世界上最孤独的活动。不需要任何人搭理，不需要任何人配合。尤其可贵的是，读书能够稀释孤独、排遣孤独，甚至升华孤独。或者不妨说，只要处于读书状态，我们就不会感到孤独。即使感到孤独，也是美妙的孤独、幸福的孤独、乐在其中的孤独。所以今天——刚才说了——就请让我讲讲读书与孤独。

噢，开场白够长的了，索性再加长一点点好了！实不相瞒，春节前一个星期我去了大理古城，住在城内一家客栈。临近除夕，众所周知的疫情开始波及全国，作为热门旅游景区的大理古城，虽未发现病例，但为防患于未然，很快采取"封城"措施，不再接待新来游客。昨天晚间还满街满巷红男绿女，今早起来一看，简直是诸葛孔明"空城计"的现代版——几乎所有人都来了个"人间蒸发"，利利索索，干干净净，清清爽爽。漫步街头，但见街面畅通无阻，房舍秩序井然，四野静寂，地老天荒。

黄昏时分沿着古城墙向东走去。左侧民居关门闭户，空无人影；右侧城墙笔直延伸，萧索苍凉。行走之间，蓦然想起村上《世界尽头与冷酷仙境》中的"世界尽头"："环绕钟塔和小镇的围墙，河边排列的建筑物，以及呈锯齿形的北尾根山脉，无不被入夜时分那淡淡的夜色染成一片黛蓝。除了水流声，没有任何声响萦绕耳际。"可以断言，如果再有披一身金毛的独角兽出现，我肯定一下子去了那边，去了村上的书中世界。

好，下面就从这里进入今天讲座的主题：书里的孤独，书外的孤独。或者"读者与孤独"。

《世界尽头与冷酷仙境》这本书，在村上十几部长篇小说里边，不算特别红火，但纯粹就艺术性来说，堪称别具一格。在孤独的环境、孤独的氛围、孤独的心境的描写上面尤见特色。如日本一位文艺评论家所说，虚拟世界比现实世界还要真实、还要现实。读之，感觉上真好像到了"世界尽头"。且看"世界尽头"那座孤独的小镇："当号角声弥漫小镇的时候，兽们（独角兽们）便朝太古的记忆扬起脖颈——超过一千头之多的它们以一模一样的姿势一齐朝号角方向昂首挺颈……刹那间一切静止不动。动的唯有晚风中拂卷的兽毛。我不知此时此刻它们在思考什么凝视什么。兽们（独角兽们）无不朝同一方向以同一角度歪着脖子，目不转睛地盯视天空，全身纹丝不动，侧耳谛听号角的鸣声。少顷，号角最后的余韵融入淡淡的夕晖。……旋即，日落天黑，夜的青衫盖上它们的身体。"

主人公"我"（ぼく）不知因了什么一个人孤零零进入这座作为世界尽头的孤独的小镇。他孤独到了什么地步呢？孤独得连影子都没了。常言说，如影随形，形影不离，形影相吊，"举杯邀明月，对影成三人"，作为存在状态，这已经足够孤独了。然而主人公"我"的影子都被剥离开来：喏，"看门人从衣袋里掏出小刀，将锋利的刀尖插进影子与地面间的空隙，忽左忽右地划动了一会儿，便把身影利利索索地从地面上割去了。"于是"我"，没了影子的"我"彻底孑然一身、孤身一人。小说的最后，影子终于找到被城墙围住的小镇的外逃途径，要"我"和它一起逃离。但"我"拒绝了，"我"要留下来。一个原因，在于小镇上有图书馆，图书馆有需要自己阅读的"古梦"。你看，图书馆和阅读便是有如此神奇的作用，足以让一个人宁可舍弃外面吃喝玩乐多姿多彩的世界，甚至舍弃自身的影子也要留在孤独的小镇过孤独的日子。换个说法，未尝不可以说书和阅读具有可以化解孤独的功效！

这点在村上其他小说中也有表现。不妨认为，图书馆、书和音乐一样，都是村上文学中的重要元素。例如《海边的卡夫卡》。十五岁的主人公、名叫乌鸦的田村卡夫卡在"甲村图书馆"里读了很多书。小说几次强调田村卡夫卡最喜欢的地方就是图书馆，从小就经常在图书馆里看书，即使看不太懂的书也坚持看到最后一页。他说："图书馆好比我的第二个家。或者不如说，对我来说图书馆才是真正的家。"离家出走来到高松市区，村上也刻意安排他住进刚才说的"甲村图书馆"。田村卡夫卡在那里看了《一千零一夜》，看了弗兰茨·卡夫卡的《在流放地》，看了夏目漱石的《矿工》《虞美人草》等好几本书。书或者阅读不仅冲淡了田村卡夫卡的孤独感，而且连同其他种种经历，一并给他以精神救赎（こころのいやし），如村上中文版序言所说，促使他的精神"聚敛成形"，"成为世界上最顽强的十五岁少年"。

村上最新的长篇小说《刺杀骑士团长》，里面虽然没有出现图书馆，但有书房，免色的书房。看了这本书的朋友都知道，免色有钱，钱不知怎么来的，反正就是有钱，绝对是个大富豪，不折不扣的大富豪。但他这个大富豪不是"土豪"，独身，或单身，有没有影子倒是没说，反正一表人才，举止得体，衣着考究，每一件衣服都像从洗衣店刚刚取回似的。而且喜欢看书，家里有书房。请看书中关于其书房的描述："一面墙壁从地板到天花板全是倚墙做成的书架……书架无间隙地摆着各种开本的书籍。还放有木墩以便踏脚取高处的书。看得出，哪一本书都有实际在手中拿过的痕迹。在任何人眼里都显然是热心读书家的实用藏书，而不是以装饰为目的的书架。"甚至卫生间里都摆着随手可取的书。他就这样一个人孤孤单单住在山顶一座白色豪宅里。一次主人公"我"问他不孤独吗？他说有这么多书还没看完，哪里会有时间孤独！没时间孤独！喏，书多好，阅读多好，想孤独都不可能，独身都没时间孤独！其实，免色的有钱也和阅读有关。他搞的不是实业，而是和电脑、股票有关系的相当神秘的知性名堂。

大家熟悉的《挪威的森林》里的渡边君就更喜欢书了。第三章有这样一段："当时我喜欢的作家有：杜鲁门·卡波蒂、约翰·厄普代克、司各特·菲茨杰拉德、雷蒙德·钱勒德。……我只能一个人默默阅读，而且读了好几遍。时而合上眼睛，深深地把书的香气吸入肺腑。我只消嗅一下书香，抚摩一下书页，便油然生出一股幸福之感。对十八岁那年的我来说，最欣赏的书是约翰·厄普代克的《半人马星座》。但在反复阅读的时间里，它逐渐失去了最初的光彩，而把至高无上的地位让给了菲茨杰拉德的《了不起的盖茨比》。而且《了不起的盖茨比》对我始终是绝好的作品。兴之所至，我便习惯性地从书架上拽出《了不起的盖茨比》，信手翻开一页，读上一段，一次都没让我失望过，没有一页使人兴味索然。何等妙不可言的杰作！"再往下，我不说你们也早都知道了，渡边君还因为读这本书交到了朋友，永泽那个朋友。永泽说："若是通读三遍《了不起的盖茨比》的人，倒像是可以成为我的朋友。"说起来，除了永泽，渡边君没什么朋友。有两个女朋友，情况还那么复杂，那么纠结。可想而知，如果没有书，他的青春不知会有多么孤独！

对了，书不仅可以让人像渡边君那样交到同性朋友，甚至可以交到异性朋友。猜猜是哪一本书中的？《东京奇谭集》。这部短篇集的第一篇名叫《孤独的旅人》。主人公是钢琴调音师。每个星期二他都在一家书店的咖啡屋看书，当时看的是狄更斯的《荒凉山庄》。一次他从卫生间折回座位时，邻桌一位同样静静看书的女子向他打招呼，问他正在看的书是不是狄更斯的《荒凉山庄》。主人公反问"您也喜欢《荒凉山庄》"。女子扯下包书皮，出示封面，告诉他自己也在看同一本书。女子个头不高，"胸部丰硕，长相蛮讨人喜欢。衣着很有格调，价位看上去也不低"。两个人开始交谈，中午一起在购物街一家餐馆吃饭。下个星期二两人仍在同一咖啡屋各自闷头看《荒凉山庄》。中午女子开车，一起外出吃饭，吃完回来的路上，女子一把握住他的手，说想和他去一个"安静的地方"。至于这"安静的地方"是什么地方，面对这么多单纯的男生女生，不说也罢。不说也猜得出。那么钢琴调音师去没去呢？我就更不说了，大家分头去买《东京奇谭集》自己看好了。故事的发展绝对有意思。这里至少有这样一个教训或启示：假如两人看的不是同一本书，而是同一牌子同一款的手机，那怕是看不出"安静的地方"那般美妙的地方的，这点我可以说给你。

不光是书里，书外也有这样的场景。实不相瞒，几年前去厦门旅游，正穿着风衣在暮色苍茫的街头闲逛，十多年前采访过我的《厦门日报》的一位记者一眼把我认出来了。晚间带来十几位文友捧来一大堆所谓林译村上要我签名留念。其中一位男诗人特意向我表示感谢，感谢我这个媒人——当年他在书店翻看《挪威的森林》时，走来一位女孩儿也从书架上抽出《挪威的森林》（倒不是《荒凉山庄》）一下子看得入迷。机不可失，于是这小子趁机搭讪，结果就不用说了，那位山师大的女生成了他的女友，又成了他的太太，小孩儿都有了，一家三口在鼓浪屿过得兴高采烈和和美美。"要不是林老师您翻译了《挪威的森林》，哪来的一加一等于三啊！您是我们的媒人啊！"我笑道媒人不是我，是村上，是《挪威的森林》。书为媒！在场所有人不约而同地把书举了起来。刚才那句话请让我再说一遍：假如两人看的不是同一本书而是同一牌子同一款的手机，那怕是看不出一加一等于三的。这点基本可以确定。

喏，你看，书、阅读不仅可以化解孤独，升华孤独，美化孤独，还可以带来如此妙不可言的好事。浙大教授许钧先生说好的作者遇上好的译者是一场"艳遇"。而我要说，一个人遇上一本好书也是一场"艳遇"。宋代著名诗人尤袤做了全面概括："饥读之以当肉，寒读之以当裘。孤寂而读之以当友朋，幽忧而读之以当金石琴瑟也。"若再补充一句"单身读之可得艳遇也"就更全面了。说白了，不读书，可就太傻了，有可能失去许多美好的机遇。

书中人物喜欢书，喜欢阅读，这在很大程度上意味着作者喜欢。实际上村上春树也是个非常喜欢读书的人。"博览群书"用在他身上，完全不是社交性修辞。那么他是怎样读书的、读了哪些书呢？下面我就简单介绍一下。抗疫居家期间你若如法炮制，那么疫情过去你也说不定提笔写出村上那样走红的小说。不要太消极或太低调太谦虚。这个世界，既充满黯淡的不确定性，又充满金色的可能性。

写完以十五岁少年为主人公的《海边的卡夫卡》，一次村上接受媒体采访，记者问村上君你自己十五岁时是怎样一个少年，村上回答说：

我十五岁时相当奇特来着。在某种意义上属于极为普通的少年。爬山，下海游泳，和同学玩得很欢，但同时又是个异常好读书的少年。也是因为独生子的关系，一旦钻进房间就闭门不出。什么孤独哇寂寞呀，根本不觉得难受。用零花钱买了好几本大月书店出的《马克思恩格斯全集》，一头扎进去看个没完。《资本论》什么的当然难得不得了，不过不管三七二十一地读起来，很大程度上也是可以理解的。行文也相当简洁明快，有一种相当吸引人的地方。卡夫卡、陀思妥耶夫斯基当然也差不多通读了——这样子，恐怕就不能说是普通孩子。

反正经常看书。音乐也常听，被现代爵士乐迷住也是那个时候。倒是没有离家出走（笑）。我这个人身上，强烈的内向部分和物理性外向部分好像同时存在。这点现在也一样，人这东西是很难改变的。（村上春树编《少年卡夫卡》）

这里有两点提请注意。一点是，村上是独生子（诸位当中想必有很多人也是独生子），喜欢读书与独生子或者孤独状态有关，而读书也的确冲淡了孤独，"根本不觉得难受"。另一点是，村上十五岁就学了马克思主义，看了马克思恩格斯，"一头扎进去看个没完"，甚至被《资本论》给吸引住了。而你、而我们现在给什么吸引住了呢？也许你说因为村上十五岁那年月还没有手机嘛！我敢断言，即使有手机也不至于影响他看马克思，看卡夫卡，看陀思妥耶夫斯基。人与人的区别就在这里，普通孩子和非普通孩子的区别就在这里。常有学生说"马列毛概"政治课太没意思了，甚至有人把中国没产生村上那样真正有世界影响的作家归因于此。可是村上证明那是不对的哟！恕我重复，一个看手机"一头扎进去看个没完"，一个看马克思"一头扎进去看个没完"——是村上扎错地方还是你扎错地方了？

也许你说我是在用手机看马恩全集和《资本论》。真的？请看着我的眼睛，说实话！

十五岁，差不多上高中了，那么村上初中阶段看的是什么呢？翻阅《村上朝日堂》等"村上朝日堂"系列随笔集，从中得知村上家（村上父亲是中学国语老师）每个月都请书店分别送来一本出版社刚出的《世界文学全集》和《世界的历史》。出版社一本接一本出，村上一本接一本看。《世界的历史》全集"反复看了一二十遍"。注意，不是一两遍，而是一二十遍！简直难以置信。这意味着，村上对历史特有兴趣。这么着，上了高中也继续看，看了托洛茨基传记三部曲，看了《第三帝国的兴亡》和《柏林日记》，看了《现代世界非虚构作品全集》，还看了埃德加·斯诺的《西行漫记》（日译《中国的红星》）（《考える人》P25）。关于文学修养的功底，村上说主要来自十九世纪的小说。十二三岁到十七八岁之间，他读的全是这方面的书。主要有狄更斯、巴尔扎克，有《红与黑》《静静的顿河》《罪与罚》。其中《静静的顿河》读了三遍。而感触最深的是陀思妥耶夫斯基的《卡拉马佐夫兄弟》和《群魔》，以至后来做梦都想写一本《卡拉马佐夫兄弟》那样的复调小说（日语谓"综合小说"）。总之，从上面粗线条介绍中不难看出村上看了多少书，看了怎样的书，怎么看书。村上曾说他把整个高中图书馆的书全看完了。可能有点儿夸口，但看书多这点是毫无疑问的。对了，三年前他在《猫头鹰在黄昏起飞》这本访谈集中再次谈及书与孤独的关系："独生子这个关系很大，我想。在外面打棒球，去海里游泳，当然书也看了，独处的时候大体看书。家里到处是书。只要有书，就不会无聊。猫和书是朋友哇！"（《考える人》P44）

听到这里，又可能有哪位想问，村上是日本人，怎么没听你说他看日本文学啊？这不能怪我，因为他中学时代的确没看日本小说，长大后也不怎么喜欢。村上说他"系统读夏目漱石是二十岁以后的事"，读完了《夏目漱石全集》。日本作家中他最推崇夏目漱石，认为如果投票选出十位日本"国民作家"，漱石一定位居其首。往下大约依次为森鸥外、岛崎藤村、志贺直哉、芥川龙之介、谷崎润一郎、川端康成。再往下可能是太宰治、三岛由纪夫。不过他对日本第一位诺贝尔文学奖得主川端康成评价不高："就川端作品而言，老实说，我喜欢不来。当然这并非不承认其文学价值，他作为小说家的实力也是认可的。但对于其小说世界的形态，我个人则无法怀有共鸣。"此外对太宰治和三岛由纪夫也读不来（"苦手"）："身体无论如何也进不了那样的小说，感觉上好比脚插进号码不合适的鞋。"他进一步表示："三岛的作品几乎没读，准确的说不清楚。但觉得最大的差别可能在于：我不认为自己是艺术家，而是创作者，是 creative 意义上的创作家，不是艺术家。艺术家和创作家的区别是什么呢？艺术家属于认为自己活在地球本身就有一种意义的人，而我不那么看待自己"（《考える人》P66）。说起来，川端康成是孤儿出身，在"孤独"这点上较之村上有过之而无不及。村上不欣赏他，除了上面说的"小说世界的形态"

不同，可能还在于作品诉求的东西不同。川端总是磨磨叽叽絮絮叨叨谈富士山啦和服啦茶碗啦榻榻米啦清酒啦樱花啦和歌啦俳句啦等所谓"日本美"，谈个没完没了，而村上春树对那些劳什子基本不屑一顾。

上面主要磨磨叽叽谈了读书，谈了孤独，谈了读书与孤独的关系。下面暂且离开读书本身，谈村上作品中主人公的孤独，以至作品外的孤独。

谁都知道，孤独、孤独感、疏离感是村上作品最能引起我们精神共振、最能触动我们心底隐秘情思的文学信息。这个信息，他在二○○一年应我的要求写给中国读者的公开信中就已透露了。当时——也是因为当时互联网还远远没有这么发达——几乎每天都有读者通过邮递员给我这个译者来信，其中有不少高中生问我村上文学的主题是什么。也难怪，他们的语文老师总是在课堂上让他们归纳主题思想和段落大意。而当他们把这种阅读模式带到村上作品阅读中的时候就"卡壳"了，"熄火"了，"死机"了，有时看得一头雾水，完全不知所云。无奈之下，就"气急败坏"地找我"兴师问罪"。我呢，一来自己有时也不知所云，二来担心误导那些可爱的女高中生。于是向村上本人求救：你总不至于不知所云吧？村上那时架子还不大，很快用传真发来了题为《远游的房间》的致中国读者的信。信中这样归纳他作品的主题："我的小说想要诉说的，可以在某种程度上简单概括一下。那就是：任何人一生当中都在寻找一个宝贵的东西。但能够找到的人并不多。即使幸运地找到了，实际找到的东西在很多时候也已受到致命的损毁。尽管如此，我们仍然继续寻找不止。因为若不这样做，生之意义本身便不复存在。"

熟悉古希腊经典的村上显然知道柏拉图在两千多年前就曾写下的寓言：每个人都是被劈成两半的不完整的个体，终其一生都在寻找另一半，而又未必找到，因为被劈开的人太多了。村上信上的说法与此异曲同工。说白了，人这一辈子，往往明知那个东西找不到还要找，明知徒劳还要努力，其本身就是一种近乎悲怆的孤独的劳作。这说明，孤独是人的本质，人的常态。任何想要驱逐、消灭孤独的尝试都是不明智的。既然如此，那么不妨尊重孤独、升华孤独、诗化孤独或者把玩孤独、欣赏孤独。上面说的读书诚然是一种行之有效而且有益的方式，但一个人不可能总是看书，也不可能总是处于能够看书的状态。于是我们发现村上作品，尤其前期作品里面经常有这样的场景：孤独者常常在黄昏时分坐在公寓套间或酒吧、咖啡馆里，以不无忧郁的目光半看不看地看着窗外"以淋湿地表为唯一目的"的霏霏细雨，以不无造作的手势半喝不喝地斜举着威士忌酒杯，以若有所思的神情半听不听地听着老式音响流淌出来的老爵士乐，听着钢琴手现场弹奏的《灾星下出生的（不幸的）恋人们》。

记得二十一世纪之初的十年，在中国，尤其在上海北京这样的大都市，这样的孤独场景曾被视为典型的"小资"符号。还记得刻意吩咐女侍应生上咖啡时的那句经典"台词"吗："噢，千万不要放糖！"别笑！必须说，这其实是一种进步，一种精神生活、一种心灵处境的进步。不说别的，起码比过去那种"一口闷""闷倒驴"文明了许多。也就是说，在受过高等教育的城市青年或"白领"阶层中间，哥们儿爷们儿山呼海啸大碗吃肉大碗喝酒之风已经大体成为历史，成了粗俗、粗鄙、粗鲁的表现。或许你要说那是豪爽，是剽悍，是纯爷们儿气派。是的，那也许是的，那也没什么不好。多元文化时代，开放时代，不必定于一尊拘于一格。事关喝酒，有人就是要半喝不喝地喝，有人就是要要死要活地喝。又如下雨，有人就是要说"随风潜入夜，润物细无声"，就是要说"对潇潇暮雨洒江天，一番洗清秋"，有人就是要说"以淋湿地表为唯一目的"。怎么喝怎么说都无所谓，悉听尊便。"参差多态是幸福的本源"（罗素语），也是世界的本源。

说回孤独。同是村上，其笔下的孤独也不都是可以在酒吧在咖啡馆里把玩的。村上有一部《列克星敦的幽灵》的短篇集，里边有个短篇叫《托尼瀑谷》。十多年前被拍成了电影，香港等地还把它搬上了话剧舞台。哈佛大学教授杰·鲁宾认为这个短篇"感伤而又优美"，是村上"真正伟大的短篇之一"。故事出现一对瀑谷父子。老瀑谷（瀑谷省三郎）战前在上海当爵士乐长号手，"凭着无比甜美的长号音色和生机勃勃的硕大阳具，甚至跃升为当时上海的名人"。战败时被中国军警抓进监狱，侥幸未被处死，成为从那所监狱中活着返回日本的两个日本人中的一个。回国结婚生了一个儿子，即小瀑谷——托尼瀑谷。作为独生子在孤独中长大的小瀑谷后来成了炙手可热的插图画家，三十五岁时爱上了出版社一个常来家里取稿的二十二岁女孩儿。不久成为他妻子的这个女孩儿温柔体贴样样都好，但只有一点让小瀑谷难以释怀，那就是喜欢时装喜欢到了走火入魔的地步。买回的衣服几个大立柜都装不下，以致不得不把一个大房间改成衣装室。一次他趁妻子不在的时候数了数衣服件数。依他的计算，就算一天更衣两回，全部穿完也差不多要两年时间。后来在丈夫的建议下，年轻妻子答应不再买了。一天开车上街把新买的衣服退回商店，之后开车回家途中不幸遇上交通事故。葬礼过后，小瀑谷聘请了一位高矮胖瘦和妻子身材一模一样的女孩儿当自己的秘书，只提了一项要求，要求女秘书工作时一定要穿妻子留下的衣服。却又很快改变主意，叫来旧衣商把所有衣服变卖一空，又把老瀑谷留下的一大堆旧唱片变卖一空——托尼瀑谷这回真正成了孤身一人。

不用说，这是个关于孤独的故事。托尼瀑谷在向女孩儿求婚后等待答复的时间里是多么孤独哇："孤独陡然变成重负把他压倒，让他苦闷。他想，孤独如同牢狱，只不过以前没有察觉罢了。他以绝望的目光持续望着围拢自己的坚实而冰冷的围墙。假如女孩儿说不想结婚，他很可能就这样死掉。"结婚使得托尼瀑谷的人生孤独期画上了句号，但他仍心有余悸。早上睁开眼睛就找她，找不到就坐立不安，"他因不再孤独而陷入一旦重新孤独将如何是好的惶恐之中"。妻子离世后，"孤独如温吞吞的墨汁再次将他浸入其中"。

如果把咖啡馆以至爵士乐酒吧里的孤独称为可以把玩的孤

独或相对的孤独，那么，《列克星敦的幽灵》中托尼瀑谷的孤独不妨称之为不可以把握的孤独或绝对的孤独。而到了六年前的短篇集《没有女人的男人们》，尤其是《独立器官》那部短篇小说中的男主人公美容师渡会陷入的孤独有可能更为严重，因为他爱上的女子不是物理性失去，而是情感性失去——那个不辞而别的女子直接去了另一个男人那里。用村上自己的话说，"在这里'孤绝'成为一个主题"。以此发掘人性内在的荒诞与诡异、芜杂与错位、尴尬与悲凉，呈现人生、命运的不确定性、偶然性以至荒谬性。

不过总的说来，村上笔下的孤独是审美意义上的孤独，是creative意义的孤独，是诗化的孤独，至少在修辞上如此。例如在《斯普特尼克恋人》这部长篇中，村上借助苏联第一颗人造卫星"斯普特尼克"和卫星上面搭载的莱卡狗，对名叫堇（すみれ）的主人公女孩儿的孤独的表达就充满诗意和创造性：

A 自那以来，堇便在心中将敏称为"斯普特尼克恋人"。堇喜爱这句话的韵味。这使她想起莱卡狗，想起悄然划开宇宙黑暗的人造卫星，想起从小小的窗口向外窥看的狗的一对黑亮黑亮的眸子。在那无边无际的宇宙式孤独中，狗究竟在看什么呢？

B 那时我懂得了，我们尽管是再合适不过的旅伴，但归根结底仍不过是描绘各自轨迹的两个孤独的金属块儿。远看如流星一般美丽，而实际上我们不外乎是被幽禁在里面的、哪里也去不了的囚徒。

C 我闭上眼睛，竖起耳朵，推想将地球引力作为唯一纽带持续划过天空的斯普特尼克后裔们。它们作为孤独的金属块儿在畅通无阻的宇宙黑暗中偶然相遇、失之交臂、永离永别，无交流的话语，无相期的承诺。

喏，作为场景作为状况那是何等孤独哇！不妨说是人所能想象的孤独的极限。极限的孤独。但为此使用的修辞或语言则是有诗意、有温度的。在这里，村上以这样的笔尖在孤独而冰冷的金属块上微微画出了一股细细的暖流，给读者的孤独情绪以深层次的抚慰与安顿。这也涉及村上文学的一个根本指向，一种人文关怀。关于这点，村上在《猫头鹰在黄昏起飞》中说道："我的小说很少有所谓幸福结局。就连《寻羊冒险记》最后结尾也总有些凄苦。甚至《世界尽头与冷酷仙境》，主人公最后也留在了那个世界，告别影子，一个人。绝非幸福结局。尽管如此，还是有必须在这个世界上活下去的那种类似信赖感的东西在读者心中产生，要给活下来或活下去的人以希望。这对故事很重要，至少就具有一定长度的虚构作品来说。"

北师大王向远教授早在二十年前就对村上文学这一特点做了概括："村上的小说在轻松中有一点窘迫，悠闲中有一点紧张，潇洒中有一点苦涩，热情中有一丝冷漠。兴奋、达观、感伤、无奈、空虚、倦怠，各种复杂微妙的情绪都有一点点，交织在一起，如云烟淡霞，可望而不可即。"普林斯顿大学二〇〇九年授予村上荣誉博士的评语也透露出类似信息：村上春树"以文学形式就日常生活的细节做出了不可思议的描写，准确地把握了现代社会中的孤独感和不确定性"。《奇鸟行状录》等村上作品的主要英译者、哈佛大学教授杰·鲁宾也曾在二〇〇二年指出："村上最出色的成就就是体察出了市井小民生活中的玄秘与疏离。"中国作协书记处书记李敬泽二〇一三年就诺贝尔文学奖回答《瑞典日报》时的说法也与此相近：村上大约是一位飞鸟型的轻逸的作家，"他不是靠强劲宽阔的叙事，他只是富于想象力地表达人们心中漂浮着的难以言喻的情绪。他的修辞和隐喻，丰富和拓展了无数人的自我意识"。

著名作家阎连科索性称之为"苦咖啡文学"："温暖中有一点寒冷，甜美中有一点伤痛。"几天前我在"今日头条"看到一篇署名阎连科的文章，题为《中国文坛到了一个巨大的被误导的时代》，文章这样写道。除了村上，文章认为同类作家还有卡佛、门罗和弗兰岑。作为与之相对的作家，阎连科举出鲁迅、托尔斯泰、卡夫卡、陀思妥耶夫斯基等经典作家的名字。同时担忧"如果有一天，门罗也获奖了，村上春树也获奖了，整个世界文学对经典的转移就悄然完成了。那不是谁的成功谁的失败，而真的是我们长期崇敬的伟大作品的一次灾难"。他还说："我不是说村上春树写得不好，就个人阅读来说，我们从村上春树的小说中看不到日本人今天的生存状况。一个伟大的作家，一部伟大的作品如果不给读者和批评家展示本民族人群最艰难的生存境遇和生存困境，这个作家的伟大是值得怀疑的。"

就"苦咖啡文学"这点而言，阎连科的说法是对的，对了一半。毕竟任何人"个人阅读"范围都有限。但必须指出，村上作品并非没有"日本人今天的生存状况"，村上本人也不是陀思妥耶夫斯基的对立面。相反，村上对陀思妥耶夫斯基十分推崇。他说——前面提到了——自己的"教养体验"几乎全部源于十九世纪欧洲小说，所举作家排在第一位的就是陀氏。在我的阅读范围内，村上至少三次表示要向陀氏看齐。二〇〇二年说"我的目标就是《卡拉马佐夫兄弟》"，二〇〇八年再次表明决心："陀思妥耶夫斯基是我的偶像、我的理想。他快到六十岁时写了《卡拉马佐夫兄弟》这部至高无上的杰作。我也想那样。"二〇一〇年村上又一次强调，作为创作目标，最大蓝图就是陀氏，"综合小说"的样板就是《群魔》和《卡拉马佐夫兄弟》。尤为难得的是，村上不仅口头表示，而且付诸创作实践。例如《奇鸟行状录》和《刺杀骑士团长》明显是向陀氏、向《卡拉马佐夫兄弟》发起的两次冲锋。这就是说，村上不仅有孤独和"小资"的一面，而且有"高墙与鸡蛋"的一面，不仅是心灵后花园的出色经营者，而且是敢于直面、发掘和批判日本历史黑暗部位的人文知识分子。换言之，村上不单单是村上春树（むらかみはるき），而且是陀思妥耶夫斯基，至少是陀思妥耶夫斯基的追随者。

最后，我想不自量力地概括一下我对村上文学的总体看法。孤独、无奈、疏离、寻找与失落的周而复始，超然与介入的此起彼伏，应该说是村上文学的主题之一。村上一九七九年三十岁时发表处女作《且听风吟》，今年是他出道四十一年。这里姑且计以整数，把他迄今为止的文学创作活动分为前十五年和后二十五年两个阶段。前十五年主要是表达孤独——不断叩问现代以至后现代都市上空游移的孤独的灵魂所能达到的可能性，并在叩问过程中传达置身于高度信息化、程序化和物质化的现代都市中人的虚无性、疏离性以及命运的不确定性甚至荒诞性。以中国特有的说法，即他作为软性的暖色的"小资"作家的一面。这方面的主要作品有《且听风吟》《1973年的弹子球》《寻羊冒险记》这青春三部曲，以及《世界尽头与冷酷仙境》《挪威的森林》《舞！舞！舞！》《国境以南　太阳以西》和《斯普特尼克恋人》。那么后二十五年呢，后二十五年则逐渐走出孤独而诗性的个人心灵后花园，开始审视和批判体制和暴力，笔锋指向日本"国家性暴力"或极权主义、军国主义体制的源头，探索面对体制这堵高墙时的作为"鸡蛋"的个体灵魂所能达到的可能性，即他作为刚性的冷色的斗士的一面。其转折点是一九九四——一九九五年出版的《奇鸟行状录》。这方面其他主要作品有纪实文学《地下》（Underground）、《海边的卡夫卡》《边境　近境》《天黑以后》《1Q84》和最新长篇小说《刺杀骑士团长》。其中尤以《奇鸟行状录》出类拔萃。这是他迄今最接近《卡拉马佐夫兄弟》的巅峰之作。概而言之，如果说前十五年村上是一个文人意义上的作家，那么后二十五年则接近一位西方意义上的人文知识分子。如果说前十五年痴迷于纯粹意义上的都市人的孤独，后二十五年则执着于"高墙与鸡蛋"

中"鸡蛋"意义上的都市人的孤独或"鸡蛋"的孤独。

　　村上的孤独，这就讲完了。往下我要回归自己的孤独了。谢谢大家耐心的收听收看。再会！

★ 此稿曾用于 2020 年 3 月 8 日上海译文出版社读书讲座（线上），2020 年 10 月 29 日中国海洋大学第九次通识教育讲座；2020 年 12 月 4 日上海财经大学"红瓦楼日本语论坛"。

村上的孤独　我们的孤独

先说我的年纪。我是二十世纪五十年代初期出生的人，无论如何年纪都不小了，都已进入一般意义上的老年了。即使果真长命百岁，我也度过了大半生。大半生时间里，我做了许许多多种种样样的事——好事也罢坏事也罢不好不坏的事也罢——其中百分之九十的事都像沙漠里的泉水，刚涌出来就渗进沙子不见了。但有一件事至今仍处于公众的视野之中，那就是我翻译的村上春树作品。与此同时，大半生中我还体验了许许多多种种样样的感情——正面的也好负面的也好不正不负的也好——但有一种感情直到几年前我几乎从未体验过，那就是孤独。而孤独又碰巧同村上春树有密不可分的关系，所以今天想从孤独切入谈谈村上春树，谈一下村上的孤独，进而谈一下我的孤独，我们的孤独。谈一下大孤独、小孤独、不大不小的孤独。先说一下我的孤独。

古希腊哲学家、科学家亚里士多德曾经说过这样一句话："喜欢孤独的人不是野兽便是神灵。"（《政治学》）亚里士多德诚然是一位绝对不容怀疑的伟人，但我仍不赞成他的这句话。因为我倾向于喜欢孤独，而我显然不是野兽更不是神灵。同时我也不太欣赏弗兰西斯·培根以下的说法："有些人之所以宁愿孤独，是因为在没有友谊和仁爱的人群中生活，那种苦闷正犹如一句古代拉丁谚语所说的：'一座城市如同一片旷野。'人们的面目淡如一张图案，人们的语言则不过是一片噪声，使得人们宁可逃避也不愿进入了。"（《培根论人生》）众所周知，培根是和莎士比亚同时代的在哲学史和科学史上划时代的人物，在人类思想史上也有极其辉煌的地位，他的这一论断即使拿到四百年后的今天也未尝不适用。我之所以不赞成，只是因为它不太适用于我在很长很长的人生阶段对孤独的理解。或者莫如说我喜欢孤独、宁愿孤独。甚至孤独得不知道什么叫孤独。此外我还对中国本土的哲学家、作家周国平关于孤独的表述表示怀疑，他说："一颗平庸的灵魂，并无值得别人理解的内涵，因而也不会感到真正的孤独。"他还说："孤独源于爱，无爱的人不会孤独。"依他的说法，我这人不但平庸，而且无爱。平庸我愿意接受也只能接受，但无爱我可坚决不承认。

　　我觉得，孤独这东西恐怕和遗传性有关，或者说孤独源于遗传。我是在孤独的家庭中长大的。记忆中，祖父是个孤独的人，他极少同人交往，漫长的冬夜里就自己一个人哼着不知什么歌谣在油灯下编筐编席子；父亲更是个孤独的人，在公社（乡镇）当那么多年干部，而且是当党委宣传委员，却几乎从未看见他往家里领过同事，我们家无人来访。作为两人的孙子儿子的我也如出一辙，习惯于独往独来，从来不知道什么叫孤独。

说喜欢孤独热爱孤独未免有矫情或玩"酷"之嫌，反正就是没有和谁亲近的欲望。长大后即使对邻院漂亮的姑娘，也好像基本没有想入非非，没有多少想亲近的愿望。不过请别误解，在所有意义上我都是个再正常不过的男人。听母亲说，我从小就喜欢自己一个人玩，上学后也不跟同学一块儿嬉闹，一个人屁颠屁颠背书包出门，再一个人屁颠屁颠背书包回来。这么着，就只剩下一项活动：看书。因为看书是最孤独的活动。不需要任何人搭理，不需要任何人配合。

或许上天关照，许多许多年后我当了大学老师——相对说来，大学老师是最可以孤独的职业。一学期哪怕不跟领导说一句话，不和同事打一声招呼也照样正常度过。无非铃声响一个人进教室讲课，再铃声响下课一个人回家备课看书思考码字罢了。窗外一轮孤月，案前一盏孤灯，手中一杯清茶——乖乖，简直神仙过的日子，给俺总统或总理俺都不做！诚然，集体活动也还是有的，而大凡集体活动都没给我留下多么温馨美好的回忆。

记得二十多年前在广州暨南大学工作的时候，期末一次集体旅游，不知何故，几乎所有领导和同事都声情并茂地动员我务必参加一次。我也并非老那么不通情达理，于是随大家上了旅游大巴。一路青山绿水白云蓝天鸟语花香阳光海滩，车移景换，心旷神怡。只是不巧的是，我和领导坐在一起，一个劲儿歪头盯视窗外毕竟有些失礼，而不歪头又不知和他说什么好。讲课写文章我或可不时妙语连珠，而此时硬是搜刮不出词来。

下午集体烧烤，之后集体转去娱乐厅卡拉 OK 撒欢儿跳舞。机不可失，我悄然溜边走了。独自沿着田间小路缓步前行。晚风，稻田，远村，归鸟，知了和青蛙此起彼伏的叫声，脚下泥土和荒草亲切的感触。我爬上一座山冈，在草丛中躬身坐下。脚前有两三株黄色的山百合，旁边二三十米开外有一小截残缺古旧的青砖墙，墙角长着几丛茅草，小马尾辫般的白色草穗随风摇曳。寂寥，空灵，安谧。放眼望去，夕阳已经衔山，几抹晚霞贴在天际，一缕夕晖从晚霞间闪闪泻下，把山冈、百合和茅草镀上了一层金黄色的光。注视时间里，倏然，一种巨大的悲悯和慈爱如潮水一般把我整个拥裹起来，我觉得自己有可能是天地间最幸福和最不孤独的人。

而今，我陷入了孤独之中。

不到两年时间里，我失去了母亲，又失去了父亲。父母的去世让我陡然明白，多少年来我之所以不知道孤独，是因为父母在。父母在，自己哪怕跑得再远，也不觉得形单影只，年老的父母就像远方天际的那缕夕晖陪伴和温暖着自己。抑或，自己如同一只风筝，即使飞得再高，线也牵在父母手里。如今父母走了，我就成了断了线的风筝，孤独地飞在没有夕晖的高空，飞向暮色苍茫的天际……

是的，从今往后，再没有人因为我为日本列岛哪怕轻微的地震而牵肠挂肚，再没有人因为我而特别关心广州那座城市的天气预报，再没有人因为我而对央视《新闻联播》中偶尔闪现的青岛风光而紧紧盯住不放。

人生从此孤独。

说完我的孤独，再说说村上、村上文学中的孤独。

孤独，无奈，疏离，寻找与失落的周而复始，超然与介入的此起彼伏，应该说是村上文学的主题之一。村上一九七九年三十岁时发表处女作《且听风吟》，今年是他出道三十九年。如果姑且计以整数，把他迄今为止的文学创作活动分为前十五年和后二十五年两个阶段，那么前十五年主要是表达孤独——不断叩问现代以至后现代都市上空游移的孤独的灵魂所能达到的可能性，并在叩问过程中传达置身于高度信息化、程序化和物质化的现代都市中人的虚无性、疏离性以及命运的不确定性甚至荒诞性。以中国特有的说法，即他作为软性的暖色的"小资"作家的一面。这方面的代表性作品有《且听风吟》《1973年的弹子球》《寻羊冒险记》青春三部曲，以及《世界尽头与冷酷仙境》《挪威的森林》《舞！舞！舞！》。那么后二十五年呢，后二十五年则逐渐走出孤独而又不无诗意的个人心灵后花园，开始审视和批判体制和暴力，笔锋指向日本"国家暴力性"或极权主义、权威主义体制的源头，探索面对体制这堵高墙时的作为鸡蛋的个体灵魂所能达到的可能性，即他作为刚性的冷色的斗士的一面。其转折点是一九九四——一九九五年出版的《奇鸟行状录》。这方面其他主要作品有纪实文学《地下》（Underground）、《海边的卡夫卡》《边境 近境》《天黑以后》和《1Q84》以及最新长篇小说《刺杀骑士团长》。如果说前十五年村上是一个文人意义上的作家，那么后二十五年则接近一位西方意义上的人文知识分子。如果说前十五年痴迷于纯粹意义上的都市人的孤独，后二十五年则执着于"高墙与鸡蛋"中"鸡蛋"意义上的都市人的孤独或"鸡蛋"的孤独。

接着说孤独。

二〇〇三年初我在东京第一次见村上春树时，当面问及孤独，问及孤独和沟通的关系。他以一段颇为独特的表述做了回答，让我以中文完整地复述一遍：

是的，我是认为人生基本是孤独的。人们总要进入自己一个人的世界，进得很深很深。而在进得最深的地方就会产生"连带感"。就是说，在人人都是孤独的这一层面上产生人人相连的"连带感"。只要明确认识到自己是孤独的，那么就能与别人分享这一认识。也就是说，只要我把它作为故事完整地写出来，就能在自己和读者之间产生"连带感"。其实这也就是创作欲。不错，人人都是孤独的。但不能因为孤独切断同众人的联系，彻底把自己孤立起来，而应该深深挖洞。只要一个劲儿往下深挖，就会在某处同别人连在一起。一味沉浸于孤独之中用墙把自己围起来是不行的。这是我的基本想法。

概而言之，孤独是连接的纽带，为此必须深深"挖洞"。前后四十年间尤其前十五年间村上一直在挖这样的洞。将挖洞的过程、辛劳、感受和思索通过小说创作倾诉出来。换句话说，村上文学是"挖洞"文学，始终在孤独与连接或疏离与介入之间保持张力。但如何挖和挖的程度，在不同作品中多少有所不同。《挪威的森林》之前的《且听风吟》《1973 年的弹子球》《寻羊冒险记》，倾向于放任孤独甚至把玩孤独，亦即"挖洞"挖得不深。而从《挪威的森林》开始，则致力于连接或沟通的追求，亦即"挖洞"挖得深了。这是因为，木月死于孤独，直子的姐姐和直子死于孤独，再不能让主人公处于"把自己围起来"（自闭）的状态了。而在十五年后的《奇鸟行状录》《海边的卡夫卡》和《1Q84》第一部、第二部等作品中，村上甚或将连接以至介入的对象扩大到个体之外，开始发掘日本黑暗的历史部位和"新兴宗教"（邪教）这一现代社会病灶，表现出追索孤独的个体同强大的体制（system）之间的关联性的勇气。幸也罢不幸也罢，到了《1Q84》第三部，村上又将笔锋逐渐收回，及至后来的《没有色彩的多崎作和他的巡礼之年》，特别是大前年的短篇集《没有女人的男人们》，已经彻底回归"挖洞"作业，亦即回归追问个体生命的自我认同和"自我治疗"的"挖洞"主题原点——并且继续通过"深深挖洞"而希求"在某处同别人连在一起"。

于是出现这样一个疑问：果真"连在一起"了吗？抑或，挖洞的目的果真达成了吗？

这里我想举一个大家未必多么留意的名叫《眠》的短篇小说作例子，收在名叫《电视人》的短篇集中，是村上最为中意的短篇之一。虽然题目叫"眠",但写的是关于失眠的故事。这可不是一般性失眠——一两个晚上睡不着任何人都有——而是一种排山倒海的、完全匪夷所思的失眠:十七天没合眼,整整失眠十七个昼夜。而且失眠者并非学习压力大或工作压力大之人,而是一位三十岁的全职家庭主妇,丈夫是高收入牙科医师,一个儿子上小学二年级,家庭生活风平浪静。失眠起因于一场梦,梦见一个穿黑衣服的老人在她睡觉时举起水壶往她脚下倒水。失眠期间,她喝白兰地,嚼着巧克力看《安娜·卡列尼娜》,深更半夜开车上街兜风,觉得自己的人生因失眠而扩大了三分之一。她没有把失眠的事告诉家人,家人也丝毫没有察觉,"谁也没注意到我的变化,我彻底睡不着觉也好,我夜以继日看书也好,我脑袋离现实几百年几万公里也好,都没有人注意到"。失眠的夜晚她反省了过去的生活,"惊诧自己留下的足迹没等确认便被风倏然抹去的事实"。照镜子时,感觉自己的脸渐渐离开自己本身,"作为单纯同时存在的东西离开"。有一次想把丈夫的脸画在纸上,却怎么也记不得丈夫是怎样一副"尊容"。自己不记得他人,他人也意识不到自己,甚至自己记不得自己。小说进而以三个"哪里"作为关键词诉说这种不可救药的孤独感:"看书的我究竟跑去哪里了呢? / 我的人生⋯⋯岂非哪里也觅不到归宿? / 我一个人闷在这小箱子里,哪里也去不得。"无独有偶,《国境以南 太阳以西》和《挪威的森林》的结尾几乎同样强调"哪里":

"现在在哪里？"

"我现在在哪里？……"

——我们不知道自己在哪里，不知道自己去哪里，更不知道别人去哪里。我们就这样活着，就这样在哪里也不是的场所的正中央呼唤着、张望着、叹息着、寻找着。村上便是以这种冷静而诡异的笔触，对游走在夜幕下的现代都市孤独的灵魂进行了步步紧逼的审视和跟踪，精确地扫描出了普通个体生命的尴尬处境和失重状态。以这种充满模糊性、断裂性和不确定性的后现代荒诞情节，凸显现代社会的本质性真实和现代人的生存窘境。自己与他人的隔绝，他人与自己的隔绝，自己与自己的隔绝，意识与肉体的隔绝……这意味着，村上通过"挖洞"而希求"同别人连在一起的努力"并没有获得成功，仍然止于对孤独的确认、安抚与守护。村上作品告诉我们，孤独既是人这一存在的本质和常态，又是现代人的某种精神缺欠，尤其是现代都市社会的运作模式造成的心灵漏洞。甚至"性"都无法回填这个漏洞。不妨说，在村上作品中，"性"并不具有化解孤独的特殊功效，而不过是两颗开着漏洞的心灵对各自孤独的确认和共济的一种形式。从中感受不到身心交融的美妙和一时放纵的欢畅，而更多的是感伤、凄冷、悲凉以及叹息和泪水。

最近成都一位高中生给我来信："周围的人几乎没有我能说上话的。他们大概只关心时尚、篮球、徒有虚名的爱情以及自身利益是否最大化。有时我真希望来一颗原子弹将这些人毁灭，留下一个纯净的世界。"（曾洋，2011.1.30）此外，深圳一位高二女生表达的孤独也似乎超越了她的年龄："作为'90后'，当然爱互联网，爱看时间快速的东西。但确有一种渴望，恨不得跑去无人的安宁的深山老林。仿佛那才是我该待的地方。"（阿婷瑜，2011.2.25）。尽管如此，他们也都是村上作品足够热心的读者，都从中找到了自己想找的东西，都在村上作品中发现了不同流俗的孤独者形象、孤独样式：孤独者大多酷酷地坐在若明若暗的酒吧里，半喝不喝地斜举着威士忌酒杯，半看不看地看着墙壁上的名画仿制品，半听不听地听着老式音响里流淌的爵士乐，从不愁眉苦脸从不唉声叹气从不怨天尤人从不找人倾诉，更不自暴自弃。在这里，孤独甚至不需要慰藉，因为孤独本身即是慰藉，即是升华，即是格调，即是美。而村上的一个特殊之处，还在于在如此孤独情境中总是不动声色地提醒我们——你的自我果真是你自己的吗？或者说你的心灵果真属于你自己的吗？里面的内容及观念没有被置换过吗？你的自我没有被铺天盖地的商业信息所俘虏吗？用村上的话说，你真的需要开"奔驰"真的需要穿皮尔卡丹真的需要戴劳力士吗？进一步说，你有没有为了某种利益或主动或被动抵押甚至出卖自我、出卖自己的灵魂，你的心灵、你的灵魂是自由的吗？一句话，你的自我是不是本真的自我，你的孤独是否属于伪孤独。尤为难得的是，他还提供了呵护技术，从而使我们在自我与孤独这一现代悖论的夹缝中勉强呼吸自如。从根本上说，正是这点让中国读者从中读出了自己、读出并且救赎了自我。

　　总之，在普通中国读者眼里，村上没有铁马冰河气势如虹的宏大叙事，没有横空出世雄伟壮丽的主题雕塑，没有一气呵成无懈可击的情节安排，也没有指点自己走向终极幸福的暗示和承诺。但是他有生命深处刻骨铭心的体悟，有对个体灵魂自由细致入微的关怀，有时刻叩问本初自我的高度敏感，还有避免精神空间全面沦陷的悲怆而实用的技术指南，而这一切最终都可归结为四个字：守护孤独。

　　当然，孤独不是日本当代作家村上春树的专利，例如中国当代作家莫言，他甚至把孤独作为一种财富。

　　莫言二〇〇〇年在美国斯坦福大学演讲，讲的题目倒是叫"饥饿和孤独是我创作的财富"，似乎喜欢孤独，实则不然。例如他讲自己小学期间就辍学放牛了，在村外几乎只见草不见人的空旷的野地里放牛。"我知道牛的喜怒哀乐，懂得牛的表情，知道它们心里想什么。在那样一片在一个孩子眼里几乎是无边无际的原野里，只有我和几头牛在一起。牛安详地吃草，眼睛蓝得好像大海里的海水。我想跟牛谈谈，但牛只顾吃草，根本不理我。我仰面朝天躺在草地上，看着天上的白云缓慢地移动，好像它们是一些懒洋洋的大汉。我想跟白云说话，白云也不理我。天上有许多鸟儿，有云雀，有百灵，还有一些我认识它们但叫不出它们的名字。它们叫得实在是太动人了。我经常被鸟儿的叫声感动得热泪盈眶。我想与鸟儿们交流，但是它们也很忙，它们也不理睬我。"在学校老师不理，在家里父亲不理，放牛时狗理不理不知道，但牛不理鸟不理白云不理则是事实。够孤独的吧？但莫言到底是莫言：哼，让你们都不理俺，俺拿个诺贝尔文学奖看你们理还是不理！斗转星移，夏去秋来，二〇一二年莫言果然拿了诺贝尔文学奖。那么拿了诺贝尔文学奖之后的莫言是不是大家就都理而不再孤独了呢？那也未必。同年十二月七日莫言再不放牛了，忽一下子飞去斯德哥尔摩在瑞典学院发表演讲："我获得诺贝尔文学奖后，引发了一些争议。……我如同一个看戏人，看着众人的表演。我看到那个得奖人身上落满了花朵，也被掷上了石块、泼上了污水。"

嗟，你看，无论是小时候光着屁股在荒草甸子放牛的莫言，还是像模像样身穿燕尾服面对瑞典国王时的莫言，照样有人不理他，孤独照样存在。我倒是认为——莫言本人都未必认为——有没有人理不重要，重要的是，孤独的时候是否仍会为什么"感动得热泪盈眶"，亦即是否怀有激情，是否具有感动与被感动的能力。有，孤独便是财富；没有，孤独则可能导致无聊。

捎带着再重复说一下我。论事业成就和声望，我当然远远比不上莫言。但在孤独经历这点上，和他颇有相似之处——如何孤独绝非诺贝尔文学奖得主的专利——莫言没念完小学，小五都没念完；我没念完初中，只念到初一就因"文革"而"停课闹革命"。闹了一阵子就回乡干农活了。耧地、锄地、割地，日出日落，风里雨里，累得都不知什么叫累了。说实话，当时我很羡慕放牛的同伴。你想，骑在牛背上吹着柳笛或举着"红宝书"（《毛主席语录》），那岂不美上天啦？美得几乎让我想起当时偷看《千家诗》背的牧童写的一首诗："草铺横野六七里，笛弄晚风三四声。归来饱饭黄昏后，不脱蓑衣卧月明。"也正因为放牛是这样的轻巧活儿，所以轮不到我。我只能跟几十个大人一起"修理地球"。而我又与人寡合，上工下工基本独来独往。孤独得已经不知道什么叫孤独了。或者莫如说孤独都已经是一种奢侈。就在那样的环境与心境中，收工回来路上不知有多少次独自爬上路过的小山冈，坐在冈顶上遥望远方或金灿灿一缕横陈的夕晖，或红彤彤挂满半个天空的火烧云。有时豪情满怀，有时黯然神伤，偶然潸然泪下。而后扛起锄头，迈动打补丁的裤管沿着下行的山路走向自家那座茅草房。晚饭后在煤油灯下把遥望火烧云的感受写在日记本里。几年后，我放下锄头，迈动没打补丁的裤管奔赴省城，进入一所高等学府。在某种意义上，是孤独中的感动拯救了我。或者说和莫言同样，即使在孤独中也没有失去感动或被感动的能力。也许，只有在这个意义上，孤独才会成为一种财富。

容我拐大弯说两句古代。古代文人中，最孤独者莫如屈原："举世皆浊我独清，众人皆醉我独醒"/"国无人莫我知兮，又何怀乎故都？"全国了解自己的人一个也没有，何其孤独！其他可信手拈来的，如陈子昂："前不见古人，后不见来者，念天地之悠悠，独怆然而涕下。"如李白："大道如青天，我独不得出"/"众鸟高飞尽，孤云独去闲。相看两不厌，只有敬亭山。"如杜甫："亲朋无一字，老病有孤舟。戎马关山北，凭轩涕泗流"/"江汉思归客，乾坤一腐儒。片云天共远，永夜月同孤。"如辛弃疾："落日楼头，断鸿声里，江南游子。把吴钩看了，栏杆拍遍，无人会，登临意。"

现代文人中，最孤独者莫如鲁迅。"在我的后园，可以看见墙外有两株树，一株是枣树，还有一株也是枣树。"谁都知道，这是鲁迅《秋夜》里的话。表面上描写的固然是后园风景，但我宁愿解读为心境、心中的风景：除了自己，还是自己；除了鲁迅，还是鲁迅。一代史学大师陈寅恪的孤独也格外令人动容："一生负气成今日，四海无人对夕阳"/"家国旧情迷纸上，兴亡遗恨照灯前。"

那么，当下的我们是不是不再孤独了呢？应该说，我、我们仍然孤独。但孤独和孤独不同。我们的孤独大部分已不再是屈原、陈子昂等古人问天问地忧国忧民或怀才不遇报国无门的孤独，也不同于鲁迅、陈寅恪"虽千万人吾往矣"的孤独——这样的孤独不妨称之为大孤独。甚至，也不同于莫言那种特殊社会环境或特殊个人语境中的不大不小的孤独。相比之下，我们的孤独，尤其大多数城里人的孤独似可称之为"小孤独"。它或许来自汹涌澎湃的科技浪潮对个体存在感的稀释，或许来自各种监控摄像镜头对个人品性的质疑，或许来自物质主义消费主义对诗意栖居的消解，或许来自城镇化的快速推进对赖以寄托乡愁的田园风光的损毁，或许来自西方强势文化对民族文化血脉和精神家园的冲击，或许来自碾平崇高的众声喧哗对理想之光的冷嘲热讽，甚至来自身边亲人对手机饿虎扑食般的全神贯注如醉如痴……这样的孤独，似乎虚无缥缈又总是挥之不去，似乎无关紧要又时而刻骨铭心，似乎不无矫情又那样实实在在。说极端些，这样的小孤独正在钝化以至剥离我们对一声鸟鸣、一缕夕晖的感动，正在扭曲以至排斥我们拥有感动或被感动的权利和能力。

所以，当务之急，我们是不是应该修复这样的感动和感动的能力，用一声鸟鸣、一缕夕晖、一朵牵牛花、一棵狗尾草……

而用一声鸟鸣、一缕夕晖、一朵牵牛花、一棵狗尾草来修复感动和感动的能力，来化解和升华孤独，其结果，很可能就是所谓"小确幸"。"小确幸"——微小而确实的幸福。能否被收入日语汉语词典我无法预测，反正确是村上春树一个小小的发明。最先出现在彩图随笔集《朗格汉岛的午后》（一九八四），指的是抽屉中塞满漂亮的男用内裤（underpants）。后来至少在《村上广播》（二〇〇一）这本随笔集又出现一次，指的是棒球赛开始前在小餐馆一边手抓生鱼片喝啤酒一边看厨师做"粗卷寿司"。但最详细的一次，应该是一九九八年十月八日 1：32PM 回答网友提问的时候。一位四十一岁的女秘书请村上介绍他的小确幸，村上说他的小确幸多得数不胜数。容我编排如下：

1. 买回刚刚出炉的香喷喷的面包，站在厨房里一边用刀切片一边抓食面包的一角；

2.清晨跳进一个人也没有、一道波纹也没有的游泳池脚蹬池壁那一瞬间的感触；

3.一边听勃拉姆斯的室内乐一边凝视秋日午后的阳光在白色的纸糊拉窗上描绘树叶的影子；

4.冬夜里，一只大猫静悄悄懒洋洋钻进自己的被窝；

5.得以结交正适合穿高领毛衣的女友；

6.在鳗鱼餐馆等鳗鱼端来时间里独自喝着啤酒看杂志；

7.闻刚买回来的"布鲁斯兄弟"棉质衬衫的气味和体味它的手感；

8.手拿刚印好的自己的书静静注视；

9.目睹地铁小卖店里性格开朗而干劲十足的售货阿婆。

以上九个"小确幸"，第三个第八个最为感同身受，第五个最为求之不得。其他虽可认同，但大体与己无关。

我当然有我的小确幸。以暑假在乡下为例，如清晨忽然发现自己栽的牵牛花举起了第一支紫色的小喇叭，如中午钻进黄瓜架扭下一根黄瓜没洗就"咔嚓"一口，如傍晚时分从地里拔出一根大葱轻轻拉下带泥的表皮而露出白生生的葱白。就时下而言，如静静凝视一片金黄色的银杏叶曳一缕夕晖缓缓落下，或一缕夕晖柔柔地舔着银杏枝头一只喜鹊的尾巴尖，如散步时发现山路旁一簇野菊花正在冷风中扬起楚楚可怜的小脸……再就此时此刻的演讲而言，快讲完时无意间发现一位漂亮女生的眼睛正看着台上的自己。得得，纯属痴心妄想，老不正经啊，抱歉抱歉！不过有一点确如村上所说，没有小确幸的人生，不过是干巴巴的沙漠罢了。

是的，小孤独，小确幸，小纠结，小伤感，或挥之不去，或乐在其中。这怕也是很正常的。毕竟，我们所处的不是烽火连天山河蒙尘的征战年代,而是轻歌曼舞花好月圆的和平岁月。较之挑灯看剑，较之吴钩看了，我们注定更要看男女之间琐碎的情感涟漪。较之落日楼头断鸿声里的大孤独，更要品尝"失去女人的男人们"的小孤独。一句话，较之辛弃疾，读得更多的是村上春树。幸也罢不幸也罢，反正这大约是我们的宿命，谁都奈何不得，全然奈何不得。

★作为演讲稿，其核心内容先后在以下院校和其他场合讲过：2011 年 4 月 20 日杭州师大；2011 年 4 月 21 日浙江工大；2011 年 8 月 23 日复旦大学；2011 年 10 月 12 日同济大学；2012 年 9 月 20 日中国海洋大学图书馆"读者活动月"；2012 年 9 月 26 日中国青年政治学院（中央团校）；2012 年 10 月 31 日上海中医药大学；2012 年 12 月华中科大同济医学院；2013 年 3 月 29 日华中农大"狮子山讲坛"；2013 年 6 月 6 日曲阜师大；2013 年 9 月 1 日深圳少儿图书馆"南都公众论坛"；2013 年 11 月 20 日嘉应学院；2013 年 11 月 29 日大连外国语学院；2013 年 12 月 12 日宁波大学；2013 年 12 月 14 日潍坊医学院；2013 年 12 月 19 日中国海洋大学鱼山校区；2014 年 4 月 24 日中国政法大学"法大讲座"；2014 年 4 月 25 日北大"文武学社"；2014 年 4 月 25 日清华"时代论坛"；2014 年 5 月 9 日扬州大学；2014 年 11 月 16 日广东海洋大学；2015 年 4 月 2 日对外经贸大学；2015 年 4 月 25 日佛山图书馆"南风讲堂"；2015 年 4 月 26 日暨南大学珠海校区"素质教育中心"；2016 年 10 月 12 日西安电子科大"名人名家报告会";2017年6月16日上海外大"思索讲坛";2017年6月18日杭州西西弗书店;2017年7月29日长春西西弗书店;2017年10月22日青岛方所书店;2018年6月22日北京东方梅地亚中心"新世相读书会"。

言之无文 行而不远：
文体之美在村上文学传播中的作用

　　刚才，从校长于志刚教授手中接过了"'名师工程'通识教育讲座教授"聘任证书。聘书固然很轻，不过是一页纸的重量；而同时又很重——意味着双一流中国海洋大学和她的校长对我的信任和期许。只是，我已经老了。古道斜阳，西风瘦马，不知道自己能否挑起这副担子。毕竟，日语专业教授和通识教育讲座教授之间，横亘着辽远的中间地带。想到这里，心情不免有些惶恐和沉重。但另外，我又的确感到高兴，感到幸运。试想，当一个人老了的时候仍能为大家所需求，尤其能为自己任职二十年因而情有不舍的大学所继续需求，必须说，这是非常幸运的事情！

　　自不待言，我的人生也和绝大部分人一样，有幸，也有不幸。有过仰天大笑出门去的欣喜和欢畅，也有夜半时分独自咬着被角吞声哭泣的凄苦与悲伤。并且，作为一个普通人，我有优点，也有缺点，甚至明显的缺点。因而有人喜欢，有人不很喜欢，甚至很不喜欢。而此刻我更想说的是，海大二十年，我有幸得到了专业内外许许多多学生的喜欢，得到了学院内外许许多多同事的喜欢，同时得到了校长的喜欢。管华诗校长时代，我得以在一无档案二无户口的极端情况下破例调入海大；吴德星校长时代，我在年满六十岁面临"一刀切"退休的时候破例延聘五年；现任于志刚校长时期，刚才我又接过了"'名师工程'通识教育讲座教授"聘书，十有八九也是破例。

其实以主流评价眼光看，我绝不是多么值得喜欢和看重的人。不是早年海外留学归来的博士，不是任何一项政府奖项的获得者，不是国家重大社科基金项目主持人，更不是长江学者，不是教育部以至国务院学科评议组成员。一句话，不是可以填进表格、写进学校工作汇报 PPT 的人。尽管如此，校长仍对我如此投以青睐。这意味着，校长、校长们看重的不是我一个人，而是某一类人，即在某种意义上大体游离于主流评价体制之外的边缘性大学教员，宁愿给这类人网开一面。而这正是要比中国海洋大学的海洋还要大的精神格局、境界和情怀。这也使我更加感谢于校长此刻给我的这一宝贵机会。老骥伏枥志在千里诚然谈不上，好在我居住的浮山校区同上课的崂山校区、鱼山校区之间都有现代化地铁相连。再老，坐地铁一般也是没问题的。我一定利用好这一交通之便，为中国海洋大学的通识教育、为校园文化的进一步升温，奉献自己可能仅有的一缕已然暗淡的夕晖！谢谢！

那么，就请让我开讲。题目刚才主持人已经说过了——言之无文 行而不远：文体之美在村上文学传播中的作用。我不曾在文学与新闻传播学院任教，也没学过传播学。但传播的重要性我以为我还是大体知道的。尤其在当下信息社会，说绝对些，没有传播，就等于什么也没有。我个人也在很大程度上受惠于传播。假如没有一千多万册拙译村上作品的传播，没有报刊专栏刊发我的五六百篇"豆腐块"文章，没有新浪微博三百多万"粉丝"，那么毫无疑问，多少有些存在感的我就不存在。

说起传播，日本文学家村上春树在他的处女作《且听风吟》中借出场人物之口这样说道：文明就是传达。假如不能表达什么，就等于并不存在，就是零。需要表达、传达之事一旦失去，文明即寿终正寝：咔嚓……OFF。这里，"传达"一词完全可以置换为"传播"。换言之，传播就是一切。所谓桃李不言，下自成蹊，所谓不胫而走、沉默是金、酒香不怕巷子深的美好时代有可能已经寿终正寝：咔嚓……OFF。

不仅人类文明，甚至植物也不例外。比如蒲公英。假如一棵蒲公英不开花结籽，它的毛茸茸的绒球上的一把把小伞如果不随风传播，那么它就失去了存在的意义——世界上将只有一棵蒲公英，而这棵蒲公英迟早也将消失。所以，今天能就传播讲点什么，当然是一件让我很受鼓舞和激动的事情。无须说，传播学如今是一门大学问，也是新兴的显学，所需理论修养及其实际涉及范围十分广泛。作为我，只能以自己相对熟悉的村上文学在中国的传播谈几点肤浅的看法。也就是说，林海草原杂花生树之间，我只撷取一朵蒲公英吹散它的绒球，和大家一起注视它跟踪它飞扬的形态和轨迹，从中提取传播学或非传播学等方面的意味和信息。进一步说来，我想把村上文学的传播或者它的被接受聚焦于文体。也就是说，以村上文学及其翻译为中心讲一下文体、文体之美在文化传播中的作用。

在座的诸位想必晓得，日本当代作家村上春树很火。在日本火，在世界火，在中国可能尤其火。说起来，对中国人而言，村上这个人并不具有先天性优势。毕竟他的身份是日本人。而事关日本、日本人，不用说，国人的心情格外复杂。而村上作品的销售势头仍长盛不衰。截至去年十二月末，仅上海译文版拙译四十二本村上作品总销量就已超过一千万册（一千零五十六万册），加上今春印行的《刺杀骑士团长》（八十万册，四十万套），今年肯定达到一千一百万册。一般认为，每本书有四个读者。这样，村上作品的中国读者就在四千万上下。这可是个相当不容小觑的数字。前不久武侠小说大家金庸先生去世，有人说有华人的地方就有金庸；而关于村上，不妨说有年轻人的地方就有村上。

那么，为什么村上文学能在中国如此大面积传播呢？个中原因，即使一般读者也会说出若干。译者首先是读者，所以我也不例外，事实上我也说得不算少了。比如把玩孤独升华孤独，比如小资情调和都市隐士，比如为了灵魂的自由，比如失落与寻找、记忆与历史，比如政治抗争与社会担当或者"高墙与鸡蛋"。但有一个极重要的原因往往为不少研究者所忽视，那就是村上的文体。不言而喻，作为小说作品，哪怕故事再有趣、形象再生动、立意再高深，也都只能依赖语言以及文体这一载体。说到底，创作也好翻译也罢，大凡文学，都是语言的艺术。

一般认为，构成文学作品的诸多要素之中，语言风格或文体特色是最难形成且最难改变的，它是作家的胎记和身份证。文体并不仅仅是语文修养和语言技巧、语言艺术的表现，而且可能是作家生命姿态本身，是作家对生活以至世界的一种个人化领悟方式。在日本，对村上文学的主题、结构和写作手法等方面可谓众说纷纭毁誉参半，但在语言风格、文体的独特性上面则得到了一致公认，甚至认为他有"若干发明"。是的，村上的文体不同于当今任何一位日本作家，形成了独特的、难以模仿的"村上体"。这也是我今天尝试从文体角度切入讲座主题的一个原因。

应该说，小说家比比皆是，而文体家则寥寥无几。文体家必须在文体上有所创新，用独具一格的表达方式为本民族语言，尤其文学语言做出经典性贡献。记得木心曾说文学家不一定是文体家。他还说，"在欧陆，尤其在法国，'文体家'是对文学家的最高尊称。纪德是文体家，罗曼·罗兰就不是"（《鲁迅祭》）。2012 年先于村上获得诺贝尔文学奖的莫言在文体方面就有明确的认识。他说："毫无疑问，好的作家，能够青史留名的作家，肯定都是文体家。"他还表示："我对语言的探索，从一开始就比较关注。因为我觉得考量一个作家最终是不是真正的作家，一个鲜明的标志就是他有没有形成独特的文体。"没有获得诺贝尔文学奖而文学影响未必在莫言之下的王小波关于文体也有极见小波个性的说法。他说："文体之于作者，就如性之于寻常人一样敏感"，"一样重要"。并进一步说优秀的文体好比他在云南插队时看到的傣族少女姣好的身材，"看到她们穿着合身的筒裙婀娜多姿地走路，我不知不觉就想跟上去"。相反，对于恶劣的文体，他比作光着上身的中年妇女。他具体是这样说的："大约是在一九七〇年，盛夏时节，我路过淮河边上一座城市，当时它是一大片低矮的平房。白天热，晚上更热。在旅馆里睡不着，我出来走走，发现所有的人都在树下乘凉。有件事很怪：当地的男人还有些穿上衣的，而中年妇女几乎一律赤膊。于是，水银灯下呈现出一片恐怖的场面。当时我想，假如我是个天阉，感觉可能会更好一点。恶劣的文体（字）给我的感受与此类似：假如我不识字，感觉可能会更好。"

说回村上。村上同样看重语言和文体。他刚一出道就一再强调"文体就是一切"。他说："最重要的是语言，有语言自然有故事。再有故事而无语言，故事也无从谈起……我就不明白大家为什么如此轻视文体（Style）。"出道二三十年后他还是不忘强调文体："（获得世界性人气）的理由我不清楚，不过我想恐怕是故事的有趣和文体具有普世性（universal）渗透力的缘故。"他的处女作《且听风吟》之所以获奖，其主要原因，较之故事也更在于语言和文体。例如一位名叫吉行淳之介的评委评价说："每一行都没多费笔墨，但每一行都有微妙的意趣。"不言而喻，"没多费笔墨"即惜墨如金，即意味着简洁；"微妙的意趣"，换个说法就是幽默。与此同时，村上还分外重视文体的节奏。他说"我不会演奏乐器……但我有想演奏音乐的冲动。既然这样，就像演奏音乐一样写文章好了——这是我最初的想法。而且这种心情至今仍在持续。这么着，我总是一边敲键盘，一边从中寻找正确的节奏、相应的旋律和音色（正しいリズム、相应しい響きと音色）。那对我的文章是恒定不变的关键要素"（《職業としての小説家》P124）。他说他的志向就是"想用节奏好的文体创造抵达人们心灵的作品"。这样看来，简洁、幽默和节奏感构成了村上文体的三大特色。而这样的文体或语言风格，其本身即可叩击读者的审美穴位、心灵穴位而不屑于依赖故事性。

限于时间，下面只找几个比喻例句一起品味一下村上文体的幽默，它的"微妙的意趣"：

○可怜的宾馆！可怜得活像被十二月的冷雨淋湿的三条腿的狗。

○我这人生简直像在橡树顶端的洞穴里头枕核桃昏昏然等待春天来临的松鼠一样安然平淡。

○她的微笑犹如洒落在天边草原上的霏霏细雨，已经同她本身融为一体。

○（她）莞尔一笑，笑得如云间泻下的一缕柔和的春光。

○她一直用手指摆弄着耳轮，俨然清点一捆崭新的钞票。

○万里无云的天空，犹如被切去眼睑的巨大眼睛。

○嘴角浮现出俨然出故障的电冰箱的怪诞的微笑。

○白光光的月如懂事的孤儿一声不响地浮在夜空。

○（他的双眼）如冬天忐忑不安的苍蝇急切切转动不已。

○两人久久对视。并且在对方的眸子里发现了遥远的恒星般的光点。

○自己的太太被别的男人抱在怀里的场景在脑海里挥之不去，总是去而复来。就好像失去归宿的魂灵始终贴在天花板一角监视自己。

再从最新长篇小说《刺杀骑士团长》中找出其他几个比喻句：

○每次想到他们，我就像眼望连绵落在贮水池无边水面的雨时那样，心情得以变得无比安谧。在我的心中，这场雨永远不会止息。

○任何事物都有光明面。哪怕云层再黑再厚，背面也银光闪闪。

○（她的耳朵）让我想起秋雨初霁的清晨树林中从一层层落叶间忽一下子冒出活泼泼的蘑菇。

女性描写尤其有微妙的意趣。例如这本书中这样描写十三岁美少女秋川真理惠的姑母秋川笙子的长相："并非漂亮得顾盼生辉，但端庄秀美，清新脱俗。自然而然的笑容如黎明时分的白月在嘴角谦恭地浮现出来。"另一句是这样写的："年轻的姑母和少女侄女。固然有年龄之差和成熟程度之别，但哪一位都是美丽女性。我从窗帘空隙观察她们的风姿举止。两人并肩而行，感觉世界多少增加了亮色，好比圣诞节和新年总是联翩而至。"

当代老作家汪曾祺说过写小说就是写语言。而比喻无疑在语言或文体中有独特的作用。余光中甚至说："比喻是天才的一块试金石。（看）这个作家是不是天才，就是要看他如何用比喻。"那么，村上是如何用比喻的呢？仅就这里的例子来说，至少有一点不难看出，村上用来比喻的东西起码有一半是超验性的，因而同被比喻的经验性的人或物之间有一种奇妙的距离，而微妙的意趣恰恰蕴含在距离中。如宾馆和三条腿的狗、人生与松鼠、耳轮和钞票、天空与眼睛、嘴角和电冰箱、月亮同孤儿、双眼和苍蝇、眸子同遥远的恒星、妻子跟人上床的场景同失去归宿的魂灵……二者的关联有谁实际见过、感受过、经验过呢？也就是说，从经验性、常识性看来，二者之间几乎毫无关联。而村上硬是让它们套上近乎，缩短其距离，从中拽出一丝陌生美，一缕诗性。在小说中，诗性有时候也可理解为意趣、机趣、情趣、风趣、妙趣。而这正可谓村上文体或语言风格的一大特色。

上面说的超验性，中国藏族出身的小说家阿来去年在北大中文系演讲时有一段相当不错的表述："其实一个作家好与不好，对我来讲，首先就是语言能力，写出新的语言质感的能力。这方面有个误区，不知从什么时候，我们把写得特别顺畅当成一种功夫，结果造成了很多过于平顺以至于油腔滑调的语言。

这个相当令人讨厌。文学不能只是叙事，文学语言的标准也不仅仅是生动凝练之类。语言还有更强的功能，更高的目标。不光是呈现经验，复制经验，而在依靠语言，创造出新的经验。这些经验是审美意义上的，是生命意义上的——也就是所谓哲理、启喻。"与此相关，阿来还对以下现象表示担忧：文学评论大多集中在文本意义上的阐释，而对文本依赖的语言几乎不做真正的研究。而过度地在社会学意义上探寻文本的价值，有时反而造成文本的苍白与空洞。阿来最后强调，"对写作者来说，真正的，甚至唯一的问题依然是，他必须创造一套新的语言，找到一套新的表达方式"（参阅《语言的信徒——在北京大学中文系的演讲》，载于《散文选刊》二〇一八年三月上半月刊）。贾平凹也曾对缺乏超验性写作、缺乏文体创新尝试表示担忧。他说"文坛目前存在着大量的写作，是经验的惯性写作"。

细想之下，村上的小说之所以能在中国持续走红二三十年，除了故事有趣，刚才说了，还在于文体的力量，恕我再次引用村上的原话，就是"文体具有普世性渗透力"。可以说，文体的力量也就是"文"的力量，"言之无文，行而不远"。而我国之所以没能产生村上春树那样有全球性传播力的作家（村上作品外译语种，二〇一五年即已超过五十种），甚至在中国本土大面积传播的纯文学作家也并不多见，原因固然许许多多，但我们的作家还没找到新的有独特质感的语汇或文体来表达这个新时代的新感受至少是一个原因。也就是说我们可能仍在沿用老套的用得烂熟甚至"油腔滑调"的语言、文体进行写作，以致在某种程度上出现苏珊·桑塔格所说的"感受分离"。于是村上"乘虚而入",进入这样的错位空间,满足了以城市年轻人为主的众多读者的文学审美感受和新型娱乐消费的双重需求。

是的,应该承认,文体这一文学特有的艺术形式似乎被我们这个急功近利突飞猛进的时代冷漠很久了。何况这又是个网络化、信息化的时代。应该说,在海量音像信息和网络写作的冲击之下,语言逐渐失去了严肃性、文学性、经典性、殿堂性和诗性。贾平凹早已在二〇〇九年就曾尖锐地指出:"现在有一种文风在腐蚀着我们的母语文字,那就是不说正经话,调侃、幽默、插科打诨。如果都是这样,这个民族就成不了大民族,这样的文学就行之不远。"(《美文》二〇〇九年九月号)用复旦大学中文系郜元宝的话说,"开放的社会最不缺的东西,或许就是语言了。……语言太多了,好语言太少了。"换成我的说法,人们只顾说、说、说,而忽略了怎么说。说、说、说,也许能说成小说家。而若忘了怎么说,就产生不了文体家,就不会有人开一代文风、领一代风骚。而村上不同,村上毫无疑问是个文体家。我这个译者的贡献——假如我万一有这玩意儿的话——应该说主要不在于转述了一个故事,而在于引进了一种文体,一种独具一格的村上式文体。套用木心评价鲁迅文体的说法:读村上文,未竟两行,即可认定此乃村上君之作也!就我去年这个时候翻译的《刺杀骑士团长》来说,刚才说了,这部译成中文大约五十万字的村上最新长篇小说,据我获得的极有限的可靠信息，哪怕极保守地估算，每个字、每个逗号都值二十五元到三十元。花这么大的价钱，花天价，如果单单买来一个故事，你说值得吗？肯定不值得。会编故事的海了！而若买来的是一种独特的语言风格或文体，一种独特的文学审美感受，从而为中国文学语言的表达带来某种新的可能性、启示性，那么无论天价还是地价就都有其价值。而这种价值的体现，在很大程度上甚至在根本上取决于中文译本，也就是取决于翻译。我相当固执地认为，一般翻译和好的翻译的区别，在于前者转述内容或故事，后者重构语言风格或文体之美。通俗说来，前者主要讲故事，后者再现讲故事的调调。

而我的翻译，"林家铺子"译本的特点，别怪我总是老林头卖瓜自卖自夸，可能就是创造性地复制了村上原作的调调——搭眼一看就是"这一个"而不是"那一个"，一看就知是村上而不是井上、河上、川上，不是渡边淳一，不是东野圭吾。再次不谦虚地说，这大概是拙译最成功的地方。同济大学中文系教授、小说家张生曾说"林老师以一己之力重新塑造了现代汉语"，这当然是溢美之词，但拙译有可能给现代汉语的艺术表达带来一种启示性这点，恐怕是不能完全否认的。不妨说是我为丰富汉语语料库做的一个小小的贡献。

本雅明《翻译的任务》中的以下说法也给予我的这种努力以莫大鼓励。他说："翻译绝不只是两种僵死语言的简单转化。伟大的翻译注定会变成自己母语发展的一部分。在各种文字形式中，翻译承担着监视原作语言的成熟过程和自己语言的生产阵痛的特殊使命。"

前面主要说了文体之美，尤其村上的文体之美在村上文学传播中的作用。同时提到翻译的作用。这是因为，中国读者并不是通过日语阅读欣赏村上文学的，而是通过汉语，通过翻译。于是出现了一个疑问：哪怕村上文体美出一朵花来，而若翻译成"奇葩"、翻译成"豆腐渣"，它也照样会如此红红火火大面积传播吗？回答是否定的。言之无文行而不远，不但适用于原著文本、原作，也同样适用于翻译文本、译作。换言之，翻译不但可以成全一部原作，使之言而有文越行越远；也可以毁掉一部原作，令其言之无文坐以待毙。而村上文学显然在中国越行越远——作为译者的我自己这么说是不太好——这就很大程度上证明我的翻译言而有文。也就是说大体如实再现了原著的文体之美、行文之美。

或许有哪位想问："你的那种美、那种'文'是从哪儿来的呢？可有什么秘密？我也想美上一美嘛！"问得好，这才是关键！知行合一，认知再正确，也要行动跟上才有意义。其实我的做法非常简便易行，完全没有什么秘密可言。

我小时候非常喜欢看书，这点我在很多场合都说过，今天就不说了，只说怎么看书。这么说吧，我看书时，不大注意段落大意和主题思想甚至故事情节、人物形象什么的，注意的更是语言或修辞。我是从小学四年级开始看三国水浒西游记的，一边看一边抄漂亮句子、好句子。如三国"玉可碎而不可改其白，竹可焚而不可毁其节""勇将不怯死以苟免，壮士不毁节而求生"等警句。即使接下去看的《苦菜花》等当代小说，较之女主人公的身世和她的故事，我也更留心关于她长相的描写："那双明媚黑亮的大眼睛，湿漉漉水汪汪的，像两泓澄清的沙底小湖。"看《白求恩大夫》，怀着沉痛而庄严的心情抄下了结尾这样一段话："一线曙光从北中国战场上透露出来，东方泛着鱼肚白色。黑暗，从北方的山岳、平原、池沼……各个角落慢慢退去。在安静的黎明中，加拿大人民优秀的儿子、中国人民的战友，在中国的山村里，吐出了他最后一口气。"

这么着，我从小学阶段开始就多多少少有了语言自觉以及修辞意识。借用王小波的话说，就是朦朦胧胧懂得了什么样的语言叫作好。不过王小波是城里人，我呢，实不相瞒，我大多时间是在一个只有五户人家的小山村长大的。小山村特穷，借用韩国以前的一位总统卢武铉的话说，穷得连乌鸦都会哭着飞走。但也有不穷的地方，那就是山上山下有很多树，房前屋后也有很多树。刚才说了，由于多少有了修辞意识，就约略懂得了诗情画意。所以，在杏树、李树、樱桃树、海棠树开花的时候，我没有像我弟弟那样熟视无睹或者琢磨什么时候杏熟了好上树摘杏充饥，而更多时候是琢磨用什么词、什么句子把蒸蒸腾腾轰轰烈烈满树开花的风景描写下来。这慢慢成了一种习惯，或者一种毛病。

进一步说来，这甚至影响了我的性格，使得我喜欢独处，不愿意凑热闹和跟别人打交道。除了书，好像没有什么能引起我的兴趣。即使长大了，邻院漂亮的姑娘也没有让我多么欢欣鼓舞。不过请别误解，我在所有层面都是再正常不过的男人。跑题了，抱歉，说回来。这样，升上初中也还是语文、作文成绩最好。记忆中，上课最开心的时刻就是等老师发作文本，看老师批语，看字里行间那一串串如飞奔的火车轮一般的红色点赞圆圈。有一篇作文竟被初三语文老师拿到初三班上当范文高声朗读，读完又被贴到教学楼中央门厅墙上展示。回想起来，那绝对是我少年岁月中最开心的时光。

不料就在我作为班级学习委员学得正开心正来劲儿的时候，"文革"开始了——我一九六五年秋天上初中，一九六六年夏天"文革"开始，初中勉强上了一年——停课闹革命了，上山下乡了。值得庆幸的是，这样的阅读习惯和修辞爱好始终影响着我、伴随着我。使得我即使在三四年艰苦的乡下务农期间仍没放弃看书，仍然边看边抄漂亮句子。看到后来实在没书可看了，没好句可抄了，就抄字典。为什么抄字典呢？这我记得很清楚。我有一本《新华字典》，一个同学有一本《四角号码字典》。里面收的字和词条及其释义虽大致相同，但例句不尽相同。想买《四角号码字典》却买不到，而自己又对那些不同的例句割忍不下，只好借来两相对照，把一些例句抄录下来。足足抄了四个月。抄一遍后嫌不够工整，又工工整整重抄一遍。而且不是抄在现成本子上。因为现成本子有格，容量小，再说比较贵，我就买来大张白纸，裁成三十二开大小，前后用硬纸壳夹了，钻洞用线钉好。收工回来或上山打柴回来后，我就趴

149

在吃饭用的矮脚炕桌或柜角、窗台上用蘸水笔一笔一画摘抄字典。那时小山村还没通电，天黑后就对着一盏煤油灯低头抄个不止。冬天屋子冷，脚插进被窝，不时哈气暖一暖手。有时头低得太低了，灯火苗就"刺啦"一声烧着额前的头发，烧出一股烧麻雀般的特殊的焦煳味儿。

与此同时，这样的阅读方式和修辞意识还让我渐渐有了多少像那么回事儿的文学情怀。记得夏天日落西山收工回家路上，比我小三岁的弟弟和邻院伙伴早就扛着锄头，屁颠屁颠赶紧回家吃饭去了。好几次只有我一个人落在后面爬上路旁的山坡，在几乎只长草没长树的山坡独自躬身坐下，遥望西方天际光灿灿一缕横陈的夕晖，或红彤彤挂满半个天空的火烧云，心中时而豪情满怀，时而黯然神伤，偶尔潸然泪下。是的，莫言说他小学五年级辍学后在村外荒草甸子放牛时曾为鸟的叫声感动得热泪盈眶，而我曾为天边的晚霞感动得热泪盈眶——也就是说，我们即使在艰苦岁月的孤独中也没有失去对美的感动和被感动的能力。莫言的这一能力从何而来不得而知，我的这一能力明显来自书上的好句子，来自修辞，来自由此生成的朦胧的文学情怀。

好了，不再自鸣得意了。就这点而言，作为我，较之一个学者，恐怕更像一个文人，一个未必够格的文人。我以为，够格也罢不够格也罢，如果可能，任何学者都最好首先是一个文人。这既是历朝历代古之传统，又是民国时期大部分学人的身影。或许，只有这样，才能在说得有理之前说得有趣，有说服力之前有感染力。而感染力来自激情，来自修辞，来自美。记得北大中文系已故林庚教授上的最后一课特别强调了美："什么是诗？诗的本质就是发现。诗人要永远像婴儿一样，睁大好奇的眼睛，去看周围的世界，去发现世界的新的美（钱理群称之为"天鹅的绝唱"）。"反言之，美即是发现，即是修辞，即是"文"。

曾有人问我如果有来生，你想投生在哪个国家。我犹豫了一会儿，回答说我还是想投生在中国，想再做一次中国人。原因只有一个：如果不是中国人，我在来生怎么还能体味杜甫的"片云天共远，永夜月同孤"，怎么还能领略柳永的"今宵酒醒何处，杨柳岸，晓风残月"那由汉字构成的无限美妙的诗性孤独！跟你说，一个柳永、一句晓风残月，顶十个诺贝尔文学奖，顶十个鲍勃·迪伦的所谓"富有诗意的歌词"！

这就是"文"的魅力，"文"的力量。谁不向往远方呢？那么就请记住"言之无文行而不远"这句古语吧！也请让我再次引用北大中文系陈平原教授的话："一辈子的道路取决于语文！"

＊此文为 2018 年 12 月 29 日中国海洋大学通识教育讲座教授聘任仪式暨通识教育讲座第一讲讲稿。其主要内容亦在以下院校讲过：2019 年 4 月 12 日上海财经大学"甲申讲坛"；2019 年 4 月 18 日西安交大、西北大学；2019 年 4 月 19 日西安电子科大"名人名家讲堂"；2019 年 11 月 7 日武汉工程大学外院、华中科大"大学生人文素质教育基地"；2019 年 11 月 11 日湖北大学新闻传播学院。

文体、文学翻译与文学创作：以鲁迅、木心、王小波、村上春树为例

大家可能记得也可能不记得，二〇一九年四月十一日教育部下发《关于切实加强新时代高等学校美育工作的意见》，要求切实提高学生的审美和人文素养，修满相关课程（公共艺术与艺术实践）学分方能毕业。这实在是个势在必行的明智的决定。美育的确太重要太必要了。遗憾的是，过去很长时间里我们忽视了这个太重要太必要的东西。北大老校长蔡元培先生早就说过："中国没有宗教，应该用美育来代替。"当代著名学者资中筠女士曾就此展开话题，认为人的审美跟品位有很大的关系。她说："有一种人特别趋炎附势，你看不惯，这就是审美问题，而不是道德问题，只要他不害人，就算不上是道德问题。要是从小培养某一种审美的观念，他自然而然做不出这样的事情。像中国过去的士大夫，他们自己本身有一种品格、审美标准，有很多事情是'君子不为也'，这不能说是道德问题。"同样是审美问题。

不过，我们今天不讨论"趋炎附势"和"君子不为也"是道德问题还是审美问题，我们谈文学审美，谈文学之美。而文

学之美首先体现为语言之美，进而体现在文体之美。这样，就请允许我从这一角度谈谈文体之美与文学创作的关系。并且，因为我既是作家又是翻译家，准确说来，是小半个作家兼大半个翻译家、翻译匠，所以想侧重谈谈翻译对创作、对文体之美的形成有怎样的作用，进而对文学创作有怎样的作用。换个说法，也可以说是如何看待外语对母语的影响，或文体视角下翻译与创作的关系。在座的诸位即使不是外语专业的也都学外语，都会外语，而汉语是我们的母语，天生就会。不过，从审美、从文体之美方面看待母语和外语的相互关联，则未必多么自觉，更不会是天生的。于是学校教务处安排了今天这场讲座——对于我显然力不从心的讲座。也就分外感谢诸位甚至不惜翘课和挂科前来捧场，谢谢！

先从德国汉学家顾彬说起。我校德语系主任顾彬先生是德国人，作为汉学家相当有名。他撰写的中国文学史在国际汉语界很有影响。不过他在中国的知名度，恐怕还是主要由于他时有惊人之语。例如他曾说中国作家之所以写不出好作品，是因为不懂外语。气得中国作家们脸色发青，甚至以不懂外语的曹雪芹为例反唇相讥。

可是冷静细想，顾彬之言未必纯属无稽之谈。曹雪芹等古代作家另当别论（亦非顾彬所指），而如周氏兄弟、钱锺书夫妇、梁实秋、林语堂、丰子恺、张爱玲、冰心、木心等写出好作品的现代作家都懂外语，有的还是有好的译作行世的翻译家。

另一方面，戴望舒、徐志摩、梁宗岱、冯至、查良铮（穆旦），他们的身份是翻译家，而在其他场合，他们又是有名的作家、诗人。相比之下，当代作家中懂外语并且从事翻译的，或者懂外语从事翻译而又是不错的作家的，除了韩少功根据英译本和他姐姐合译过《生命中不能承受之轻》以外，一下子还真想不起有谁。不错，莫言，小学五年级就辍学放牛的莫言是不懂外语的，而不懂外语的莫言却得了诺贝尔文学奖。但这终究是例外。凡事总有例外，例外不会在顾彬先生的视野之内。

总之，作家懂外语容易成为不错的作家——至少民国文坛不乏其例——究其原因，可能如余光中所说，懂外语和研究外国文学，"便多了一个立脚点，在比较文学的角度上，回顾本国的文学传统，对于庐山面目较易产生新的认识，截长补短，他山之石也较能用得其所"（《听听那冷雨》）。如果让我补充一点，那么我想说文体，原因还在于文体！或者说语言风格！意识流啦、后现代啦、黑色幽默啦、魔幻现实主义啦等写作手法，通过他人的翻译也可学得。而要零距离把脉原作文体，那么非自己懂外语不可。也就是说，哪怕译本再好，看译本也是在看风景片而不是看风景"本尊"：你可以是极具欣赏眼光的观众，但并非实际在场东张西望的游客。草的清香、花的芬芳、鸟的鸣啭、光的变幻、土的气息等，你不可能真真切切体察入微。说痛快些，无非隔岸看花、雾里看花、手机看花罢了。

就是说，懂外语可以让你直接感受原作文体的体温、喘息、律动、气味、氛围等种种微妙的元素。而这不可能不对创作产生影响。自不待言，一流作家都是一流文体家。去年首场相关讲座我引用过木心（孙璞）的说法。木心说文学家不一定是文体家。他还说："在欧陆，尤其在法国，'文体家'是对文学家的最高尊称。纪德是文体家，罗曼·罗兰就不是。"莫言在文体重要性方面也有坚定的认识。他说："毫无疑问，好的作家，能够青史留名的作家，肯定都是文体家。"是呀，小说家比比皆是，文体家寥寥无几。以中国现代文学而论，除了刚才说的鲁迅、梁实秋、林语堂、钱锺书、沈从文、张爱玲、木心等极少数几位，还有谁能冠以文体家之名呢？而这几位的大半——恕我重复——无疑都是懂外语的作家，甚至身兼翻译家。在这个意义上，顾彬之言可谓并非信口开河。

多说两句大家熟悉的鲁迅。木心说："在我的心目中，鲁迅先生是一位卓越的'文体家'。文学家，不一定是文体家，而读鲁迅，未竟两行，即可认定'此鲁老夫子之作也'。"的确，鲁迅是辨识度极高的文体家。他的文章，无论出现在哪里，也能一搭眼就能看出非鲁迅莫属。而促成鲁迅式文体的因素，一般认为主要有两个。一个是中国古文功底。鲁迅虽然出于特殊的时代性原因反对青年人看中国古书古文，但他自己写一手中规中矩、地地道道的古文，古诗也写得非同凡响。木心认为："鲁迅之为鲁迅，他是受益于俄国文学的影响，写好了短篇小说。他的中国古典文学修养也一流。"另一个因素就是翻译。走上创作道路之前，鲁迅做过不少翻译。尽管他所追求的"宁信而不达"的直译方法在过去引起他和梁实秋等人的论战，在今天看来也大可商榷，实践效果也未必有说服力，但在当时那个文白过渡的语言发展阶段，毕竟突破了既定的行文范式而带来了新的句法和语汇。这两个因素的结合，使得鲁迅的文体卓然自成一家，苍劲、简洁、深沉、雄浑、悲凉。粗犷而绝不粗鄙，直接而绝不直白。即使偶尔"夹生"，也并不等于晦涩。喏，你看，"当我沉默的时候，我觉得充实；我将开口，同时感到空虚""无穷的远方，无数的人们，都和我有关"，以及"于天上看见深渊；于一切眼中看见无所有；于无所希望中得救"等，充分展示了汉语浴火重生的现代风采。另如《秋夜》开头："在我的后园，可以看见墙外有两株树，一株是枣树，还有一株也是枣树。"一些中学语文教师怎么也无法解说这两句的巧妙，为什么不是"有两株枣树"，而偏偏"还有一株也是枣树"？这岂不是废话吗？怎么教？但木心提醒我们，这两句是"天才之迸发，骤尔不可方物"，可谓横绝一时。木心还特别欣赏鲁迅《怎么写（夜记之一）》中的这样一段话："我沉静下去了，寂静浓到如酒，令人微醺，望后窗骨立的乱山中许多白点，是丛冢，一粒深黄色火，是南普陀寺的琉璃灯，前面则海天微茫，黑絮一般的夜色似乎要扑到心坎里，我靠了石栏远眺，听得自己的心音。"木心说"'寂静浓到如酒，令人微醺'是我至爱之句，只有鲁迅写得出"（《鲁迅祭》）。再看一眼几乎家喻户晓的短篇小说《故乡》的开头："我冒了严寒，回到相隔二千余里，别了二十余年的故乡去。时候既然是深冬，渐近故乡时，天气又阴晦了，冷风吹进船舱中，呜呜的响，从篷隙向外一望，苍黄的天底下，远近横着几个萧索的荒村，没有一点活气。我的心禁不住悲凉起来了。"你看，无论用词还是句式，其实并没有什么特殊之处，然而来鲁迅笔下签到，便成就了一种截然有别的语言气象，一种"非我莫属"的鲁迅文体、文体鲁迅。

我隐约觉得，民国文人，以文体论，鲁迅和梁实秋堪称两个典型。如果说鲁迅的杂文是匕首投枪大江东去，梁实秋的《雅舍小品》则是银盘乍涌晓风残月。一刚一柔，一冷一暖，一重一轻，筑就了彼时文体的两座高峰。至于钱锺书，他的《围城》则于二者之间另辟蹊径，如村上取法于钱德勒的比喻，《围城》则引进西方绅士味儿幽默而又入于化境。但这三位有一个共同点，那就是都懂外语，都搞翻译，至少都和翻译文学有关。

不难看出——至少在这三位作家笔下——古文是现代汉语坚固的基石并为之提供了与时俱进随机生发的灵感和活力；翻译和翻译文学则拓展了汉语的疆土边界。

其次看一下特别推崇鲁迅的木心。木心本人似乎没有像样地搞过翻译，但读了许多别人翻译的书。作家、评论家李劼因此认为"木心的现代汉语的根底是由那些翻译家给造成的"。进而断言："木心将民国的汉语融合自幼习练的古代汉语，借着非凡的灵气创造出了风格独特的诗歌、散文语言，乃至别具一格的文学演讲口语。这是独树一帜的成就。"概而言之，在李劼看来，作为文体家的木心的文体源自三个要素：古汉语、带有翻译腔的民国汉语、非凡的灵气。

木心的外甥王韦的回忆也证实了这一点。他说，舅舅"饱读中国和世界、古典及现代经典文学作品，古文和白话文功底扎实。难能可贵的是他的文学语言一点也不受'五四'的影响，因此在今天非常独特"。中国古文的功底、受外国译著影响的白话文（现代汉语）的功底，加上灵气的居中点化，由此形成了"非常独特"的木心文体：出神入化，典雅风趣，字字珠玑而又兼具诗意与哲理，明白晓畅又不失委婉与深邃。恐怕正是在这个意义上，上海作家陈村才认为"木心是中文写作的标高"，中国人大孙郁才说"木心使我们的艺术、我们的汉语表达有了另外一种可能"，陈丹青才说"即便是周氏兄弟所建构的写作境界，也被木心先生大幅度超越"。

木心曾满怀深情地表示："世界的文化传统中，汉语是最微妙的，汉语可以写出最好的艺术品来。"而木心以自身的创作实践证明了他的这一论断。与此同时，我们也必须承认——恕我重复——他笔下的汉语是带有程度不同的翻译腔的。或者莫如说翻译腔是催生其"非常独特"的文体的一大要素。试举几例：

△（神游魏晋）如此一路云游访贤，时见荆门昼掩闲庭晏然，或逢高朋满座咏觞风流，每闻空谷长啸声振林木——真是个干戈四起群星灿烂不胜玄妙之至的时代。

△所谓世界，不过是一条一条的街，街角的寒风比野地的寒风尤为悲凉。

△地图是平的，历史是长的，艺术是尖的。

△我看鲁迅的杂文，痛快；你们看，快而不痛；到下一代，不痛不快。

△世界乱，书桌不乱。

△桃树不说我是创作桃子的，也没参加桃子协会。

△那脸，淡漠如休假日的一角厂房。

△那口唇，美得已是一个吻。

△女人最喜欢那种笑起来不知有多坏的笑。

△建筑不许笑，建筑一笑就完了。

喏，你看，多数例句都隐约带有翻译腔。尤其比喻，明显沁出一种西方文人式的调侃与幽默。而同时又是地道的中文，引用木心的比喻："焊接古文和白话文的疤非常好看。"那么疤是用什么焊的呢？我以为，一是翻译腔，二是灵气。不妨说这是两杆焊枪。于是，独树一帜的文体诞生了，汉语表达因而"有了另外一种可能"。

另外，当代的王小波也应该是个不错的例子。如果问我一九四九年以后有谁可以称为文体家，最先浮上脑海的，即是王小波。而王小波文学上的"师承"，大多时候就是外国文学、翻译文学。尤其是王道乾翻译的玛格丽特·杜拉斯的《情人》和查良铮翻译的普希金的《青铜骑士》。王小波对此直言不讳，他说："从他们那里我知道了一个简单的道理：文字是用来读的，不是用来看的。看起来黑压压的一片，都是方块字，念起来就大不相同。……或低沉压抑，沉痛无比，或如黄钟大吕，回肠荡气——这才是文字的筋骨所在。"他甚至断言最好的文体都是翻译家创造出来的。"假如没有像查先生和王先生这样的人，最好的中国文学语言就无处去学。对于这些先生，我何止是尊敬他们——我爱他们。他们对现代汉语的把握和感觉，至今无人可比。一个人能对自己的母语做这样的贡献，也算不虚此生。"（《我的精神家园》）事实上他终生为之倾心的《情人》开头那句"我已经老了"也规定了其文体的基本走向。他强调优秀翻译家都是"文体大师"。不用说，他所指的翻译家是查良铮、王道乾、傅雷、汝龙等老一辈翻译家，绝不包括敝人这样业余凑热闹的。可是我仍然为之欢欣鼓舞，就像在国外时一听见有人夸奖中国和中国人就跟着咧嘴傻笑一样。

既然王小波那么推崇翻译，尤其推崇查先生、王先生两位翻译的《青铜骑士》和《情人》，那么不妨让我们找出其中两小段一起体味一下。

先看查良铮先生译的《青铜骑士》：

我爱你，彼得兴建的大城，

我爱你严肃整齐的面容，

涅瓦河的水流多么庄严，

大理石铺在它的两岸……

我爱铁栏杆的花纹，你的幽静而抑郁的夜晚。

王小波的哥哥告诉他，这是雍容华贵的英雄体诗，是最好的文字。

再看王道乾先生译的《情人》开头的一段：

我已经老了。有一天，在一处公共场所的大厅里，有一个男人向我走来，他主动介绍自己，他对我说："我认识你，我永远记得你。那时候，你还很年轻，人人都说你美，现在，我是特意来告诉你，对我来说，我觉得现在的你比年轻的时候更美，那时你是年轻女人，与你那时的面貌相比，我更爱你现在备受摧残的面容。"

顺便说一句，普希金的长诗《青铜骑士》和法国女作家玛格丽特·杜拉斯的《情人》是世界性文学名著，国内中译本当时就不止一个。而王小波为什么单单欣赏查良铮和王道乾两位先生的译本呢？当然是因为两人译得好，别人译得不够好。如《青铜骑士》那两句，另一位先生译为："我爱你彼得的营造，我爱你庄严的外貌……"王小波说他后来明白了，"后一位先生准是东北人，他的译诗带有二人转的调子，和查先生的译诗相比，高下立判。那一年我十五岁，就懂得了什么样的文字才能叫作好"。再如《情人》开头那一句"我已经老了"，其他人有的译为"我上了年纪的时候""我到了岁数的时候"等。相比之下，显然是"我已经老了"来得简洁而有韵味，王小波说"无限沧桑尽在其中"。可以认为，杜拉斯这种细腻、诡异、优美、绝望、苍凉的文体，或者莫如说王道乾传达的这种翻译文体，给了王小波的文学创作以很大程度的影响。说极端些，没有作为翻译文学的《情人》和《青铜骑士》，就可能没有王小波式文体的文学创作。

这方面还有一个例证就是日本的村上春树。前些日子看了他的随笔单行本《作为职业的小说家》和对谈集《猫头鹰在黄昏起飞》，得以再次确认之于他的外语与创作、翻译与文体的关系。

村上自小喜欢英语，上初中就能大体读懂英语原版小说、听懂英语原版唱片了。二十九岁开始在自己开的爵士乐酒吧厨房餐桌写小说——写处女作《且听风吟》。日文不过八万字，却用自来水笔在稿纸上一遍又一遍写了半年。最后写罢还是不满意。"读起来没滋没味，读完也没有打动心灵的东西。写的人读都是这个感觉，何况读者！"村上当然情绪低落，更加怀疑自己不是写小说的那块料。却又不甘心就此偃旗息鼓。后来灵机一动，将写出来的二百页原稿一把扔进废纸篓，转而从壁橱里端出英语打字机，试着用英语写。"不用说，我的英语写作能力可想而知。只能用有限的单词和有限的句式写，句子自然变短。就算满脑袋奇思妙想，也全然不能和盘托出。而只能利用尽可能简洁（simple）的语词，换一种浅显易懂的方式表达意图，削除描述的'赘肉'……但在如此苦苦写作当中，一种我自有的文章节奏（rhythm）渐渐诞生了。"

随后，村上收起打字机，重新抽出稿纸，拿起自来水笔，将用英语写出的一章译成日语。不是逐字逐句直译，而是采用近乎移植的"土豪"译法。这么着，"新的日语文体不请自来地浮现出来。这也是我本身特有的文体，我用自己的手发掘的文体"。接下去，村上用如此获得的新的文体将小说从头到尾重写一通。情节固然大同小异，"但风格完全不同，读起来印象也完全不同"。这就是现在大家读到的《且听风吟》。换句话说，村上因为懂外语而从习以为常的母语惯性、日常性中挣脱出来，找到文体的另一种可能性。大而言之，促进了"日语再生"。事实上《且听风吟》也出手不凡，获得日本主流纯文学杂志《群像》的"新人奖"，成为他进入文学殿堂的叩门之作。

此后村上也始终与外语一路相伴。他以一己之力翻译了雷蒙德·卡佛全集。此外还至少翻译了（重译）雷蒙德·钱德勒《漫长的告别》、J. D. 塞林格《麦田里的守望者》和司各特·菲茨杰拉德《了不起的盖茨比》。他说他从事翻译的一个主要目的就是探寻其中的"文体秘密"。而文体各种元素中，他最看重的是节奏、节奏感。例如他这样评价塞林格：此人文章的节奏简直是魔术。"无论其魔术性是什么，都不能用翻译扼杀。这点至关重要。就好像双手捧起活蹦乱跳的金鱼刻不容缓地放进另一个鱼缸。"（《翻译夜话2：塞林格战记》P53）进而在比较菲茨杰拉德和钱德勒的文体之后提出自己的文体追求："我想用节奏好的文体创作抵达人的心灵的作品，这是我的志向。"并且自信这种以节奏感为主要特色的文体取得了成功：

"（获得世界性人气的）理由我不清楚。不过，我想恐怕是因为故事的有趣和文体具有普世性（universal）渗透力的缘故。"（二〇〇八年三月二十九日《朝日新闻》）村上从不讳言外国文学对自身创作的影响："事关比喻，我大体是从雷蒙德·钱德勒那里学得的。毕竟钱德勒是比喻天才。"自不待言，他学得的不仅仅是修辞技巧，而且是一种行文范式、一种"文体秘密"。

　　《刺杀骑士团长》这部长篇小说出版后两个月，村上于二〇一七年四月出版了一本访谈录：《猫头鹰在黄昏起飞》（川上未映子问，村上春树答），书中再次强调文体的重要性。他说："我大体作为专业作家写了近四十年小说，可是若说自己至今干了什么，那就是修炼文体，几乎仅此而已。反正就是要把行文弄得好一点儿，把自己的文体弄得坚实一些。基本只考虑这两点。至于故事那样的东西，每次自会浮现出来，跟着写就是。那东西归根结底是从那边来的，我不过是把它接受下来罢了。可是文体不肯赶来，必须亲手制作。而且必须使之天天进化。"差不多四十年前他刚出道的时候曾强调"文体就是一切"，而现在他在这本书再次强调"笔调就是一切"。在村上语境中，笔调和文体异曲同工。顺便说一句，文体在日语中为"文体"或"スタイル"。笔调乃"文章"之译。此外亦可译为"行文""文笔""笔触""修辞"或"遣词造句"。当然大多时候照抄"文章"即可。村上还说日本文坛不怎么看重"文章"、文体，很少有人正面对待文体。相比之下，认为主题第一重要，其次是心理描写和人格设定之类。"我考虑的，首先是文体。文体引出故事。"

至于文体如何引出故事，他说这方面的规范基本只有两个：

一个是高尔基《在人间》里边说的讨饭或巡礼之类。一个人说："喂，我的话，你可听着？"另一个应道："我又不是聋子！"讨饭啦聋子啦，如今估计不能这么说话了，但过去无所谓。我还是当学生的时候读的。若是一般性交谈："喂喂，我的话你可听着？""听着呢！"这就可以了。可是这样就没戏了。而若回一句"我又不是聋子！"那么交谈就有了动感。尽管单纯，却是根本的根本。但做不到这一点的作家世上很多很多。我总是注意这点。另一个就是比喻。钱德勒有个比喻："对于我，失眠的夜晚和肥胖的邮差同样罕见。"我说过好多次了。假如说，"对于我，睡不着的夜晚是很少见的"。那么读者基本无动于衷，一下子跳读过去。可是，如果说"失眠的夜晚和肥胖的邮差同样罕见"，那么文章就活了起来，就有了动感。这样，"我不是聋子"和"肥胖的邮差"两者就成了我写文章的范本。

村上还说这也是使得文章不让读者睡过去的两个诀窍。两个规范也好，两个诀窍也好，说的当然都是文体、文体的重要。那么村上的文体特征表现在哪里呢？

这里主要看它来自英语或翻译的异质性。村上既不同于其他日本作家（尽管村上是日本作家），又有别于欧美作家（尽管村上深受欧美作家的影响），和中国本土原创也不是一个味道（尽管翻译成了中文）。换言之，一看就是村上，有一种村上特有的异质性和陌生美。这里仅以刚才提及的《刺杀骑士团长》第一章第一段为例：

那年五月至第二年的年初，我住在一条狭长山谷入口附近的山顶上。夏天，山谷深处雨一阵阵下个不停，而山谷外面大体是白云蓝天——那是海上有西南风吹来的缘故。风带来的湿乎乎的云进入山谷，顺着山坡往上爬时就让雨降了下来。房子正好建在其分界线那里，所以时不时出现这一情形：房子正面一片明朗，而后院却大雨如注。起初觉得相当不可思议，但不久习惯之后，反倒以为理所当然。

周围山上低垂着时断时续的云。每当有风吹来，那样的云絮便像从前世误入此间的魂灵一样为寻觅失去的记忆而在山间飘忽不定。看上去宛如细雪的白亮亮的雨，有时也悄无声息地随风起舞。差不多总有风吹来，没有空调也能大体快意地度过夏天。

那么其文体的异质性表现在哪里呢？先看语言节奏的超常规："风带来的湿乎乎的云""宛如细雪的白亮亮的雨"；再看比喻修辞的超验性："那样的云絮便像从前世误入此间的魂灵一样为寻觅失去的记忆而在山间飘忽不定。"以及由此生成的恬适静谧而又不无诡异的艺术氛围。概而言之，即节奏的异质性、比喻的异质性、氛围的异质性。

异质性也好，本土性也好，创作也好，翻译也好，事关文体，村上最关注和处理的，始终是什么呢？是节奏！他说："对于我，节奏比什么都宝贵。比如翻译的时候，把原文照原样准确译过来固然重要，但有时候必须调整节奏。这是因为，英语的节奏和日语的节奏，结构本来就有区别。这就需要把英语的节奏因势利导地转换成日语节奏。文章因此而活了起来。"翻译如此，创作更是如此。"没有节奏，事物就无从谈起。"那么如何才能获取节奏呢？村上认为，"说到底就是'修改'。首先粗线条地写下来，然后一遍又一遍修改、打磨。这一过程几乎长得让人担心会不会永远持续下去。这样，自己的节奏或者两相呼应的语态就会逐渐形成。比之眼睛，主要用耳朵修改"。

用耳朵修改，说得好！当然，未必念出声来直接诉诸耳朵这一器官，而是默默诉诸心耳。文采诉诸视觉，节奏诉诸听觉。应该说节奏比文采重要。再有文采而若缺乏节奏或韵律，文章也活不起来。当然最理想的是，读起来斐然成章美不胜收，听起来倾珠泻玉铿锵悦耳。而在不可兼得的情况下则首选节奏。何况节奏也是美，节奏之美。至少之于村上是这样。在我的阅读范围内，村上似乎从未提过文采（美しい、華麗、美辞麗句）。作为客观原因，可能在于日语不像汉语这样讲究语言的装饰性。言之无文，行而不远，乃是中国古代文人的不二文论。

说回修改。仍以《刺杀骑士团长》为例，据《猫头鹰在黄昏起飞》介绍，村上于二○一五年七月末动笔，第二年五月七日第一稿杀青，用了不到十个月时间。日文原著七十五万字左右，即每个月平均写七万五千字。而后开始修改，同年七月底完成第三稿，八月十五日完成第四稿，九月十二日完成第五稿，十一月十五日交出第六稿——修改了六遍。接下去校对清样，一校、二校、三校……这么着，"自己的节奏或者两相呼应的语态（Voice）就会逐渐形成"。重复一句，"字的意象，音的回响，对小说是非常紧要的"。字的意象，用眼睛修改；音的回响（节奏），用耳朵修改。村上固然有电光石火般的天纵之才，但更重要的还是后天的姿态和努力：修改，反复修改！对了，村上还用炸牡蛎来比喻文章的修改或打磨："炸牡蛎怎么炸才香？怎么炸才能发出吱吱诱人口水的声响？……我要尽量把文章写得绘声绘色。"他说他有打磨那种行文技术的强烈冲动，以便让读者"读了我写的那篇文章，就对炸牡蛎垂涎三尺"，就想吃炸牡蛎"想得天昏地暗"。

　　之于村上，修改不仅关乎文体、文体的节奏，而且关乎发现自己。他说："文章修辞这东西，是一种锋利而微妙的工具，一如刃器。或适可而止，或一剑封喉，用途不一而足，其间无非一页纸的距离。如果对此了然于心，或许就等于了解了自己。……忘乎所以地一心致力于文章打磨，就会倏然产生得以俯瞰自己意识天地的瞬间，仿佛阳光从厚厚的云层一泻而下。"换个表达方式，文体或文章修辞即是我们本身，即是我们同外界打交道的姿态。人云亦云的庸常修辞，所表现的往往是一个人才气的不足、精神的懈怠或者傲慢；而令人耳目一新的修辞，则大多是卓尔不群的内心气象的折光。是的，好的修辞是对自己的内心和世界的谦恭与敬重。

简言之，外语和翻译使村上笔下的母语生发外语的异质性，从而获得新的文体，尤其获得文体新的节奏。在这个意义上，与其说他是"作为职业的小说家"，莫如说"作为翻译家的小说家"。

作为我，固然懂些外语，姑且能以翻译家自居，但我不是小说家——小说那玩意儿死活写不来，只好在此寄希望于本土小说家。按理，中国当代作家，尤其中青年作家大部分都懂外语，那么也搞搞翻译如何？总不好眼巴巴看人家村上在中国到处走红，而自己硬是走不出去吧？

藏族出身而用汉语创作的当代作家阿来就对翻译与创作的关联性别有体会。他在《母语与汉语》那篇文章中写道："在自己的文学经验中，我觉得翻译确实是非常重要的事情。只有翻译才可能使得不同语言中的不同经验、不同感受产生交流。……少数民族作家参与汉语书写，既扩张了汉语的表达功能，又带来了新的价值观、新的感受。这种感受，这种异质的审美，改造和丰富了汉语的面貌。"阿来因此断言："世界上任何一种语言的发展和壮大，都是在翻译过程中实现的。"

（二〇一七年第八期《民族文学》）

是的，作为我，诚然一再强调母语是外语的天花板，古汉语是现代汉语的天花板，前者的高度决定了后者所能达到的高度，但另外——刚才说了——我又认为外语或翻译又扩大了母语的边界或幅员，或者说为汉语的表达，尤其为文学语言、书面语言的表达提供了一种启示性、可能性。而新文体诞生的可能性，很多时候就存在于母语同质性或熟识美与外语（翻译）异质性或陌生美之间。这点，上述几位作家即是例证。如果把外语延伸一下，使之包括异民族语言，那么老舍（满族）、沈从文（苗族）和席慕蓉（蒙古族）、阿来（藏族）也未尝不可以说是个例证。实际上，阿来刚开始写作的那个阶段同村上也有些相似。上面说了，村上把用英语写的句子翻译成母语日语，结果歪打正着，形成了他特有的文体。阿来则把"脑子里首先响起的"藏语（作为藏族方言的嘉绒语）译成汉语。结果同样成就了一种别具一格的文体。不妨认为，村上和阿来在两种语言之间的不断往返穿越当中获得了一种新的语感和语言实践能力。即使我这个翻译匠和半个母语写作者，也在翻译实践中和创作实践中切实感受到了那种难以言喻的美妙，甚至获得了灵感。

毋庸讳言，在这个倾向于急功近利的浮躁的时代，提起文体修辞，每每被视为高考作文套路，甚至看成文字游戏，看成花言巧语的广告策略，而没有多少人真正关心修辞的本质及其特有的渗透力。

看一看当下的汉语品相吧：臃肿化、煽情化、粗鄙化、快餐化，有的甚至已经铜臭化和恶俗化。显而易见，伴随经济起飞的大众传媒的攻城略地，既带来了大众消费文化和流行文化的风生水起，又带来了高雅文化和汉语尊严江河日下的声声叹息。试问，当今汉语世界里还有多少人肯在月下门前慢悠悠"推""敲"个没完没了呢？谁都晓得"僧敲月下门"远不如在灯下敲电脑来得快。对于语言，人们往往注重剑拔弩张的视觉冲击力或广告性效果，而忽略了涵养文化水源的内功；往往习焉不察地跟风搬弄"第二个用花比喻女人"式的流行套话，而忽略匠心独运的个性化文体。前者诸如"疯长""飙升""热卖""狂销"；后者诸如"精彩纷呈""魅力四射""闪亮登场""震撼推出""重磅来袭""吸引眼球"，以及"浓浓的节日氛围""一道亮丽的风景线"等，俯拾皆是，举不胜举。不用说，第一个用"眼球"取代"眼珠"的人，自然给人以俏皮、新鲜之感，但若无数人不屈不挠地复制"眼球"而硬是把"眼珠"晾在一边不管，就反倒让人觉得落入俗套了。顺便说一句，"精彩纷呈"的"精彩"是什么彩、什么颜色？是不是应为"异彩纷呈"或"众彩纷呈"才对。

如果再听一听我们的节目主持人、扫一扫新媒体尤其网络媒体文章，事情就更明白了。比如一口一个"非常地"：非常地好、非常地聪明、非常地了不起……"非常"后面而何苦非加"地"不可？莫名其妙！况且，除了"非常"，就不能用其他大体相近的程度副词？例如"十分""万分""分外""格外""极其""极为""甚为"，以及"实在""的确""确实"，还有"很""太""极""甚""超"等。各词之间没有任何隔离带，为什么不自由穿越而死抓"非常的"不放？这才是"非常"，非常文体。不仅如此，结尾处还往往千篇一律问一句"对此你怎么看？"语言苍白贫乏到了让人忍无可忍的地步！还有一口一个"然后、然后、然后"。为什么就不能说"随后""之后""而后""其后"，以及"其次""继而""并且""而且""再者""加之""还有""接着""接下去"等？近来不知何故，"现如今"又成了网络宠儿，而对"现今""如今""而今""当今""今时""今日"等全然不屑一顾，偏偏揪住"现如今"不放！

语言的苍白，意味着内心的苍白；语言的贫乏，意味着精神的贫乏。须知，在语言表达上我们可是世界上唯一讲究对对子、对偶和平仄的民族。汉语本身也具有这样得天独厚的优势。喏，"天对地雨对风，山花对海树，赤日对苍穹"；喏，"鸟宿池边树，僧敲月下门"；"两句三年得，一吟双泪流"；喏，"两个黄鹂鸣翠柳，一行白鹭上青天"；"云横秦岭家何在，雪拥蓝关马不前"；喏，"落霞与孤鹜齐飞，秋水共长天一色"；"居庙堂之高，则忧其民，处江湖之远，则忧其君"。类似句子不知可以举出多少，如繁星在天，不可胜数。一句话，咱们可是李白杜甫苏东坡曹雪芹嫡系或嫡系的后代，再这样下去，有何颜面面对这些民族先贤？我们不能当文化上的不孝子孙！是时候关心文体了，是关心文体艺术的时候了！

★ 此文为 2019 年 5 月 23 日中国海洋大学通识教育讲座第三讲讲稿。其主要内容亦在以下院校和其他场合讲过：2019 年 8 月 2 日上海书展静安嘉里中心读书会；2019 年 10 月 25 日深圳书城；2019 年 10 月 27 日深圳大学教师培训学院；2019 年 11 月 9 日武汉大学国家文化发展研究院。

文体的翻译与翻译的文体

　　村上春树有一部长篇随笔:《作为职业的小说家》,其中后记里面的这样一段话特别引起了我的注意。那段话是这样的:"有一点希望大家理解,我基本上是个'极为普通的人'(ごく普通の人間)。不错,我是认为自己多少具有类似写小说资质那样的东西(完全没有也不可能坚持写小说写这么久),但除此以外——自己说是不大好——我是随处可见的普通人。走在街上也不显眼,在餐馆里一般都被领去糟糕的(ひどい)座位。假如不写小说,恐怕不会为任何人注意,极为理所当然地送走理所当然的(ごく当たり前にごく当たり前の)人生。"

　　不错,就相貌来说——我见过他两次,就两次相加两个半小时他留给我的外观印象来说,的确是随处可见的、不显眼的普通人。说极为普通也不为过。村上本人这么表达既不是"美丽的谦虚",又不是刻意的修辞。这也让我想起他日前在日本极有名的老牌综合杂志《文艺春秋》(二〇一九年五月号)上说的话:

　　我们不过是朝着广阔大地降落的海量雨滴中的无名一滴罢

了，固有而又能够被替换（交换可能）的一滴。然而，一滴雨水自有一滴雨水的情思（思い），自有一滴雨水的历史，自有其继承历史的职责。我们不应忘却这点。即使它被轻易吸去哪里，即使失去作为个体的轮廓而被置换为集团性的什么无影无踪。或者莫如这样说：恰恰因为它将被置换为集团性的什么（才不应忘却）！

就现在的村上这一滴雨水而言，他显然保持了自己的固有性而排除了被替换、置换的可能性。这一是因为他敢于正视和继承其父辈留下的那段罪恶的历史。他在同一篇文章中就此表示："人心的联结便是这样的东西，所说的历史也是这样一种东西。历史的本质存于'继承'这一行为或仪式之中。即使目不忍视，人也必须将其作为自身的一部分接受下来。否则，历史的意义又在哪里呢？"这是一个原因。那么另一个原因呢？另一个原因就是他具有写小说的资质，能够通过写小说来表达自己的情思。看得出，村上对此还是相当自信的。前年（二〇一七年）他在写完《刺杀骑士团长》两个月后出了一本名叫《猫头鹰在黄昏起飞》的访谈集。他说自己喜欢写小说，很少外出东游西逛。每天早起早睡，夜生活几乎是零。书中写道：

若问我为什么能坚持过这样的生活，因为能写小说。并且能在一定程度上写好小说。小说比我写得好的人，客观看来为数不多，世界上。……在第一线专业写了差不多四十年，书也能在某种程度上卖出去，我想我还是有两下子的。所以很开心的，写东西。想到比我做得好的人不是那么多，做起来就很开心。例如做爱也不差，可是做爱比我做得好的人，世界上肯定比比皆是（笑）。倒是不曾实际目睹……

　　喏，如此看来，村上感到自信满满的活计至少有两样：一是做爱，二是写小说。做爱如何对别人没什么参考价值，不必公开研讨。这里只谈小说。

　　是的，全世界加起来写小说的人可以说足够多了，有写小说资质的人也不可胜数，那么为什么单单村上写得这么好呢？好得几乎全世界都没有几个人比得上呢？好得自己从一个甚至被餐馆领座女孩所不待见的"极为普通的人"变成了几乎所有女孩儿都很待见的大作家了呢？关于个中原因，任何读者都会说出几个来。译者首先是读者，所以我也不例外。事实上我也说得不算少了，比如孤独，比如"小资"情调，比如为了灵魂的自由，比如挖洞与撞墙，比如政治抗争与社会担当。但今天我想换个角度，想从文体或语言风格的角度谈一下村上为什么这么火，谈一下村上作品的文学元素。或者说，谈一下文体之美与村上文体，进而谈谈村上文体的翻译。在此之前，请让我先谈一下村上文学的总体特色。

　　一次在北京外国语大学演讲的时候，我曾不自量力地试图让村上文学跻身于经典行列。作为理由，主要在于他就若干共性文学议题做出了富于个性的出色表达。包括文体在内，我尝试性归纳出了以下六点：

一、大凡经典作品都要反映一个时代的风貌和生态。村上作品也不例外。只是，较之全景式宏观扫描，更是个案点击式的进逼；较之对主流社会直截了当的剖析与批评，更是置身事外的观察与揶揄（"吃瓜"与"吐槽"）；较之传统的现实主义的大刀阔斧，更是不无后现代意味的旁敲侧击。但并不浮光掠影，不支离破碎，不招摇过市，不试图取悦于市场和任何权威。他只听从心灵和信念的召唤，以其特有的冷静犀利的笔触从平庸细碎的日常活动中提取生活信息和审美信息，展示当今时代或"高度发达的资本主义社会"的本质特征和典型世相。用日本文艺评论家岛森路子的话说，"是我又不是我，是现实又不是现实，是虚构又不是虚构，精神视野中有而现存世界中无却又与生活在现代的我们每一个人息息相通——村上春树一直在写这样的东西，这样的现代神话"（《每日新闻》一九九五年一月九日）。这方面的典型作品，例如《舞！舞！舞！》《世界尽头与冷酷仙境》。

二、经典作品需要有追问、透视灵魂的自觉和力度，需要有给人以超拔的精神启示。村上同样如此。村上在二〇〇三年初同笔者相见时明确表示："我已经写了二十年。写的时候我始终有一个想使自己变得自由的念头。……即使身体自由不了，也想使灵魂获得自由——这是贯穿我整个写作过程的念头。"事实也是这样。他对主人公及其周边事物几乎不做客观而全面的描述，而总是注意寻找关乎灵魂的元素，总是逼视现代都市中游移的灵魂所能取得自由的可能性。同时结合对日本现代史的发掘和反思力图超越狭隘的自我以至日本这个国家的"自我"。正如哈佛大学教授杰·鲁宾（Jay Rubin）所说，村上和大江健三郎一样，"这两位作家都在深入探讨记忆与历史、传奇与故事讲述的问题，都继续深入情感的黑暗森林，追问作为个人、作为世界的公民、作为日本人的他们到底是谁"（鲁宾：243）。进而表达作家对人类当下存在的终极价值的追问、怀疑和否定，体现了一种超我精神。这方面的典型作品，例如《1973年的弹子球》《寻羊冒险记》。

三、比照经典之作，村上的作品也在一定程度上表现了对人类正面价值、对跨越民族和国家的"人类性"的肯定与张扬。不错，如村上自己所说，他笔下的主人公都游离于社会主流之外，都有不同于他人的自成一统的个人价值观，但又闪烁着人类所向往的正面价值和普世精神的光彩，如自由、尊严、良知、爱心、同情、善良、真诚、宽容、执着和勇敢等。而对待极权、虚伪和漠视他人生命的残忍，对待暴力，尤其对待日本的"国家暴力性"，则表现出不妥协的战斗姿态和人文知识分子的担当意识。这样的文学品格，使得冷静而睿智的文字背后悄然涌动着一股暖流，使得他的作品跨越了都市边缘人立场和后现代藩篱，跨越了日本与非日本、东方与西方的鸿沟，而在世界各地获得了普遍认同和情感共鸣。这方面的典型作品，例如《海边的卡夫卡》《奇鸟行状录》《刺杀骑士团长》。

四、应该说，村上作品在对人性的把握和拓展上别有新意。显而易见，村上总是让他的主人公处于不断寻找不断失落的过程中。通过这一过程传达高度信息化、程序化和物质化的现代都市中人的虚无性、疏离性以及命运的不确定性，传达生活在"高度发达的资本主义社会"这一恢恢巨网之下的现代人的孤独、压抑、怅惘、彷徨、沮丧、无奈、忧伤等种种精神苦楚。特别值得注意的是，现代人这些负面的生存感受竟被村上写得那般富有质感、富有悟性、富有情调和诗意——诗意地、审美地、优雅地把握现代人的种种负面感受并使之诗意地、审美地、优雅地栖居其中，未尝不可以说是村上对现代语境中的人性领域一个新的拓展。恐怕正是这点使得包括中国读者在内的无数读者从中找到了自己的心灵镜像，窥见了自己心中隐秘的腹地，使得他们在风尘仆仆的人生旅行中暂且在村上的文学驿站驻足歇息。这方面的典型作品，例如《且听风吟》《挪威的森林》《国境以南 太阳以西》。

五、较之作品主题的发掘力度、情节设计的独出机杼和人物形象的别开生面，村上文学一个真正出色之处恐怕更在于一如既往对细节的经营，在于其中细小的美学要素及其含有的心理机微的提示。借用二〇〇九年六月普林斯顿大学授予村上荣誉博士的评语：村上春树"以文学形式就日常生活的细节做出了不可思议的描写，准确地把握了现代社会生活中的孤独感和不确定性"。村上本人也承认细节经营对自己的吸引力。在长篇小说《世界尽头与冷酷仙境》获得谷崎润一郎奖之后，村上对一位采访者说世上再没有比以最精确的细节详细描述一样压根儿不存在的事物的过程更让他享受的了。中国作协李敬泽二〇一三年就诺贝尔文学奖回答《瑞典时报》时的说法可谓异曲同工：村上大约是一位飞鸟型的轻逸的作家，"他不是靠强劲宽阔的叙事，他只是富于想象力地表达人们心中漂浮着的难以言喻的情绪。他的修辞和隐喻，丰富和拓展了无数人的自我意识。"

六、不言而喻，上述内容的传达只能依赖语言这一载体，这是文学的宿命。窃以为，构成文学作品的诸多要素之中，语言风格或文体特色是最难形成且最难改变的，它是作家的胎记和身份证。文体并不仅仅是语文修养和语言技巧、语言艺术的表现，而且是作家生命姿态本身，是作家对生活以至世界的一种新的领悟方式。在日本，对村上文学的主题、结构和写作手法等方面可以说众说纷纭毁誉参半，但在语言风格、文体的独特性上面得到了一致公认，甚至认为他有"若干发明"。是的，村上的文体不同于当今任何一位日本作家，形成了独特的、难以模仿的"村上体"。可以说，使得村上作品出现在文学经典化地平线上的，其首要因素就是其个性化语言或文体。倘若其文体不具有经典化因子，作品的经典化就无从谈起。

上面粗线条地概括了村上文学、他的小说作品的总体特色。下面让我专门就文体、文体之美多讲几句。

关于村上作品的文体，包括村上本人在内有种种表述。例如村上在加州大学伯克利分校演讲时这样说道："我的风格可以归结为以下几点：首先，除非绝对必要，我绝不给一个句子增加任何累赘的含义。其次，每个句子都必须有节奏感。这是我从音乐，特别是爵士乐中学到的。在爵士乐中，了不起的节奏可以造就出最伟大的即席效果。一切都取决于节奏的轻重缓急。为了维持这一节奏，绝对不能有任何额外的重量。这并不意味着一点重量都不要——只是不能有任何一点累赘的重量。你必须把一切赘疣统统切除。"这点也同他创作之初有关文体的描述两相呼应，他说他当时的做法是"将贴裹在语言周身的各种多余物冲洗干净"。这里，"绝对不能有任何额外的重量"和冲洗"各种多余物"，完全可以理解为简洁。村上在其他场合也再三谈到文体或风格问题："一开始，我竭力真实地去写，而结果却不堪卒读。于是我就试着用英文重写开头，之后把它翻译回日文，再加工一下。如果用英文写的话，我因词汇有限，不能写长句子。在这种情况下，竟然给我抓到了一种节奏。比较而言，词语精练、句子简洁。"除了简洁和节奏感，村上还说："我希望自己的写作风格达到的第三个目标是幽默。我想逗得大家哈哈大笑。我也希望能使他们汗毛直竖、心跳加快。如果能达到这样的效果我会非常高兴的。"这样，其文体特点概括起来就是：简洁、节奏感和幽默。

对此，日本文坛和文艺批评界也给予了认同和很高的评价。如已故著名作家吉行淳之介对村上获得"新人奖"的处女作《且听风吟》评价说："每一行都没多费笔墨，但每一行都有微妙的意趣。"文艺批评家丸谷才一认为"文笔十分了得，小说的流势竟全无滞重拖沓之处"。十七年后他在担任读卖文学奖评委时评价村上获奖作品《奇鸟行状录》时又说："这里有通过睿智而洗练的笔调带来的不安、忧伤、残忍和温情。村上春树给我们的文学以新的梦境。"此外他还注意到了村上自己也承认的英文味儿或翻译腔带来的文体的异质性，早在为《且听风吟》评奖时就预言："以日本式抒情涂布的美国风味小说这一风格，不久很可能成为这位作家的独创。"同是文艺批评家的岛森路子和加藤典洋认为"村上春树的语言和我们读过的文学语言有所不同"，是一种独特的文体。"以文体而言，村上春树有若干发明。"

这样，村上文体的主要特色不妨概括为简洁、节奏感、幽默以及整个贯穿其中的异质性。可问题是，包括在座诸位在内的绝大多数中国读者是不懂日文的，而是以中文阅读村上作品的。因此，翻译就成了关键因素，也就是说，一切取决于翻译是否如实再现了村上的文体特色。

那么，原作这种简洁、节奏感、幽默和具有不同于以往日本文学语言的异质性的文体在中译本是怎样体现的呢？十分尴尬的是，我本人就是译者，中国人和日本人又同样以谦虚为美德，老王头卖瓜自卖自夸早已是尽人皆知的笑柄。但我既然卖瓜，那么注定要忍受或者享受这种尴尬。这里我不得不"自夸"的是，我的翻译在一定程度上忠实传达了原作的文体。具体有以下三点：

一、努力再现原作文体的简洁、节奏和幽默。众所周知，汉语书面文体的一个主要特点就是简洁。无论日语还是英语，译为汉语后至少减少三分之一篇幅就未尝不是一个证据。可以说，在简洁这点上，汉语具有相对的先天优势。关于节奏，村上说他是从音乐尤其爵士乐中学得的。而我不懂爵士乐。那么我的译文节奏从何而来呢？主要来自古汉语的韵律。古人落笔，无论诗词曲赋，无不讲究韵律之美。平仄藏闪，抑扬转合，倾珠泻玉，铿锵悦耳。读之如风行水面坂上走丸，给人以妙不可言的节奏感。大家知道，汉语句子有两大特点。一是吕叔湘说的"多流水句，一个小句接一个小句，很多地方可断可连"。二是郭绍虞所说的，汉语是一种很讲究音乐性的语言，句子组织除了考虑语法结构，还注重音节上的平稳规律。所谓"偶句易安，奇句难适"。请看《红楼梦》中的句子："我们村庄上种地种菜，每年每日，春夏秋冬，风里雨里，哪里有个坐着的空儿？"我呢，从小就对古诗文情有独钟，闲来每每翻阅默诵。加之我原本从事中日古诗比较研究，自己写文章也多少有此倾向，所以在传达简洁和节奏方面颇有得心应手之感。至于幽默，我想任何一位读者都可以从中译本感受得到，应该说是我译得较为充分的文体特色。只是，我所把握的村上式幽默是沉静而优雅的至多令人会心一笑的幽默，而不是村上本人"想逗得大家哈哈大笑"那一类幽默——不知是村上尚未达到这样的效果还是我翻译得不够到位。

试举一例。

僕が寝た三番目の女の子について話す。死んだ人間について語ることはひどくむずかしいことだが、若くして死んだ女について語ることはもっとむずかしい。死んでしまったことによって、彼女たちは永遠に若いからだ。それに反して生き残った僕たちは一年ごと、一月ごと、一日ごとに齢を取っていく。時々は自分が一時間ごとに齢を取って行くような気さえする。そして恐ろしいことに、それは真実なのだ。(文庫本《風の歌を聴け》P97)

　　谈一下我睡过的第三个女孩儿。谈论死去的人是非常困难的事情，更何况是年纪轻轻便死去的女郎。她们由于一死了之而永葆青春年华。相反，苟活于世的我们却年复一年、月复一月、日复一日地增加着年龄。我甚至觉得每隔一小时便长一岁。而可怕的是，这是千真万确的。(《且听风吟》P76)

　　千真万确地说，我想我的译文大体照顾到了原文的简洁、节奏和幽默。不说别的，只消把"おんな"不译为"女郎"而译成"女人"——"更何况是年纪轻轻便死去的女人"——这三种文体因素便可能土崩瓦解。文体的翻译乃是极其微妙而脆弱的东西。

　　二、注意传达原作文体的"异质性"。正如前面引文中所说的，村上的文体是带有美国风味的甚至"有若干发明"的独特的文体。说白了，就是是日语又不像日语，即不像传统日语，而是带英文翻译腔的日语。翻译过《挪威的森林》和《奇鸟行状录》的哈佛大学教授杰·鲁宾认为英文翻译腔式文体是一把双刃剑："村上那种接近英语的风格对于一位想将其译'回'英文的译者来说本身就是个难题——使他的风格在日语中显得新鲜、愉快的重要特征正是将在翻译中损失的东西。"同样作为译者，我感到庆幸的是中译本不存在这个难题。我的做法很简单：既然村上写的不像传统日语，那么我的译文也应该使之不像以往翻译过来的日本文学作品，即尽量消解人们所熟悉的日文翻译腔。既注意保留原文的新鲜感和陌生美、异质美，又尽可能转化为自然而工致的中文。

下面举一个想必读者比较熟悉的例子。

パン屋襲撃の話を妻に聞かせたことが正しい選択であったのかどうか、僕にはいまもって確信が持てない。たぶんそれは正しいとか正しくないとかいう基準では推しはかることのできない問題だったのだろう。つまり世の中には正しい結果をもたらす正しくない選択もあるし、正しくない結果をもたらす正しい選択もあるということだ。このような不条理性（と言って構わないと思う）を回避するには、我々は実際には何ひとつとして選択してはいないのだという立場をとる必要があるし、大体において僕はそんな風に考えて暮らしている。起こったことはもう起こったことだし、起こっていないことはまだ起こっていないことなのだ。(《パン屋再襲撃》文

艺春秋 1989 年 1 月版 P9）

　　我至今也弄不清楚将袭击面包店的事告诉妻子是否属于正确的选择，恐怕这也是无法用正确与否这类基准来加以判断的问题。就是说，世上既有带来正确结果的不正确选择，又有造成不正确结果的正确选择。为了避免出现这类非条理性——我想可以这样说——我们有必要采取实际上什么也未选择的立场。我便是大体抱着如此态度生活的。发生的事情已然发生，未发生的事情尚未发生。（《再袭面包店》P1）

　　不难看出，这段文章即使说是从英文翻译过来的也有可能蒙混过关。村上所不欣赏的所谓"日本语性"几乎荡然无存，而代之以相当明显的"美国风味"，难怪美国教授杰·鲁宾在译"回"英文时觉得是个"难题"。其实，村上的文体不仅仅排斥"日本语性"，有时甚至排斥"日本性"——有谁曾在其小说中见到过富士山、和服、艺伎、榻榻米、"刺身"等典型的日本符号？樱花倒是在《挪威的森林》第十章出现过一两次，但"日本性"同样被剔除干净："春の闇の中の桜の花は、まるで皮膚を裂いてはじけ出てきた爛れた肉のように僕には見えた"（在我眼里，春夜里的樱花，宛如从开裂的皮肤中鼓胀出来的烂肉）。换言之，原作文体带有高密度的异质性。作为翻译，理应注意再现这种异质性。就效果而言，我想多数读者都会感觉出我的译文很少带有传统日语式翻译腔——这不仅仅是我有意追求的结果，更是原作文体所使然。日前参加 MTI

研究生论文答辩，有句日语直译应为"退休是死刑还是解脱"（停年は死刑か解放か），而一位研究生译为"退休是终点还是起点"。我对此提出批评。较之翻译技艺，其实更是审美问题——是否认同和懂得欣赏原作文体的异质美、陌生美。

三、除了简洁、节奏、幽默和异质性，我觉得原作文体还有隽永、内敛、含蓄这样的特点，这也是我在翻译中小心传达的。我国学者王向远下面这段表述在很大程度上透露了村上文体含有的这一微妙信息。他在其专著《二十世纪中国的日本翻译文学史》中写道："村上春树作品的翻译难度，不在原文字句本身，而在于原文风格的传达。村上的小说在轻松中有一点窘迫，悠闲中有一点紧张，潇洒中有一点苦涩，热情中有一丝冷漠。兴奋、达观、感伤、无奈、空虚、倦怠，各种复杂的微妙的情绪都有一点点，交织在一起，如云烟淡霞，可望而不可即。翻译家必须具备相当好的文学感受力，才能抓住它，把它传达出来。"日本批评界同样有人注意到这点，如前面引文中吉行淳之介所说的"微妙的意趣"（微妙なおもしろさ）即是一例。而且二者表述极为接近，前者为"微妙的情绪"，后者为"微妙的意趣"，尤其"微妙"一词，居然毫无二致（至少这个词我译得绝对无懈可击），可谓英雄所见略同。换成我的说法，即文字背后那种只可意会不可言传的韵味（言わに言われぬそこはかとなさ），"悠然心会，妙处难与君说"。但既是翻译，不可传也得传，难说也得说，此乃翻译家的使命和宿命。毋庸赘言，村上小说主要并非以情节取胜，而以文体韵味见长。杰·鲁宾说他"力图在译本中重塑村上那种干净的节奏感"，相比之下，我的着力点（也可能因为作为中译者客观上传达节奏感相对容易些）更在于酿造这种"微妙的情绪""微妙的意趣""微妙的韵味"。这方面的典型例子找起来颇不容易。请看以下两小段：

　　たっぷり一時間かけて僕はハートフィールドの墓を捜し出した。まわりの草原で摘んだ埃っぽい野バラを捧げてから墓にむかって手を合わせ、腰を下ろして煙草を吸った。五月の柔らかな日ざしの下では、生も死も同じぐらい安らかなように感じられた。僕は仰向けになって眼を閉じ、何時間も雲雀の唄を聴き続けた。（文庫本《風の歌を聴け》P154）

　　整整花了一个小时，我才找到哈特费尔德的墓。我从周围草地采来沾有灰尘的野蔷薇，对着墓双手合十，然后坐下来吸烟。在五月温存的阳光下，我觉得生和死都同样闲适而平和。我仰面躺下，闭上眼睛，谛听云雀的吟唱，听了几个小时。（《且听风吟》P125）

　　僕は川に沿って河口まで歩き、最後に残された五十メートルの砂浜に腰を下ろし、二時間泣いた。そんなに泣いたのは生まれてはじめてだった。二時間泣いてからやっと立ち上がることができた。どこにいけばいいのかわからなかったけれど、とにかく僕は立ち上がり、ズボンについた細かい砂を払った。

　日はすっかり暮れていて、歩き始めると背中に小さな波の音が聞こえた。(文庫本《羊をめぐる冒険》P230)

　我沿着河边走到河口，在最后剩下的五十米沙滩上弯腰坐下，哭了两个小时。哭成这个样子生来是头一次。哭罢两个小时，我好歹站起身来。去哪里还不知道，但反正我从地上站了起来，拍去裤子上沾的细沙。

　太阳早已隐没。移步前行时，身后传来细微的涛声。(新版《寻羊冒险记》P350)

　以上分别是《且听风吟》和《寻羊冒险记》尾声里的两小段。隽永、内敛、含蓄，自有一种不可言传的韵味，给人以微妙的审美感受，任何人看了心情都会奇妙地沉静下来。这就是隐秘在文体中的灵魂信息的力量。我深切地觉得，译者同作者之间，不仅仅是语言、语汇、语体的对接、文体的对接，还有心灵机微的对接、灵魂剖面的对接。比如，关于"はか"，我就知道村上想说的是"墓"而不是"坟"；关于"日はすっかり暮れていて"，我就晓得他想说的是"太阳早已隐没"而不是"天完全黑了"。如若不信，换成"坟"和"天完全黑了"试试，其内敛、隽永、含蓄的韵味难免大打折扣。虽说一个词一个句子可以有无数种译法，但真正合适的译法肯定只有一种。没有这样的信念和追求，文体的传达就无从谈起，优秀的翻译文学就无从产生。

　　说实话，我之所以坚持翻译村上达三十年之久，一个主要原因在于他的文体好。翻译当中每每为他的文体所折服——那么节制、内敛和从容不迫，那么内省、冷峻而又隐含温情，那么轻逸、空灵而又不失底蕴和质感。就好像一个不无哲思头脑的诗人或具有诗意情怀的哲人安静地注视湖面，捕捉湖面——用《舞！舞！舞！》中的话说，"如同啤酒瓶盖落入一泓幽雅而澄澈的清泉时所激起的"——每一道涟漪，进而追索涟漪每一个微妙的意趣。换言之，在村上作品中，人物内心所有的感慨和激情都被平和恬适的语言包拢或熨平。抑或，村上式文体宛如一个纹理细腻的陈年青瓷瓶，火与土的剧烈格斗完全付诸艺术逻辑和文学遐思。说来也怪，日本当代作家中，还是翻译村上的作品更能让我格外清晰地听得中文日文相互咬合并开始像齿轮一样转动的惬意声响，更能让我真切地觉出两种语言在自己笔下转换生成的实实在在的快感，一如一个老木匠拿起久违的斧头凿子对准散发原木芳香的木板。是的，这就是村上的文体。说夸张些，我觉得这样的文体本身即可叩击读者的审美穴位而不屑于依赖故事情节。

　　"感谢在过往人生中有幸遇上的许多静谧的翠柳、绵软的猫们和美丽的女性。如果没有那种温存那种鼓励，我基本不可能写出这样一本书。"村上《没有女人的男人们》那本短篇集的后记中这样说道。那么我得以翻译村上四十几本书应该感谢谁、感谢什么呢？感谢村上和村上式文体。不无遗憾的是，文体这一艺术似乎被这个只顾突飞猛进的浮躁的时代冷漠很久了。而我堪可多少引以为自豪的一个小小的贡献，可能就是用汉语重塑了村上文体，再现了村上的文体之美。

最后，请允许我念一段译文，一起体味一下村上式文体、村上的文体之美。《奇鸟行状录》里面的：

"知道下流岛上下流猴的故事吗？"我问绵谷升。

绵谷升兴味索然地摇头说："不知道。"

"很远很远的地方，有个下流岛。没有岛名，不配有岛名。那是个形状非常下流的下流岛，岛上长着树形下流的椰子树，树上结着味道下流的椰子果。那里住着下流猴，喜欢吃味道下流的椰子果，然后拉出下流屎。屎掉在地上滋养下流土，土里长出的下流椰子树于是更下流。如此循环不止。"

我喝掉剩的咖啡。

"看见你，我就不由得想起这个下流岛故事。"我对绵谷升说，"我想表达的是以下意思：某种下流因子，某种沉淀物，某种阴暗东西，以其自身的能量以其自身的循环迅速繁殖下去。而一旦通过某个点，便任何人都无法阻止——纵令当事人本身。"

…………

我继续说下去："听着，我完全清楚你实际是怎样一个人物。你说我像什么垃圾什么石碴儿，以为只要自己有意即可不费吹灰之力把我打瘪砸烂。然而事情没那么容易。我之于你，以你的价值观衡量也许真的是个垃圾是个石碴儿，但我并没有你想的那么愚蠢。我清楚你那张对着电视对着公众的滑溜溜的假面具下面是什么货色，知道个中秘密。久美子知道，我也知道。只要我愿意，我可以将假面具撕开，让它暴露在光天化日之下。我也许要花些时间，但我可以做到。我这人或许一文不值，可至少不是沙囊，而是个活人，必以其人之道还治其人之身，这点你最好牢记别忘！"

绵谷升一声不吭，以没有表情的面孔定定地看着我。面孔就好像悬在空中的一块石头。我所说的几乎全是虚张声势。我根本不晓得绵谷升的什么秘密，其中应有某种严重扭曲的东西我固然想象得出，而具体是何物则无由得知。但我似乎说中了什么，我可以真切地从其脸上察觉出他内心的震撼。绵谷升没有像平日在电视讨论会上那样对我的发言或冷嘲热讽或吹毛求疵或巧妙地乘机反驳。他差不多纹丝不动，死死地默然不语。

★此文为 2019 年 5 月 30 日中国海洋大学通识教育讲座第四讲讲稿。其核心内容此外曾在以下院校讲过：2007 年 8 月 25 日首都师大"文学经典化——文学研究与学科制度"学术研讨会（北戴河）；2008 年 5 月 28 日北京外国语大学外国文学研究所；2012 年 6 月 10 日中国海洋大学文学与新闻传播学院；2019 年 11 月 8 日华中科大文华学院。

"文体就是一切"：莫言怎样说话，村上怎样说话

生而为人，谁都要说话。一方面，尤其在当今这个众声喧哗的时代，就更不缺少说话的人，不缺少话语。以至很多时候我们觉得说话的人太多了，说的话太多了，多得让人心烦。而另一方面，说话说得好的人又太少了。也就是说，人们大多只顾追求说话的量，而忽略了说话的质，忽略了怎样说话。而怎样说话，才是一种艺术，一种难能可贵的艺术。因此，今天让我们一起看看莫言怎样说话、村上怎样说话，并且探讨一下他们何以这样说话而不那样说话的缘由。我想我们很可能从中得到一点启示。

应该说，两人都是文体家。小说家比比皆是，文体家则寥寥无几。文体家必须在文体上有所创新，即用独具一格的表达方式为本民族语言尤其文学语言做出贡献。村上早在一九九一年就宣称"文体就是一切"。二〇〇八年接受采访时委婉地表示文体是其作品在世界各地畅销的原因之一："（获得世界性人气的）理由我不清楚。不过，我想恐怕是因为故事的有趣和文体具有普世性（universal）渗透力的缘故。"而他的志向就

是"想用节奏好的文体创作抵达人们心灵的作品"。日本文艺评论家岛森路子和加藤典洋明确断言"村上春树的语言和我们读过的文学有所不同",是一种独特的文体,以文体而言,"村上春树有若干发明"。诗人城户朱理甚至认为"小说力学"在《奇鸟行状录》中已不再起作用,起作用的是语言,是强度彻底丧失后对强度的寻觅和为此展开的语言彷徨"。

莫言在语言、在文体方面同样有坚定的认识和执着的追求。"毫无疑问,好的作家,能够青史留名的作家,肯定都是文体家。"他在同苏州大学中文系教授王尧对话时说道,"我对语言的探索,从一开始就比较关注,因为我觉得考量一个作家最终是不是真正的作家,一个鲜明的标志就是他有没有形成独特的文体"。莫言作品的英译者葛浩文说莫言"是一个'极致者'(如有这么个词的话),他是一个为了表达不同的内涵而摸索使用汉语的各种表达方式的作家"。莫言《酒国》的俄译者、俄罗斯当代汉学家叶果夫认为莫言的成功与其语言表述和叙述修辞术密切相关:"莫言的语言非常简洁。然而,简洁才是真正的艺术。"瑞典学院院长彼得·昂格伦德(Peter Englund)索性赞扬莫言"具有这样一种独具一格的写作方式,以至于你读半页莫言的作品就会立即识别出:这就是他"。

那么,下面就让我们以比喻修辞为中心,从陌生化、通感、诗化倾向和幽默这四个角度,具体看一下这两位堪称文体家的作家所用比喻方式体现了怎样的共同文体特征。记得余光中说过:"比喻是天才的一块试金石,这个作家是不是天才,就要看他如何用比喻。"

一、陌生化

文学的主要功能之一是审美，而审美在文学作品中是通过语言艺术、通过文体实现的。为此势必适当使用非常规性、非日常性语言以期带给读者以新鲜感，创造陌生化审美效果。说通俗些，百看不厌的美人基本是不存在的。在很多情况下，陌生即是美。因此，陈词滥调、人云亦云是艺术的大敌，也是文学创作的大忌。比如第一个用"吸引眼球"代替"吸引眼珠"的人的确让人觉得新颖有趣，及至后来几乎所有媒体都不厌其烦地重复"吸引眼球"甚至大搞眼球经济的时候，受众就无动于衷甚至生厌了。无他，盖因此语已经由陌生化过渡为熟识化了，失去了陌生美。

有学者认为，"莫言小说的语言最使我们感到陌生的，是语词的任意搭配"，并认为这点加强了陌生化效果。莫言作品的主要英译者葛浩文也指出"他（莫言）尤其擅长陌生化的表达方式，用文章创造出崭新的表达方式并且捕捉到现实问题"。而村上在这方面表现得尤为突出。他甚至说用传统日语写不出好东西，传统日语已经被用得体无完肤了。因而他笔下的日语虽是日语却又不像日语——刚才两位日本文艺评论家也说了"村上春树的语言和我们读过的文学有所不同"。换言之，就是陌生化，给人以陌生感，从而催生陌生美。下面找几个例子比较一下：

试举几例。"M"为莫言，"C"为村上：

M 这个由化尸炉改造成的炼钢炉，炼出了一块纯蓝的钢，就像国王的妃子抱了钢柱而受孕产下来的那块铁一样美妙。（《月光斩》）

C 我具有炼钢炉般牢不可破的记忆。（《再袭面包店》）

M 女人们脸上都出现一种荒凉的神情，好像寸草不生的盐碱地。（《透明的红萝卜》）

C 表情从她脸上缓缓远离，又重新折回，就好像游行队伍沿同一条路走过去又折了回来。（《海边的卡夫卡》）

M 那天晚上的月亮，本来是丰厚的、血红的，但由于战争，它变得苍白、淡薄，像颜色消退的剪纸一样，凄凄凉凉地挂在天上。（《红高粱家族》）

C 可怜巴巴的月亮像用旧了的肾脏一样干瘪瘪地挂在东方天空的一角。（《斯普特尼克恋人》）

M 赤红的太阳迎着他的面缓缓升起，好像一个慈祥的红脸膛大娘。（《拇指铐》）

C 不久天光破晓，新的太阳如从母亲腋下（是右侧还是左侧呢？）出生的佛陀一样从山端蓦然探出脸来。（《斯普特尼克恋人》）

M 种在这里的高粱长势凶猛，性格鲜明，油汪汪的茎叶上，凝聚着一种类似雄性动物的生殖器官的蓬勃生机。（《红高粱

家族》）

C（酒吧女侍应生）她以俨然赞美巨大阳具的姿势抱着带把的扎啤酒杯朝我们桌走来。（《萤》）

这里仅以关键词进行对应组合，做法未必妥当。但即使这样，比较起来也是饶有兴味的。或令人约略一惊，或使人脑筋转弯，或让人莞尔一笑，大体都是"陌生化"所使然。二者之间共同点是显而易见的，那就是把两个看上去毫不相关的概念、意象、物象连在一起。炼钢同王妃受孕、炼钢炉同记忆、表情同盐碱地或游行队伍、月亮同剪纸或肾脏、太阳同大娘或佛陀，以及雄性生殖器（阳具）同高粱叶或扎啤酒杯，二者之间并无多少堪可比配的相似性、可比性，莫如说差异性、异质性倒是巨大的。然而这两位东亚作家硬是从中找出共同点来，把二者巧妙搭配在一起。信手拈来，出人意表，化熟识为陌生，化日常性为非日常性，酿造出化学反应般新颖神奇的审美效果。在此请允许我再次引用余光中的话："如果一位作家说燕子飞得好快啊几乎像老鹰一样，这就不是好的比喻，不相同的东西你比出一个共同点来，这个才算是一种想象力。"

当然，两人虽以同样手法追求陌生化并且实际上也在很大程度上取得了陌生化效果，但其差异也是显在的。就村上方面来说，无论多么追求陌生化，恐怕也不至于捣鼓出"盐碱地""红脸膛大娘"这样的比喻。至于化尸炉改成炼钢炉之类，更是在其想象空间之外。也就是说，莫言的陌生化和他的熟识

197

化相关——同他经历过中国特有的"大跃进"时代背景以及他熟悉的高密东北乡密不可分。同样，让莫言提笔写出类似"以俨然赞美巨大阳具的姿势抱着带把的扎啤酒杯"的比喻也不太可能。毕竟大都会的酒吧对于他来说是"陌生化"的——那东西不大可能处于他的既定文学射程之内。

二、通感

莫言大概从现代意象派诗歌的表达方式中学得了通感——现代通感、艺术通感。这使他的思维方式挣脱了中国作家长期以来难以挣脱的教条、观念等重负和约定俗成的审美定式，手中的笔因而获得了上天入地的灵性、勇气和自由。其结果，时间与空间融为一体，有形与无形扑朔迷离，平面与立体莫可分辨，美与丑了无阻隔，听觉、视觉、嗅觉、触觉之间融会贯通——通感在莫言文学天地中得到了近乎现代意象派诗歌世界的展示机会。仍以比喻句为例：

△他的叫声很响，具有一股臭豆腐的魅力。（听觉变味觉）（《金发婴儿》）

△老太婆的笑声如残荷败柳，儿媳妇的笑声如鲜花嫩草。（听觉变视觉）（《金发婴儿》）

△"槐花的闷香像海水一样弥漫着……风吹来，把香气吹成带状。（嗅觉变视觉）（同上）

△那时我有一种奇异的感觉，感觉到香味像黏稠的液体，吸到胃里也能解馋的，香味也是物质。（嗅觉变视觉）（《罪过》）

△芝麻地里的熏风像温柔的爱情扑向工地。（嗅觉、触觉变心觉）（《透明的红萝卜》）

△他准确地感到自己的意识变成一只虽然暂时蜷曲翅膀但注定要美丽异常的蝴蝶，正在一点点从百会穴那部位，抻着脖子往外爬，被意识抛弃的躯壳，恰如被蝴蝶扬弃的茧壳一样，轻飘飘失去了重量。（无形变有形）（《酒国》）

类似的比喻在村上作品中也可找见：

△硕果般胀鼓鼓的五月的风。风里有粗粗拉拉的果皮，有果肉的黏汁，有果核的颗粒。（触觉变味觉）（《萤》）

△早晨静静的天光和无声无息的性行为预感像往常那样支配着博物馆的空气，一如融化了的巧克力。（听觉、心觉变视觉）（同上）

△性如潮水一般拍打博物馆的门。（抽象变具象）（同上）

△中断的话茬儿，像被拧掉的什么物体浮在空中。（无形变有形）（《挪威的森林》）

△时间像被吞进鱼腹中的秤砣一样黑暗而又沉重。（无形变有形）（《再袭面包店》）

下面的比喻更为独特，完全将胃的感觉（饥饿感）同视觉、时空感觉一股脑儿煮在一起，交融互汇，"串通一气"，说是通感艺术一个标本可能也不为过：

"所谓饥饿感是怎么回事呢？我可以将其作为一幅画面提示出来：①乘一叶小艇漂浮在静静的海面上。②朝下一看，可以窥见水中海底火山的顶。③海面与那山顶之间似乎没隔很远距离，但准确距离无由得知。④这是因为海水过于透明，感觉无法把握远近。"（《再袭面包店》）

可以看出，饥饿感小艇同上面莫言最后一例的意识翅膀颇有异曲同工之妙——这两位看似各奔东西的作家在某种场合还是会不期而遇的。关于其他几例，两人诚然都是借用现代通感，但此通感与彼通感之间还是保持距离的，借用村上的说法，二者之间"似乎没隔很远距离，但准确距离无由得知"。不过有一点已确切得知，二者色调不同、质感不同，莫言的是暖色的，富有乡间风物特有的质感，如臭豆腐、槐花、残荷败柳、鲜花嫩草和芝麻地里的熏风。而村上则倾向于使用冷色，具有都市文化符号元素。说绝对些，如果说莫言的比喻更具自然美，村上的比喻则更具工艺美。这未尝不是所谓城乡差别的一种表现。

三、诗化倾向

想必也是因为我作为翻译匠长期处理文体的关系，较之小说故事性、人物塑造和主题以至历史感等因素，我感兴趣的更是作品的个性文体，或者说独特的语言风格，尤其语言的诗性。应该说，在这个信息化时刻，在海量图文信息和网络文学的冲击下，语言逐渐失去了严肃性、经典性和殿堂性。文学语言亦随之失去鲜明的个性和诗性。不妨认为，中国小说之所以长达半个世纪时间里鲜有小说文本进入经典化殿堂，除了意识形态等政治因素，有可能就是文体因素。莫言多少是个例外。

不过，莫言小时候的生活是和诗、诗意、诗性、诗化绝缘的。毕竟太穷了。穷得没有东西吃，"我们就像一群饥饿的小狗，在村子中的大街小巷嗅来嗅去，寻找可以果腹的食物"。吃树叶，树叶吃光啃树皮，树皮啃光咬树干。致使村里的树成了地球上最倒霉的树，"被我们啃得遍体鳞伤"。还穷得没有衣服穿，一年四季，只有严寒的冬季能好歹穿一件衣服，其他三季基本赤身裸体。但是，"无论多么严酷的生活，都包含着浪漫情调。"多年后莫言就《透明的红萝卜》谈创作体会时这样说道。在这个意义上，他当年的生活又是有诗、有诗意和有诗化可能的。实际上这篇涉及他本人小时候因为饿得偷生产队的红萝卜而险些被愤怒的父亲打死的悲惨遭遇的《透明的红萝卜》也不失诗性，不无诗化倾向。仍以其中比喻句为例：

他（黑孩）听到黄麻地里响着鸟叫般的音乐和音乐般的秋虫鸣唱。逃逸的雾气碰撞着黄麻叶子和深红或是淡绿的茎秆，发出震耳欲聋的声响。蚂蚱剪动翅羽的声音像火车过铁桥。

不妨说是由诗化比喻组成的异乎寻常的乡间交响曲。如果将音乐般的鸟叫虫鸣比作通奏低音，那么雾气碰撞黄麻叶茎秆发出的震耳欲聋声和火车过铁桥般的蚂蚱振翅声则是高亢的唢呐和激越的钢琴——说夸张些，简直是"飞流直下三千尺"和"燕山雪花大如席"的散文版。

再看这部短篇名作中堪称经典的诗化比喻：

> 红萝卜的形状和大小都像一个大个儿阳梨，还拖着一条长尾巴，尾巴上的根须像金色的羊毛。红萝卜晶莹透明，玲珑剔透。透明的、金色的外壳里包孕着活泼的银色液体。红萝卜的线条流畅优美，从美丽的弧线上泛出一圈金色的光芒。光芒有长有短，长的如麦芒，短的如睫毛，全是金色……（《透明的红萝卜》）

如果说前一段是声音交响曲，是关于声音的诗意畅想，这一段则是红色与金色的诗意描绘，使得普普通通的红萝卜成了审美意象的神奇符号，成了诗化萝卜。可谓《透明的红萝卜》中的神来之笔，灵动、洒脱、感性，扑朔迷离，充满由内而外的渴望与激情。

再举两例：

> △八月深秋，天高气爽，遍野高粱红成洸洋的血海。如果

秋水泛滥，高粱地就成了一片汪洋，暗红色的高粱头颅擎在混浊的黄水里，顽强地向苍天呼吁。（《红高粱家族》）

△他的双眼在年轻时不知道打中过多少青年男子汉，即便老了，也还是黑洞洞如同枪口，亮晶晶如同煤块……（《金发婴儿》）

高粱、血海、汪洋、苍天，浓墨重彩，生机蓬勃，挺拔傲岸，不可一世，完全是另一种诗化比喻笔法。原始美、野性美、苍凉之美、雄浑之美，从中鼓涌而出。在这样的高密东北乡，在这样的审美视角下，即使女人的眼睛也富有"野诗"意味。同是女人，同是女人面部表情，但村上所赋予的则是截然不同的另一种诗性，另一种诗化比喻。依照村上本人的说法——前面说了——他的小说之所以全球一路飘红，一是因为故事有趣，二是因为文体具有"普世性渗透力"。而他的志向就是"想用节奏好的文体创造抵达人们心灵的作品"。至于"普世性渗透力"究竟指的是什么，一下子很难说清。但至少离不开诗性因素——没有诗性，没有润物细无声般的诗性渗透力，所谓普世性渗透力也好，本土性、地域性渗透力也好，恐怕都无从谈起。而这样的语言或文体，其本身即可叩击读者的审美穴位、心灵穴位而不屑于依赖故事性。下面我就找几个这样的例子。且以"笑"为例：

△她的微笑犹如洒落在无边草原上的纤纤细雨，已经同她

本身融为一体。《再袭面包店》

△佐伯浅浅地一笑，笑意在她嘴角停留片刻，令人联想起夏日清晨在小坑里尚未蒸发的水。（《海边的卡夫卡》）

△看见我，少女淡淡地暖暖地一笑，笑得让我感觉周围世界在剧烈摇颤，仿佛被悄然置换成另一世界。（同上）

△一种令人眷恋的亲昵的微笑，仿佛时隔好久从某个抽屉深处掏出来的。（同上）

△嘴角浮现俨然出故障的电冰箱的怪诞的微笑。然而她很迷人。（《遇到百分之百的女孩》）

△女孩们如同做牙刷广告一样迎着我粲然而笑。（《舞！舞！舞！》）

△她的笑容稍微有点紊乱，如同啤酒瓶盖落入一泓幽雅而澄寂的清泉时激起的波纹在她脸上荡漾开来，稍纵即逝。（《舞！舞！舞！》）

纵是男人的笑，也同红高粱地里"我父亲这个土匪种"迥然有别：

△五反田无力地一笑，笑得如同夏日傍晚树丛间泻下的最后一缕夕晖。（《舞！舞！舞！》）

△绵谷升沁出一丝微笑，这回是犹如黎明空中悬浮的月牙般淡淡冷冷的笑。（《奇鸟行状录》）

△嘴角漾出仿佛即使对刚刚形成的冰山都能以身相许的温

暖的微笑。(《斯普特尼克恋人》)

总的说来，村上男女主人公的笑更像是一首俳句，考究、谨慎、工致、含蓄内敛。而高粱地里一声枪响炸开侵华日军中岗尼高少将脑浆的"土匪种"们无论如何也笑不成这个样子。同样，村上哪怕再想落天外，也不至于用"枪口"和"煤块"比喻女人的眼睛。

四、幽默

莫言有一部中篇名字就叫"师傅越来越幽默"，但通读之下，觉得其幽默更是主题上的，即整部作品是个巨大的隐喻式反讽或反讽式隐喻。而作为文体修辞，很难让人觉出多少幽默。较之幽默，更多的是荒谬和悲凉感。实际上评论界、学术界也很少有人从幽默角度研究这部作品以至整个莫言小说的文体，莫言本人也似乎并不强调自己文体的幽默色彩。他说我的文字不幽默，但我的长相很幽默。但以我的阅读感受，他有不少作品至少在比喻上是不乏幽默感的。试举几例为证：

△公鸡步伐很大，像一个一年级小学生。(《金发婴儿》)
△眼睛瞪着，像一只深思熟虑的小公鸡。(《透明的红萝卜》)
△……累得气喘吁吁，凸起的胸脯像有两只小母鸡在打架。
(同上)

△目光像一只爪子，在姑娘脸上撕着，抓着。（同上）

△双眼像风车一样旋转着。（《透明的红萝卜》）

△他感到急跳的心脏冲撞着肋骨，像一只关在铁笼中的野兔。（《拇指铐》）

△他的心脏像只小耗子一样可怜巴巴地跳动着。（《透明的红萝卜》）

△两个腮帮子像秋田里搬运粮草的老田鼠一样饱满地鼓着。（同上）

△大师的身体像油田的抽油机一样不知疲倦地运动着。（《与大师约会》）

△电话每响一次，我们就像豹子扑羚羊一样蹿过去一次。（同上）

△空口喝了一斤酱油，嗓子还像小喇叭似的。（《牛》）

总的说来，这些语句里的幽默并不多么粗俗，有别于打情骂俏的"段子"式幽默，有别于不无油腔滑调的王朔式幽默以及倾向于讨巧的赵本山式幽默。相比之下，更属于那种不动声色的知性幽默，如一丝不易觉察的隐约的笑意。所唤起的也多是悠然心会的心底共鸣和轻微的忍俊不禁，绝不至于引动瞬间爆发的哈哈大笑。

相仿的幽默比喻在村上作品中可谓举不胜举。仅以关于眼神者为例：

△（绿子）眯细眼睛（看我），那眼神活像眺望对面一百米开外一座行将倒塌报废的房屋。(《挪威的森林》)

△就像观看天空裂缝似的盯视我的眼睛。(《舞！舞！舞！》)

△男子用兽医观察小猫跌伤的前肢那样的眼神，瞥了一眼我腕上的迪斯尼手表。(同上)

△他先看我看了大约五分之一秒，活像在看门口的擦鞋垫。(同上)

△她略微噘起嘴唇，注视我的脸，那眼神活像在山丘上观看洪水退后的景象。(同上)

△用观看印加水井的游客样的眼神死死盯着我端起的枪口。(《再袭面包店》)

△她像看抹布似的细细看那名片。(《舞！舞！舞！》)

△（袋鼠）以才华枯竭的作曲家般的神情定定看着食料箱里的绿叶。(《遇到百分之百的女孩》)

△眼镜内侧的眼珠却如物色特定对象的深海鱼动物一般探我的底。(《斯普特尼克恋人》)

△他还是像煞有介事又久久盯视我的脸，就好像我是问题的一个主要部分。(同上)

△（妻）目不转睛地盯着我的脸，眼神竟同正在搜索黎明天幕中光色淡然的星斗无异。(《再袭面包店》)

怎么样，够幽默的吧？村上作品的主要英译者、哈佛大学教授杰·鲁宾认为："他的幽默感当然是使他超越国际界限的最重要因素。"日本已故作家吉行淳之介对村上获得新人奖的处女作《且听风吟》评价说："每一行都没多费笔墨，但每一行都有微妙的意趣。"这里，"没多费笔墨"无疑意味简洁，"微妙的意趣"自然包括幽默这一妙趣在内。村上本人也认为除了简洁和节奏感，"我希望自己的风格达到的第三个目标是幽默。我想逗得大家哈哈大笑"。幽默诚然不时出现，但我以为并非能"逗得大家哈哈大笑"那类幽默。至少我在翻译当中从没那么笑过。很明显，村上的幽默和莫言的幽默相似，都属于含而不露、引而不发的幽默。那更近乎一种"智商游戏"，机警、别致、俏皮，如秋日傍晚透过纸糊拉窗的夕晖一样不事张扬，而又给人以无限幽思和遐想。乃是一种高品质的、有教养背景的幽默感。

不过若仔细品读，还是会读出村上和莫言之间微妙的差异。相对而言，莫言用来比喻的对象几乎都是基于自身生活体验或身临其境的实际观察。如小公鸡、小母鸡、爪子、小耗子、野兔、田鼠、抽油机、小喇叭，多是乡间实实在在的寻常景物。而村上笔下的，大半是虚拟性存在、场景或意象。如天空裂缝、洪水退后的景象、印加水井游客、深海鱼动物，甚至以"问题的一个重要部分"之抽象比喻具象。如果说莫言的是经验性的，村上的则是超验性的。在这点上，或许果如杰·鲁宾所言："村上春树是一个对于用词语凭空从无中创造出某样东西这一无可预测的过程充满迷恋的作家。"其最典型的例子是："世界——

这一字眼总是令我想起象与乌龟拼命支撑的巨型圆板。"

应该指出，这里关于幽默的比喻用例同前面的陌生化例句有"互文"之处，大部分可以通用。亦即，幽默中包含着陌生化，陌生化中包含着幽默。这是因为，幽默往往打经验和智商的"擦边球"，而"擦边球"势必导致出其不意的陌生化。

以上以比喻修辞为中心，粗略分析和比较了莫言与村上的四个文体特征：陌生化、通感、诗化倾向和幽默。如此文体特点的形成，究其原因，我想主要同其非凡的文学想象力有关。莫言有两句话我觉得说得很妙：一句是"没有偏激就没有文学"，另一句是"没有想象就没有文学"。他接着说道："没有想象的文学就像摘除了大脑半球的狗，虽然活着但没有灵气，虽然是狗但也是废狗。"还说"一个文学家的天才和灵气，集中地表现在他的想象能力上"。村上同样看重想象力。二〇〇三年一月笔者同村上见面时曾问其想象力从何而来。他说想象力谁都有，难的是接近那个场所，找到门、打开、进去而又返回——"我并没有什么才华，只是具有这项特别的专门技术"。而据莫言的说法，具有出入想象力之门的技术，无疑就是才华，就是"天才和灵气"。不言而喻，陌生化也罢幽默也罢通感也罢诗化也罢，在很大程度上都是大跨度想象力的产物。

"读莫言的小说，你可以从任何一页的任何一行读起。它首先征服你的并不是故事和人物，而是那语言本身。"中国学者这样评价莫言："信手翻开一页，读上一段，一次都没让我失望过，没有一页使人兴味索然。"村上借《挪威的森林》主人公之口这样评价《了不起的盖茨比》；作为我，十几年前曾这样评价村上："村上的小说如同一座没有围墙的大观园，从任何一处都可以进入……任何一处都既是入口又是出口。"评价对象不同，但评价语汇可谓异曲同工——较之故事和人物，三位作家最吸引人的都是语言本身、语言的魅力。而语言的魅力即是文体的魅力，其中当然包括比喻的魅力：陌生化比喻，诗化比喻，幽默感比喻，通感比喻。

最后，我想念一篇自己写的短文，题目叫"莫言的幽默与村上的幽默"。

哪怕再友好再宽容地评价自己，也很难说自己是个多么幽默的人。但我的确喜欢幽默。如果上帝让我在世界末日来临之前选一件希望永远保留下去的形而上的什么，我肯定首选幽默。我甚至觉得，如果生活中没有幽默，那就好像地上没有花，水中没有鱼，夜空没有星，小伙没有胸肌，姑娘没有乳房，老翁没有银白的须，老妪没有慈祥的笑……

这么着，看书也特留意幽默。我之所以中意钱锺书，说到底，并非因为他学贯中西独步古今的《管锥篇》和《谈艺录》，而是由于《围城》中俯拾皆是的钱氏幽默。关于村上春树也同样。假如他的作品老是玩弄深刻而不能时而逗人会心一笑，我绝不至于陪他玩二三十年之久、译他的书译四十一本之多。没想到，近日攻读莫言，莫言也够幽默。更没想到的是，有的幽默居然还和村上的不谋而合。无须说，村上是日本人，莫言是中国人，两个人中我见过一个，见过日本人村上。而且见过两次。见面给我的印象，村上其人并不幽默。莫言的照片是看过的。从照片上看，长相简直就是憨厚农民的标本。说是村党支部副书记有人相信，但绝难同幽默两字挂钩。不信你看葛优，从头到脚全是幽默。有人告诉我莫言有一次说过"休看我长相幽默但文字绝不幽默"——不知是真是假——我看完全相反。

有例为证。例如二〇〇三年三月莫言在美国斯坦福大学演讲，讲到二十世纪六十年代如何饥寒交迫："那时候我们虽然饿得半死，但我们都认为自己是世界上最幸福的人，而世界上还有三分之二的人——包括美国人——都还生活在'水深火热'的苦难生活中。而我们这些饿得半死的人还肩负着把你们从苦海里拯救出来的神圣责任。"说实话，也是因为同代人感同身受的关系，看到这里我禁不住一下子大声笑出来。他接着讲冬天如何没有衣服穿："那时候我们都有惊人的抗寒能力，连浑身羽毛的小鸟都冻得叽叽乱叫时，我们光着屁股，也没有感到冷得受不了。我对当时的我充满了敬佩之情，那时的我真的不简单，比现在的我优秀许多倍。"

同年十月在日本京都大学演讲的时候，面对西装革履或一身套裙的女士们绅士们，他到底不好讲如何光屁股了，但幽默照样幽默："我在四年里（距上次演讲时隔四年），身高大概缩短了一厘米，头发减少了大约三千根，皱纹增添了大约一百条。偶尔照照镜子，深感岁月的残酷，心中不由得浮起伤感之情。但见到诸多日本朋友，四年的时光在他们脸上似乎没有留下任何痕迹。……于是，我的心情顿时好了起来。"如何，够幽默的吧？潜在的、静静的、皮笑肉不笑的幽默。

还有，一次在美国加利福尼亚州大学伯克利分校演讲时讲到福克纳："他告诉我一个作家应该大胆地、毫无愧色地撒谎，不但要虚构小说，而且可以虚构个人的经历。"无独有偶，日本的村上二〇〇九年初在耶路撒冷文学奖获奖演讲中也有关于说谎的言说："我作为一个小说家，换句话说，作为以巧妙说谎为职业的人来到这里、来到耶路撒冷市。当然，说谎的不都是小说家。诸位知道，政治家屡屡说谎，外交官和军人说谎，二手车推销员和肉店老板和建筑业者也说谎。但小说家说谎和他们说谎的不同之处在于：小说家说谎不受道义上的谴责。莫如谎说得越大越高明，小说家越能得到人们的赞赏和好评。……可是今天我不准备说谎，打算尽可能说实话。一年之中我也有几天不说谎，今天恰好是其中的一天。"

便是这样，两人以幽默手法轻轻颠覆了说谎这一负面语汇，将其变成理直气壮的正当行为。还捎带将大作家福克纳和严肃的政治家、外交官们戏谑化了。

对了，下面莫言和村上的说法多少有点色情我固然知道，至于是否也算幽默，作为我还真有些把握不准。恕我老不正经，姑且照录如下。

莫言：种在这里的高粱长势凶猛，性格鲜明，油汪汪的茎

叶上，凝聚着一种类似雄性动物的生殖器官的蓬勃生机。（《红高粱家族》）

村上：（酒吧女侍应生）她以俨然赞美巨大阳具的姿势抱着带把的扎啤酒杯朝我们走来。（《萤》）

★ 此文为上海"文化广场"讲座讲稿。原题目是："文体就是一切"：莫言怎样说话，村上怎样说话——中日两位作家文体比较。此外曾在以下院校和其他场合讲过：2014 年 6 月 17 日中国海洋大学"香港珠海学院讲习班"；2014 年 6 月 9 日西安电子科技大学"名人名家报告会"；2014 年 12 月 13 日武汉图书馆"名家论坛"；2015 年 4 月 21 日嘉兴图书馆；2015 年 4 月 27 日吉林大学珠海学院；2015 年 11 月 15 日广州花园酒店；2020 年 10 月 14 日中国海洋大学外国语学院"东亚研究"项目讲座。

莫言与村上：似与不似之间

众所周知，二〇一二年十月十一日，中国作家莫言成为一九〇一年以来第一百零九位诺贝尔文学奖获得者。当日傍晚消息传来之前，日本自不必说，即使中国本土，也好像有不少人——包括媒体在内——更倾向于相信日本作家村上春树获奖。而我作为中国村上作品简体中文版的主要译者，在那一时刻也因之处于微妙的立场——中日记者的采访接连不断，问我更希望哪一位获奖。你说这叫我怎么回答。不用说，村上君获奖对我有些实际好处。一是经济上的。他获奖了，奖金我虽瓜分不到，但拙译肯定卖得更火，可有若干白花花银两进账；二是名声上的。至少敝人供职的学院主管科研的副院长甚至校长大人都有可能对我绽放久违的笑容：噢，原来你小子不是偷偷摸摸翻译"小资"类涉黄读物，而是鼓捣诺贝尔文学奖大腕啊！喏，我这个译者脸上有光吧？但去年不同，去年有同胞兼半个山东老乡莫言登台亮相。事情明摆着，村上君终究是日本人，而我无论 DNA 还是国籍都是中国人。于是最后我这样回答：莫言和村上哪位获奖我都欢喜我都衷心祝贺。若村上获奖，我作为译者脸上有光；若莫言获奖，我作为同胞脸上有光。假如村上获奖，其理由大约有三点：其一，以洗练、幽默、隽永和节奏控制为主要特色的语言风格。其二，通过传达都市人的失落感、孤独感、疲软感而对心灵处境的诗意开拓。其三，对自由、尊严、爱等人类正面精神价值的张扬和对暴力源头及其表现形式的追问。无须说，村上没有获奖，莫言获奖了。在我看来，重要的不是村上获奖还是莫言获奖。重要的是东亚以至整个亚洲文学，半个多世纪以来从未像现在这么幸运过、风光过——中国的莫言和日本的村上同时出现于此。这两座并立的高峰无疑标示着亚洲文学在世界上的影响与高度。

关于莫言获奖的理由，诺贝尔文学奖评审委员会发布的是："借助魔幻现实主义将民间故事、历史与现代融为一体。莫言因此创造了一个世界，它所呈现的复杂程度令人联想起威廉·福克纳和加西亚·马尔克斯。"除此之外——如让我略加补充——莫言作品中那天马行空无可抑勒的文学想象力，那长风出谷惊涛裂岸的叙事气势，那山重水复波谲云诡的语言风格，尤其文本中大跨度运行的惊心动魄的思想力量以及思想背后涌动的对中国充满悖论的国民性和现代性命运的忧思和关切之情，大概都不能不让瑞典学院的评委们为之动容。

也是由于接受媒体采访和后来为去台湾开会写论文的关系，一年来我集中阅读了若干莫言作品和相关资料。结果惊讶地发现，莫言与村上看似截然有别，但其骨子里有不少相似以至相同的部分。而对这些部分的探究和比较，将有助于加深读书界、文学界以至文化界对这两位世界级优秀作家之所以为优秀作家的文学特质的认识，进而从中获得某种启迪性、某种坐标和视角。非我自吹，时下能从学术角度比较这两位世界级当代东亚作家的人，除了我恐怕不大好找，至少不会找出很多。在一般人眼里或从常识看来，这两人差别太大了。一个是满脑袋玉米粉的"土老帽儿"，一个是满身名牌休闲装的都市"小资"。换个比喻，一个是挥舞光闪闪的镰刀光膀子割红高粱的壮汉，一个是斜举着鸡尾酒杯眼望窗外烟雨的绅士。一句话，简直是"城乡差别"的标本。这固然不错，我也完全承认，但这终究是表层，而若深挖下去，就能发现两人的根子是有不少连在一起的。

比较之前，不妨回顾一下莫言视野中的日本作家。村上是否读过莫言等中国现当代作家的作品无从确认，至少在我的阅读范围内，村上没有提及除鲁迅以外的任何中国现当代作家。相比之下，莫言至少读过川端康成、大江健三郎和村上春树的作品，并对三人有过评价。关于川端，一九九九年十月二十四日莫言在京都大学演讲时这样说道："那是十五年前冬天里的一个深夜，当我从川端康成的《雪国》里读到'一只黑色而狂逞的秋田狗蹲在那里的一块踏石上，久久地舔着热水'这样一个句子时，一幅生动的画面栩栩如生地出现在我眼前，我感到像被心仪已久的姑娘抚摩了一下似的，激动无比。我明白了什么是小说，我知道了我应该写什么，也知道了应该怎样写。"如果说莫言对川端文学的说法多少有出于在日本演讲的礼节性因素，那么他对大江的推崇却是毫不犹豫和完全发自内心的。

莫言无疑读过大江的作品，并不止一次称赞"大江是非常有担当、正直的知识分子。一边写作一边参加政治事务，对日本军国主义一直强烈地反对。他最可贵的是有博大的胸怀"。

关于村上春树，《南方周末》在莫言获诺贝尔文学奖后的第三天采访莫言，问及如何评价村上春树的作品，莫言这样回答："村上春树是个非常有影响力的作家，在全世界读者很多，被翻译作品的数量非常大，而且赢得很多年轻读者的喜爱，很不容易，我非常尊重他。他虽然比我大，但心态比我年轻，英文很好，西方交流比较广泛，具有更多现代生活气质。他写日本历史方面比较少，更关注现代生活、年轻人的生活，这一点我是无法相比的。我也是他的读者，比如《挪威的森林》《海边的卡夫卡》等。他那样的作品我写不出来。"

这里所说的"无法相比"和"写不出来"，无疑意味着他和村上的不同。那么其不同之处究竟表现在哪里呢？我想至少可以概括为以下三点。

1."城乡差别"。这点是再明显不过的。刚才也说了，莫言是满脑袋高粱花粉的土头土脑的乡土文学作家，村上则是浑身威士忌味儿的洗练的城里人，处理的也都是都市文学题材。换言之，莫言植根于其故乡高密的泥土地，一贯倾听大地的喘息，触摸大地的灵魂；村上则游走在东京这样的大都会，始终审视现代都市的性格及出没其中的光怪陆离的精灵。

2.出身差别。莫言出身于农民家庭，几乎整个少年时代都在东张西望寻找食物，饥饿感控制着他的所有感官，致使他成了啮齿动物，不顾一切地追求咀嚼权利，吞噬是其唯一的世界观。其起点是《透明的红萝卜》，在《酒国》达到高潮。村上则是在有寺院僧侣背景的城市中产阶级家庭长大的。他所向往的大约更是逃学权利，自由是其世界观的核心要素。故而日后有《舞！舞！舞！》中不上学的雪和《奇鸟行状录》中逃离高中的栗原 May，进而结晶为以个人尊严和灵魂自由为主旨的演讲《高墙与鸡蛋》。

3. 文化教养差别。两人同样喜欢看书。但莫言看的大多是三国水浒等中国古典和《青春之歌》《林海雪原》《三家巷》等中国现当代小说；村上则听着爵士乐看《麦田里的守望者》《了不起的盖茨比》等美国当代文学作品，看多卷本的《世界的历史》，甚至看了包括《资本论》在内的若干册"马恩全集"。这难免导致莫言作品更有本土性、民族性，而村上作品更有普世性、世界性。换个说法，莫言作品以糅合世界性的浓重的本土性为特色，村上作品则以几乎淹没本土性的鲜明的世界性为表征。这点甚至导致文体方面的差异。村上文体多少含带英文翻译腔和西方绅士气，拒绝庸常和市井气；莫言文体则汪洋恣肆、粗犷凌厉，具有荒原气息和草莽精神。

但另一方面，这中日两位作家又具有相近的精神底色和创作路径。坦率地说，这个意外发现让我激动了好一阵子。应该说，读书人和学者的一个可贵品质，就在于从似是而非的一般性、流行性认知当中独辟蹊径，探求与之有别的隐性通道，以期抵达文本表层背后的真相，抵达并且追问魔幻或荒诞本身，进而发掘作家最执着的理想诉求及其表达方式。而这，刚才也提到了，无论对中国作家、中国文学还是对广大读者，都可能具有积极的启示性。下面请允许我粗线条梳理出来以为抛砖引玉之用。

一、善恶中间地带

一九五五年出生的莫言十一岁就赶上了一九六六年爆发的"文革"。"文革"十年一个显著特征是同传统的中庸之道彻底决裂，从历史、文化、习俗到社会制度，从古人到今人，从官员到平民，统统被"一分为二"，非敌即友，非左即右，非善即恶，绝不含糊，绝无妥协和折中。大约出于此种状况下的个人痛切体验和深刻反思，莫言作品从早期的《红高粱》开始就溶解了这种善恶对立的世界观，超越爱憎分明的阶级意识，在善与恶之间开拓出广阔的中间地带，甚至将善恶合而为一。《丰乳肥臀》中的母亲上官鲁氏不分土匪、国民党军还是共产党人，对他们留下的孩子一视同仁。《生死疲劳》甚至为地主翻案，让地主西门闹投胎为驴、牛、猪、狗等来到人间巡视和抗议。莫言在《蛙》代序言《捍卫长篇小说的尊严》中表示："在善与恶之间，美与丑之间，爱与恨之间，应该有一个模糊地带，而这里也许正是小说家施展才华的广阔天地。"二〇一二年十二月七日他以"讲故事的人"为题在瑞典学院演讲时又一次提出同样观点："每个人心中都有一片难用是非善恶准确性的朦胧地带。而这片地带,正是文学家施展才华的广阔天地。只要是准确地、生动地描写了这个充满矛盾的朦胧地带的作品,也就必然超越了政治并具备了优秀文学的品质。"

村上春树显然有类似的善恶观。他说:"归根结底,善恶这东西并非绝对性观念,而是相对概念。有时候甚至整个换位。所以, 较之什么是善什么是恶, 需要的更是一个个人在一个个场合看清是什么在'强制'我们, 那个什么在性质上是善的还是恶的。"在长篇小说《1Q84》中村上进一步借教主(Leader)之口表明:"善恶不是静止的固定的,而是不断变换场所和立场的东西。一个善在下一瞬间就可能转换为恶,反之亦然。陀思妥耶夫斯基在《卡拉马佐夫兄弟》中描绘的正是这样的世界形态。重要的是保持善恶之间的平衡。过于向一方倾斜,就很难维持现实道德。"实际上《1Q84》的情节也是在善恶中间地带或模糊地带向前推进的。所有人物——无论教主、小人儿还是青豆、"老妇人"——都不是绝对恶或绝对善的化身或图解。至于结果是否像莫言说的那样"超越了政治并具备了优秀文学的品质",这里姑且不做判断。

与这样的善恶观相关,这两位作家都致力于挖掘自己心中的恶。莫言断然表示:"只描写别人留给自己的伤痕,不描写自己留给别人的伤痕,不是悲悯,甚至是无耻。只揭示别人心中的恶,不坦露自我心中的恶,不是悲悯,甚至是无耻。只有正视人类之恶,只有认识到自我之丑,只有描写了人类不可克服的弱点和病态人格导致的悲惨命运,才是真正的悲剧,才可能具有'拷问灵魂'的深度和力度，才是真正的大悲悯。"获得茅盾文学奖和诺贝尔文学奖的主要作品《蛙》无疑是基于这一认识的勇敢的创作实践。作为妇科医生，主人公"姑姑"曾给许许多多婴儿接生，是守护新的生命的天使。同时又为了坚决执行计划生育政策而给无数孕妇强行引产，造成过"一尸两命"的悲剧。作者在这一过程中不断地挖掘和拷问自己心中之恶，拷问自己的灵魂。最后让"姑姑"嫁给了擅长捏泥娃娃的郑大手，以期通过那些栩栩如生的泥娃娃转化心中之恶，让灵魂获得超度。

村上春树在这方面同样有清醒的认识。他认为写小说是为了寻求自己同他人之间的同情（Sympathy）的呼应性或灵魂的呼应性。"为此必须深入真正黑暗的场所、深入自己身上真正恶的部分，否则产生不了共振。即使能够深入黑暗之中，而若在不深不浅的地方止步，也还是很难引起人们的共振——我想我是在这个意义上认真构思恶的。"后来在为《天黑以后》的出版接受《文学界》编辑部采访时他再次表述，无论《天黑以后》中的白川还是《海边的卡夫卡》中的琼尼·沃克和山德士上校，其身上体现的恶"都不是来自外界，而绝对来自人的内部"。换言之，"恶"对于任何人都不是他者，恶就在自己身上。只有深挖下去，才能与他人产生灵魂共振，才能产生真正的悲悯。这也正是善恶中间地带之说的深刻之处和价值所在。

二、民间视角与边缘人立场

莫言是在高密东北乡太平庄那块三县交界的边缘地带长大的农民，身上天然流淌着民间以至边缘人血脉。这点使得他在长达二十一年（一九七六——一九九七）的堪称主流堡垒的部队生活期间和退伍进入最高人民检察院任媒体记者以后也能保持民间本色，以民间视角创作许多"边缘人"或带有边缘色彩的主人公画卷。其中最典型的是《生死疲劳》中在农村合作化和人民公社化时期拒不入社的全国唯一单干户蓝脸。莫言在瑞典学院演讲专门提到这个边缘人："小说中那位以一己之身与时代潮流对抗的蓝脸，在我心目中是一位真正的英雄。"而在《三十年前的一次长跑比赛》那部中篇小说中，右派朱总人居然成了最受羡慕和尊敬的高人：写一手好字，打一手好球，八千米长跑比赛，原本跑在最后面的这名右派成了第一名！便是这样，莫言在主流语体、主旋律叙事君临一切的叙事背景下，在个人不存在的时代舞台上，将逆时代潮流而动、被时代唾弃的另类塑造成了英雄。亦即，通过神化民间边缘人的个人讽喻叙事挑战国家正喻叙事，使之瓦解于历史的荒谬之中。另一方面，作者也使我们看到个体生命尤其边缘人生命被历史大小谬误蹂躏和肢解的欲哭无泪的惨烈过程，看到作者以个人经验、个性化写作洞穿历史的雄心、勇气与力量。而这在很大程度上不妨说是民间视角和边缘人立场观照下的产物。中大谢有顺认为："莫言的写作，从一开始就是反叛的，也一直未能被主流文化所成功消化。他的小说，无论精神指向，还是叙事风格都是先锋的、独异的、非主流的。他没有成为这个盛世的合唱者，他眼里所看到的，也多是受伤者和软弱者。他写的，就中国庞大而坚强的现实而言，是边缘的，是经常被人忽略和删除的。"

大约与此同时，邻国的村上春树也进行着类似的努力。迄今为止，村上从未参加过任何组织和团体。成为专职作家之前是爵士酒吧小老板，其后也未加入任何相关协会。可以说是在游离于社会主流的地带生活的边缘人、不折不扣的"个体户"。村上本人也对此直言不讳："我是彻底的个人主义者，不把东西交给任何人，不同任何人发生关联。"拒绝任何外部——无论他人还是体制——的束缚，个体自由是之于他的最为优先考虑的选项。"二十多年来，我一直追求极为私人性质的文学，一直以极为个人化的文体、个人化的方向追求极为个人化的主题。"

"理所当然，开始写小说的时候，我考虑写的就是个人主义人物，就是他们在社会规范的边缘谋生的场景。"一句话，以民间视角描写边缘地带的边缘人。问题是，包括边缘人在内，任何个体都不可能从根本上脱离国家、脱离社会体制和主流文化而单独存在。这种双重性让村上感到纠结和痛苦，致使他深入思索体制和个人之间的关联性，在这种关联性中探讨作为边缘人的个体获取自由的可能性及其应该承担的责任和义务，从而使个体性获得了社会性，使个体边缘人的生活场景、人生姿态成为窥视体制或社会结构的一个"内窥镜"。其结果，我们从《奇鸟行状录》间宫中尉身上看到了日本战前军国主义体制的运作方式及其给个人造成的身心重创，从《海边的卡夫卡》田村卡夫卡君身上看到一个另类少年的精神内核如何在成年人社会架构中聚敛成形，从《1Q84》中天吾、青豆两人身上看到个人面对的体制是如何复杂、强大和凶顽。

二〇〇八年莫言接受《上海文学》采访时这样说道："好的小说是作家从个人出发创作的小说。（如果）作家个人的感受跟时代的要求产生一种巧合，这就非常幸运了，（如果）作家个人的痛苦，在小说里宣泄的过程当中，正好暗含了大多数人的痛苦，满足了大多数人想宣泄的这种欲望，那么这个小说肯定具有普世价值。"在这点上，可以断言，村上和莫言都是非常幸运的作家。

三、富有东方神秘性的魔幻现实主义

"通过魔幻现实主义将民间故事、历史和现代融为一体"——其实，莫言获诺贝尔文学奖的评语用在村上身上也并无不可。只是，无论对莫言还是对村上，由此"呈现的复杂程度令人联想起威廉·福克纳和加西亚·马尔克斯"之语都可能有失偏颇。莫言否认马尔克斯对他的影响，否认其代表作《红高粱》有《百年孤独》的投影。不过莫言承认福克纳《喧哗与骚动》对其创作有所启示："读了福克纳之后，我感到如梦初醒，原来小说可以这样胡说八道。"但他又说马尔克斯和福克纳"绝对是两座灼热的高炉，我们必须离得远一点，我们是冰块，离得近了会融化掉。而且我们也不要试图去超越一些东西。像那些文学史上的大作家是一座无可超越的冰峰，你只能在旁边另立山头，远离山峰，另立山头。"

那么莫言另立的山头是怎样的呢？事实上，莫言创造的魔幻现实主义世界，较之处于福克纳和马尔克斯这两座巨峰的阴影之下，毋宁说更富于东方神秘性。这种神秘性主要来自民间故事、民间文学以及古典文学。其中莫言最看重的是《聊斋志异》。"因为作者蒲松龄是我家乡人，'聊斋'里的很多故事，我小时候都听村里的老人讲过。还有就是他的精美典雅的文言文，让我读得入迷。"他在《讲故事的人》那篇诺贝尔文学奖演讲中再度提到他的家乡流传许多狐狸变美女的故事，当年在乡下时幻想有个狐狸变成美女陪他放牛。那些民间故事日后成了他从事文学创作的一个来源，使得他笔下的故事蒙上了东方神秘色彩。如《透明的红萝卜》中的红萝卜和主人公黑孩的"通感"。尤其《生死疲劳》中的六道轮回，其"魔幻"程度可以说超越了卡夫卡的西方版《变形记》而成了东方版魔幻现实主义。正如上海大学教授陈晓明所指出的："他的历史变形记也是魔幻色彩十足的后现代叙事，那不只是对当下的后现代魔幻热潮的回应，也是对中国本土和民间魔幻的继承。例如《西游记》《聊斋》等名著的人兽同体、人鬼同形。事实上，魔幻现实主义何尝只是拉美现实主义的专利呢？中国四大名著中《西游记》不用说，《水浒传》《三国演义》何尝没有魔幻色彩？那些英雄的传奇，那些恶魔的超能量，动辄力举千钧，有万夫不当之勇，何尝不是魔幻呢？《红楼梦》的警幻仙境，不是魔幻/仙幻又是什么呢？总之，中国传统和民间的这种魔幻资源十分充足，莫言的运用得心应手，源于他的自信心。"

作为日本民间故事文本，村上接触的主要是《雨月物语》。《雨月物语》是江户时期上田秋成（一七三四——一八〇九）创作的志怪小说，九篇故事有六篇脱胎于《剪灯新话》和《白蛇传》等中国古代传奇、话本。一个共通特点是故事的主人公自由穿越于阴阳两界或者实境与幻境、自然与超自然之间，在二者中间画出明确的界线几乎是不可能的。用村上的话说，"现实与非现实在《雨月物语》中完全对接。对于跨越二者的界线并不感到多么不自然。"村上写《国境以南　太阳以西》期间始终在思考《雨月物语》中的故事，以至女主人公岛本变得像狐狸精美女一样虚实莫辨来去无踪，男主人公"我"也随之迷失在现实与虚幻之间。在《奇鸟行状录》这部巨著里面，不相信任何宗教的村上甚至渲染了类似莫言作品六道轮回的生死轮回："满洲国"新京动物园的兽医（肉豆蔻的父亲、肉桂的外祖父）脸上有一块青痣，主人公冈田亨从深井上来之后脸上也忽然有了一块青痣；日本兵用棒球棍打死了中国人，冈田亨用棒球棍打死了绵谷升；拧发条鸟从过去一直叫到现在，在新京动物园打死中国人的年轻日本兵听见了，半个世纪后冈田亨夫妇又听见了。可以断言，村上试图以这种"轮回"暗示历史与现在之间的某种"关联"。而作为暗示方式采用的魔幻现实主义明显带有古老东方特有的神秘性。哈佛大学教授杰·鲁宾认为"村上春树了不起的成就在于对一个平凡的头脑观照世界的神秘和距离有所感悟。"而那种感悟完全是东方的。"'物语'就是要在超越解释的层面表达以普通'文脉'所不能解释的事情。"

由此看来，尽管莫言和村上所处理的题材截然不同，而两人采用的魔幻现实主义创作手法及其带有的神秘性却不谋而合。

四、创作取向：陀思妥耶夫斯基

"我是一个讲故事的人。因为讲故事我获得了诺贝尔文学奖。"——莫言在瑞典演讲的题目就是"讲故事的人"。村上的说法如出一辙："小说家就是讲故事的人，这是最基本的定义。"的确，小说家就是要讲故事，这点不存在异议。问题在于讲怎样的故事即写怎样的小说。耐人寻味的是，两位作家不约而同地将目光落在了陀思妥耶夫斯基身上。莫言在同苏州大学中文系教授王尧对谈时说："我甚至认为作家这个职业应该是超阶级的，尽管你在社会当中属于某个阶层，但在写作时你应该努力做到超阶级。你要努力去怜悯所有的人，发现所有人的优点和缺点。中国缺少像托尔斯泰、陀思妥耶夫斯基那样的作家，多半是因为我们没有怜悯意识和忏悔意识。我们在掩盖灵魂深处的很多东西。"对谈快结束时他重新提起陀氏："像陀思妥耶夫斯基的《罪与罚》，再放五十年，尽管读者没有到过俄罗斯，也没有经历过农奴制，看了以后还是会感觉到一种震撼,触及灵魂。也就是说,它写到了我们灵魂深处最痛的地方。"
从中不难看出,陀氏是莫言心目中的样板作家,或者说是他的
创作取向或目标。其关键词是怜悯、忏悔与灵魂救赎。作为创
作实践,《生死疲劳》中的地主西门闹坚定认为自己有地产而
无罪恶,土改中被枪毙纯属冤枉,因而死后在阴曹地府尽管受
尽酷刑,但仍不屈不挠地喊冤叫屈。这意味着,作者超越了自
己的"中农"阶级属性,转而怜悯地主,质疑和反思土改运动
中消灭地主以至乡绅阶层的公正性与合理性,表现出一种难能
可贵的对自身灵魂的拷问和忏悔,触及了作为个人乃至整个民
族"灵魂深处最痛的地方"。毋庸讳言,也是由于我们长期"以
阶级斗争为纲",怜悯、忏悔意识和灵魂救赎自觉正是多数国
人所缺少的。大多情况下我们更倾向于诿过于人、诿过于体制、
委过于历史和文化传统。而莫言拒绝这样做,而自觉取范于陀
思妥耶夫斯基。仅凭这一点,他就有足够的资格跻身世界级文
学家的行列。

　　与莫言相比,村上春树对陀氏的推崇有过之而无不及。他
说自己的"教养体验"几乎全部来自十九世纪欧洲小说,所举
作家中排在第一位的即是陀氏。二〇〇二年《海边的卡夫卡》
出版后接受采访时村上说道:"我的目标就是《卡拉马佐夫兄
弟》。……有种种样样的故事,纵横交错,难解难分,发烧发
酵,从中产生新的价值。读者可以目击。这就是我考虑的综合
小说。"二〇〇八年他再次表明决心:"陀思妥耶夫斯基是我的
偶像、我的理想。他快到六十岁时写了《卡拉马佐夫兄弟》这

部至高无上的杰作。我也想那样。"二〇一〇年又一次强调，作为创作目标，最大蓝图就是陀氏，"综合小说"的样板就是陀氏的《群魔》和《卡拉马佐夫兄弟》。

不言而喻，《卡拉马佐夫兄弟》是陀氏出类拔萃的作品。陀氏经过长达三十年的观察和思考，把一个作为家庭悲剧的杀父故事演化成极富内涵的宏伟的社会哲理小说。作品对人生哲理的探求和人性内涵的发掘极为出色。其最大的艺术特点在于"共时心态结构"，以此彰显同一时间内不兼容而又相互交织的多种意识的"共生"状态，塑造"是圣贤又是坏蛋"的混合性格。小说超越既定善恶界线，将高尚、卑鄙与自省、忏悔熔于一炉，展示人类灵魂的"切片"，反对暴力，提倡仁爱和灵魂救赎，堪称世界文学史上共时性观照人物心灵的诗学典范。

《奇鸟行状录》《海边的卡夫卡》和《1Q84》可以说是由这一创作取向或目标催生的代表性作品。在"共时心态结构"、塑造"混合性格"这一艺术构思上面，《1Q84》最接近《卡拉马佐夫兄弟》，但就展示灵魂"切片"的纹理深度和关乎人类行进方向的道德感而言，则较《卡拉马佐夫兄弟》尚有不容忽视的距离。甚至未能超越《奇鸟行状录》这部他自己的中期作品。所幸年过六十的村上仍未停止迈向陀氏、迈向《卡拉马佐夫兄弟》的步伐。

莫言虽未具体点出陀氏《卡拉马佐夫兄弟》这部"综合小说"（中文习称"复调小说"），但其言说已经传达这方面的信息。他在《捍卫长篇小说的尊严》中指出："长篇小说的密度，是指密集的事件，密集的人物，密集的思想。……密集的思想，是指多种思想的冲突和绞杀。如果一部小说只有所谓的正确思想，只有所谓的善与高尚，或者只有简单的、公式化的善恶对立，那部小说的价值就值得怀疑。"二〇一三年一月二十二日他在北京师范大学演讲时毫不含糊地宣称："我希望自己的小说不是一目了然的，希望写出具有最大弹性、最大模糊性的小说。过去我一直在追求这样的艺术风格，但迄今没有完全达到。"

莫言在这里说的"密集""冲突""绞杀"和"弹性""模糊性"之语，同村上口中的"纵横交错，难解难分，发烧发酵"，可谓异曲同工，都是对陀思妥耶夫斯基、对他的杰作《卡拉马佐夫兄弟》的认同和向往，都在追求那样的"综合小说"或"复调小说"。至于眼下哪位距离与之最近，恐怕尚难定论，毕竟诺贝尔文学奖给出的并不是——至少不完全是——这方面的答案。

以上尝试性讲了莫言同村上的四点相似之处。此外还有若干，顺便概括一下。其一，双方都写到二战，写到日本侵华。莫言作品中尤以《红高粱》和《丰乳肥臀》篇幅居多。村上作品中写得较多的是《奇鸟行状录》，不同程度提及的有《寻羊冒险记》和《海边的卡夫卡》等。值得注意的是双方都有意触及未必见于正史的部分。如作为《红高粱》真实历史背景的一九三八年三月十五日孙家口伏击战，或许因为伏击战主力是国民党游击队而未在革命正史中留下记载。《奇鸟行状录》中的诺门罕战役因其是关东军第一次战败之耻而被日本军部刻意屏蔽，参战官兵被派往战斗最激烈的战场以便"杀人灭口"。另外，两人作品中都出现了当下语境中作为"对方"的日本人、中国人。莫言方面，如《蛙》中主人公"我"的写信对象"杉谷义人先生"。村上作品有中国人（华人）频繁出场，如"青春三部曲"《且听风吟》、《1973年的弹子球》、《寻羊冒险记》中的酒吧老板杰、《天黑以后》中的郭冬莉和黑社会分子等。短篇小说《去中国的小船》索性以三个中国人作主人公。其二，两人总体上都不直接介入政治，而潜心从事文学创作并以此间接干预社会。村上诚然有《高墙与鸡蛋》那样慷慨激昂的公开演讲，但那基本属于特例，表态性意义大于实质性意义。莫言不止一次表明他不赞成以明朗态度直接介入政治。究其原因，主要同两人性格有关。两人都较内向，行事低调，即使成名之后也坚守自己的生活步调。当然，作为莫言恐怕还有特定社会阶段政治环境方面的制约。其三，两人都注重文体，在文体上孜孜以求。莫言说他从创作之初就关注对语言的探索，"因为我觉得考量一个作家最终是不是真正的作家，一个鲜明的标志就是他有没有形成自己独特的文体"。认为"对语言个性的追求是一种悲壮的战斗"。村上反复强调文体就是一切，语言就是一切。"最重要的是语言，有语言自然有故事。再有故事而无语言，故事也无从谈起……我就不明白为什么大家如此轻视文体。"可以说，像村上春树这样看重和执着于语言风格或文体的作家，在与他同时代的日本作家中很难找出第二个。不过就文体本身而言，二者却泾渭分明。打个不一定恰当的比方，如果说莫言文体是"纵欲"的，村上文体则是"禁欲"的。前者纵横捭阖，不可一世；后者含蓄内敛，清癯洒脱。借用中国作协李敬泽去年就诺贝尔文学奖答《瑞典日报》时说的话，村上大约是一位飞鸟型的轻逸作家，"他不是靠强劲宽阔的叙事，他只是富于想象地表达人们心中漂浮着的难以言喻的情绪。他的修辞和隐喻，丰富和拓展了无数人的自我意识"。顺便多说一句，李敬泽认为村上小说的主题"是全球化时代人的生存境遇的感伤寓言。对很多不同国度的读者来说，他差不多就是这个时代的卡夫卡——在海边、公寓、地铁里的卡夫卡，穿白衬衫的卡夫卡，同样抑郁但带着商品的气息"。而且，村上明显形成了有别于任何日本同行的独特文体，而莫言似乎尚未完全独树一帜。尽管瑞典学院院长彼得·昂格伦德（Peter Englund）称赞莫言"具有这样一种独具一格的写作方式，以至于你读半页莫言的作品就会立即识别出：这就是他"。但确如清华大学教授王宁所说不免带有夸张成分。王宁还认为即使果真如此，也更与翻译有关。当然这不意味否认莫言文体有自己的特色。更不意味整体上中国当代文学多么愧不如人。莫言在这方面就有充分的自信："我们必须看到，自从马尔克斯的《百年孤独》之后，最近几十年来世界文坛也没有再产生这样的伟大巨著，因此我觉得中国作家没有必要那么自卑，也不要被个别的批评家和汉学家那种非常绝对化的言论所征服。我们应该有自己的判断，我们应该有自信……我们过去确实不如人家写得好，但是我们最近三十年来写得并不比他们差。"的确，至少莫言这次获奖说明中国作家已经能够同村上春树这样的外国大作家同台较量，这本身就很有象征意义。或者莫如说，更大的意义是在这里：我们"并不比他们差"，无须妄自菲薄。谦虚诚然是美德，自虐大可不必。

最后，祝愿莫言写出陀思妥耶夫斯基笔下那样伟大的长篇小说——"伟大的长篇小说，没有必要像宠物一样遍地打滚，也没有必要像鬣狗一样结群吠叫。它应该是鲸鱼，在深海里，孤独地遨游着，响亮而沉重地呼吸着，波浪翻滚地交配着，血水浩荡地生产着，与成群结队的鲨鱼，保持着足够的距离"。

同时祝愿村上春树早日写出不亚于、至少仅次于陀氏《卡拉马佐夫兄弟》那样的综合小说——"里面有某种猥琐、某种滑稽、某种深刻，有无法一语定论的混沌状况，同时有构成背景的世界观，如此纷纭杂陈的相反要素统统挤在一起？"

今生今世，作为我无论如何也写不出那样的小说了，无论如何也捞不到诺贝尔文学奖了。唯其如此，我才祝愿别人、祝福别人，祝福伟大的小说，祝福诺贝尔文学奖。

★此文为2013年11月29日大连外院讲座讲稿。此外亦在以下院校和其他场合讲过：2014年1月18日青岛"良友书坊"；2014年9月21日北京"单向空间"书店；2014年11月15日广州"岭南大讲坛·公众论坛"；2014年11月28日武汉理工大学、华中科技大学；2015年3月27日上海外国语大学"思索讲坛"；2016年6月23日中国海洋大学港澳学生研修班。

史铁生、王小波与村上春树：为了灵魂的自由

　　这里是大学。不用说，大学是读书的地方。无论大学有多少项活动，读书都是最重要、最正确以至最神圣的活动。我想，假如把其他所有活动来个"一键清除"，而只保留读书这一项活动，这个世界将变得多么清静、多么优雅和美好！我们作为最高政治理想为之奋斗的共产主义社会想必就是那个样子了。在这个意义上，说绝对些，只要有一座好的图书馆，就是一所好的大学；只要能保证学生安心读书，就是好的大学校园；只要能在大学好好读书，就是好的大学生。不过周国平倒是说过："有两种人不可读太多的书：天才和白痴。天才读太多的书，就会占去创造的工夫，甚至窒息创造的活力。这是无可弥补的损失。白痴读书愈多愈糊涂，越发不可救药。"而我，既不是天才又不是白痴，所以我需要读书。那么大家呢？大家既然能考上青岛难考的青岛大学，那么，天才或许是，白痴则绝不至于。但天才终究是极少数，所以在座的绝大多数人也需要读书。关于读书，周国平还说过一句话："好读书和好色有一个相似之处，就是不求甚解。"依我极有限的观察和极有限的人生体验，好读书的人固然大多好色，但二者相似之处未必在于"不

求甚解"，而在于对美、对美的境界的追求，在于爱美的天性；而专门好色之人则未必好读书，究竟如何，需要另找时间慢慢研讨，今天只借用"相似之处"之语——毫无疑问，我和大家、我们大家也有一个相似以至相同之处：我们都是读书人。

不知道诸位意识到没有，读书人是何等幸运的一种人。或者说以书为友、与书相伴是何等美妙的事情！茫茫人世，芸芸众生，有人与煤矿坑道相伴，有人与旱涝灾害相伴，有人与炮火硝烟相伴。相比之下——抛开价值评价不论——毕竟与书相伴轻松得多安全得多平和得多。即便同有美酒美女美元相伴者相比，也完全不在其下。美酒不可贪杯，美女总要老去，美元屡屡贬值，而书不怕贪，也不会老，更不可能贬值。一榻清风，半窗明月，读书之乐，莫可比也。尤其夜深人静时分，窗外细雨霏霏，室内孤光自照，坐拥书城，一卷在手，你不觉得是一天之中最幸福的时刻吗？即便热恋多年的女朋友无端地跟别的男生好了，或者结婚不久的老婆一下子跟哪个土豪跑了，我想也基本不至于冲淡这幸福的浓度。

不过我们也必须正视，全国整个读书状况并不乐观。据《中华读书报》报道，我国成年人纸质图书阅读率，二〇一〇年为 52.3%，二〇一一年为 53.9%，二〇一二年为 54.9%，二〇一三年为 57.8%，二〇一四年为 58.0%。大体过半、勉强过半甚至不过半。据中国新闻出版研究院二〇一四年一项调查，犹太人平均每人每年看书 64 本，日本 40 本，法国 20 本，韩国 11 本，我国 4.3 本。另据《中华读书报》二〇二一年四月二十八日发布的最新统计数字，二〇二〇年我国成年国民人均纸质图书阅读量为 4.7 本（二〇一九年 4.65 本），人均电子书阅读量为 3.29 本（二〇一九年 2.84 本）。福楼拜说如果一个人足够认真地读上十本书，他就成为一个圣人。但有一点，福楼拜所说的十本书，肯定不包括减肥美容和《失乐园》什么的，而刚才说的我们 7.78 本则未必不包括。

另据央视二〇一五年四月十日发布的《中国经济生活大调查》，其数据显示：国人每天休闲时间平均 2.55 小时，其中 1/3 用于上网尤其是使用手机，1/6 用于看电视，1/10 用于纸质书阅读，仅区区 15.3 分钟。再说图书馆。以色列平均每 4500 人就有一座图书馆。而我们每 50 万人才有一座公共图书馆（二〇一四年），馆购图书全国人均 0.5 元，按册数每人分摊 0.55 本。再看家庭藏书。犹太人每家至少有一个书柜，而且书柜必定放在床头而非脚对着的床尾。不少犹太人的墓碑前放着死者生前爱读的书。那么我们呢？虽说国人住房条件大大改善了，为数不少的城市居民住房已不止一套两套。而若问里面有没有书房甚至书架，那恐怕还是个问号。

吉林市我一个朋友的女儿在江南一所名校中文系读大三，一次作为实习采访一位富人，她亲口告诉我：那是真正的富人，真正的豪宅。豪宅造价多少不得而知，反正光装修就足足开销三千万。墙面装修用的是纯植物制品浮雕。房间之多，有的可能主人从未进过。麻将室自不消说，连专门喝红葡萄酒的房间都有。"楼下楼上、楼上楼下参观一遍，却一间书房也没有，怎么会这样呢？哪怕有个书架也好哇！"女孩儿满脸诧异和困惑。随即换上鄙夷的语气："这就是富人，富得一贫如洗！"两相比较，真可谓霄壤之别！

个中原因固然很多，但一个主要原因就是我们有太多的人不读书。就连我教的作为看书主力的大学生和研究生们都不容乐观。一次给本科生上课时我提起四部古典名著。"四部全读过的请举手！"结果43人中无一人举手。减至三部，有一人举手，减至两部，有三人举手。最后减至一部，约有十人举手。于是我想起台湾诗人余光中一句话："当你的情人已改名玛丽，你怎能送她一首菩萨蛮？"所以，我们眼下必须做的一件事，就是好好读书。二〇一六年十二月二十七日我国发布了《全民阅读"十三五"时期发展规划》，将全民阅读提高到国家战略高度。在这种形势下，作为大学、大学生更应该自觉地好好读书，建设书香社会、书香中国。

那么，下面就请允许我说说我读过的书、读过的三位作家。他们是王小波、史铁生和村上春树。看看他们是怎样挣脱物质生活以至肉身的束缚而追求灵魂自由的。先说史铁生。

史铁生去世六年多了。二〇一〇年最后一天的十二月三十一日他送去了生命最后一刻。那天青岛很冷。我一进教室，学生就告诉了我这个消息。

我和北京的铁生素昧平生，没见过面，没通过信。他未必知道我，但我当然知道他。并且尊敬他、佩服他。在为研究生推荐的不多的课外阅读书目中，就有他的《病隙碎笔》。这不仅仅是因为他的文字之美，还因为他的思想之美、人格之美或生命存在状态之美——我想通过这位残疾人作家让自己的学生在这个流行选美和消费美的时代知道什么是"残疾"，什么是美。在这个意义上，铁生的《病隙碎笔》已经指导了我的好几届研究生。

没想到，铁生去世了！沉痛之余，心头不由生出别样的寂寞和苍凉。这是因为，我和铁生是同代人，几乎同龄。我一九六八年十二月回乡，他一九六九年一月下乡。同是一九七二年，那一年我告别乡亲，去省城上大学；他则告别陕北，"病退"返回北京。铁生毫无疑问是我们这代人中的佼佼者，是我引以为自豪的兄长。他的去世，仿佛把我一下子抛到北风呼啸四顾苍茫的旷野之中。

我凝视报纸上铁生的照片。铁生在笑。北方人的笑，兄长式的笑。亲切、平和、开朗、实在。镜片后的眼睛眯成一条线，流露出含蓄的善意，而又带有看透你心底所有秘密的机警和睿智。

而后，我从书架上轻轻抽出铁生的《病隙碎笔》。关于"病隙"，他在书中说得很清楚："有一回记者问到我的职业，我说是生病，业余写一点东西。"读之，我不禁再次为其行文的考究所深深折服。他再次提起地坛："古园寂静，你甚至能感到神明在傲慢地看着你，以风的穿流，以云的变幻，以野草和老树的轻响，以天高地远和时间的均匀与漫长……你只有接受这傲慢的逼迫，曾经和现在都要接受，从那悠久的空寂中听出回答。"节奏感，腾挪感，张弛有致，长短相宜，他甚至注意到了平仄的韵律和对仗的工稳。如流风回雪，却又一泻而下；精雕细刻，却又浑然天成！在某种意义上，铁生是为地坛而生的。写完《我与地坛》十几年后他又写了一篇《想念地坛》："想念地坛，主要是想念它的安静。坐在那园子里……近旁只有荒藤老树，只有栖居了鸟儿的废殿颓檐、长满了野苔的残墙断壁，暮鸦吵闹着归来，雨燕盘桓吟唱，风过檐铃，雨落空林，蜂飞蝶舞草动虫鸣……地坛的安静并非无声。有一天大雾迷漫，世界缩小到只剩下园里一棵老树。有一天春光浩荡，草地上的野花铺铺展展开得让人心惊。有一天漫天飞雪，园里堆银砌玉，有如一座晶莹的迷宫。有一天大雨滂沱，忽而云开，太阳轰轰烈烈，满天满地都是它的威光。"写得多好！当代作家中，我还不知道谁的文字有这么好！淋漓酣畅，斐然成章，诗意无所不在，这才叫"诗意地栖居在大地上"。

尤为可贵的是，铁生总是在文字之美中传递思想之美。电光石火，所在皆是。且俯拾几例：

1. 人所不能者，即是限制，即是残疾，它从来没有离开过。

2. 爱情不是出于大脑的明智，而是出于灵魂的牵挂，不是肉身的捕捉或替换，而是灵魂的漫展和相遇。

3. 生而为人，终难免苦弱无助。你便是多么英勇无敌，多么厚学博闻，多么风流倜傥，世界还是以其巨大的神秘置你于无知无能的地位。

4.人有时候只想独自静静地待一会儿，悲伤也成享受。

5.有些事只适合收藏，不能说，也不能想，却又不能忘。它们不能变成语言，一旦变成语言就不再是它们了。它们是一片朦胧的温馨与寂寥，是一片成熟的希望与绝望。它们的领地只有两处：心与坟墓。比如说邮票，有些是用来寄信的，有些仅仅是为了收藏。

6.死，不仅是一个辉煌的结束，同时是一个灿烂的开始。

7.上帝是严厉而且温柔的，如果自以为是的人类听不懂这暗示，地球上被删除的终将是什么应该是明显的。

可以说，铁生的文字和他的思想，在争相炫耀碎片以至垃圾的当今时代，宛如没了"贼光"去了火气的年代久远的青花瓷罐；在众声喧哗的尘世旋涡中，好像远处教堂管风琴低沉而悠扬的奏鸣；在光怪陆离的各种"神坛"中，仿佛夕晖下安谧古老的地坛。文字之美、思想之美，无疑意味精神之美、灵魂之美。铁生以残疾的肉身，爬上了我们许多躯体健全的人未必爬上的精神山巅，以缓慢的轮椅，到达了我们许多乘坐"奔驰""宝马"的人未必到达的灵魂腹地！

我想恐怕正是在这个意义上，铁生才被陈村誉为"当代中国最好的作家"。莫言才说："我对史铁生充满敬仰之情，因为他不但是一个杰出的作家，更是一个伟大的人。"张炜才说："写作者的艰苦和光荣，都体现在铁生这里了／纵横交错的声音震耳欲聋，却难以遮掩从北京一隅的轮椅上发出的低吟。"韩少功才说："他的理性足迹总是通向人生信仰的地平线，总是融入一片感动和神圣的金色光辉。"周国平才说："在这个灵魂缺席的时代，我们有铁生，我们真幸运。"铁凝才说："我眼中的史铁生是中国最有灵魂的作家。"许纪霖才说："在红卫兵一代中，史铁生也许是极少数能够超越自身、具有现代意识的作家。"也正因如此，华语文学传媒大奖年度杰出奖授奖词才对他做出这样的评价："当多数作家在消费主义时代放弃面对人的基本状况时，史铁生却居住在自己的内心，仍旧苦苦追索人之为人的价值和光辉，仍旧坚定地向存在的荒凉地带进发，坚定地与未明事物做斗争，这种勇气和执着，深深地唤醒了我们对自身处境的警醒和关怀。"他甚至得到了来自高中生的喜爱。铁生去世不久我接到一封从浙江温州市平阳县寄来的信，写信的人是一位高二女生，她这样写道："二〇一〇年，季羡林和史铁生都去世了。'老史'——我喜欢这么称呼他——没能熬过二〇一〇年的最后一天。外国一位残疾女画家在遗书中写道：但愿离去是幸，我愿永不归来。那么老史在离开人世的时候是有万般不舍还是觉得是人生的解脱？每次想到这点我就十分心酸。也许他从来都不知道在江南一个小镇里，有个女生默默地喜爱着他，并且永远爱他。"说实话，读完这封信，我的眼睛甚至有些湿润。我想，只要有这样的"老史"，只要有这样的女生，这个世界就可爱，就有希望。

是的，爱！关于铁生，最后我想强调一点，那就是爱。

铁生是一个极有爱心的人。他二十一岁截瘫，在轮椅上生活三十八年，透析十二年。但他的作品没有任何阴湿之气，没有怨天尤人的哀叹，没有医院走廊特有的福尔马林味儿，而充满明朗的光照、干净的情思和细腻的爱。在生命的最后时刻，铁生捐献了自己的肝脏，救活了一位患者。天津红十字会通知铁生夫人陈希米：史铁生捐赠肝脏的受捐者，因为有了这个充满生命力的肝脏，才能亲眼看见刚出生的孩子。

不过现在细想，铁生这一捐赠行为固然是出于爱——刚才也说了，他是个极有爱心的人——但并不仅仅是出于爱。而且可能同他对灵魂的认识有关。他猜想"灵魂不死……只能被证实，不大可能被证伪"，认为同思想相比，"灵魂则指向无限的存在，既是无限的追寻，又终归于无限的神秘，还有无限的相互干涉以及无限构成的可能"。换言之，在肉体同灵魂之间，他无疑更看重灵魂，认为肉身可以毁灭，但灵魂永存。相对于肉身的滞重，灵魂是自由的。"他以文学的方式证明着自己生命的价值，成功地表达了心灵救赎过程，与此同时，也为所有漂泊的现代灵魂开辟一块栖息地。"（季红真语）完全可以断言，阅读史铁生这样的作家的过程，即是感受和触摸一颗出色的纯正的灵魂的过程。它可以使我们浮躁以至暴戾的心获得宁静、开始沉思或拥有真正由内而外的澎湃渴望和激情，从而使自己的灵魂超越世俗，超越功利，实现形而上的飞升和自由，遨游于天地之间。并且只有这样，才能剿灭心中的恶，进而剿灭人世的恶，从根本上改变社会、改变中国。如一位学者所说：

"铁生以自己的方式，深度介入灵魂改造。每个灵魂改造了，整个中国就改变了。"而在修辞方式上，或许北京崔卫平教授的说法更为大家所熟悉："你所站立的地方，正是你的中国。你怎么样，中国便怎么样；你是什么，中国便是什么；保有光明，中国便不再黑暗。"而这，无疑取决于我们每个人灵魂的质地，取决于我们是否拥有铁生那样的灵魂。

下面谈王小波。王小波的人生很难说多么幸运，但他的出现、他的四十五载生命旅程，对当今时代、对当代文学和无数寻找个体灵魂自由出口的边缘人绝对是巨大的幸运。如果说，史铁生是夕晖下安谧古老的地坛，那么王小波则是冬日夜空中一颗闪闪生辉的寒星。而且，如果叫我在那一代人中找一位同日本的村上春树相对接近的中国作家，我想找王小波。诚然，当代年轻作家中并不难找出和村上春树相近的同行，但王小波显然和他们不一样。他们或多或少都看过村上作品，所以相近，很大程度上乃受其影响所致。而王小波不然。在我的阅读范围内，他从未提及村上，尽管他去世的一九九七年之前村上就已开始走红，但找不出他任何读过村上的证据。这意味着，他同村上的相近纯属巧合。而且，其他人同村上相近大多表现在小说的文体以至情节设计上，而王小波更多的是表现在骨子里的相似，那是两颗质地相近的灵魂的不期而遇。

这主要指两人都有自成一体的思想和价值系统，都追求灵魂的独立和自由，都追求个体生命的尊严，追求自我主体性的超拔和纯粹，都藐视权威体制和世俗价值观。两人笔下的小人物都无视被设置的生活轨道。例如村上春树对毅然失踪的大象情有独钟（《象的失踪》），王小波欣赏"一只特立独行的猪"（《一只特立独行的猪》）。王小波在以此为题的这篇随笔的最后这样写道："我已经四十岁了，除了这只猪，还没见过谁敢于如此无视对生活的设置。相反，我倒见过很多想要设置别人生活的人，还有对被设置的生活安之若素的人。"其潜台词无非是说这两种人还不如这只猪。因为这个缘故，王小波说他"一直怀念这只特立独行的猪"。不妨说，村上和王小波都力图通过大象和这只猪所隐喻的被边缘化的小人物冷眼旁观主流社会的光怪陆离，进而直面人类生存的窘境，展示人性的扭曲及使之扭曲的外在力量的强大与荒谬。在这点上，王小波越是后期的作品越同村上若合符契。如《未来世界》同村上的《世界尽头与冷酷仙境》有异曲同工之妙，甚至可以在村上的《奇鸟行状录》及《天黑以后》、《东京奇谭集》中找出两相仿佛的场景和主人公"我的舅舅"、"我"以及 F、M 的隐约面影。

此外值得注意的一点，就是无论村上的象还是小波的猪，都没有损坏象舍或猪栏，而仅仅轻松逃走了事。那只象逃走后就连套在象脚上的铁环都好端端剩在那里。那只猪在指导员、副指导员带的三四十人的手枪和火枪的枪口之下，"就这样兜了几个圈子，它找到一个空子，一头撞出去了，跑得潇洒至极"。这就是说，在王小波笔下，猪也好王二们也好，都没有打破鲁迅所说的"绝无窗户而万难破毁"的"铁屋子"，甚至打破"铁屋子"的呐喊也没发出，而代之以从"铁屋子"的整体性重压之下的逃逸。尽管逃逸并非凯旋，但也不是失败。那至少是一种自由的获得，获得的自由保障了个人主体性的尊严。在这里"囚笼"意象被更新（"黑铁公寓"），意义被颠覆，力度被消解，历史被反讽，严肃的权威被戏仿或戏谑化。从而产生了不妨称之为"戏谑美学"的美学。而这同其特立独行的姿态、来去无踪的想象一起触摸、击中了青年一代的精神隐秘部位或心灵穴位。

更重要的，是王小波具有作为人文知识分子的社会良知和敢讲真话的勇气。王小波最讨厌假正经、伪善和"精神复制品"，最不甘心俯首帖耳做"沉默的大多数"。他认为对知识分子来说，知识并不神圣，重要的是讲真话。实际上他的杂文也通篇是真话，不说废话，更不说假话，真话是其文章的灵魂。大家知道，在现实生活中讲真话是多么艰难，而讲假话（或者说谎）是多么容易。有时候不讲假话（空话、套话）都不行，甚至沉默都不允许。就王小波来说，正是讲真话这点最终使得王小波超越了他的边缘人身份，从而引起了无数读者的灵魂震颤和情感共鸣，他的主要意义和价值恐怕也在这里。这一点也使得王小波成了我最喜欢的中国当代作家之一。

是的，边缘人，这也是小波和村上的相近以至相同之处。村上就不用说了，无论作为现代都市的隐士还是作为审视和批判日本历史和当代社会体制的斗士，他都是侧身于主流之外的边缘人。小波更是边缘人。《中华读书报》在小波去世十周年的二〇〇七年四月十一日发表署名祝晓风的纪念文章，其中这样写道："在中国，如果一个人只是智商高，聪明，而不太善良，或者说不太追求善良和道德完善，他会生活得很好，因为他可以用他的聪明很方便地达到他的目的。或者，这个人资质一般甚或中下，但天性淳朴，甘愿听大人的话、听领导的话，也经常会得到大人老爷的恩赐，博得大家的好感与同情。而不幸的是，王小波恰恰十分善良，但同时又是个不折不扣的天才，他除了在生活上愿意听李银河的话和他妈妈的话之外，在其他方面，他不愿意听任何人的话。他只相信自由和尊严，科学和理性，还有他毕生追求的艺术和智慧可以带给他的至高的幸福——他的命运也就可想而知。"（《沤灭全归海 花开正满枝——一个编辑十年后对王小波的回忆》）可想而知的命运就是边缘人的命运。而他又是个不老实的边缘人，总是对主流怀有不合时宜的戒心，不时旁敲侧击，甚至像个天真烂漫口无遮拦的孩子说皇帝身上其实什么也没穿。从而使得他以边缘人、以非主流的身份超越了主流，为沉默的大多数的平庸生活提供了一缕耀眼的光照和会心的微笑。

王小波和村上之间，此外还有一点相同的，就是两人都重视文体并且都是文体家。村上认为文体就是一切。小波同样认为文体极为重要。至于如何重要，王小波倒是有个不太文雅的比喻，他说，"文体之于作者，就如性之于寻常人一样敏感"，"一样重要"。并进一步说优秀的文体好比他在云南插队时看到的傣族少女极好的身材，"看到她们穿着合身的筒裙婀娜多姿地走路，我不知不觉就想跟上去"。相反，对于恶劣的文体，他比作光着上身的中老年妇女。他具体是这样说的："大约是在七〇年，盛夏时节，我路过淮河边上一座城市，当时它是一大片低矮的平房。白天热，晚上更热。在旅馆里睡不着，我出来走走，发现所有的人都在树下乘凉。有件事很怪：当地的男人还有些穿上衣的，而中老年妇女几乎一律赤膊。于是，水银灯下呈现出一片恐怖的场面。当时我想，假如我是个天阉，感觉可能会更好一点。恶劣的文体（字）给我的感受与此类似：假如我不识字，感觉可能会更好。"（《关于文体》，载于《我的精神家园》，中国人民大学出版社 2006 年版 P29—P31）

这两个人不仅是文体家，而且对文体或语言风格的认识和实践上也略有相近之处。比如，都讲究韵律或节奏。村上要求每个句子都必须有节奏感，王小波说"优秀文体的动人之处，在于它对韵律和节奏的控制"。村上文体的节奏感是从爵士乐中学到的，王小波说"小说和音乐是同质"。读两人的作品，都会体味到一种难以言喻的御风行舟般的快感。区别仅仅在于，快感回落之后，村上沁出的多是凄寂与达观，王小波则让人萌生绝望与悲凉。再比如幽默。村上说除了简洁和韵律，他想拥有的第三种风格是幽默，王小波明确表示他的风格是黑色幽默。王小波说"我笑起来是从左往右笑，好像大饭店门口的旋转门"，村上说"（他）笑得如同夏日傍晚树丛间泻下的最后一缕夕晖""嘴角浮现出俨然出故障的电冰箱似的怪诞的微笑"；王小波说"（她）像受了强奸一样瞪着我"，村上说"那对眼睛如从月球拾来的石子一般冰冷冰冷"。尽管笑法不同，眼神有别，但作为幽默同样那么机警俏皮，那么出人意表，那么别有心会，那么 Cool。

下面再单独举几个小波文体方面的例句：

1. 学习一事，在人家看来快乐无比，而在我们眼里则毫无乐趣，如同一个太监面对后宫佳丽。

2. 现在该说说我自己了。我失恋过二十次左右。但是这件事的伤害一次比一次轻微，到了二十八岁以后就再没有失恋过。所以我认为失恋就像出麻疹，如果你不失上几次，就不会有免疫力。

3. 在革命时期，我在公共汽车上见了老太太都不让座，恐怕她是个地主婆；而且三岁的孩子你也不敢得罪，恐怕他会上哪里告你一状。

4. 指标这东西，是一切浪漫情调的死敌。假如有上级下达指标令我每周和老婆做爱三次的话，我就会把自己阉掉。

有的句子则不仅文体别致，而且有非凡的思想深度和洞察力。

5. 智慧永远指向虚无之境，从虚无生出知识和美，而不是死死盯住现时、现事和现在的人。

6. 一个人只拥有此生此世是不够的，他还应该拥有诗意的世界。

7. 一切都在不可避免地走向庸俗。

8. 活下去的诀窍是：保持愚蠢，又不能知道自己有多蠢。

9. 会唱歌的人一定要唱自己的歌，不会唱歌的人，全世界的歌对他都没有用。

10. 似水流年才是一个人的一切，其余的全是片刻的欢娱和不幸。

11. 人的一切痛苦，本质上都是对自己无能的愤怒。

12. 在现代，知识分子最大的罪恶是建造关押自己的监狱。

应该指出，任何文体都不仅仅是语言组合技术、语言游戏，而往往表达作者对社会对世界对人生某种新的领悟。比如最后这句"在现代，知识分子最大的罪恶是建造关押自己的监狱"，明显指向灵魂的自由和飞升。这里所说的自由，不仅针对作为历史囚笼意象的"黑屋子"，也不仅针对体制这堵高墙或传统的"王权专制"，而且指向现代意义上的"技术专制"。因而如中国社科院研究员黄平所说，"他所追求的'自由'既是历史的，又是超越历史的"（《北京日报》/《中国民航报》2012.4.16）。同时应该指出——未必准确——小波语境中的自由也有其局限性。如果说，铁生追求的自由出于一种灵魂焦虑感，力图在切入血肉现实和内省式深度思考的过程中获得救赎；那么，小波的自由更多提供的是一种旁观者视角，它可以保持自己的精神优越感和安顿自己的理想坐标，但明显表现出对社会现实的疏离性。一句话，铁生的姿态是"俺要跟你玩"，小波则是"俺不跟你玩"。至于村上，大约介于二者之间。或者莫如说，前期倾向于"不跟你玩"，后期则侧重于"跟你玩"，甚至"非跟你玩不可"。

王小波之所以叫我喜欢，还有两个原因。一个是他还和我有许多相似甚至相同之处：同年出生，同年去干农活，同样经历"文革"，小时候同样不愿说话，上大学之前同样只读了七年书。不同的是我是一九七二年由农民推荐上大学的"工农兵大学生"，他则是七八年自己考上的。此外不同之处也有许许多多，最明显的是他不幸过早地去了那边，而我则坐在诸位面前发言。

王小波叫我喜欢以至尊敬的另一个原因，就是他对翻译的理解、推崇和对中文学习采取的姿态。他说他从来不看中国当代作家的小说，文学上的"师承"得自查良铮先生译的《青铜骑士》和王道乾先生译的《情人》——"假如没有像查先生和王先生这样的人，最好的中国文学语言就无处去学……对于这些先生，我何止是尊敬他们——我爱他们。他们对现代汉语的把握和感觉，至今无人可比。一个人能对自己的母语做这样的贡献，也算不虚此生"。（《我的精神家园》）事实上他终生为之倾心的《情人》开头一段那句"我已经老了"也规定了其文体的基本走向。他不止一次强调"最好的文体都是翻译家创造出来的"，优秀翻译家都是"文体大师"。不用说，他所指的翻译家是查良铮、王道乾、傅雷、汝龙等老一辈翻译家，绝不包括敝人这样业余凑热闹的。可是我仍然为之欢欣鼓舞，就像在国外时一听见有人夸奖中国和中国人就跟着咧嘴傻笑一样。

最后谈日本作家村上春树。想必大家知道，村上作品主要是我翻译的。自一九八九年《挪威的森林》中译本出版以来，村上登陆中国已经三十多年了。三十多年来，村上文学程度不同地影响了以城市青年（尤其包括高中生在内的青年学生）为主体的一两代人的心灵品位、阅读兴趣、审美取向和生活情调。那么村上文学中到底是什么东西打动了那么多中国读者，或者说，村上文学的核心魅力是什么？依村上本人的说法，他的小说之所以到处受欢迎，一是因为故事有趣，二是因为"文体具有普世性渗透力"。不错，媚俗邀宠的无聊故事和捉襟见肘的蹩脚文体，中国读者当然读不下去。但不仅仅如此。毕竟，这个世界上会编故事的人何止车载斗量，文体考究的人也绝非村上一个。那么，打动我们的到底是什么？

电影导演田壮壮一次提到他所认为的好的电影作品的标准，那就是看完后"绝对是三天五天缓不过劲来"（二〇〇九年九月二十一日《时代周报》）。我以为好的文学作品也是这样。比如村上的小说，无论是《挪威的森林》，还是《奇鸟行状录》抑或《海边的卡夫卡》，读罢掩卷，都能让你"三天五天缓不过劲来"。就好像整个人一下子掉进夜幕下无边无际的大海，或一个人独立于万籁俱寂四顾苍茫的冰雪荒原，又好像感受着大醉初醒后的虚脱，整个人被彻底掏空。对了，有一种灵魂出窍的感觉。是的，灵魂！众所周知，以人为对象的学科至少有两种：一是医学，一是文学。而以人的灵魂为对象的学科至少也有两种：一是文学，一是宗教。村上的小说之所以能让人看完久久缓不过劲来，最主要的原因，恐怕就是它触动了、摇撼了甚至劫掠了我们的灵魂——或让我们的灵魂瞬间出窍，或让我们的灵魂破壳逃生。而更多的时候，是让我们感觉到自己的灵魂仿佛同宇宙某个神秘信息发生倏然沟通的快慰。换言之，村上笔下的故事和文体中潜伏着、喘息着、时而腾跳着一颗追求自由和尊严的灵魂。　一句话，村上文学是关于自由灵魂的故事。这是它的核心魅力所在，也是文学的力量所在。我以为，在我们这个大体相信无神论或缺少宗教信仰的国土上，能够真正抚慰、感动或摇撼我们的灵魂的，不是权威，不是体制更不是钞票、别墅和手机，那么是什么呢？我想，在很多时候恐怕是艺术，尤其文学这种语言艺术，这种语言艺术之美！假如一个人的灵魂不能为任何艺术、任何文学作品所打动，那无疑是一个生命体的缺憾；假如整个社会整个民族都这样，那无疑是那个社会那个民族的缺憾以至悲哀。

说回村上。应该说，关乎灵魂是村上文学的灵魂。那么对于灵魂什么是最重要的呢？是自由。关心灵魂，即意味首先关心和审视灵魂是否自由。二〇〇三年初我在东京同村上第一次见面时他曾明确表示："我已经写了二十多年了。写的时候我始终有一个想使自己变得自由的念头。在社会上我们都是不自由的，背负种种样样的责任和义务，受到这个必须那个不许等各种限制。但同时又想方设法争取自由。即使身体自由不了，也想使灵魂获得自由——这是贯穿我整个写作过程的念头，我想读的人大概也会怀有同样的心情。"事实也是这样。他在作品中——长篇也好短篇也好——很少以现实主义笔法对主人公及其置身的环境予以大面积精确描述，而总是注意寻找关乎灵魂的元素，提取关乎灵魂的信息，总是追索和逼视现代都市夜空中往来彷徨的灵魂所能取得自由的可能性，力图以别开生面的文体和"物语"给孤独寂寞的灵魂以深度抚慰。主要办法就是让每一个人认识并且确信自身灵魂的尊贵和无可替代性。说白了，就是让我们把自己当个玩意儿，尤其当体制和别人不把自己当个玩意儿的时候，就更要坚定不移地把自己当个玩意儿，当个正经玩意儿。诸位知道，战后的日本在政治上虽是民主体制，但实质上仍是不把个人当个玩意儿的社会。村上对此有十分清醒的认识，他说自己"无论如何也无法从我们至今仍在许多社会层面被作为无名消耗品和平地悄然抹杀这一疑问中彻底挣脱出来"。的确，村上的作品没有金戈铁马气势如虹的宏大叙事，没有雄伟壮丽高大丰满的主题雕塑，没有娓娓道来无懈可击的情节设计，但是它有追问、透视灵魂的自觉和力度，有对个体灵魂自由细致入微的关怀。我想正是这点使得他的作品在日本和中国等国等地洛阳纸贵。在日本称之为"疗愈"（いやし），在中国不妨称之为救赎，都是对灵魂的体认和安顿。

就其表达方略而言，不同的作品多少有所不同。今年是村上走上文学创作道路的第四十二个年头。把四十二年姑且分为前十五年和后二十五年，那么前十五年主要通过个体心灵的诗意操作获取灵魂的自由，大多体现在《且听风吟》《1973年的弹子球》《寻羊冒险记》青春三部曲和《挪威的森林》等我们称之为"小资"情调的软性系列作品中。在这些作品中，村上总是让他笔下那些游离于社会主流之外的主人公处于不断失落不断寻找的循环过程中。通过这一过程传达高度物质化、信息化和程序化的"高度发达的资本主义社会"以至后现代社会的现代都市人的虚无性、疏离性以及命运的荒诞性和不确定性，传达他们心底的孤独、寂寞、无奈和感伤。但村上从来不让他们愁眉苦脸唉声叹气，更不让他们怨天尤人气急败坏。而大多让他们在黄昏时分坐在公寓套间或酒吧里看着窗外的霏霏细雨，半喝不喝地斜举着威士忌酒杯——诗意地、审美地、优雅地把握现代人种种负面感受并使之诗意地、审美地、优雅地栖居其中。同时不动声色地提醒每一个人：你有没有为了某种功利性目的或主动或被动地抵押甚至出卖自己的灵魂，你的灵魂是自由的吗？从而促使每一个人坚守灵魂的制高点，寻找灵魂的自由和出口。

问题是，仅靠个体心灵本身的诗意操作来获取灵魂的自由有其局限性，有时候很难找到灵魂的自由和出口。这是因为，人们要面对体制，而体制未必总是那么健全、温柔和美好，有时甚至扼杀灵魂的自由。这样，势必同体制发生冲突。于是村上的创作进入后期，进入下一阶段的二十五年。后二十五年主要是在个体同体制（System）之间的关联和冲撞中争取灵魂的自由。这集中表现在《奇鸟行状录》《海边的卡夫卡》《天黑以后》《1Q84》《刺杀骑士团长》等我称之为"斗士"姿态的刚性系列作品中。其标志性作品是《奇鸟行状录》（一九九四——一九九五）。这是一部真正的鸿篇巨制，哈佛大学教授杰·鲁宾认为这"很明显是村上创作的转折点，也许是他创作生涯中最伟大的作品"，看完绝对可以让人三五天甚至一个星期缓不过劲来。在这里，村上站在一个高度，一个多数日本作家不曾站过甚至不敢站的高度——他把强行剥夺个体整个自由的原因归于日本战前的天皇制和军国主义。二〇〇二年的《海边的卡夫卡》大体延续了这一重要主题。经过二〇〇四年的《天黑以后》这部实验型作品之后，二〇〇九年二月十五日村上在耶路撒冷文学奖颁奖演讲中态度鲜明地表明了自己作为作家的政治立场："假如这里有坚固的高墙和撞墙破碎的鸡蛋，我总是站在鸡蛋一边（もしここに硬い大きな壁があり、そこにぶつかって割れる卵があったとしたら、私は常に卵の側に立ちます）"。当时以色列正在开展"铸铅行动"，进攻加沙地带，无须说，此乃以巴之争的隐喻，高墙指以色列的军事力量。"但不仅仅是这个，"村上说，"还有更深的含义。请这样设想好了：我们每一个人都或多或少是一个鸡蛋，是具有无可替代的灵魂和包拢它的脆弱外壳的鸡蛋。我是，你们也是。再假如我们或多或少面对之于每一个人的坚硬的高墙。高墙有个名称，叫作体制（System）。体制本应是保护我们的，而它有时候却自行其是地杀害我们和让我们杀人，冷酷地、高效地而且系统性地

（Systematically）。我写小说的理由，归根结底只有一个，那就是为了让个人灵魂的尊严浮现出来，将光线投在上面。经常投以光线，敲响警钟，以免我们的灵魂被体制纠缠和贬损。这正是故事的职责，对此我深信不疑。"

那么体制又指哪些呢？村上演讲后不久接受《文艺春秋》杂志的采访，作为体制提及这样两种。其一，"第二次世界大战前的日本，天皇制和军国主义曾作为体制存在。那期间死了很多人，在亚洲一些国家杀了很多很多人。那是日本人必须承担的事，我作为日本人在以色列讲话应该从那里始发。……虽然我是战后出生的，没有直接的战争责任，但是有作为记忆承袭之人的责任。历史就是这样的东西，不可简单地一笔勾销。那是不能用什么'自虐史观'这种不负责任的说法来处理的"。可以认为，正是这一历史认识促成了村上最新长篇小说《刺杀骑士团长》的诞生。据日本《每日新闻》二〇一七年四月二日报道，村上就此接受媒体采访，当记者问他对题为《刺杀骑士团长》这幅画的背景投有纳粹大屠杀和南京大屠杀的历史阴影这点怀有怎样的想法时，村上回答："历史乃之于国家的集体记忆。所以，将其作为过去的东西忘记或偷梁换柱是非常错误的。必须同（历史修正主义动向）抗争下去。小说家所能做到的固然有限，但以故事这一形式抗争下去是可能的。"另据《朝日新闻》同日报道，村上随后表示："故事虽不具有即效力，但我相信故事将以时间为友，肯定给人以力量。如果可能，但愿给人以好的力量。"

其二，体制还包括原教旨主义（"原理主義"）等其他多种因素。"人一旦被卷入原教旨主义，就会失去灵魂柔软的部分，放弃以自身力量感受和思考的努力，而盲目地听命于原理原则。因为这样活得轻松，不会困惑，也不会受损。他们把灵魂交给了体制"（《文艺春秋》二〇〇九年四月号）。结果使得自己的灵魂陷入"精神囚笼"（精神的な囲い込み）。他指出这是当今世界"最为可怕"的事，奥姆真理教事件即东京地铁沙林毒气事件就是个"极端的例子"。因此，他认为文学或物语是，也必须是对抗"精神囚笼"和体制的一种武器，在对抗中为自己、为读者争取灵魂的自由——"看上去我们毫无获胜的希望。墙是那么高那么硬，那么冰冷。假如我们有类似获胜希望那样的东西，那只能来自我们相信自己和他人的灵魂的无可替代性并将其温煦聚拢在一起。"

最理想的社会当然是没有高墙的社会，没有高墙也就无所谓破碎的鸡蛋。整个社会好比一个巨大的孵化器，保障每只鸡蛋都有新的生命破壳而出——孵化自由，孵化个性，孵化尊严，孵化和谐。可是，任何社会任何团体都不可能没有高墙。而且高墙也分两种，有保护每个人的，又有贬损以至囚禁每个人、尤其囚禁人的灵魂的。而在后一种情况下，就面临村上式的选择：在高墙与鸡蛋之间站在哪一边？而最为触目惊心的场景，无疑是所有人都站在高墙一边，最后所有人都沦为破碎的鸡蛋。

总之，村上文学是关乎灵魂的自由的文学。以刚才的"高墙与鸡蛋"比之，前十五年主要从鸡蛋内部孵化灵魂的自由，后二十五年则设法在高墙面前争取灵魂的自由。

在中国，经过四十多年改革开放，我们不少人已经把自己的肉身稳稳当当舒舒服服安顿在装修考究的公寓套间甚至别墅和"奔驰""宝马"的全球定位的小汽车——我们的躯体获得了自由。可是我们的灵魂呢？灵魂是自由的吗？放眼周围种种现实，我痛切地感到无论如何是到安顿灵魂、看重灵魂的质地和自由的时候了！我们再不能眼睁睁地看着自己的灵魂在高墙、在金钱权势面前卑躬屈膝、在物欲横流的脏水沟里痛苦地翻滚。在这里我还想引用史铁生的话："我希望既有一个健美的躯体又有一个了悟人生意义的灵魂，前者可以祈望上帝的恩赐，后者却必须在千难万苦中靠自己去获取。"（《我的梦想》）面对这位已故作家的文字，我们不能不问自己：我们为获取这样的灵魂努力了吗？

*此稿主要内容曾在以下大学讲过：2011 年 4 月 7 日杭州师大；2011 年 4 月 14 日中国海洋大学图书馆；2011 年 4 月 22 日浙江工商大学；2011 年 4 月 26 日北师大"敬文讲堂"；2011 年 4 月 27 日中国传媒大学；2011 年 6 月 8 日青岛理工大学；2011 年 11 月 17 日南京邮电大学；2011 年 11 月 20 日深圳"南都公共论坛"；2011 年 11 月 26 日东莞"文化周末大讲坛"；2011 年 12 月 22 日上海大学；2011 年 12 月 28 日海军航空工程学院（青岛）；2012 年 4 月 5 日华中科技大学；2012 年 5 月 9 日河南理工大学；2012 年 5 月 23 日东北师大文学院；2013 年 11 月 1 日上海交大外国语学院；2013 年 11 月 8 日中国石油大学（华东）；2013 年 11 月 13 日中国海洋大学大学生活动中心；2014 年 4 月 24 日北京第二外国语学院；2014 年 6 月 6 日

兰州大学"萃英大讲堂";2014年9月21日北京语言大学;2015年4月22日嘉兴学院;2015年6月5日哈尔滨工程大学;2015年6月8日中国海洋大学澳门大学生访问团讲习班;2015年10月22日南京航空航天大学"御道讲坛";2017年5月12日青岛大学"浮山讲堂";2017年5月19日秦山核电"核韵大讲堂";2017年6月3日内蒙古大学"大师讲坛";2019年4月23日辽宁师大;2021年5月26日华东师大。

《刺杀骑士团长》：解读与翻译

先让我说几句废话。今年是二〇一八年，戊戌狗年。二〇一七年过去两个月了，丁酉鸡年刚刚过去。鸡年狗年，涉及鸡和狗，大家知道，这方面让人欢喜的说法好像不多。什么鸡犬升天啦，什么鸡零狗碎啦，鸡鸣狗盗啦，等等，不一而足。但作为我，至少要感谢刚刚送走的鸡年，感谢二〇一七的。这是因为，如果二〇一七年没有对地球这颗太阳系第三或第五大行星中微乎其微的我展示美妙的微笑，那么我就不可能做出相当美妙的两件事，也就很难出现在这么美妙的地方。请大家猜猜是哪两件事？两件都是翻译。一是翻译《失乐园》，渡边淳一的；一是翻译《刺杀骑士团长》（骑士团长殺し），村上的新作。《失乐园》姑且按下不表，毕竟我不好面对北大这么多纯洁的男孩儿女孩儿，这么多优雅的男士女士，说："快来看哟，林译《失乐园》极有意思的哟！"再怎么着，我也不是渡边淳一，而是光荣的人民教师，是人类灵魂的工程师。何况上海译文出版社也未必欢迎我说《失乐园》。所以今天只说上海译文花天价买来的《刺杀骑士团长》。绝对天价哟！具体多少，人家连我也没告诉。

那么《刺杀骑士团长》到底讲的什么呢？下面就请让我先简单介绍一下这本书的故事梗概。然后看一下村上想通过这个天价故事诉说什么、隐喻什么？或者暗示什么？

《刺杀骑士团长》是村上春树最新长篇小说。二〇一七年二月二十五日在东京印行。上下两部，一千零四十八页。第一部"显形理念篇"，第二部"流变隐喻篇"。原著第一部的封面写道："旋转的物语，以及乔装的话语：自《1Q84》以来期盼七年的最新严肃长篇。"封底照录第一章开头："那年的五月至第二年的年初，我住在一条狭长山谷入口附近的山顶上。夏天，山谷深处雨一阵阵下个不停，而山谷外面大体是白云蓝天……那原本应是孤独而静谧的日日夜夜，在骑士团长出现之前。"第二部的封面写的是："渴望的幻想，以及反转的眺望：物语将由此驶向何处。"封底："一九九四——一九九五年《奇鸟行状录》、二〇〇二年《海边的卡夫卡》、二〇〇九—二〇一〇年《1Q84》，进一步旋转的村上春树小说世界。"一把镶有宝石的金柄长剑笔直穿过封面封底正中，锐利的剑锋前端现出英译书名：Killing Commedatore。

以第一人称出现的三十六岁的男主人公"我"是个画家，靠画肖像画维持生计。不料婚后第六年的某一天，妻子忽然冷静地向他宣布："非常对你不起，我恐怕不能和你一起生活了。"男主人公因此得知妻子有了外遇，和显然不是自己的男人上床了。并且上床达半年之久了。尽管如此，男主人公"我"也同样冷静，没打没闹，甚至没问那个男人是谁就乖乖离开两人生活了六年的公寓套间，独自开一辆二手"标致"去日本的北方到处流浪。持续流浪一个半月后，终于在山顶上一座孤零零的房子里孤零零地住了下来。房子是一位老画家的，老画家因为得了老年认知障碍症即所谓阿尔茨海默病住进了疗养院，于是房子成了空房子，空房子于是引出了许多故事。什么故事呢？首先是"我"在阁楼里发现一幅名叫"刺杀骑士团长"的不可思议的画，接着"我"在深更半夜听见了不可思议的铃声。铃声是从房后树林一个洞里传出来的。而打开洞就像打开了潘多拉盒子，更加不可思议的事接踵而来，不可思议的人纷纷登场。比如满头银发风流倜傥的中年绅士，比如十三岁的美少女和她美丽的姑母，比如对婚外情几乎毫无抵触感的人妻，以及身穿日本古代服装的骑士团长、从房间地板下探出脸来的"长面人"。尤其值得关注的，是作为历史背景提及的纳粹大屠杀和南京大屠杀……

如此这般，虚拟与现实、历史与当下、理念与隐喻、常规与反讽、推理与真相……故事波谲云诡，情节扑朔迷离，人物变化多端，笔调摇曳多姿。既有可感可触温馨幽默的常规生活场景，又有可惊可叹险象环生的超验地下世界；既有深度哲理思考，又有瞬间艺术感悟。的确是一部能够提供超常阅读体验和奇妙审美感受的鸿篇巨制。

就篇幅而言，明显长于《海边的卡夫卡》，约略短于《1Q84》，而同《奇鸟行状录》不相上下。印行间隔时间均为七年。常言说十年磨一剑，村上则七年磨一剑。第一剑刺向政治精英绵谷升，第二剑刺向麦当劳山德士上校，第三剑刺向奥姆真理教，第四剑刺向骑士团长——《刺杀骑士团长》。说武断些，第一剑刺杀体制之恶，第二剑刺杀暴力之恶，第三剑刺杀邪教之恶。那么第四剑刺杀的骑士团长意味着刺杀什么？这可能是书中最主要的设问。

众所周知，日本历史上有武士没有骑士，自然不存在骑士团长。那么书名为什么叫"刺杀骑士团长"呢？据《朝日新闻》二〇一七年四月二日报道，村上在接受该报采访时首先谈了这点。他说："刺杀骑士团长这个书名一开始就有了。"骑士团长是莫扎特歌剧《唐璜》中的出场人物，"每次品听都心想骑士团长是怎么回事呢？我为其发音给我的奇妙感触吸引住了。随即涌起好奇心：如果有一本名为'刺杀骑士团长'的小说，那将成为怎样的小说呢？"这么着，骑士团长在村上笔下不仅成了书名，而且成了小说中的关键词、关键性出场人物。

是的，假如没有骑士团长出场，因妻子有外遇而离家出走的三十六岁的"我"很可能在山顶那座别墅继续"孤独而静谧的日日夜夜"。然而骑士团长出现了，如刚才所说，"我"在老画家留下的空房子的阁楼里发现了一幅题为"刺杀骑士团长"的日本画。画的是年轻男子手握一把长剑深深刺入年老男子的胸口。旁边站着一名年轻貌美的女子和一名侍从模样的男人。画显然取材于莫扎特的歌剧《唐璜》：浪荡公子唐璜要对美貌女子非礼，女子的父亲骑士团长赶来相救而被唐璜当场刺杀。令主人公"我"费解的是，为什么画家雨田具彦把这幅堪称杰作的画藏在阁楼而不公之于世？为什么画中人物身穿一千五百年前日本飞鸟时期的服装？尤其是，画家想通过这幅画诉求什么？可以说，解读了这一点，也就有可能解读了刺杀骑士团长意味着刺杀什么。

日本主流评论认为这部大长篇熔铸了村上文学迄今为止所有要素。我国有人称之为集大成之作。对此我也有同感。例如虚实两界或"穿越"这一小说结构自《世界尽头与冷酷仙境》以来屡见不鲜，被妻子抛弃的孤独的主人公"我"大体一以贯之，具有特异功能的十三岁美少女令人想起《舞！舞！舞！》中的雪，走下画幅的骑士团长同《海边的卡夫卡》中的麦当劳山德士上校两相仿佛，"井"和井下穿行的情节设计在《奇鸟行状录》已然出现，即使书中的南京大屠杀也并非第一次提及……

也是由于这个缘故，接受采访时甚至有记者问我这部长篇小说是不是《奇鸟行状录》和《1Q84》的重复。我说哪能是重复呢？重复固然不是，但"旋转"之感确乎是有的。借用日文原著封面广告词来说，就是"旋转的物语""旋转的村上春树小说世界"。但旋转并非重复。向上旋转，好比盘山道，指向盘升；向下旋转，犹如螺丝钉，指向深入。也像是麻将，每次旋转洗牌都不可能重复，而必然旋转出新的花样、新的局势、新的可能性。村上曾说写小说是用虚假的砖块砌就真实的墙壁。而我想说，即便旧的砖块，也可以构筑新的墙壁。那么新在哪里呢？我想尝试性谈三点。

第一点关于历史。由于众所周知的原因，书中尤其引起中日两国读者关注和媒体反响的，是关于南京大屠杀的记述。相关记述出现在第二部第三十六、三十七章。其中借主人公之口说道："是的，就是所谓南京大屠杀事件。日军在激战后占据了南京市区，在那里进行了大量杀人。有同战斗相关的杀人，有战斗结束后的杀人。日军因为没有管理俘虏的余裕，所以把投降的士兵和大部分的市民杀害了。至于准确说来有多少人被杀害了，在细节上即使历史学家之间也有争论。但是，反正有无数市民受到战斗牵连而被杀则是难以否认的事实。有人说中国死亡人数是四十万，有人说是十万。可是，四十万人与十万人的区别到底在哪里呢？"画家雨田具彦的胞弟参加了进攻南京的战役，"弟弟的部队从上海到南京在各地历经激战，杀人行为、掠夺行为一路反复不止"。进入南京后被上级命令用军刀砍杀"俘虏"。"若是附近有机关枪部队，可以令其站成一排砰砰砰集体扫射。但普通步兵部队舍不得子弹（弹药补给往往不及时），所以一般使用刃器。尸体统统抛入扬子江。扬子江有很多鲇鱼，一个接一个把尸体吃掉。"类似描述接近三页，译为中文也应在一千五百字上下。

前面已经提及，南京大屠杀在村上作品中并非第一次出现。如一九九四——一九九五年出版的《奇鸟行状录》通过滨野军曹之口这样说道："在南京一带干的坏事可不得了。我们部队也干了。把几十人扔下井去，再从上面扔几颗手榴弹。还有的勾当都说不出口。"不仅如此，早在一九八二年的《寻羊冒险记》

中，村上的笔锋就开始从东亚与日本的关系这一切入口触及由南京大屠杀集中表现的日本侵华的历史。不妨说，所谓"寻羊"，就是寻找明治以来始终伴随日本现代化进程的军国主义的源头。村上借《寻羊冒险记》出场人物之口断言："构成日本现代的本质的愚劣性，就在于我们在同其他亚洲民族的交流中什么也没学到。"而村上之所以追索日本军国主义或国家性暴力的源头及其在二战中种种骇人听闻的表现，一个主要目的，就是要防止这种"愚劣性"故技重演。一九九五年在同后来出任日本文化厅长官的著名心理学家河合隼雄对谈时明确表达过这方面的担忧："我渐渐明白，珍珠港也好，诺门罕也好，这类五花八门的东西都存在于自身内部。与此同时，我开始觉察，现在的日本社会，尽管战后进行了各种各样的重建，但本质上没有任何改变。这也是我想在《奇鸟行状录》中写诺门罕的一个缘由。"同时指出："归根结底，日本最大的问题，就是战争结束后没有把那场战争的压倒性暴力相对化。人人都以受害者的面目出现，明里暗里以非常暧昧的言辞说'再不重复这一错误了'，而没有哪个人对那个暴力装置负内在责任。……我之所以花费如此漫长的岁月最后着眼于暴力性，也是因为觉得这大概是对于那种暧昧东西的决算。所以，说到底，往后我的课题就是把应该在历史中均衡的暴力性带往何处，这恐怕也是我们这代人的责任。"

　　毋庸置疑，村上这一责任感和战斗姿态是促成《刺杀骑士团长》诞生的起因之一。据日本《每日新闻》二〇一七年四月二日报道，村上就此接受媒体采访，当记者问他对题为"刺杀骑士团长"这幅画的背景投有纳粹大屠杀和南京大屠杀的历史阴影这点怀有怎样的想法时，村上回答："历史乃是之于国家的集体记忆。所以，将其作为过去的东西忘记或偷梁换柱是非常错误的。必须（同历史修正主义动向）抗争下去。小说家所能做的固然有限，但以故事这一形式抗争下去是可能的。"另据《朝日新闻》同日报道，村上随后表示："故事虽不具有即效力，但我相信故事将以时间为友，肯定给人以力量。如果可能，但愿给人以好的力量。"

那么，这部自二月二十五日问世三天即售出四十八万册的"故事"在这方面给人以怎样的力量——和以往作品中的同样历史要素相比有怎样的不同呢？我想首先是容量不同。就南京大屠杀而言，在《奇鸟行状录》仅寥寥几句，而《刺杀骑士团长》——如前所述——日文原著中有近三页之多。其次，就村上关于作品的发言来看，村上这次使用了"偷梁换柱"（すり替えたりする）和"历史修正主义动向"（歴史修正主義的な動き）这样的表达方式。其实，取材于《唐璜》的《刺杀骑士团长》这幅画本身即是一种置换或偷梁换柱——画中人物穿的不是欧洲中世纪骑士服装而是公元六七世纪之交的日本古代服装。服装被置换了的唐璜为了满足自己对女子图谋不轨的私欲而刺杀作为女子父亲的骑士团长到底意味着什么？画家（或作者）到底借此诉求什么？况且，画的创作手法也是一种置换或偷梁换柱——原本画油画的画家雨田具彦突然改用日本画手法。而这又是为什么？这两点始终是主人公"我"思索和追究的核心问题。但不管怎样，都未尝不可以视之为对置换或偷梁换柱手法以至历史修正主义动向的艺术性诠释。

而这难免涉及日本与东亚的关系。关于村上视野中的日本与东亚的关系，据二〇一五年四月二十一日《神户新闻》等报纸以《时代、历史和物语》为题刊发的共同社访谈稿，村上就此表示："东亚文化圈有极大的可能性。即使作为市场也应会成为非常大非常好的市场。相互仇视没有任何好处。"当被问及历史认识问题时，村上回答："现在，东亚正在发生巨大的地壳变动。日本是经济大国，而中国和韩国是发展中国家的时候，各种问题在这种关系中被封闭住了。但在中国、韩国的国力上升后，这种结构就崩溃了，被封闭的问题开始喷发出来。力量相对下降的日本有一种类似'自信丧失'的东西，很难直率接受这样的局面。"村上进而指出："我认为历史认识问题非常重要，关键是要认真道歉。恐怕只能道歉到对象国说'虽然还不释然，但道歉到这个程度，已经明白了，可以了'那个时候。道歉并不是可耻的事情。具体事实另当别论，毕竟侵略别国这条主线是事实。"

我觉得，这里有两句话尤其值得注意：一句是"相互仇视没有任何好处"（いがみあっていても何もいいことはありません）；另一句概括起来，就是日本因为失去自信而不能接受中国、韩国的崛起。这句话恰恰点出了日本当下的"心病"。考虑到二〇一五年是日本战败七十周年，村上上面的发言明显

带有牵制不无历史修正主义倾向的"安倍谈话"的用意。而时隔不到两年出版《刺杀骑士团长》即是用故事的力量进行抗争的一次最新尝试。这也让我想起二〇〇八年十月二十九日第二次见村上时他当面对我说的话:"历史认识问题很重要。而日本的青年不学习历史,所以要在小说中提及历史,以便使大家懂得历史。并且只有这样,东亚文化圈才有共同基础,东亚国家才能形成伙伴关系。"

在此,我想以二〇〇九年初我以"作为斗士的村上春树——村上文学中被东亚忽视的东亚视角"为题发表于《外国文学评论》(二〇〇九年第一期)的论文中的一段话结束这一话题:村上文学中最具东亚性和启示性的东亚元素、东亚视角似乎没有得到充分关注和深入研究——那就是村上对近现代东亚充满暴力与邪恶的历史进程所投以的冷静、忧郁而犀利的目光。他对暴力之"故乡"的本源性回归和追索乃是其作品种种东亚元素中最具震撼性的主题,体现了村上不仅仅作为作家、而且作为人文知识分子、作为斗士的良知、勇气、担当意识和内省精神。特别是,由内省生发的对于那段黑暗历史的反省之心、对暴力和"恶"的反复拷问,可以说是村上文学的灵魂所在。它彰显了村上春树这位日本人、这位日本知识分子身上最令东亚人佩服的美好品质。

那么,这部长篇此外还有没有不同以往之处或者新意呢?这是我要谈的另外两点。只是这两点都远远不够成熟。一点关于理念。理念是整部小说的关键词,第一部的名称即是"显形

理念篇"（顕れるイデア編），正文有时释之以"观念"。イデ
ア是希腊语 idea 的音译。idea 是柏拉图哲学的核心理念。柏
拉图由此提出"三张床"命题。第一是 idea 即理念世界，乃
一般情况下无法看见的世间万物的原型。第二是现实世界，各
类工匠、手艺人制造的所有东西都是对万物原型之理念的模仿。
第三是艺术世界。这是对现实世界的模仿，由此构成关于世界
的虚幻镜像。在《刺杀骑士团长》里面，骑士团长是 idea（理
念、观念）的化身，以 idea 自称；"我"及所有出场人物及未
出场人物制造的所有东西自是现实世界。其中免色涉的白色宅
邸和"我"发现《刺杀骑士团长》那幅画的别墅，尤其似井非
井的地洞或可视之为对 idea 原型的模仿。而绘画作品《刺杀
骑士团长》和"我"创作的所有肖像画又是对现实世界的模仿
或艺术再现抑或隐喻（metaphor，希腊语 metaphora），小说
第二部的名称即"流变隐喻篇"。由是观之，整部小说的构思
未尝不可以说来自柏拉图的"三张床"命题，或者说是"三张
床"的文学演绎。而这点，我以为应该是很大程度上有别于迄
今村上作品的又一新意所在。

　　另一点或第三个新意，在于结尾的处理模式。如村上本人
接受媒体采访时所说："我的小说几乎全是开放式结尾（Open-
end），或者说故事是在开放当中结束的。而这回我觉得有必要
来一个'闭合感觉'。主人公最后同孩子一起生活，这向我提
示了一个新的结论。"（《每日新闻》二〇一七年四月二日）问
题是，这个孩子有可能不是"我"的孩子——在时间上明显

是妻子外遇的结果。然而"我"绝口没问妻子上床的对象或孩子的父亲到底是谁，而主动提议回到妻子身边同尚未出生的孩子共同生活。孩子出生后甚至上幼儿园后"我"仍然不知道小女儿是谁的孩子。书最后这样写道："如果正式做 DNA 检验，应该可以明白。但我不想知道那种检验结果。或许迟早有一天我会因为什么得以知道——她是以谁为父亲的孩子，真相大白那一天有可能到来。然而，那样的'真相'又有多大意义呢？室（孩子的名字）在法律上正式是我的孩子，我深深疼爱着这个小小的女儿，珍惜和她在一起的时光。至于她生物学上的父亲是谁或不是谁，对于我怎么都无所谓。那是不值一提的琐事，并不意味着将有什么因此发生变更。"不过对一般男人甚至任何男人来说，接受生物学上的父亲不知是哪个男人的孩子，都不大可能是无所谓的不值一提的琐事。因为这至少关乎男人的尊严。

而村上一向把尊严、个人尊严看得高于一切。例如他在《高墙与鸡蛋》那次著名的演讲中就曾这样表示："我写小说的理由，归根结底只有一个，那就是为了让个人灵魂的尊严浮现出来，将光线投在上面。经常投以光线，敲响警钟，以免我们的灵魂被体制纠缠和贬损。这正是故事的职责，对此我深信不疑。"那么村上为什么在这里做出从世俗眼光看来明显有损个人尊严、男人尊严的选择呢？反正我这个男人是做不出这样的选择的。也不光我，在座的甚至天底下几乎所有男人都很难做出这样的选择。然而村上让他的男主人公做出来了，而且做得那么心甘情愿那么义无反顾。这到底是为什么呢？抓耳挠腮朝思暮想的结果，一片混沌的脑海中忽然透进了一丝亮光：村上现在发现了比尊严更重要更宝贵的东西，那就是爱、爱与悲悯。或者说，村上开始认为，只有把爱与悲悯作为情感以至灵魂的底色，才能使个人——无论男人还是女人——获得真正的尊严。大而言之，这也为日本与东亚关系的迷局指明了出口：爱与悲悯、悲悯与爱！人与人之间也好国与国之间也罢，"相互仇恨没有任何好处"！在这个意义上，回到刚才的话题，是呀，知道孩子产生的真相又有多大意义呢！悲悯大于尊严、爱超越尊严——我想这是村上文学主题的又一次跨越，又一次升华。或许这也就是这部小说的"闭合"结尾提示的"新的结论"。

还有一点，是不是新意不大好说，但肯定是媒体最早报道和关注的一点。那就是性描写。村上小说读得较多的读者可能知道，村上一九八七年写《挪威的森林》之前，无论《且听风吟》《1973年的弹子球》《寻羊冒险记》这所谓"青春三部曲"，还是艺术评价很高的《世界尽头与冷酷仙境》，都几乎没有写性，没有性描写。而到了出道八年后写《挪威的森林》的时候，他发誓要"就性和死一吐为快"。当日本读者一睹为快之后提意见说《挪威的森林》有些色情的时候，村上当即反唇相讥，说书里的性场面根本就不性感，进而辩解说"生殖器也好性行为也好，越是如实地写就越是没有腥味"。究竟是不是那么回事，我没有做过学术研究，所以不敢断定。但有一点我敢断定，那就是哪怕村上再要一吐为快，而如果同渡边淳一的《失乐园》

相比，那也绝对相形见绌。简直好比"马小跳"面对大相扑，好比自家房前屋后一亩三分地比之一眼望不到头的北大荒。就连那样的《失乐园》都不算色情反而成了半经典名著，那么说《挪威的森林》是色情，未免有些不讲理。何况性的性质也不一样。渡边写性，主要是婚外性，即所谓金屋藏娇或"红杏出墙"。村上写性，此前大多写婚前性。只是到了这本《刺杀骑士团长》才开始写婚外性。例如男主人公"我"的妻子和别的男人上床达半年之久，但具体如何上床则几乎只字未提。主人公"我"和两位有夫之妇的婚外性诚然写得相当具体，甚至不无色情之嫌，但那是在妻子先和别人上床且提出离婚之后，应该说不存在道德上的严重过失。而且在女方提出分手的时候，"我"绝不死乞白赖死缠活磨，颇有"发乎情止乎礼"的君子风度。

其实，村上笔下，较之性描写，莫如说女性描写更为撩人遐思。例如这本书中这样描写十三岁美少女秋川真理惠的姑母秋川笙子的长相："并非漂亮得顾盼生辉，但端庄秀美，清新脱俗。自然而然的笑容如黎明时分的白月在嘴角谦恭地浮现出来。"另一段是这样写的："年轻的姑母和少女侄女。固然有年龄之差和成熟程度之别，但哪一位都是美丽女性。我从窗帘空隙观察她们的风姿举止。两人并肩而行，感觉世界多少增加了亮色，好比圣诞节和新年总是联翩而至。"如何，很见个性吧？但不管怎么说，村上毕竟开始写婚外性了，说是新意也是新意，说是突破也是突破。至于是由于年龄的原因，还是受了渡边淳一的启发而对男女关系有了新的认识，这不宜深究，深究也未必得出多么有价值的结论。

啰啰唆唆说了这许多，好像还没有解答书中最主要的设问："刺杀骑士团长"到底意味着刺杀什么？我想，较之我这个译者和半个所谓研究者的自鸣得意老生常谈，莫如听听来自读者第一线的声音。一个去过东京并将再去东京的自称"雪中的千只鹤"的大男孩儿在给我的"私信"中这样述说了他的思考：一个人"在逐渐产生了自我意识后，真正痛苦的便是察觉到自身已经凝固而难以改变的、支撑整个思维运转的所谓三观。有人通过读书察觉到，有人通过刺骨剜心的事而改变。总而言之，这个过程艰辛而痛苦。因为他要做的是杀死像水垢一样积攒在心底深处的、无意识之间产生的极其负面而消极的东西。打破原有的隐性的思维方式再构筑新的价值观念。这就是我理解的刺杀骑士团长。亦是一种直面白色 Subaru 即自己另一面的勇气"。这位大男孩读者最后写道："真的感谢您让我在某些无法坚持下去的时候又有了希望。"怎么样，这个说法相当有见地吧？不但以切身感受解答了刺杀骑士团长的含义，而且指出"刺杀骑士团长"会给处于困难的人带来希望。衷心祝福这位读者、这位大男孩儿！

受这位读者的启发，我进一步认为"刺杀骑士团长"要刺杀的乃是深藏于自己身上的另一个自己，说绝对些，即本源恶——由"白色斯巴鲁男子"所隐喻的本源恶。村上一九九五年在写完《奇鸟行状录》说"我渐渐明白，珍珠港也好，诺门罕也好，这类五花八门的东西都存在于自身内部。与此同时，我开始觉察，现在的日本社会，尽管战后进行了各种各样的重建，但本质上没有任何改变。这也是我想在《奇鸟行状录》中写诺门罕的一个缘由。"他还表示，"说到底，往后我的课题就是把应该在历史中均衡的暴力性带往何处，这恐怕也是我们这代人的责任"。换言之，在日本语境中，所谓本源恶就是"存在于自身内部的五花八门的东西"，就是"暴力性"。村上的这一历史责任感主要催生了三部大部头作品：《奇鸟行状录》《1Q84》和《刺杀骑士团长》。同是本源恶，《奇鸟行状录》侧重挖掘"国家暴力性"即狭义体制之恶，其集中表现是诺门罕；《1Q84》侧重挖掘组织暴力性即广义体制之恶，其极端表现是名为"先驱"的邪教团体（奥姆真理教）；《刺杀骑士团长》则是体制之恶和个体之恶兼而写之，其典型表现就是纳粹大屠杀、南京大屠杀和"白色斯巴鲁男人"。如果追根溯源，这三部大长篇的源头都是陀思妥耶夫斯基的《卡拉马佐夫兄弟》。村上文学，知识结构、意识结构和写作手法上主要得益于美国当代文学，而灵魂质地则与陀氏接近。十六年前他就明确表示"我的目标是《卡拉马佐夫兄弟》"。还说"我也年过六十了，即使不能达到陀思妥耶夫斯基那个程度，也还是想以自己的方式一步步构筑那种'综合小说'"。窃以为，村上作品中，在多重意义上最好的是《奇鸟行状录》，这本《刺杀骑士团长》庶几近之。

常言说三句话不离本行。那么作为翻译匠，就请允许趁机说几句翻译，尤其这本《刺杀骑士团长》的翻译。就村上长篇来说，《挪威的森林》是我翻译的第一部，译于一九八九年，人在广州；《天黑以后》则是我翻译出版的最后一部，是年二〇〇四，人在青岛。也就是说我已有十几年时间未能跟踪翻译村上长篇新作了。十几年？至少十三年。十三年间，幸亏我有大学教师这个"铁饭碗"，并不以翻译维持生计，故无断炊之虞。而且课余得以把更多的时间用于学术研究和文学创作，出了一两本所谓学术专著和五六本散文集，同时在《新民晚报》《齐鲁晚报》《羊城晚报》上开设文化专栏。这在客观上促成了一个未必像样的学者兼多少像样的作家。同时我还翻译了川端康成、东山魁夷和片山恭一等人的作品，译笔亦未日久生锈。但不管怎么说，"林家铺子"的主打产品都是村上译作。因此，连续无缘于村上新作的翻译，让我深感遗憾、寂寞甚至有几分委屈。尽管我知道遗憾和寂寞也是人生一个不可或缺的组成部分，但遗憾毕竟是遗憾，寂寞终归是寂寞——世界上又有谁会为遗憾和寂寞而欢天喜地手舞足蹈呢？即使《刺杀骑士团长》里边的骑士团长也不至于！

就在我躲在青岛海边一个极普通的公寓套间里独自品尝遗憾和寂寞的朝晖夕阴之间，村上新长篇《刺杀骑士团长》在东京轰轰烈烈地出版了。或许上天要在一个人的苦乐得失之间保持某种平衡吧，结果天遂人愿，上海译文出版社吴洪副社长去年五月四日特意飞来青岛，当面告知上海译文社以势在必得的雄心一路斩关夺隘，终于以"天价"险获《刺杀骑士团长》中国版权。当然更关键的是决定请我翻译。"暌违十载，'译文'东山再起；宝刀未老，林译重出江湖"——吴洪兄似乎连广告词都拟了出来。正中下怀，正是我十几年来朝思暮想梦寐以求的场景。说起来，我这人也没有别的本事。既不能从政经世济民治国安邦，又不能从军带甲百万醉卧沙场，更不能从商腰缠万贯造福一方，只能在摇唇鼓舌当教书匠之余玩弄咬文嚼字这个雕虫小技。表现在翻译上，恰好碰上了村上春树这个文字风格相近或者说文字投缘的日本作家。这在结果上——休怪我总是自吹自擂——有可能不仅仅是"林家铺子"一家之幸，而且是读者之幸、村上文学之幸以至文学翻译事业之幸。或谓百花齐放有什么不好，但这只是事情的一个方面。而另一方面，就文学翻译而言，有时则未必好到哪里去。这是因为，文学译作是作者之作和译者之译一见钟情或两情相悦的产物。按余光中的说法，"翻译如婚姻，是一种相互妥协的艺术"。大千世界，茫茫人海，一个译者遇上正合脾性的作者，或一个作者遇上正合脾性的译者，未尝不可以说是天作之合。这种概率，借用村上式比喻，堪比百分之百的男孩儿碰上百分之百的女孩儿，实乃偶然中的偶然。

然而人世间也存在另一种偶然。至少自二〇〇八年以来，村上新作接连与"林家铺子"无缘。打个有失斯文的比方，就好像自己正闷头吃得津津有味的一碗"味千拉面"忽然被人一把端走，致使我目瞪口呆地面对空荡荡的桌面，手中筷子不知就那么举着好还是放下好，嘴巴不知就那么张着好还是姑且闭上好。而今，这碗"味千拉面"又被上海译文出版社、被吴洪兄重新端回摆在我的面前："どうぞ。"说得夸张些，十年所有的日子仿佛就是为了等候这一时刻。刹那间，说得夸张些，我觉得全世界所有迪士尼乐园的大门都光闪闪朝我大敞四开，所有高速公路收费站的姑娘都齐刷刷朝我扬起妩媚的笑脸，所有"985"或双一流大学的校长都急切切聘我当客座教授……

这样，下面我就介绍一下这本书的翻译。说来可能令人啼笑皆非，人家村上是地地道道的城里人，写的也都是城里人、城市题材，这部《刺杀骑士团长》更是。而我是道道地地的乡下人，进了城也总是迫不及待地返回乡下。这本《刺杀骑士团长》的绝大部分就是我去年夏天七月初回乡躲进村头一座农家院落"闭关"翻译的。而且有不少是我趴在土炕矮脚桌上翻译的。诸位城里人可能有所不知，东北昔日乡民的人生最高理想是：两亩地一头牛，老婆孩子热炕头。如今，孩子进城或上学或务工或嫁人，横竖不回来了。老婆进城看孩子的孩子也不回来了。作为一家之主的老农只好把牛卖给麦当劳，把地"流转"给吃不惯麦当劳的远房亲戚，也随后进城了。房子呢，连同热炕头外加院子园子卖给了我。说实话，可把我乐坏了，乐的程度说不定仅次于捞得《刺杀骑士团长》的翻译任务。

房子坐落在镇郊村庄的村头，西村头。村头再往西走二里多，是我近半个世纪前就读的初中母校，往东走不出一里，就是镇里老街即当年的人民公社机关和供销社所在地。也就是说，当年我上初中期间去供销社买书和后来在生产大队（村）当民兵连长去公社开会,都要经过这个村头。而几十年过后的现在,我在村头翻译村上,当年的民兵连长在此"刺杀骑士团长"——幽默?荒诞?命运的偶然或不确定性?

作为时间安排,五点到五点半之间起床,六点或六点半开工,中午小睡一个小时,晚间十一点前后收笔歇息。每天慢则译十页,稿纸上得五千言;快则译二十页,得万言上下。平均每天大约译七千五百字。实不相瞒,译七千五百字并不很难,难的是写七千五百字。连写十天之后,胳膊痛,手腕痛,手指痛。握笔的大拇指和承重的小拇指尤其痛。告诉出版社,出版社马上要寄止痛药来。我谢绝了。灵机一动,去院子里拔草,拔了二三十分钟,也许受力部位不同的关系,疼痛大为减轻。喏,幸好是在乡下,在城里如何是好?毁坏草坪不成?如此晓行夜宿,风雨兼程,九月中旬一天清晨终于全部完工。手写稿纸 1600 多页,近 50 万言,前后历时八十五天。译罢最后一行,掷笔"出关"。但见晴空丽日,白云悠悠,花草树木,灿然生辉。心情好得都不像自己的了。再次借用村上君的说法,心情好得就好像夏日阳光下的奶油蛋糕。

或问译得这么快,会不会不认真?那可不会。虽说我一向鼓吹审美忠实,但在语义语法层面也还是如履薄冰。在此前提下分外看重文体,尤其文体的节奏和韵味。舍此,无非翻译一个故事罢了——花天价版权费单单买一个故事,值得吗?肯定不值得。而若买来的是一种独特的语言风格或文体,一种独特的审美体验,就可能给中国文学语言的艺术表达带来新的可能性、启示性。果真如此，那么花多少钱都有其价值。而这种价值的体现，应该说在很大程度上取决于翻译：一般翻译转述内容或故事，非一般翻译重构文体和美、文体之美。说到底，这也是文学翻译的妙趣和乐趣所在，否则翻译这件事岂不活活成了专门跟自己过不去的苦役？

另外我想强调的一点是，哪怕译得再好，所谓百分之百的村上春树也是不可能存在的。原因有两个。其一，任何翻译都是基于译者个人理解的语言转换，而理解总是因人而异，并无精确秩序可循——理解性无秩序。其二，文学语言乃是不具有日常自明性的歧义横生甚或意在言外的语言，审美是其核心。而对审美意蕴的把握和再现更是因人而异——审美性无秩序。据村上春树在《终究悲哀的外国语》中的说法，"翻译这东西原本就是将一种语言'姑且'置换成另一种语言，即使再认真再巧妙，也不可能原封不动。翻译当中必须舍弃什么方能留取保住什么。所谓'取舍选择'是翻译工作的根本概念"。既要取舍，势必改变原文秩序，百分之百等值翻译也就成了问号。不妨说，文学翻译的最大特点恐怕就在于它的模糊性、无秩序性、不确定性。

再者，村上文学在中国、在汉语世界中的第二次生命是汉语赋予的。所以严格说来，它已不再是外国文学意义上或日语语境中的村上文学，而是作为翻译文学成为中国文学、汉语文学的一个特殊组成部分。或者不妨这样说，村上原作是第一文本，中文译作是第二文本，受众过程是第三文本。如此一而再、再而三转化当中，源语信息必然有所变异或流失，同时有新的信息融入进来——原作文本在得失之间获得再生或新生。

最后我要向乡间房前屋后的树们花们致以谢意。南窗有一株杏树，北窗正对着两棵海棠。七月初刚回来的时候，杏才小拇指大小，羞答答躲在绿叶里，要像查辞典那样查找才能找到；海棠就更小了，圆圆的小脑袋拖着细细的小尾巴在枝叶间探头探脑，活像脑海里赶来代替日语的一串串汉语字眼。及至翻译过半，南窗不时传来熟杏落地的"啪嗒"声，平添缱绻而安谧的秋思。北窗成熟的海棠果往往让人联想小说中漂亮的秋川姑母，催生纯粹属于审美意义上的激情。如此之间，蓦然回神，南北树下的野菊花已经不动声色地绽开星星般的小脸——秋天了。秋天是收获的季节。果然，书译完了。人生快事，莫过于此。

★此文为 2018 年 3 月 29 日北京大学光华管理学院艺术管理研究中心、2018 年 3 月 30 日清华大学研究生会之学术讲座讲稿。其核心内容亦在以下院校和其他场合讲过：2017 年 10 月 31 日华中科大日语系专题讲座；2018 年 3 月 10 日上海西西弗书店；2018 年 3 月 11 日杭州晓风书店；2018 年 3 月 12 日杭州师大；2018 年 3 月 13 日宁波三联书店；2018 年 3 月 14 日宁波大学外国语学院；2018 年 3 月 30 日北京（芳草地）中信书店；2018 年 4 月 14 日重庆当当书店；2018 年 4 月 15 日成都文轩 BOOKS；2018 年 5 月 11 日上海图书馆；2018 年 5 月 12 日上海"光的空间"书店；2018 年 8 月 22 日青岛大学夏季学期高端学术报告会（第三十一讲）；2018 年 12 月 14 日上海钟书阁书店。

猫和《我是猫》: 村上春树的猫，夏目漱石的猫

　　我不止一次说过，看一座城市的品格，当然不是要看那里有多少酒店多少饭店多少洗脚店，而是要看那里有多少大学、多少图书馆、多少书店或多少读书人，现在我还要加上一句：要看那里有没有书展。而若书展再展有自己译的书、写的书，进而邀自己讲书和签书，那简直美上天了——我的确想不出世界上有比这更有品格更让我开心的城市！

　　而上海恰恰是这样的城市！

　　是的，上海书展！我参加过全国书展、香港书展、东京书展，而以上海书展参加次数最多。远的就不说了，说近的。前年参加了，为了《刺杀骑士团长》，索取签名的队伍一直排到中央大厅二楼，一位老先生作为书展志愿者手拿老式照相机楼上楼下不断拍照；去年参加了，为了《猫头鹰在黄昏起飞》，尽管会场在静安区一家极热闹的高端商厦，但讲座会场安静得不亚于课堂，竟有读者从江苏海盐特意赶来；今年仍然参加，为了夏目漱石的名作《我是猫》；为了《林少华看村上——从〈挪威的森林〉到〈刺杀骑士团长〉》，更为了喜欢拙译拙作的那

么多读者。

感谢各位读者在这大热天不惜冒着某种风险赶来捧场。外地时常有人抱怨上海、上海人排外。作为我，不是我要巴结上海人——我早已过巴结的年纪——可是全然无此感受。讲座几乎应邀去了上海所有名校，翻译的四十几本村上作品也全部由上海出版，书展刚才说了，也是来上海次数最多。据说上海人最瞧不起乡下人，而我这个再乡下不过的东北乡下人却如此受大上海欢迎，甚至比我在东北受欢迎得多，怎么能说上海排外、上海人瞧不起乡下人呢？完全没那回事嘛，那不是造谣中伤就是个人偏见。当然也有人在上海受了伤害也未可知。可问题是，人总是要受伤害的。在故乡受的伤害比在外地受的伤害没准更为刻骨铭心。不过这点今天就不讨论了。反正我是由衷感谢上海、感谢上海读者的。

刚才说了，这次我带来了两本书，一本是《我是猫》，夏目漱石的名作，附带讲村上眼中的夏目漱石，即村上怎么看漱石；另一本书是关于村上文学的评论，从《挪威的森林》评到《刺杀骑士团长》，也就是我怎么看村上。主角是夏目漱石，是猫，是《我是猫》，配角是村上春树。所以题目就相应定为"猫和《我是猫》！村上春树与夏目漱石之间"。

听了我今天的讲题，也许有哪位因此心里犯嘀咕：林老师你怎么老是离不开村上春树呢？莫非想让夏目漱石也傍大腕不成？一个一八六七年降生，一个一九四九年出世，两人之间能有什么联系呢？你自己张口村上闭口春树倒也罢了，但不要把夏目漱石也拉进来嘛！

　　怎么说好呢？我之于村上是不是傍大腕另当别论，夏目漱石之于村上绝对无此可能。不过就联系来说，两人之间的确是有的。电话诚然没有打过，短信微信"私信"也没发过，但联系的形式并非全都是有形的，形而下的；也有无形的，形而上的，或者精神走向、审美情趣和个人爱好等方面的。莫如说这方面的更多也更重要。随便举个例子，例如两人都喜欢猫。村上一再宣称书和猫是他生活中"再宝贵不过的伙伴"。不，且慢，村上扔过猫，扔过这个"再宝贝不过的伙伴"。这还真不是我信口开河。日本老字号综合性杂志《文艺春秋》二〇一九年五月刊出村上春树的长篇文章：《弃猫——谈父亲的时候我所谈的》。文章一开始就坦白说，二十世纪五十年代，上小学低年级的时候扔过一只猫。扔的不是小猫，是一只相当大的母猫，和父亲一起扔去海边的。他父亲骑着自行车，前面驮他，后面驮着装猫的盒子，离家往海边骑去。骑到海边，把装猫的盒子放进防风林，说罢"沙扬那拉"（再见），两人头也没回，跨上自行车一溜烟不见了。不料到家一开门，刚才扔的那只猫"喵"一声笑眯眯迎出门来。原来猫抢在两人前头跑回家中。两公里的路，怎么这么快就跑回来了呢？比自行车还快！这么着，不忍心再扔了，让猫留了下来。"家里总是有猫。"村上接着写道，"我想我们和那些猫相处得很好。猫们始终是我极要好的朋友。我无兄无弟，猫和书是我再宝贝不过的伙伴。"文章配了一张照片：八岁的村上抱猫坐在自家院子里。一只灰白色的长耳猫，不很大，给村上双手掐着脖子搂在胸前，猫似乎有些透不过气。

这就是说，村上至少八岁就喜欢猫了。因为喜欢，甚至上大学住宿舍时还自己养过一只猫。后来他写了一本名叫"旋涡猫的找法"的随笔集，里面说某日晚间走路时有一只猫"喵喵"跟在后头，一直跟进宿舍。"褐色虎纹猫，毛长长的，两腮毛茸茸活像连鬓胡，十分可爱。性格相当倔强，但跟我甚是情投意合，那以后'两人'生活了很长时间。"唯一的问题是，村上当时很穷。按他自己的说法，身无分文的状态一个月当中一般要持续一个星期之久。主人都吃了这顿没下顿，猫哪里会有吃的呢！于是村上向班上的女生求援。"我若说自己因为没钱正饥肠辘辘，对方必定不理我：'活该！那是你自作自受。'而若说'没钱了家里的猫什么吃的也没有，则多数都会予以同情，说一声'没办法呀'，借一点钱给我，反正如此这般，猫和主人都穷困潦倒忍饥挨饿，有时猫和人还争先恐后地抢夺仅有的一丁点儿食物。"

婚后也养猫，也穷得一塌糊涂。"不是我瞎说，过去我相当穷来着。刚结婚的时候，我们在家徒四壁的房间里大气也不敢出地活着。连火炉也没有，寒冷的夜晚抱着猫取暖。猫也冷，紧紧贴在人身上不动——颇有些同舟共济的意味。"（《村上朝日堂 嗨嗬！》）这点在二〇〇一年他应我的要求写给中国读者的信中也得到了确认："还是大学生时结的婚。那以来一直劳作，整日忙于生计，几乎没有写字。借钱经营一家小店，用以维持生活。也没什么野心，说起高兴事，无非每天听听音乐、空闲时看喜欢看的书罢了。我，妻，加一只猫，'三人'一起心平气和地度日。"喏，婚前"两人"生活，婚后"三人"度日——在村上眼里心里，猫简直不再是猫，而是和自己、和夫人平起平坐的家庭成员、家人。这也再次表明音乐、书、猫在他生活中的作用。

对了，村上还专门写过一只有奇怪习惯的名叫缪斯的猫。什么习惯呢？阵痛产崽时必让村上握住爪子。"每次阵痛来临要生的时候就'喵喵'叫着懒洋洋歪在我怀里。以仿佛对我诉说什么的神情看我的脸。无奈，我就说道'好、好'抓住猫爪。猫也当即用肉球紧紧回握一下。"产崽时，"我从后面托着它握住两爪。猫时不时回头以脉脉含情的眼神盯住我，像是在说'求你哪也别去求你了！'……从最初阵痛开始到产下最后一只，大约要两个半小时。那时间里我就得一直握住猫爪四目对视。"（《村上朝日堂是如何锻造的》）

之于村上，猫不仅是在生活中和书同是他"再宝贝不过的伙伴"，而且对创作也有无可替代的作用。村上在《没有女人的男人们》那部短篇集的原版后记中坦言："感谢过往人生中有幸遇到的许多静谧的翠柳、绵软的猫们和美丽的女性。如果没有那种温存那种鼓励，我基本不可能写出这样一本书。"噢，咱们中国也有不少人喜欢猫——猫们无不绵软——静谧的翠柳无所不在，美丽的女性比比皆是，那么你不也写一本？既然村上因此写出了《没有女人的男人们》，那么你这个"铲屎官"

难道就不能写一本《没有男人的女人们》？这种场合，客气毫无必要。

上面说的是村上随笔中序中信中的猫——实有其事，实有其猫。此外小说中也有虚构的猫——虚有其事，虚有其猫。例如《寻羊冒险记》中需要每天"用沾橄榄油的棉球棒掏一次耳朵"的"沙丁鱼"，《奇鸟行状录》中感觉类似主人公老婆的哥哥、尾巴尖儿有点儿弯曲的"绵谷升"，《海边的卡夫卡》中的不说也罢。当然，大家熟悉的肯定是《挪威的森林》里的"海鸥"。记得第十章相关那段吧："渡边君读完直子病友石田玲子的信，坐在檐廊一动不动，"望着已经春意盎然的庭园。园里有株古樱，花开得几近盛开怒放。微风轻拂，光影斑驳，而花色却异常黯然。少顷，'海鸥'不知从何处走来，在檐廊地板上'嚓嚓'搔了几下爪子，便挨在我身旁怡然自得地伸腰酣睡。"

不但猫，村上作品中还常有其他动物出现：羊、狗、马、袋鼠、熊、大象、独角兽，以及乌鸦、拧发条鸟等。究其原因，一是动物不能说话。"虽然拥有某种自我，但是不能将其转化为语言——对这样的存在我怀有极大的同情。"另一个原因，是村上认为有时能够借助动物传达许许多多的事情、种种样样的想法。

下面说夏目漱石，漱石家的猫。漱石家养过三只猫。《我是猫》里的猫是第一只，灰里透黑，带虎斑纹。还是小猫的时候主动跑进漱石家门。起始不受待见，不知被漱石夫人（小说里是女佣）扔出过多少次，最后是因为漱石发话才得以留下来的。漱石趴在书房榻榻米上看报，猫就爬上他的后背，漱石爬起来写作，猫就趴在他的腿上。如此一来二去，漱石灵机一动，提笔写了《我是猫》，结果大受好评，漱石随之声名鹊起。就连东京大学的老师也不当了，转去《朝日新闻》报社当专属作家。不妨说，猫给漱石带来了福气（福猫？），带来了人生转机。如果没有这只猫，就可能没有漱石的成名作《我是猫》，也就没有漱石此后十年的文学创作，当然也就没有被鲁迅誉为"当世无与匹者"的夏目漱石这位大作家。这点村上春树也颇有相似之处。村上在《没有女人的男人们》那部短篇集的原版后记中坦言："感谢过往人生中有幸遇到的许多静谧的翠柳、绵软的猫们和美丽的女性。如果没有那种温存那种鼓励，我基本不可能写出这样一本书。"这意味着，无论对夏目漱石还是对村上春树，猫在文学创作方面都有无可替代的作用。说到这里，或许有谁想问，即使作家里边，喜欢狗的也好像比喜欢猫的多，可为什么没人写"我是狗"呢？作为答疑，我想是不是有以下三个原因。首先，猫有日常性。一比就知道了，假如不说"我是猫"而说"我是老虎""我是白骨精"或"我是牛魔王"，没准把女生吓哭了，哪里还会买书；其次，猫有个性，有村上说的较强的"某种自我"。骄傲，矜持，优雅，狡黠。与人亲近而又保持距离，靠人养活而又自命清高。狗倒也有日常性，但狗的"自我"不强，不能成为猫那样的"他者"。唯其如此，才有"狗腿子""走狗""狗仗人势"之说。何况若说"我是狗"

难免有自虐之嫌，不好玩儿。

言归正传，村上和漱石不仅都喜欢猫，甚至对猫的描写也有相近之处或某种联系。村上养过很多猫。其中有一只名叫缪斯的猫。名字虽然漂亮，但习惯相当诡异：产崽的时候一定要村上握住它的两只爪子。且看村上的描写："每次阵痛来临快要生的时候就'喵喵'叫着懒洋洋歪我怀里，以仿佛对我诉说什么的眼神看我的脸。无奈，我就说道'好、好'握住猫爪。猫也当即用肉球紧紧回握一下。"产崽过程中，"我从后面托着它握住两爪。猫时不时回头以脉脉含情的眼神盯住我，像是在说'求你哪也别去求你了'！……从最初阵痛到产下最后一只大约要两个半小时。那时间里我就得一直握住猫爪四目对视"。（《村上朝日堂是如何锻造的》）再看夏目漱石笔下的猫。《我是猫》里的猫偷喝了两杯啤酒，当然喝醉了，喝醉的猫是什么样的呢？漱石这样写道："身上逐渐变暖，眼睑变重，耳朵发热，想一唱为快，想喵喵起舞。主人啦迷亭啦独仙啦，统统一边玩儿去！恨不得挠一把金田老头儿，恨不得咬一口金田夫人的鼻子，如此不一而足。最后想摇摇晃晃站起来，站起来又想跟跟跄跄走一走。感觉太妙了！还想去外面逛一逛。到了外面很想来一声'月亮姐姐晚上好'！委实乐不可支。"喏，猫喝醉了要咬一口金田夫人的鼻子。那么没醉的时候呢？其实更厉害！"听说前一阵子日本与沙俄打了一场大仗。我辈因是日本之猫，当然偏向日本。甚至心想，如果可能，当组织混成猫旅去挠俄兵。"

挠俄兵当然纯属痴心妄想，但它平时所作所为也未必地道，例如溜进卧室偷看女主人睡觉："夫人把吃奶孩子扔出一尺多远，张着嘴，打着鼾，枕也没枕。以人而言，若问什么最难看，我辈以为再没有比张嘴睡觉更不得体的了。我等猫们，一辈子都不曾这般丢人现眼。说到底，嘴是发音工具，鼻是为了吐纳空气……不说别的，万一从天花板掉下老鼠屎来何其危险！"看到这里，爱猫族、铲屎官们可得当心了：千万别让猫进卧室，家丑不可外扬！说实话，为了翻译《我是猫》，本来不太喜欢猫的我不得不养一只猫。它也中意进卧室。一次我半夜去卫生间回来，月光下但见它不偏不倚大模大样躺在我的床铺正中，全然旁若无人。卧榻之上岂容他人酣睡，何况是猫！从此以后，睡觉前一定把它骗进厨房关禁闭。后爪踢门也好，前爪挠门也罢，一概置之不理。

这么比较起来，两人的描写好像根本不是一回事儿。喏，村上的猫"以脉脉含情的眼神盯住我"，而漱石的猫不是想"挠一把金田老头儿"，就是要"组织混成猫旅去挠俄兵"。一个温情脉脉，一个气势汹汹，一个懒洋洋歪在人的怀里，一个居然说主人丢人现眼。二者哪有什么联系什么相近之处！不，仔细琢磨还是有一点的，那就是拟人、风趣、好玩儿、幽默！是的，幽默，可以说这是两人语言风格的相近之处或文体上的联系。

说起来，在故事结构和人性发掘方面，村上最佩服的是陀思妥耶夫斯基（《卡拉马佐夫兄弟》），在比喻修辞手法上，村上最欣赏的是雷蒙德·钱德勒（"失眠的夜晚和肥胖的邮差同样罕见"），这两位当然都是外国作家。在日本本土作家里面，村上最佩服、最欣赏的就是夏目漱石。

夏目漱石无疑是日本近现代文坛翘楚，百年独步，一骑绝尘。或被称为文豪："最大的文豪""文豪中的文豪"；或被尊为先生："夏目先生""漱石先生"；或被誉为"国民作家"以至"漱石山脉"。眼光极高、一般日本作家都瞧不上眼的村上也给了漱石极高的评价：如果从明治维新以后的日本近现代文学作家中投票选出十位"国民作家"，那么"夏目漱石无疑位居其首"。实际上《朝日新闻》也曾主办过这样的投票活动，请国民投票选出一千年以来最受欢迎的五十位日本文学家。其结果，两万多张选票中，夏目漱石果然以三千五百一十六票位居其首。以作品而言，其长篇小说《心》至今仍跻身于日本中学生最喜欢的十部作品之列，其中几节被选入高中《国语》教科书。这意味着，日本人几乎没有人不曾读过夏目漱石，一如鲁迅之于中国人。

说起来，鲁迅对夏目漱石的评价相当高。在《我怎么做起小说来》那篇文章中，鲁迅说他最喜爱的外国作家中，"日本的，是夏目漱石和森鸥外"。并亲自动手翻译了夏目漱石的两个短篇，收入他和周作人合编的《现代日本小说集》。在书中《关于作者的说明》里面，鲁迅说"夏目的著作以想象丰富、文辞精美见称。早年所登在俳偕杂志《子规》上的《哥儿》《我是猫》诸篇，轻快洒脱，富于机智，是明治文坛上新江户艺术的主流，当世无与匹者"。

说回村上。村上表示："在那样的'国民作家'当中，我个人喜好的是夏目漱石和谷崎润一郎。其次——尽管多少拉开距离——对芥川龙之介怀有好意。森鸥外固然不差，但以现在的眼光看来，其行文风格未免过于经典和缺乏动感。就川端的作品而言，老实说，我喜欢不来。当然这并非不承认其文学价值，他作为小说家的实力也是认可的。但对于其小说世界的形态，我个人则无法怀有共鸣。"显而易见，即使同日本第一个获得诺贝尔文学奖的川端康成相比，同也有文豪之称的与漱石同代的森鸥外相比，村上也最喜欢夏目漱石。村上在其长篇小说《海边的卡夫卡》中，甚至以大约两页半的篇幅谈及漱石本人也不看好的中篇小说《矿工》（坑夫），并在承认其"文字也较粗糙"的同时给予正面评价——大岛对名叫乌鸦的少年田村卡夫卡这样说道："比如你为漱石的《矿工》所吸引。因为那里边有《心》和《三四郎》那样的完美作品所没有的吸引力。你发现了那部作品。换言之,那部作品发现了你。舒伯特的《D大调奏鸣曲》也是如此，那里边具有唯独那部作品才有的拨动人心弦的方式。"

那么村上春树最喜欢、最看重的漱石作品的什么呢？

一个是其中的人物。请看村上在其自传式随笔《作为职业的小说家》中的表述："以日本的小说而言，夏目漱石小说中出现的人委实多姿多彩，富有魅力。即使稍稍露面的人物也栩栩如生，有其独特的存在感。他们发出的一句话、一个表情、一个动作，无不奇异地留在心间。我读漱石的小说每每心悦诚服的是，'因为这里有必要出现这样一个人物，所以大致推出一个来'——类似这种权宜性出场人物几乎一个也没出场。那不是用脑袋琢磨出来的小说，而是切切实实有'体感'的小说。不妨说，每一个句子都是'自掏腰包'的。那样的小说，读起来就有——值得信赖的地方，能让人放心地读下去。"

不过同人物相比，更让村上喜欢和看重的，到底还是漱石的文体。村上在同一本书中说道："无论夏目漱石的文体还是欧内斯特·海明威的文体，如今都已成了经典，都已作为一种参照（reference）发挥作用。漱石也好海明威也好，其文体屡屡受到同时代人的批判，有时还被揶揄。对两人的文体（style）怀有强烈不快感的人当时也不在少数（其中多数是当时的文化精英）。然而时至今日，他们的文体已成为一种行之有效的标准（standard）。假如没有他们构筑的文体，现今的日本小说和美国小说的文体，我觉得或许多少有所不同。进一步说来，漱石和海明威的文体，有可能已经被作为日本人或美国人Psyche（心灵、灵魂，希腊语）的一部分纳入其中。"村上在其新作《猫头鹰在黄昏起飞》这部访谈集中说得也很明确："以文体评价而言，日本近代文学史上，夏目漱石到底成为一个主轴。并不是对其所有作品都给予高度评价，但漱石确立的文体，之后很长时间里都没有发生大的动摇。志贺直哉、谷崎、川端，那种新文学提案某种程度上是有的，当然也出现几个像是另类的人，但足以动摇夏目漱石文体的突出存在没能找见。我想这怕是一个问题。印象中，无论如何都是观念性、思想性的东西受人青睐，而文体总是等而下之。"概而言之，漱石作为文体家，其地位无可撼动，无人可出其右，"当世无与匹者"。

不妨断言——刚才也提及了——村上之所以喜欢漱石，之所以把漱石列为日本"国民作家"之首，主要不是因为漱石故事写得好，更不是因其作品的"观念性、思想性"，而是因为其行文风格或文体（村上始终认为"文体就是一切"）。至于漱石的文体究竟好在哪里或者其文体特色是什么，在我的阅读范围内，村上似乎没有明说。好在同样欣赏漱石的鲁迅说了，说得相当明了：至少就《哥儿》《我是猫》而言，一是"文辞精美"，二是"轻快洒脱，富于机智"。正是在这点上"当世无与匹者"。

"文辞精美"这一文体评价，除了《矿工》文字"比较粗糙"，可以通用于漱石所有作品，尤以《虞美人草》出色；而"轻快洒脱，富于机智"则在《哥儿》《我是猫》有分外充沛的表现。"轻快洒脱"，换个说法，或可说是富有节奏感或韵律感；"富于机智"，乃是一种风趣、妙趣、机趣、情趣，这里大多与幽默相关。愚钝产生不了幽默，幽默是机警、睿智的产儿。如此看来，作为《我是猫》的总体文体特色，似可概括为节奏感（韵律）、幽默感（机趣）、精美感（洗练）。

我作为一个老翻译匠，深知——大家也可能知道——幽默和诗意是最难翻译的。何况《我是猫》的幽默是诗意中的幽默，诗意是幽默中的诗意。这就更难翻译了。要想最大限度地翻译出来，不但要有相对扎实的语言功力，而且要有比较敏锐的语感和文学悟性、艺术灵气。其实，"猫"已有好多种译本，当下印行的就有四五种。总的说来，恕我直言——出言无忌是我不多的优点或缺点之一——译文无论如何也不够洗练，"文辞精美"的传达也显得捉襟见肘。因而幽默、漱石特有的富于诗意的幽默感的再现也就显得力不胜任。正因如此，青岛出版社杨成舜译审才一再要我弄出个所谓林译本。而一向不懂谦虚是美德的我，多年来一直有跃跃欲试之感。奈何总有当务之急找到头上，前年赶译《刺杀骑士团长》，去年忙于《猫头鹰在黄昏起飞》，中间又夹带《失乐园》，以致直到今年初才了却这桩心愿。有人说有完美的创作，但没有完美的翻译。在这个意义上，尽管我的自信心足够完美，但翻译本身一定有不完美的地方。还请大家多多指正才好。与此同时，我也要对先行译本致以谢意和敬意。比如北大已故教授刘振瀛先生的译本对原文理解相当精确，让我受益不少。

是的，夏目漱石是日本近现代文学中无可撼动的文体家，村上春树则是日本当代众所公认的文体家。相应地，我想我这个翻译匠的贡献——万一我有这玩意儿的话——恐怕主要不在于转述夏目漱石和村上春树讲了怎样一个故事，而在于以汉语再现两人的文体。这是因为，故事本身不是艺术——会讲故事的人多了——讲故事的调调亦即文体才是艺术。而若译文能够较好再现这两位作家的文体，就会给现代汉语的艺术表达提供一种启示性，使得母语惯常性行文有了突破的可能。

如果你不想当翻译家，而想直接当原创文体家，那么这两位文体家也提供了一种启示性：你最好懂外语并且搞一点翻译。夏目漱石是英语科班出身。村上自小喜欢英语，高中时代就能大体读懂英语原版小说了，并且动手翻译了雷蒙德·卡佛等作家的大量美国当代小说，是个相当不错的翻译家。漱石虽然算不上翻译家，但写《文学论》讲稿的时候翻译了不少英语引文，同时留下了人所共知的翻译趣闻：上课时他让学生翻译"I love you"，学生几乎都译为"我爱你"（あなたを愛する、君のことを愛する），漱石说日本人怎么可能这样讲话呢？"今宵月色很好（今夜のお月はとてもきれい），足矣足矣！"除了英语，漱石还懂对于日本人半是外语的古代汉语（汉籍），大约十五岁那年就写出了这样两首汉诗。一首题为"鸿台"：鸿台冒晓访禅扉，孤磬沉沉断续微。一叩一推人不答，惊鸦缭乱掠门飞。另一首题为"离愁"：离愁别恨梦寥寥，杨柳如烟翠堆遥。几岁春江分袂后，依稀纤月照红桥。可以断言，洗练而幽默的漱石文体深受汉籍和英语的影响。村上则明确表示比喻手法得益于雷蒙德·钱德勒，这成为催生村上文体的一个要素。

事情为什么会是这样子的呢？究其原因，在于外语和翻译会使作家笔下的母语带有异质性或陌生美。如果你意犹未尽，还想进一步了解个究竟，那么我就厚着脸皮趁机做个广告：请看今天我带来的另一本书《林少华看村上——从〈挪威的森林〉到〈刺杀骑士团长〉》。书中有一篇专门讲到这点。这本书是我写的村上文学评论集，基本一书一评，一共评了四十九本，包括《1Q84》等不是我译的几本在内。在评论最新的一本《猫头鹰在黄昏起飞》的时候,我特别举出了村上对特朗普的看法。村上不是政治家,在政治上未必多么成熟。但他对特朗普本质的认识,则堪称洞见:"特朗普是熟知煽动人们(集体)无意识的诀窍的。……尽管他的逻辑和语汇是相当反知性的,但也因之从战略上十分巧妙地掬取了人们在地下拥有的部分……一旦一楼逻辑失去力量,地下部分就会喷到地上来。"村上甚至把特朗普同日本的奥姆真理教头目麻原彰晃甚至希特勒相提并论,"麻原彰晃提供的故事,结果上肯定是'恶的故事',特朗普讲的故事也是相当扭曲的,总的说来可能含有拽出'恶的故事'的要素"。世人要当心了哟!眼下,"一楼"逻辑正在失去,"地下部分"正在喷发,"恶的故事"正在讲述……

最后再啰唆一句,这本书不是艰涩深奥的高头讲章。文体家谈不上,但毕竟陪村上跑了三十多年,说异质性也好陌生美也好或者其他什么也好,反正读起来应该还是比较好玩的。好玩之余,阅读村上当中产生的一些困惑也可能不知不觉得到化解——广告做完了,抱歉抱歉!

【附记】

上海是不是喜欢猫的人最多我不晓得,反正有不少人喜欢猫。华东师大中文系陈子善教授就特喜欢猫,养了三只,微博经常散布猫的种种信息,还专门编写了一部专著《猫啊,猫》。作家孔明珠女士也对猫情有独钟,特意写了一本关于猫的书《亲爱的咪咪噜》。过去的丰子恺先生也喜欢猫。漫画中时常配一只猫，在书桌，在窗台，在墙角。只是，他画的猫有时更像老鼠。幽默！与上海关系特殊的鲁迅似乎不中意猫。对猫的看法也和一般人相左。一般人认为猫比较"自我"，但鲁迅反而认为猫"有媚态"。坦言"你们批评我不喜欢猫，我就是不喜欢猫"。当然这不能影响他喜欢和推崇夏目漱石的《我是猫》，"当世无与匹者"！

说了这么多，目的只有一个，就是希望大家把夏目漱石的猫，把"当世无与匹者"《我是猫》抱回家去，买回家去！

★ 此文为 2020 年 8 月 16 日上海书展讲座讲稿。其大部分内容曾用于 2020 年 9 月 28 日—29 日中国海洋大学外院新生"平台课"。

《失乐园》：爱与美貌，超越的和未超越的

今天，这个晴朗的冬日下午，我应邀在这里参加拙译《失乐园》读书会或读者见面会。大家知道，这个世界上，尤其中国，最不缺少的，可能就是开会，就是会，大大小小，种种样样，形形色色，林林总总。总的说来，令人欢欣鼓舞的会绝对不多，而不得不参加的、不得不出面见面的会绝对不少。所幸，其中还有这样一种读书会、读者见面会，或者同读者见面的读书会。我由衷觉得，读书会是所有会里边最文静最纯粹最有品位的会。这是因为，读书会的与会者之间没有任何利害关系。没有叽叽歪歪蝇营狗苟，没有嘻嘻哈哈鬼鬼祟祟。有的只是思想的荟萃、心灵的抚慰，以及审美体验的交集、内心视像的演示。书是会上唯一的关键词和实质上的召集人。今天的关键词和召集人，具体说来就是我翻译的、重新翻译的渡边淳一《失乐园》。因此，我要感谢东道主上海钟书阁和青岛出版社为这个会的举办提供的诸多方便、付出的各种努力。更要感谢这么多读者朋友特意赶来会面、赶来捧场。这让我再次觉得上海毕竟是上海、上海到底是上海。不讳地说，外地人对上海的印象似乎并不多么美妙，说上海排外。怎么可以这么说呢？不符合

事实的嘛！喏，你看，来自青岛的一本小书、一个译者受到大上海这般器重。还有，我这个彻头彻尾的乡下人翻译的四十一本村上的书也都是在上海出版的，第四十二本村上新书《刺杀骑士团长》也即将在上海开印！

言归正传，说回《失乐园》。即将过去的二〇一七年，我至少做了两件多少值得显摆一下的事。一件是暑期在乡下"闭关"八十五天翻译了村上最新长篇《刺杀骑士团长》，另一件就是年初寒假前后闷头翻译了这本《失乐园》。实事求是地说，《失乐园》译得我很痛苦，让我失去了许多欢乐、快乐。或许有哪位女性读者想问，怎么不快乐了呢？你们男人不就好这口吗？理应译得心荡神迷欲罢不能才是……不不，完全不是那么回事。就我来说、对我这个译者来说，的确译得很痛苦，的确失去了快乐。为什么呢？原因至少有以下两个。

第一个原因是翻译起来译不出速度。没有翻译村上小说那种或畅快淋漓或悠然心会的快感，也没有文思泉涌笔底生风的欢欣与豪爽，那么有的是什么呢？往好里说，是质感；往实里说，是焦躁感。几乎每一个词都要拿捏好半天才能写在纸上，每一个词都是对译者两种语言转换能力的考验，都在无情地榨取一个人的词汇量以至文学才思。尤其伤脑筋的是大量性爱描写部分。就性爱文化传统来说，相对而言，中国是比较含蓄甚或压抑的，总体上受制于发乎情止乎礼、哀而不伤乐而不淫的审美抒情导向；而日本自古以来就比较开放，直言不讳。包括婚外情的两性关系（"生活作风"问题）基本不被列入道德考察范围，发乎情止乎情，哀而伤乐而淫。因此这方面的语汇自然丰富一些，描写自然直白一些。结果苦了翻译。为了阅读感受、审美效果的大体相等，翻译的时候势必搜肠刮肚抓耳挠腮。说痛快些，就是要想方设法把若干医学、生理解剖学字眼置换成多少含蓄些的、优雅些的文学些的语汇。村上春树倒是说过"生殖器也好性行为也好，越如实地写越没腥味"——就少男少女而言，有时或许是那样，但就中年男女的婚外情则不尽然。反正我不再想翻译《失乐园》这样介于经典小说和情色小说之间的小说了，我可不想让自己所剩无多的文学才思被如此敲骨吸髓地榨得一滴不剩。

第二个原因，归纳起来就是：我不愿意可能包括自己在内的男人们多少存在的心理生理隐秘部位被如此毫不留情、步步惊心地发掘展示出来，何况那也未必就是我们一定认同的。存在和认同是两回事。在这个意义上，人性或许是不可以挖得太深的。

显而易见，《失乐园》这本书涉及性与爱、爱与死之间错综复杂的关系。不错，性是男女之爱的基础，这点毫无疑问。但与此同时，真正的爱、圣洁的爱又是超越性、超越年龄、超越美貌的。

举个例子。例如玛格丽特·杜拉斯《情人》中的一段，开头第一段：

我已经老了。有一天，在一处公共场所的大厅里，有一个男人向我走来。他主动介绍自己，他对我说："我认识你，永远记得你。那时候，你还年轻，人人都说你美。现在我是特意来告诉你，对我来说，我觉得现在你比年轻的时候更美。那时你是年轻女人，与你那时的美貌相比，我更爱你现在备受摧残的面容。

这里，表面上看，美超越了相貌，超越了老。换言之，美可以同外表、同年龄无关。但实质上则是爱超越了美，超越了性，超越了年龄。

类似情形，此外至少还有两例：

当你老了，头发白了，睡意昏沉／炉旁打盹儿，请取下这部诗集／慢慢读，回想你过去眼神的柔和／回想它们昔日浓重的阴影／多少人爱你青春欢畅的时辰／爱慕你的美丽，假意或真心／但有一个人爱你那朝圣者的灵魂／爱你衰老的脸上痛苦的皱纹……（叶芝《当你老了》，袁可嘉译）

很快你就八十二岁了，身高缩短了六厘米，体重只有四十五公斤。但是你一如既往的美丽、优雅，令我动心。我们已经一起度过了五十八个年头，而我对你的爱越发浓烈。我的胸口又有了这恼人的空茫，只有你灼热的身体依偎在我怀里时，它才能被填满。（安德烈·高兹《致 D 情史》，袁筱一译）

是的，女人也好男人也好，年轻时很容易得到也必然得到异性的爱。难得的是老后还有人爱——爱你"只有四十五公斤的体重",爱你"脸上痛苦的皱纹",爱你"备受摧残的面容"。那是怎样的爱啊!一个女人、一个男人,如果活到这个份儿上,那才真可谓不虚此生,真可谓幸福人生。

那么,作为被爱的主体、作为本人,怎样才能活到这个份儿上呢?知名女作家严歌苓认为读书是个要素。读书可以使人获得不为衣着、化妆和衰老所弱化和剥夺的美丽,"那是抽象的、象征化了的,因而是超越了具体形态的美丽"。如果不通过这种内心修为,而一味借助外部装修,"如某些反复整容的明星,就变成了滑稽的角色。随着时光推移,滑稽没有了,成了'人定胜天'的当代美容技艺的实验残局,一个绝望的要超越自然局限的丑角"。

值得庆幸的是,正在变老的我仍中意读书,仍在读书。读书当中,仍会为一个美丽的修辞怦然心动,仍会为一个纯净的情思依依不舍,仍会为一个幽深的意境久久流连……

话好像扯远了,回到《失乐园》上来。必须说,相比于上面超越性、超越年龄、超越美的爱,《失乐园》则未能超越。书中女主人公凛子一再对男主人公久木说现在正是她最漂亮最幸福的时候,认定久木是因此而那么爱她。实际上当凛子追问久木当自己不再年轻漂亮了还爱不爱她的时候,久木也好像没有给予足够明确的回答。这也是促使凛子想拉久木在她最漂亮的时候一起死去的主要原因。作者渡边淳一在《男人这东西》那本书中也曾谈及让男女主人公殉情的原因。他说,小说中男女主人公所追求的是"绝对爱",而"绝对爱"是同人性相违背的,是不切实际的,所以只能让两人选择死亡,通过死亡来让时间静止,从而留住这种爱。

但另一方面,也不能因此完全否认未能超越性和年轻漂亮的爱就多么低级趣味多么猥琐不堪。毕竟那也是爱,甚至是源自本真生命的爱。

细读之下,不难看出主人公久木生活在相当阴险龌龊的环境中。难以预料而又无可抗拒的人事变动,同事间客气与微笑掩盖下的钩心斗角冷嘲热讽,使得他活得十分压抑、被动和无奈。没有敢于贯彻的意志,没有发自肺腑的欢笑,没有爱,没有被爱。一句话,没有了本真生命。而凛子的丈夫——一位风度翩翩的大学医学教授无意理解和尊重她的爱好、感觉和价值观,也就是说并不爱她,凛子也不爱他。凛子是在一场无爱婚姻然而又是众人眼里的理想婚姻中苟活。或许唯其如此,她才对久木身上隐约流露的孩子气产生特殊兴趣。不妨说,《失乐园》所失之乐乃是本真生命之乐。其主题未尝不是对本真生命的一种温情脉脉而又咄咄逼人的叩问与探寻。然而必须说,它所借助的婚外恋这一形式乃是一颗不折不扣的禁果,一颗可能人人想摘而又不敢摘的禁果。毕竟,人之所以为人,情愿也罢不情愿也罢,都必须受制于责任、义务、伦理道德以至法律、契约、体制、意识形态等种种样样的约束。任何社会留给个人"任性"的空间都是有限的。尤其在男女关系这个敏感地带,任何试图颠覆公认社会规范和世俗价值观而一味追求本真生命存在状态的努力，都注定以悲剧告终。勇气固然可嘉，但行为不可取。这或许也可称为人之所以为人的宿命。何况，作为现实，细想之下我们的人生又有多少是为了自己、属于自己的呢？就婚后男女来说，大约 30% 属于自己未必喜欢的工作，另外 30% 属于子女和配偶，20% 属于年老的父母等远方的亲人，完全属于自己的，有没有 20% 都可能是个问号。这不仅仅是人之所以为人的宿命，也是人之所以为人的伟大之处。所以说伟大，当然是因为其中的克己牺牲精神，其中忍辱负重的责任感和使命感。

再把话拉回来。不容否认，即使就整个渡边作品来说，也大部分属于"恋爱小说"，其中性爱场面堪称一个明显特色。究其原因，一是同渡边对男女之爱的认识有关。渡边淳一的女儿渡边直子在今春东亚版权交易会期间通过视频谈渡边文学时表示，她父亲之所以专注于恋爱小说，是因为"人们最喜欢恋爱小说，人们的感情最能在恋爱小说中表现出来"。而恋爱当中性是很难回避的。二是——我猜想——渡边大概想为饮食男女心中难以实现的隐秘情思和欲望提供一个虚拟出口，一个想象空间、一种精神慰藉和补偿。毕竟，"食、色，性也"，这是奈何不得的事。难怪有人说《失乐园》是男人的童话。

对了，上面说的本真因子也好本真生命也好，若用日本女作家小池真理子的说法，大约就是"爱"。《失乐园》在日本最初是以报纸连载小说发表的，发表之初即已引起读者的巨大反响。作为单行本出版发行不久，又引起前所未有的"失乐园热"。一部作品如此摇撼一个时代并催生一种社会现象，这在日本是极为少见的。这是为什么呢？日本著名女作家小池真理子认为原因"可能在于这部作品对于'爱是什么'这一抽象设问给出一个明快的解答"。也正因如此，"这部作品才对生活在现代社会中的人们日趋迟钝麻痹的感性再次造成了强烈冲击"。她在为角川文库版《失乐园》撰写的解说文章最后部分这样写道：

"爱应该指向生，而不应以死终结"——无须说，这样的想法至今仍是主流。所受教育始终告诉我们要超越宗教差异、民族性差异而极力克制负面指向性活下去……可是从文学角度说来，那岂不是过于理所当然、过于枯燥无味了吗？

指向死的爱也是完完全全的爱。渡边先生力图描写指向死的爱并实际写出了超越时代的名作，对此我有一种快感，心情豁然开朗。

渡边淳一先生想必是一位能够毫不含糊地由衷热爱生命热爱人生、能够在此基础上直率肯定心间阴翳和反世俗恋情的作家。对于他放声讴歌的久木与凛子悲壮的相爱始末，我一丝一毫也不觉得凄惨。相反，无论读多少遍都能沉浸在仿佛置身于桃花源的愉悦之中，其原因恐怕就在这里。

看来，女性读起来可能理解更为深刻，并且怀有更多的共鸣。实际上书中的殉情也明显是由凛子主导的。

顺便说一句，林真理子二〇一七年十二月二日做客中国现代文学馆时强调她的主张：女性不应该为家庭牺牲自己，不要委曲求全成为无爱婚姻的卫道士。应该坚决追求女性应有的幸福和爱情，做人生的主宰者。(《中华读书报》二〇一七年十二月六日）

最后说几句我和我的翻译。回想起来，差不多二十年前在广州暨南大学任教的时候就有出版社找我译《失乐园》了，并且许以相当优惠的稿酬。实不相瞒，对于当时经济上捉襟见肘的我来说，那分明是个不算小的诱惑。但思考再三，我婉言谢绝了。主要原因是当时不比现在，即使对于文学作品中的性，整个社会也还是持相对保守的态度。反映在我身上，我就执拗地设想如果自己教的男生女生看了我译的《失乐园》，那么上课当中他们会以怎样的眼神注视像模像样站在讲台上的我呢？何况那时候我的年纪也没这么大，脸皮也没这么厚，胆子也没这么壮……

斗转星移，寒尽暑来，倏忽二十载过去。我的生活工作地点也由珠江之畔的广州变为黄海之滨的青岛。不料这本书的翻译再次落到我的头上。当年的顾虑虽然没有照样复现，却也没有彻底烟消云散。"想让我来个晚节不保不成？"——我对青岛出版社这么说也不纯属开玩笑。但终归，由于青岛出版集团董事长孟鸣飞先生对所谓林译的分外青睐，加之责任编辑杨成舜编审的一再"怂恿"，最后我情愿冒着"晚节不保"的风险答应重译《失乐园》。

我的重译并不意味对原有译作的全面否定。恕我老生常谈，翻译如弹钢琴，同一支曲子也一个人弹一个样。甚至日常生活中的炒鸡蛋也不例外，同样的鸡蛋，炒出来也一个厨师一个味儿。一句话，我译出来的只能是"林家铺子"的《失乐园》。何况，在《失乐园》译事上我是后来者，理应对披荆斩棘的先行者致以敬意和谢意。如果硬要我说拙译的特色，那么或许可以说在进一步传达原作的文学性方面付出了小心翼翼的努力。

我一向认为，翻译小说，故事本身不难翻译，难的是译出讲故事的语气、调调，或者说是作品的文体以至文学性。包括《失乐园》在内的渡边绝大多数作品，其实具有很强的文学性。不无遗憾的是，其中若干中译本似乎未能充分传达那种文学性。青岛出版社之所以要我重译，主要的目的，大约就是要找回那种文学性。必须说，文学性是文学翻译的灵魂。别的我可不敢忽悠，但仅就这点而言，我想我的翻译应该不至于让读者、让青岛出版社大失所望，也不至于让媒体朋友过于失望。甚至不至于让作者渡边淳一先生的家人失望。作为证据，十一月四日我和渡边先生的三个女儿在青岛书城签售，签售前二女儿渡边直子发言说他父亲生前一直希望有个颇为阳刚的男译者或花花公子翻译《失乐园》，惹得全场哄堂大笑，我也只好跟着傻笑。作为渡边直子，可能是为了鼓励我和肯定我的翻译，但说实话，这并不是一本能让人笑得出来的书。

★此文为上海钟书阁《失乐园》读者见面会讲稿。亦在 2017 年 12 月 23 日济南清和集·BC MIX 书店讲过。

木心：文体家　读书人　智者

　　说一句未必多么俏皮的俏皮话，一不小心我也老了。在座的，我未必是最老的，但一定不是最年轻的。六十多了。我怎么一下子就六十多了呢？实在难以置信，深感困惑。困惑也没用，时间再公正不过的，不会偏袒任何人也不会冷落任何人。六十多岁，六十多年，其中有效人生的大约四十五年间，对我影响最大的、我最敬佩的读书人，至少有两位：陈寅恪、木心。

　　二十多年前在广州暨南大学一间早已消失的小书店里偶然读得《陈寅恪的最后20年》，有幸"遇到"陈寅恪。"遇到"陈寅恪，我知道了什么叫学者、教授，什么叫国士和知识分子。二十多年后在青岛海边我的所谓"窥海斋"书房里闲读当中有幸"遇到"木心。"遇到"木心，我知道了什么叫师尊、文体家，什么叫智者、贵族，什么叫"文化塔尖上的人"。纯粹就距离感来说，觉得陈寅恪离我太遥远了，远得好比房间里的节能灯之于天上的启明星；那么木心呢？木心则像是坐在我面前娓娓而谈的长辈，或推心置腹娓娓而谈，或引经据典点豆成兵，忽而过关斩将呼啸而去，忽而满面春风携酒而归，大有相见恨晚之感。我甚至感到惊奇，自己居然曾和这样的人生活在同一世间、同一时光！

是的，他不是学者，却对古今之学如数家珍；他不是教授，却一个人轻松包讲世界文学史。他走过泥路，鞋底却不沾泥；他穿过风雨，衣服却未淋湿；他见过沙尘，眸子却始终澄澈；他经历过那么多坎坷与不幸，却全然不失悲悯、优雅与从容。尤其，他以一介布衣笑傲王侯，平视所有中外巨人——确如他的夫子自道："难得一位渺小的伟人，在肮脏的世界上，干净地活了几十年。"面对这样的伟人，我怎能不成为他的粉丝！

诸位想必知道，阴差阳错也好，水到渠成也好，反正我因翻译村上浪得一点点浮世虚名，好多人就以为我和村上是"铁哥们儿"，是他的"粉丝"。我固然喜欢村上推崇村上，不过说实话，谈不上多么"粉"多么"铁"。客观上也是因为我担心这可能会影响我作为其作品的译者、尤其研究者的公允立场。还有一个原因呢——可别告诉村上啊——是他没请我喝几两，哪怕一两！见了两次面，有一次还是我从东京远郊屁颠屁颠跑去城里单独见他的。满以为他会领俺去东京老字号料亭（日本餐馆），两人盘腿坐在榻榻米上，一边跟油头粉面的艺伎眉来眼去，一边喝个一醉方休。岂料从头到尾都干巴巴坐在他的事务所用日语交谈，简直成了恋谈会。所以我不是村上的粉丝。而对木心，我绝对是木心的粉丝。也正因为是粉丝，我才有理由、有勇气在大家面前发言。毕竟粉丝发言哪怕水平再低，人们也会网开一面，一笑了之。

是的，无论从哪个角度看，我都远远不是木心研究专家。

不说别的，连他的书也没有全部看完。没看完，就没资格谈，就不能谈。记得维特根斯坦在《逻辑哲学论》中说："一个人对于不能谈的事情就应当保持沉默。"而若不保持沉默硬要谈，那就是卖弄。正应了木心说的那句话："有人一看书就卖弄，多看几遍再卖弄吧——多看几遍就不卖弄了。"不过，卖弄也好不卖弄也好维特根斯坦怎么说也好，我都可以完全置之不理，刚才说了，我是粉丝，有粉丝这个挡箭牌。

开场白够长了，下面进入正题。

不用说，在当下这个众声喧哗的时代，对任何人的评价都有种种样样的声音，木心也不例外，毁誉参半，褒贬不一。但事关文体，大部分人都有共识，认为木心是个文体家。例如华东师大中文系教授陈子善二〇一一年在木心乌镇追思会上这样说道："他（木心）作为一位文体家，在二十世纪中国汉语文学史上的地位，是无可替代的。文学研究界，我坦率地说，是失职的，缺位的，没有对木心先生给予应有的关注……这是非常奇怪的一个现象。这个现象本身，也值得我们研究深思。所以今天来纪念木心先生，我们有很多事情要做。他已经走了，留给我们的是什么？这份文学遗产怎么样继承和发扬？这是摆在我们面前非常严肃的课题。"陈子善是沪上乃至全国很有名的学者，他的发言，首先肯定木心是二十世纪中国汉语文学史上无可替代的文体家，同时指出我们面前一个非常严肃的课题。这一课题在九年后的今天完成了吗？以我的感觉，似乎远远没有。有人告诉我，木心主题硕士学位论文共有三十三篇，博士学位论文则一篇也没有。这意味着，别说完成，甚至还没有被正式纳入学界主流话语体系。好在读者没有忘记木心，"礼失求诸野"，这也是今天我们聚会的一个意义。

木心本人也极看重文体家，他说，我心目中最尊敬的作家，是文体家。还说文学家不一定是文体家。"在欧陆，尤其在法国，文体家是对文学家的最高尊称。纪德是文体家，罗曼·罗兰就不是。"在中国，木心认为鲁迅是文体家。他在《鲁迅祭》那篇文章中专门谈到《秋夜》开头"两株枣树"问题："在我的后园，可以看见墙外有两株树，一株是枣树，还有一株也是枣树。"被选进课本后，所有中学教师看来都为难了，怎么也无法解说这两句的巧妙。甚至觉得这是废话，故弄玄虚。是呀，我也这么认为，怎么教？模仿造句，比如桌上有两部手机，一部是华为，还有一部也是华为。的确像是废话。但木心提醒我们，鲁迅那两句是"天才之迸发，骤尔不可方物"。进而写道："这是鲁迅的得意之笔，神来之笔，从没有人用过此种类型的句法，乍看浅白、稚拙，细味精当凝练。"他赞美《秋夜》从体裁到文气，都是"横绝一时"。后来读《温莎墓园日记》，发现木心有两句话和"两株枣树"有异曲同工之妙："踯躅在环形的泥径上，就都是苍翠的树苍翠的树。"

说到这里，不由得想起木心《文学回忆录》中的说法："能创造影响的，是一个天才，能接受影响的，也是一个天才。'影响'是天才之间的事。你没有天才，就没有你的事。"（《木心纪念专号》P292）话说得尖刻，却是实话。

说回木心的文体。在我的阅读范围内，觉得木心文章写得太好了，好得自成一体，不折不扣的文体家！小说家、散文家固然比比皆是，而能称为文体家的，窃以为寥寥无几。以我私见，一九四九年以前，除了周氏兄弟、梁实秋、林语堂、沈从文、钱锺书和张爱玲，能称为文体家的还有谁？四九年以后呢，王小波、史铁生、路遥、余秋雨、莫言、贾平凹、陈忠实，作为作家无不让我肃然起敬，而作为文体家好像还不足以让我马上起立敬礼。诚然，每位作家都有自己的语言风格或文体特色，但是否能在文体上对民族语言、尤其在丰富本民族的文学语言上有所建树则是另一回事。而木心恰恰有这样的建树和贡献。

　　说极端些，在雅正汉语文体传统百般遭受诋毁和破坏的百年风潮中，木心以一己之力守护了汉语的尊严，守护了汉语的纯粹、富丽与高贵。同样在乌镇木心追思会上，人大文学院教授、原鲁迅博物馆馆长孙郁发言说，除了茅盾的传统，"我们还有鲁迅的传统，周作人的传统，胡适的传统，张爱玲的传统，但是木心跟他们都不一样。木心使我们的艺术、我们的汉语表达，有了另外一种可能……能把汉语表达得如此之充沛，木心是一个，张爱玲是一个"。（同上 P35）上海作家陈村先生进而认为"木心是中文写作的标高"。他满怀深情地说："不告诉读书人木心先生的消息，是我的冷血，是对美好中文的亵渎。"陈丹青索性断言："即便是周氏兄弟所建构的文学领域和写作境界，也被木心先生大幅度超越。"（同上 P96）

　　那么木心的文体究竟是怎样的呢？他的别具一格、无可替代的文体特点到底在哪里呢？木心的外甥王韦有这样一段发言："他的文笔委婉而流畅。好多句子曲曲折折，但读起来还是非常流畅，很简单，很平实，又非常深邃。他写文章细而不乱，包罗万象，什么都谈，但是一点不乱，也不啰唆，内容非常广阔，但不是夸夸其谈。还有一个特点，他每篇文章好像没有明确的主题，但仔细读，句句都有主题，他的哲思弥漫在整篇文章里面，而且用美文描写哲学。所以幸亏有他这么一个人，把汉语发挥到淋漓尽致，保持了汉语的尊严。"（同上 P72）美国加利福尼亚州州立大学洛杉矶分校英语系教授童明说："木心的作品令今日汉语读者略感陌生又新意盎然，直接原因是他将中国古文化的精粹注入白话，文笔陶融了古今的语汇修辞，或叙述，或抒情，或点评，张弛扬抑，曲直收放，皆见独到之处。然而更为奇特的是，木心这样堪称典范的汉语文体，又饱含了西方艺术思维的特质。他的汉语风格是世界性的（cosmopolitan），是世界性美学思维的载体。"（《读木心》P22）

此外，木心晚年的朋友、中国艺术研究院研究员李春阳有这样一个概括："木心是文体家，凭借精湛的造句功夫，创立了类似鲁迅杂感录那样的文体，短小简赅，隽永。在他的篇章中，既能看出尼采、蒙田、拉罗什福科这些格言家的影响，又回荡着《世说新语》《洛阳伽蓝记》和魏晋山水赋的余响。他的散文具有掩藏不住的诗意，小说挥洒得散文般自由，诗又偏偏把重心放在叙事。木心善于借力，岂止借他人酒杯，简直替他人谈情说爱了。我们不知他如何凭借汉字的艺术性，融通异域文字所创造的文学风格，甚至借重其他艺术形式的堂宴，在极短的篇幅内，直抵思想和感应的极限（他的风景画又何尝不是如此），这是他的修辞的秘密。人生经验不足以兑现为文学，语言经验，语言的创造性经验——造句天赋——才可以！"木心在给李春阳的信中这样陈述："我诗不言志，不载道，不传情，不记事，不过是借用了几许字和词，泛滥而知停蓄，纯乎讲究修辞思维之美，唯如此，文法、语法、章法一概在所不计，虽千万人我写矣……"（同上 P105）

概括起来，木心文体（行文风格），委婉而流畅，平实而深邃，细而不乱，大而不空，哲思弥漫，诗意盎然，中西合璧，古今交融。若让我冒昧补充或重复一点，恐怕还有洗练或简约。无论出之以富丽高贵的古文，还是书之以平明易懂的白话，简约洗练都是其显而易见的共同特点。犹如他在《童年随之而去》中描写的那只"青蓝得十分可爱的"越窑碗，又如宋代影青瓷瓶，洗尽铅华，通体晶莹，分明是火与土剧烈搏斗和巧妙化合的结晶。耐看，百看不厌。木心曾说"世界文化的传统中，汉语是最微妙的，汉语可以写出最好的艺术品来"——木心果然用以写出了最好的艺术品。恕我再次重复，"以他一己之力，以他孱弱的肩膀，担当着汉语的尊严，担当汉语百年以来日渐衰弱又要崛起的梦。在木心的著作里，我感受到的，正是他自始至终说的那句话：'我一字一字地救出自己'。实际，木心哪里是救出自己，他分明是一字一句救出汉字，救出汉语，救出汉语曾有过的高贵的命运"。（岳建一，作家、编辑，《木心下面试举几例：

○ 写神游魏晋："如此一路云游访贤，时见荆门昼掩闲庭晏然，或逢高朋满座咏觞风流，每闻空谷长啸声振林木——真是个干戈四起群星灿烂不胜玄妙之至的时代。"（《遗狂篇》）

○ 写民国旗袍："春江水暖女先知，每年总有第一个领头穿短袖旗袍的，露出藏了一冬天的白胳膊，于是全市所有的旗袍都跌掉了袖子似的，千万条白臂膊摇曳上街……领子则高一年低一年，最高高到若有人背后招呼，必得整个身体转过来……作领自毙苦不堪言。申江妖气之为烈于此可见一斑。（《上海赋》）

○ 谈论智愚：在接触深不可测的智慧之际，乃知愚蠢亦深不可测。智慧深处愚蠢深处都有精彩的剧情，都意料未及，因而都形成景观。我的生涯，便是一辈子受智若惊与受蠢若惊的生涯。（《困于葛藟》）

○ 关于文化：像一幅倒挂的广毯——人类历代文化的倒影……前人的文化与生命同在，与生命相渗透的文化已随生命的消失而消失，我们仅是得到了它们的倒影。（《哥伦比亚的倒影》）

○ 形容乡愁：异邦的春风旁若无人地吹，芳草漫不经心地绿，猎犬不知何故地吠，枫叶大事挥霍地红，煎鱼的油一片汪洋，邻家的婴啼似同隔世，月饼的馅儿是百科全书派……就是

不符、不符心坎里的古华夏今中国的观念、概念、私心杂念……乡愁，去国之离忧，是这样悄然中来、氤氲不散。(《九月九日》)

〇 概括人情：区区人情历练亦三种境界耳，秦卿（秦观）一唱，尽在其中："初艾—新晴细履平沙。及壮—乱分春色到人家。垂暮—暗随流水到天涯。"(《素履之往》)

如何？或流丽婉转摇曳生姿，或简约洒脱一气流注。用木心自己的话说，"焊接古文和白话文的疤非常好看。"喏，"疤"都好看，这就是木心！

再看几个所谓诗句，"金句"：

〇 从前的人，多认真，认真勾引，认真失身，峰回路转地颓废。

〇 从前的那个我，如果来找现在的我，会得到很好的招待。

〇 十五年前，阴凉的晨，恍恍惚惚，清晰的诀别。每夜，梦中的你，梦中是你。与枕俱醒，觉得不是你，另一些人，扮演你入我梦中。哪有你，你这样好，哪有你这样你。

（尤其最后两句，多妙！用日本作家村上春树的话说，每个句子都是自掏腰包。用王小波的话说，仿佛来自星星。）

〇 岁月不饶人，我亦未饶过岁月。

〇 颤巍巍的老态，从前我以为是装出来的。

〇 建筑不许笑，建筑一笑就完了。

〇 女人最喜欢那种笑起来不知有多坏的笑。

O 首度肌肤之亲是一篇恢宏的论文。

O 那口唇，美得已是一个吻。

O 那脸，淡漠如休假日的一角厂房。

O 所谓世界，不过是一条一条的街，街角的寒风尤为悲凉。

O 寂寞无过于呆看恺撒大帝在儿童公园骑木马。

O 桃树不说我是创作桃子的，也没参加桃子协会。

O 我曾是一只做牛做马的闲云野鹤。

你看，或含蓄悠远，或从容蕴藉，不无"五四"遗风；或机警俏皮，富于哲理，颇有海涅余响。在这点上，应该说焊接东方和西方的疤非常好看。加上前面木心自己说的"焊接古文和白话文的疤非常好看"，这两个"疤"，两个好看的"疤"，不妨说是木心文体的两个鲜明特色。我们现在看到的很多文章也有疤，而且不止两个，可惜都是非常难看的疤。木心的当下意义，我想就是让我们救出汉语，重拾汉语的美感。当下，由于网络语言、平价文体、翻译文体和日常大白话越来越多，加之春雨萧萧版（潇潇→萧萧《现代汉语词典》）被视为刚性规定，说夸张些，国人的语言表达和审美感受正朝着弱智方向突飞猛进——在这种情况下，木心告诉我们汉语是何等优雅、高贵、富丽神奇、微妙！

木心认为："文体，不是一己个性的天然自成，而是辛勤磨砺，十年为期的道行功德，一旦圆熟，片言只语亦彪炳独树，无可取代。"（《鲁迅祭》）那么这样的文体特色是如何形成的呢？这主要和木心的读书、他读的书有关。接下去就讲讲这点，也可从中窥见木心是怎样一个读书人。

木心有一本书叫"木心谈木心"，说他小时候有两个教师，一个是老夫子，一个毕业于教学大学，"这样，希腊神话，四书五经，《圣经》，同时成了必须背诵的。我想，我常常想，如果没有这些西方吹来的影响，我会是怎样一个人？每次都想不下去"。（P139）

应该指出，木心读的世界文学名著不是外文原著，而是中译本，他说"那时的翻译家做了好多事情哩"。作家、文艺评论家、旅美学者李劼因此认为"木心的现代汉语根底，是由那些翻译家给造就的"。李劼进而断言："木心将民国的汉语融合自幼习练的古代汉语，借着非凡的灵气创造出了风格独特的诗歌、散文语言，乃至别具一格的文学演讲口语。这是独树一帜的成就。"概而言之，在李劼看来，作为文体家的木心的文体源自三个要素：古代汉语、带有翻译腔的民国汉语、非凡的灵气。

那么木心是如何学古代汉语的呢？据《木心考索》，木心原籍浙江绍兴，祖父孙秀林于清末举家迁至乌镇。孙家置有田庄，父亲经商，家道殷实。家人性喜读书，自家有藏书楼。里边有《全唐诗》凡九百卷四万二千八百首。"若问我有没有全部读过四万二千八百首，没有。我不至于傻到乱吞唐诗。读诗，嘴要刁。即使《唐诗三百首》，我真喜欢的，恐怕不到一百首。这一百首呢，每首读过一百遍也不止吧。"（《文学回忆录》

P257）木心的外祖母精通《周易》，祖母能给他讲《大乘五蕴论》，母亲则为他讲《易经》和杜诗。木心回忆说"时为抗战期间，我年纪小，母亲讲解了，才觉得好"。木心也受过学校教育。他虚龄六岁入学，在校学习经史、英语等课程。抗战期间学校解体，在家师从一位前清举人学习古文。他说："他们都不读古文，我是直接去源头取水。"二十世纪四十年代在上海美术专科学校求学期间与词学家夏承焘成为忘年交。"两人的交往带有问学性质，谈词论艺，相互酬唱，木心晚年说自己因此而'野性稍戢'，可见夏承焘对其影响之显著而深远。"

至于灵气或天分，木心显然得天独厚。画家、当年在纽约听木心讲世界文学史的曹立伟说他在纽约时考过木心，拿一本书选一段让木心看一遍，当场背，"他居然一字不漏"。曹立伟问"你是过目不忘，还是读了多遍？"木心笑道："我是过目不忘，又读多遍。"（P259）他的外甥王韦在《木心纪念专号》中回忆，"舅舅自幼聪敏好学，记忆力过人"。不仅记忆力过人，而且读书量过人。王韦接着回忆，舅舅"饱读中国和世界、古典及现代经典文学作品，古文和白话文功底扎实"。"那时候正好是三十年代，中国全盘西化，好多翻译水平高，所以木心先生又受到西方文化全盘影响。他这两块，非常深厚。所以他的字和词，贯通古今，用起来非常丰富，非常美。"（《木心纪念专号》P72）这也进一步说明，中国古文的功底、受外国译著影响的白话文（现代汉语）的功底，加上灵气的居中点化，由此形成了独特的木心文体。

自不待言，木心不是为了创造木心文体才这样读书的，借用《木心考索》中引自木心的话："我的'自救'，全靠读书，'书'是最神奇最伟大的。"自救，说得好！这意味着，木心的读书不是为了某种世俗功利性目的，而是源于内在生命的本能追求，是一种自我救赎、自我平衡、自我完成的行为，是对终极"彼岸性"和超验存在的探索与寻觅。一句话，我读故我在。由此也就不难理解没有像样学历（上海美专亦未读完）、不曾在高等学府任教（只在上海高桥育民中学当过几年音乐美术老师）的木心，成了一代文学家、文体家。

　　令人不无费解的是，相对"老派"的木心的读者多是年轻人，而相对"老派"和学院派的专家、学者以至作家们却大多对木心不屑一顾。如陈子善所说，中国研究界"是失职的，缺位的"。这是为什么呢？上海作家小宝二〇一九年八月二十四日在杭州单向街书店木心读书会上给出的解释是："我觉得中国的所谓评论界和研究界对他失望是有道理的。因为他们读的书没有他那么多，也没有他那么深。"如果说还有一种解释，那就是文艺评论家李静所说的："木心的文学不符合内地文坛长期形成的精神尺寸。"（《木心纪念专号》P79）

　　关于读书，木心以下的做法也应该会给我们以启示。首先是——刚才也提了——阅读量庞大，博览群书一词简直就像为他准备的。从《诗经》到《圣经》，从老子到尼采，从嵇康到拜伦，从曹雪芹到莎士比亚、纪德、福楼拜，古今中外，诗文史哲，手到擒来，绝尘而去，如入无人之境。可以说，木心绝对是个书痴、书迷。木心在最后一次讲世界文学史时语重心长地叮嘱曹立伟等人："大家课后不要放弃文学。文学是人学。至少每天要看书。我是烧菜、吃饭、洗澡时，都会看书。汤显祖，鸡棚牛棚里也挂着书，临时有句，就写下来。电视尽量少看。西方人称电视是白痴灯笼。最有教养的人，家里没有电视。最多给小孩子看看。电视屏幕越来越大，脑子越来越小。"可贵的是，木心不仅是一头扎进书中的"蛀书虫"，而且能轻松跳出书外，与天地、与古今中外所有伟人对话。这方面，音乐学家、文化学家陇菲有过相当精彩的概括："木心者，标高立远，心游真宰，上穷碧落，下探黄泉，无论东方西方，无论古往今来，无论庄老孔孟，无论佛祖释迦，无论基督耶稣，无论伊斯兰真主，无论亚里士多德，无论柏拉图，无论爱因斯坦，无论爱默生，皆与之讨论，皆与之穷极，皆与之捉对厮杀。"（P116）

在我看来，不说别的，居然一个人就敢包讲世界文学史！每两个星期讲一次，每次讲四个小时，连讲五年（一九八九——一九九四）。讲课之前，一两万字讲稿仅一个下午就一挥而就。作为教师，深知这需要怎样的功力、怎样的灵感！换成我，漫说世界文学史，日本文学史都足以让我倒吸一口凉气。休说半天写一两万字讲稿，能否抄来一两万字都惴惴不安。木心不是教授不是博导，这让教授、博导情何以堪！

其次，除了读书的量，还有读书的质。木心强调读书贵在选择。"读书，开始是有所选择。后来，是开卷有益。开始，往往好高骛远。黄秋虹（当时听木心课的学生）来电话说在看庄老，在看《文心雕龙》。我听了，吓坏了。一个小孩儿，还没长牙，咬起核桃来了。"木心还说读书起始阶段要浅。"浅到刚开始就可以居高临下。"对西方要从基督教着手，从完全看得懂的书着手。若读俄罗斯文学，顺序是由高尔基而契诃夫而托尔斯泰而陀思妥耶夫斯基。木心认为至少到六十岁以后才能什么书都看，即开卷有益。因为那会"触动你去思考，磨砺你的辨别力，成立你自己的体系性（非体系）"。就阅读方法而言，木心说有深读和浅读之分。"老子、尼采宜深读，屈原宜浅读。"至于唐诗宋词，"每个人都记得一点唐诗宋词。我临睡前背背，就睡着了，真是风雅性感。"（《文学回忆录》P303）有一首词，木心说他从小读了就感动，一直感动到现在。"才华丰润，真懂得用情。"那首词是秦观的《鹊桥仙》："纤云弄巧，飞星传恨，银汉迢迢暗度。金风玉露一相逢，便胜却人间无数。柔情似水，佳期如梦，忍顾鹊桥归路。两情若是久长时，又岂在朝朝暮暮。"

上面讲的是作为文体家的木心和读书人的木心，讲读书和文体的关系。下面简单讲一下作为智者的木心。

什么是智者，木心曾引用过一个说法，"智者，是对一切都发生惊奇的人"。他还说，"看清世界的荒谬，是一个智者的基本水准。看清了，不是感到恶心，而是会心一笑"。在这个意义上，木心是智者，不是学者。且以《文学回忆录》为例，在学术界、学院派专家学者看来，可能缺乏逻辑自恰性，可能观点过于偏颇，可能与史实有出入。所以不能用作大学文学史教材，也不能作为学术专著来读。问题是——幸好问题是——

我们不缺少这方面的大学教材，也不缺少相关学术论文和学术专著。缺少的是有别于四平八稳老生常谈人云亦云的个性化情趣化见解，缺少的是能够激发心灵视像、启迪心智引发灵感的电光石火般的睿智表达，缺少的是用以观照人生、社会和文学艺术的鲜活视角或眼光。而《文学回忆录》恰恰提供了这些，而且供货绰绰有余，读之令人忘倦。陈子善说："《文学回忆录》洋洋近五十万言，几乎每一页都值得细细玩味。先生的视野是何等开阔，先生的眼光又何等明锐，先生的见解更何等精湛，但先生娓娓道来，又何等亲切。哪怕是复述作品梗概，也独具慧心，与众不同。你或许不认同先生的某一个具体结论，但你不能不承认他所讲的会给你带来莫大的启示。"（P262）这是因为——刚才说了——较之学者，木心更是智者，较之学人，木心更是哲人、高人。演绎旅美学者、作家李劼的比喻，如果说学者——至少部分学院派学者——热衷于以理性思维修剪中规中矩的人工花园，木心则以直觉演示一枚枚花瓣本真的精彩。说得不好听一点，学者、学究们一本正经地仔细观察孔雀的屁股构造，木心让人看的却是孔雀开屏之际绚丽的彩屏——尽管针对的是孔雀同一部位，但用意和效果截然有别。毫无疑问，前者执着于学理、概念、逻辑和体系之类，后者则一举超越了这些劳什子，径自抵达诗意和审美，表现出卓越的悟性和直指人心的洞见。

　　不信请看下面的例子：

1.所谓雄汉盛唐，不免臭脏之讥；六朝旧事，但寒烟衰草凝绿而已；韩愈李白，何足与竹林中人论气节。宋元以还，艺文人士大抵骨头都软了，软之又软，虽具须眉，但个个柔若无骨。是故一部华夏文化史，唯魏晋高士列传至今掷地犹作金石声，投江不与水东流。固然多的是巧累于智俊伤其道的千古憾事，而世上每件值得频频回首的壮举，又有哪一件不是憾事。（《遗狂篇》）

2.唐是盛装，宋是便衣，元是裤衩背心。拿食物来比，唐诗是鸡鸭蹄髈，宋词是热炒冷盘，元曲是路边小摊的豆腐脑、脆麻花。（《文学回忆录》P252）

3.李白是男中音，杜甫是男低音。李白飘逸清俊，天马行空，怒涛回浪。杜甫沉稳庄肃，永夜角声，中天月色。他们既能循规蹈矩，又得才华横溢，真真大天才，随你怎么弄，弄不死他。（《文学回忆录》P260）

4.生命是什么呢，生命是时时刻刻不知如何是好／哀愁是什么呢？要是知道哀愁是什么，就不哀愁了——生活是什么呢，生活是这样的，有些事情还没做，一定要做的……另有些事做了，没有做好。（《明天不散步了》）

5.在精神世界经历既久，物质世界的豪华威严实在无足惊异。凡为物质世界的豪华威严所震慑者，必是精神世界的陌路人。（《素履之往》）

6.知识学问是伪装的，品性伪装不了的。讲文学史，三年讲下来，不是解决知识的贫困，而是品性的贫困。没有品性上

的丰满，知识就是伪装。(《木心纪念专号》P287)

7.中国文化的最高境界是欲辨已忘言。欧陆文化精神的整体表现是忘言仍欲辩。(《已凉未寒》)

再看几例类似格言、警语的句子：

8.文化像风，风没有界限，也不需要中心，一有中心就成旋风了。

9.不谦而狂的人，狂不到哪里去；不狂而谦的人，真不知其在谦什么。

10.如果不满怀希望，那么满怀什么呢？

11.成功，就是差一点儿就失败了的意思。

12.生命的两大神秘：欲望和厌倦。

13.我曾见过的生命，都只是行过，无所谓完成。

14.艺术是点，不是面，是塔尖，不是马路。大艺术家，大天才，只谈塔尖，不谈马路的。

15.智慧是剑锋，才华是剑气，品德是剑柄。

16.地图是平的，历史是长的，艺术是尖的。

17.现代人中，恐怕只有白痴、神经病患者，可能质朴厚道的。正常人多是精灵古怪，监守自盗。

18.现代之前，思无邪；现代，思有邪；后现代，邪无思。

19.我看鲁迅杂文，痛快；你们看，快而不痛；到下一代，不痛不快。

20. 说到底，悲观是一种远见，鼠目寸光的人，不可能悲观。

21. 我经历了多次各种"置之死地而后生"，一切崩溃殆尽的时候，我对自己说：在绝望处求生。

多好！想不佩服都难。作家、文学评论家李劼在《木心论》中评《文学回忆录》的说法完全可以用在这里："木心讲学讲出的不是什么学术体系，而是令人目不暇接的洞见，犹如一片片美丽的花瓣。静观如孔雀开屏，雍容华贵；动察如天女散花，纷纷扬扬。"又或许可以说，洞见超越了概念，而审美又超越了洞见——较之"中文写作的标高"，更是审美的标高——木心是在以审美表达对"人的诗意存在"的乡愁、对世事的忧患、对人的终极关怀。

木心出生于一九二七年。除了一九二七至一九三七所谓民国黄金十年，木心生涯绝不顺利。两度入狱。尤其"文革"入狱和被迫劳动改造那么多年，其间所受磨难难以想象。然而木心在作品中几乎从不涉及"文革"经历。对于给他带来磨难的当事者和环境，对于浊物和丑类，木心采取的态度不是怀恨和复仇，而大约是出于近乎怜悯的傲慢。他不屑于提及，连提及都是高看他们！依李劼的说法，这可能是他与鲁迅的最大区别所在，又可能是其隐藏在冷漠外表下的善良心地所使然。（参阅《木心论》P79）

我忽然觉得，木心最好看的生命姿态，是他在狱中弹琴，弹琴键画在纸上的钢琴（后来在劳改中伤了一根手指，再也弹不成钢琴了）。那一姿态明显遥接魏晋嵇康的刑场抚琴——一抹夕阳残照下，临刑前的嵇康泰然自若地抚琴长啸。由此也就不难明白木心何以那么心仪嵇康。尤其在二十世纪七十年代的故国大地，那是何等感人的生命姿态啊！不妨说，构成贵族气质的几种要素尽皆集中于此：危难中的操守，宠辱不惊的纯真，对权势与对手的不屑一顾，对艺术和美的一往情深——对"人的诗意存在"或审美主体性淋漓尽致的炫示和赞美在此定格！是的，他从未附和时代，屈从时代。他所处的时候无比强大，却无法使役他，使役他的，只是他自己。这是真正的贵族，一种由古希腊知识分子精神和中国魏晋士人风骨奇妙结合生成的精神贵族、文化贵族，这才是贵族特有的优雅，大雅，大美！同叽叽歪歪凄凄惶惶蝇营狗苟鬼鬼祟祟我这样的"平民"恰成鲜明的对比。

呜呼，吾谁与归？

最后，让我们在散场前一起品味一下人大文学院孙郁教授《木心之旅》中写的一段话："像一番奇遇，自叹天底下还有这样的文字在，似乎是民国遗风的流动，带着大的悲欣直入人心……我读五十余年的国人文章，印象是文气越来越衰。上难接先秦气象，旁不及域外流韵，下难启新生之路。虽中间不乏苦苦探路者，但在语体的拓展和境界的洒脱上，还很少有人抵得上木心。他的有趣不在小说、随笔的精致，拿小说来说，比他智性高的可举出许多。他的诸多作品还难与鲁迅、沈从文比肩。木心对我们的好玩处是，把表达的空间拓展了。远古的《诗经》、楚辞，西方世界的荷马、乔伊斯、加缪可以嫁接在一棵树上。那是一个高级的游戏，智者才能玩的高级的游戏，是从亚细亚升腾的光，照着我们贫瘠的路。"二〇一九年八月在杭州我又亲耳听得孙郁先生大声说道："这样的作家在'五四'之后是非常少见的。我们这代人能跟他相逢是意外的福气。"

* 此稿曾用于 2020 年 10 月 22 日中国海洋大学第八次通识教育讲座，亦在 2021 年 3 月 27 日天津天泽书店、松间书院讲过。

木心，以及日本文艺美学

　　浙江有个已然大名鼎鼎的乌镇，乌镇有个即将大名鼎鼎的木心。

　　木心自认为是日本文艺的知音。他在《文学回忆录》关于中世纪日本文学的第三十讲中讲道："我是日本文艺的知音。知音，但不知心——他们没有多大的心。日本对中国文化是一种误解。但这一误解，误解出自己的风格，误解得好。"这里说的心，想必指的是思想。木心在同一讲中说日本有情趣，但"没有思想。有，也深不下去。日本本国一个思想家也没有，都是从中国拿去和欧洲来的思想"。那么"误解"指的是什么呢？为此他举了"从明日起去摘嫩叶，预定的野地，昨天落了雪，今天也落雪"等几首诗，评论道："很浅，浅得有味道，日本气很强。好像和中国的像，但混淆不起来／抱着原谅的心情去看这些诗，很轻，很薄，半透明，纸的木的竹的。日本味。非唐非宋，也非近代中国的白话诗。平静，恬淡。／不见哪儿有力度、深度，或有智慧出现。你要写却写不来。／怪味道。甜不甜，咸不咸，日本腔。"最后举了这样一首："春到，雪融化。雪融化，草就长出来了。"评语仅四个字，"傻不可及"！

但不管怎样，"日本独特的美"或日本文艺的独特性、独特的日本文艺美学在木心那里是得到了认可的："浅""轻""薄""平静""恬淡"以至"怪""傻"……由此构成了别人学不来的"日本气""日本味""日本腔"。这大概也就是所谓误解中国文化误解出来的自己的风格。但究竟是误解中国文化中的什么而误解出来的，木心却语焉不详。这也不宜苛求木心，毕竟他不是日本文学专家，讲稿也并非专题学术论文。应该说，较之系统性理性思辨，木心口中的更是出于诗性感悟的一得之见。

于是我只好查阅日本文论家、美学家们花大力气归纳出来的三种日本美："物哀""幽玄""寂"（"侘寂"）。据北师大教授王向远在其论文集《日本之文与日本之美》中考证，这三种美学概念都与中国古典有关。"幽玄"在中国古典文献中是作为宗教哲学词汇使用的。而被日本拿走之后，则用来表达日本中世上层社会的审美趣味："所谓'幽玄'，就是超越形式、深入内部生命的神圣之美。"诸如含蓄、余情、朦胧、幽深、空灵、神秘、超现实等，都属于"兴入幽玄"之列。后来逐渐渗透到平民百姓的日常生活层面。例如作为日本女性传统化妆法，每每用白粉把整张脸涂得一片"惨白"，以求幽暗中的欣赏效果；日式传统建筑采光不喜欢明朗的阳光。窗户糊纸并躲在檐廊里仍嫌不够，还要用苇帘遮遮挡挡，以便在若明若暗中弄出"幽玄"之美；甚至饮食也怕光。如喝"大酱汤"（味噌汁）

时偏用黑乎乎的漆碗。汤汁黑乎乎的，上面漂浮的裙带菜也黑乎乎的，加上房间光线幽暗，致使喝的人搞不清碗里一晃一闪是什么物件。大作家谷崎润一郎为此专门写了一部名为《阴翳礼赞》的书，赞美道："这一瞬间的心情，比起用汤匙在浅陋的白盘里舀出汤来喝的西洋方式，真有天壤之别……颇有禅宗家情趣。"这大约可以理解为木心先生的误解之说——"误解出自己的风格，误解得好"！当然木心那个年纪的人（木心生于一九二七年）对日本的感情尤其复杂，说"好"之余，总忘不了嘴角一撇曳出一丝不屑："怪""傻"！言外之意，不就喝个汤嘛，何必小题大做故弄玄虚！

如此"考证"下来，不妨认为，"日本美"以至整个日本文化，追根溯源，总要追溯到中国来——再次借用木心的说法，"按说他们的文化历史，不过是唐家废墟"——但日本"误解"得好，至少将"唐家"的若干概念及其内涵推进到了无以复加的极致境地。从而产生自己独特的风格，产生"日本美"。大而言之，有《源氏物语》，有浮世绘，有川端康成。小而言之，有十七个字（音）的俳句。对了，你看"俳圣"松尾芭蕉写的："可惜哟，买来的面饼，扔在那里干巴了／黄莺啊，飞到屋檐下，往面饼上拉屎哦／鱼铺里，一排死鲷鱼，龇着一口口白牙。"如何，以屎入诗，以丑为美，够独特的吧？换个说法，以美为美，不算本事，以丑为美，才算本事。好在没给木心看见。如果看见了，笃定又是四字评语，"傻不可及"！

作为小说作品，川端康成的《雪国》不妨说是这种审美理想的一个体现。试举开头一段为例："镜底流移着夜色。……人物在透明的虚幻中、风景在夜色的朦胧中互相融合着描绘出超凡脱俗的象征性世界。尤其少女的脸庞正中亮起山野灯火的时候，岛村胸口几乎为这莫可言喻的美丽震颤不已。……映在车窗玻璃镜中的少女轮廓的四周不断有夜景移动，使得少女脸庞也好像变得透明起来。至于是否真的透明，因为脸庞里面不断流移的夜色看上去仿佛从脸庞表面经过，以致无法捕捉确认的时机。"在火车窗玻璃中看见外面的夜景同车厢内少女映在上面的脸庞相互重叠，这是不难发现的寻常场景。但在《雪国》中成为神来之笔，以此点化出了作者所推崇的幽玄之美——美如夜行火车窗玻璃上的影像，空灵、朦胧、神秘，充满不确定性和象征性，正可谓"兴入幽玄"，乃是《雪国》广为人知的神来之笔。

再看"物哀"之美。

清少纳言《枕草子》：秋天以黄昏最美。夕阳闪耀，山显得更近了。鸟儿归巢，或三两只或两三只飞去，自有哀（あわれ）之美。

西行法师《山家集》：黄昏秋风起，胡枝子花飘下来，见之知物哀（もののあわれ）。

黄昏、夕阳、秋风、落花——见了心生哀之美感，即知"物哀"；见也无动于衷，即不知"物哀"。换言之，黄昏、夕阳、秋风、落花，加上触情生"哀"之人，由此构成物哀之美。相反，清晨、朝阳、春风、花开，见之欢欣鼓舞兴高采烈，则很难成为物哀之美。

原本，あわれ（哀）是个感叹词，相当于古语的"噫"和现代语的"啊、哇、哎呀"之类。即使"啊，好漂亮的花呀！"等兴高采烈的兴奋之情也是あわれ（哀）。触景生情。景无非春花秋月，情无分喜怒哀乐，皆为"物哀"，即物哀乃人人皆有的日常性情感。不料到了十八世纪日本"国学"家本居宣长手里，经他专心打造，"物哀"开始上升为一种高雅的诗意审美情绪，进而上升为所谓日本固有的独特的文学理念。因自然触发的宽泛的喜怒哀乐等情绪也逐渐聚敛为"哀"。说绝对些，所有"物哀"，就是以伤感为基调的、泪眼蒙眬的唯美主义。现今在年轻人中似乎颇有市场的"丧文化"，也未尝不是这条线的一个负面延伸，一种真正的误解。

但是，"物哀"在本质上、内容上果真是日本特有的吗？据王向远考证，中国文论早就提出了相关论点。刘勰《文心雕龙》："人禀七情，应物斯感，感物吟志，莫非自然"；钟嵘《诗品序》："气之动物，物之感人，故摇荡性情，形诸歌咏"；陆机《赠弟士龙诗序》："感物兴哀"；《汉书·艺文志》："感于哀乐，缘事而发"（参阅《日本之文与日本之美》P90）。以作品论，柳永的"寒蝉凄切""晓风残月"岂非独步古今的"物哀"杰作！再看西方。雪莱："我们最甜美的诗歌，表达的是最悲哀的思绪。"爱伦·坡："哀愁在所有诗的情调中是最纯正的。"即使非诗歌作品，梭罗的《瓦尔登湖》所表达的人对自然的情感的清纯、怡静、恻隐，何尝矮于本居宣长心目中的任何标杆！而其情感的健康向上、深刻睿智、恢宏高迈，无疑是对"物哀"的大跨度超越。

醉翁之意不在酒。应该指出，本居宣长提出"物哀"论的目的，在于颠覆日本平安时期以来基于儒学的劝善惩恶的文学观，颠覆中国文学的道德主义、合理主义倾向。从而确立日本文学乃至日本文化的独特性、优越性。"在本居宣长看来，日本文学中的'物哀'是对万事万物的一种敏锐的包容、体察、体会、感觉、感动与感受，这是一种美的情绪、美的感觉、感动和感受。"（《日本之文与日本之美》P90）以此区别于并贬低中国文学的理性、理智、教化功能，甚至嘲笑中国文学以天下为己任的家国情怀为"虚伪矫饰之情"，以便给日本文学、日本文化彻底"断奶"。进而证明日本文化天生纯正与不凡的所谓神性，极力推崇神道，催生出汹涌的复古主义和文化民族主义思潮，最后发展成为所谓"皇国优越"和"大和魂"。就这点而言，"物哀"恐怕不是出于木心所说的对中国文化的误解，而是对中国文化的曲解和颠覆。

当然，事情总有两个方面。本居宣长"物哀"论的出现，确乎是日本文论观点、文学观的一个转折。但作为文学创作实践，"物哀"早在平安时期的《源氏物语》《枕草子》和《古今和歌集》就已经有所表现了。而作为文学理论本身，如前所述，也并不具有自成一体的鲜明的原创性和独特性，而主要是丰富和拓展了中国文论中的"感物兴哀"的内涵和外延，将其中的哀感性审美体验推进到唯情、唯哀、唯美的极致。极端说来，由"发乎情止乎礼"变成发乎情止乎情，由"乐而不淫、哀而不伤"变为乐而淫、哀而伤。何况，文学毕竟还有认识和教化两大功能，并不限于审美。基于此，我以为，对于日本的"物哀"论、"物哀"之美，既要认识其细腻温婉的美学特质，又不宜过于强调俨然日本特有的独创性。

除了"物哀""幽玄"，表达所谓日本美的还有一个关键词："寂"或"侘寂"。"物哀""幽玄""寂"，合称日本三大美学概念。北师大王向远教授就此有一组相当精彩的比喻："物哀"是鲜花，开放于平安王朝文化五彩缤纷的春天；"幽玄"是果实，成熟于武士贵族与僧侣文化盛极一时的夏秋之交；"寂"是落叶，飘零于日本古典文化向近代文化过渡的秋末冬初。

秋末冬初典型的风景描写，两字以蔽之，大约就是萧索；一字以蔽之，或可认定为"寂"。秋冬之间，万物由盛而衰，由喧而寂——寂寥、寂寞、寂静、寂然、沉寂、枯寂、空寂、闲寂、孤寂、凄寂、禅寂。其代表性景物，如落叶、荒草、残枝、枯藤、老树、昏鸦。试看日本"寂"之集大成者、被誉为俳圣的松尾芭蕉的三首俳句。其一，古池呀，青蛙跳进去了，池水的声音。其二，寂静啊，蝉声响起来了，渗入岩石中。其三，孤鸟啊，落在枯枝上了，秋日的黄昏。其一写静中之动，其二写寂中之音。或以动写静，或以静写动。喧中求寂，寂中求喧。物我两忘，万虑洗然，一切归于空寂——"寂"（さび）、"侘"（わび）。"寂"中，孤独、惆怅难免有一点点，但更多的一定是悠然自得，最终只见一只孤鸟在秋日淡淡的夕晖中落于叶落后的空枝。这大概就是所谓"寂"、"佗"、佗寂美学的指向和依归。换言之，"寂"未尝不是对凄清、衰微、没落、凋零、空旷、孤苦、古旧等一般视为负面的、不完美事物及其引起的负面心绪的把玩、欣赏、转化和升华，从而赋予其一定的积极意义和价值。

不过，这种审美理想从根本上说并非日本所特有的。类似作品在中国古诗中俯拾皆是。王维《秋夜独坐》："雨中山果落，灯下草虫鸣。"韦应物《听嘉陵江水声寄深上人》："水性自云静，石中本无声。"柳宗元《中夜起望西园值月上》："石泉远逾响，山鸟时一喧。"以及孟郊《桐庐山中赠李明府》："千山不隐响，一叶动亦闻。"等等，所追求的无不是空寂的境界或平静淡泊的审美趣味，亦即禅意，诗禅一味。

王向远教授特别指出，日本文学尤其俳句作为根本审美追求的"寂"这一美学概念，在哲学上，同中国老庄哲学返璞归真的自然观、同佛教禅宗简朴洒脱的生活趣味具有深层关联。在审美意识上，同中国文论中的"冲淡""简淡""枯淡""平淡"等"淡"之追求也一脉相通。日本禅学大师和文化学者铃木大拙也曾明确指出："迄今为止，俳句是日本人的心灵和语言所把握的最得心应手的诗歌形式，而禅在其发展的过程中，尽了自己卓越的天职。"而日本文艺美学的贡献，就在于把这种审美境界推向极致和尝试理论梳理，进而扩展到俳偕以外更广泛的艺术领域并使之生活化，使之渗透到普通百姓的审美意识和日常生活层面。

是的，在文学领域，"寂"集中体现于俳偕，以松尾芭蕉为宗师。在园林建筑方面，"寂"主要表现于由沙石构成的"枯山水"，以京都龙安寺的石庭闻名。就绘画领域而言，留白堪称"寂"的典型表现。日本现当代大画家安田靫彦尝言："什么也不画的地方反而有深意，整幅的生命往往在其把握之中。"至若茶道方面的表现，即由千利休最后经营完成的抹茶文化"侘（わび）茶"。

"侘"在汉语中是个生僻字，发音为 chà。最早见于屈原《九章》，一般与"傺"（chì）连用："惨郁郁而不通兮，蹇侘傺而含戚"（侘傺：失意的样子）。大多用以表达政治上怀才不遇等种种人生遭际造成的失意、凄苦、悲凉、哀怨、郁闷等负面情绪。而被日本用来书写"わび"之后，渐渐在原有意义基础上发展成了一种旨在追求空寂、枯淡、低调、内敛、真诚、简朴、清静等心灵处境的审美理念。体现在茶道上，即为"和、敬、清、寂"四字，乃以"侘茶"为代表的茶道基本法则，以期进入超然物外怡情悦性的禅境——茶禅一味。在此意义上，同追求"寂"之境界的俳句的"诗禅一味"可谓异曲同工。故而，作为美学理念，或可合称为"侘寂"——"侘寂之美"。在这个意义上，的确如木心所说，是对中国文化的"一种误解"。至于是不是误解得好，还要进一步探讨。具体可参阅王向远论文集《日本之文与日本之美》相关部分。

毋庸赘言，"寂"并非把人的心灵导往死寂。"侘寂"同空虚、无聊、颓唐、苟且、矫情、自恋以至附庸风雅、阿Q精神不是同义语。它是对某种缺憾状态的积极接受，是对"欲界"的超越和解脱，是洞悉宇宙人生后的睿智与机趣，是"随缘自在、到处理成"的宗教性达观。而这，非内心充盈强大者不能为也！

"身心尘外远，岁月坐中忘。向晚禅房掩，无人空夕阳。"（崔峒《题崇福寺禅院》）——怅惘、落寞之情或许不能完全消除，但归终指向妙不可言的审美愉悦，指向"侘寂"之美。

应该说，"幽玄"也好"物哀"也好，抑或"侘寂"也罢，作为日本文艺审美倾向，都谈不上对木心本人有什么影响。多少有影响的，是俳句这一文体或诗歌体裁。俳句是由三句十七字（音）构成的，乃世界上最短的诗歌形式（毛主席倒是有十六字令三首，但那终究是个例）。木心的一些语录或警句（金句），无论形式还是诙谐感，比之俳句，都有两相仿佛之感，且看几例：

1.建筑不许笑，建筑一笑就完了。

2.那口唇，美得已是一个吻。

3.那脸，淡漠如休假日的一角厂房。

4.桃树不说我是创作桃子的，也没参加桃子协会。

5.如果不满怀希望，那么满怀什么呢？

6.成功，就是差一点儿就失败了的意思。

7.我曾见过的生命，都只是行过，无所谓完成。

8.智慧是剑锋，才华是剑气，品德是剑柄。

9.地图是平的，历史是长的，艺术是尖的。

如何？机警，俏皮，幽默，看似轻描淡写，实则暗含机锋；看似攻其一点不及其余，实则整体自在其中。颇有以小见大寓庄于谐的俳句之妙。其实村上的写作——尤其某种比喻——也颇得俳句之妙。不妨认为,村上语言既有苏格兰威士忌味儿(村上有一本插图随笔《如果我们的语言是威士忌》),又有日本传统俳句的酵母蕴含其间。而木心则说："能够用中国古文化给予我的双眼去看世界是快乐的,因为一只是辩士的眼,一只是情郎的眼。"那么你、我们是用怎样的眼看这个世界、是以怎样的语言、怎样的审美感受去描述这个世界的呢?

【附录】"侘寂"之美之中日比较

"身心尘外远,岁月坐中忘。向晚禅房掩,无人空夕阳。"(崔峒《题崇福寺禅院》)"我家南山下,动息自遗身。入鸟不相乱,见兽皆相亲。云霞成伴侣,虚白待衣巾。"(王维《戏赠张五弟》)。日本镰仓时期的高僧良宽的汉诗与此异曲同工："生涯懒立身,腾腾任天真。囊中三升米,炉边一束薪。谁问迷悟迹,何知名利尘。夜雨草庵里,双脚等闲伸。"再如,"索索五合庵,实如磐石然。户外杉千株,壁上偈数篇。釜中时有尘,甑(zèng古代炊具,类似蒸锅)里更无烟。唯有东村叟,频叩月下门。"

恕我重复，怅惘、落寞之情或许不能完全消除，但归终指向妙不可言的审美愉悦，指向"侘寂"之美。

　　两相比较，的确很难找见中国诗人对空灵意境的追求同日本诗人于"寂"、"侘寂"、空寂的表露有明显区别。勉强说来，对比王维和良宽，后者更为决绝、更为彻底——换个当下俏皮说法，坚决将"寂"进行到底。王维毕竟是士大夫，官至尚书右丞。尽管心仪隐居，但纵使离京索居蓝田辋川期间过的也是半官半隐的优裕生活，空灵、空寂更多是其诗境追求。而"寂"在良宽身上则同时是其生活本身。良宽虽出身世家，但对权势钱财概无兴趣，日常用具唯一钵一衣而已，真正的托钵僧。"身后遗物何所有，春花山莺秋红叶"，这不仅仅是诗，而且是其真实的生活写照。据说他住的茅屋有一天夜里进了盗贼。良宽见盗贼没什么可抢的，感到于心不忍，就把身上仅有的一件衣服脱下给他。盗贼门也没关就慌忙离去。良宽抬头，但见皎洁的月光从门口照进屋内。于是良宽随口吟出一首俳句："盗人没盗走哇，窗口的月。"（盗人にとり残されし窓の月 / A burglar failing to carry off the moon, It shines in from the window！）可以断言，如此诗句不大容易由王维等中国古代诗人写出。即使写出，也未必为后世如此珍惜和提倡，使之多少融为民族精神基因。此乃彻底拒绝身外之物、拒绝身为形役的绝对的"寂""侘寂"，彻底脱离"欲界"的悲悯。没有折中，没有调和，没有兼而得之，没有两全其美。

★良宽（1758—1831）越后国（新潟县）人。早年剃度出家，皈依佛门，作为禅僧苦修十二年，其后云游四方。三十九岁回乡，在故乡山中名为"五合庵"的茅屋隐居二十年。最后寄居朋友家。终生清贫。一八三一年辞世，享年七十四岁。有诗歌存世。汉学造诣深厚。擅写汉诗，信手拈来，平明晓畅。亦工书法，独具一格。

★川端康成（1899—1972）堪称孤寂和哀伤含义上的"侘寂"和"物哀"的化身。川端两岁丧父，三岁失母，十五岁相依为命的祖父去世，彻底成了孤儿。即使一九六八年十月十七日荣获诺贝尔文学奖的消息传来而日本举国为之沸腾之时，他的心境也似乎那般孤寂。当天后半夜一个人在书房里用毛笔写下数幅"秋野铃响人不见"（秋の野に鈴鳴らし行く人見えず）。获奖后不出四年的一九七二年四月十六日傍晚，"川端以和平时没有不同的样子离开家，在门前大街长谷消防署前面搭出租车去逗子公寓，以煤气自杀"。（水原园博）没有留下遗书，自杀前一个字也没留下，一个人在孤寂中永远离开了这个世界。

★十六字令，又名"苍梧谣""归字谣"。单调，十六字，四句，三平韵。

★此文为2021年4月22日中国海洋大学第十二次通识教育讲座讲稿。

文学翻译的信达雅：
百分之百的村上是可能的吗

虽说我作为翻译匠讲了三十多年翻译，同时作为翻译匠搞了三十多年翻译，又岭南塞北去了不算少的地方做过翻译讲座。但讲到上海外国语大学高级翻译学院来，有生以来还是第一次。这当然让我感到激动。激动之余，不用说，又感到紧张。常言说班门弄斧，但大多数时候是用来表达自谦或自我调侃的修辞。而对于我，则不是修辞，则是我此时此刻实实在在的心情。但不管怎么说，作为青岛这样的地方小城的一个平头教员，即使班门弄斧，忽一下子弄到大上海来、上外来，机会也是绝对难得的。何况这里的上外据说又是我曾任教十七年之久的广州暨南大学的旧址，抚今追昔，不胜感慨。曾岁月之几何，而江山不可复识矣。作为我，当年可谓雄姿英发，气吞万里如虎；而今鬓已星星，情愿也罢，不情愿也罢，即将融入退休人员的队伍。因此，我要对给我这个分外难得机会的上外高翻学院表示感谢！同时感谢诸位特意前来捧场，听我这场大有可能偏离主题的所谓主题讲座。

是的，作为演讲主题，我原先提交的分明是"文学翻译的信达雅"。但后来细想之下，较之关于信达雅的老调重弹老生常谈，莫如以村上文学为切入点，结合介绍诸位未必多么留意的作为翻译家的村上春树的翻译观，粗线条概括一下我在文学翻译教学中和在文学翻译实践中经常对学生强调和我切身感受的几点。几点呢？四点：之于翻译的母语，之于翻译的外语，之于翻译的 love（爱），之于翻译的文体。在讲这四点之前，我想讲几句不知是自吹自擂还是自谦自虚的闲话。

我所供职的中国海洋大学的前身是国立青岛大学。国立青岛大学外文系第一任系主任是梁实秋，因此梁实秋也是我的第一任系主任。他当然没领导过也压根儿不知道我。说心里话，我是多么渴望由他领导我呀！如果他领导我，我翻译的夏目漱石村上春树什么的，肯定是响当当的专业成果。这是因为，梁实秋不仅是散文家、学问家，也是人所共知的翻译家。梁实秋本打算用二十年译完《莎士比亚全集》，而实际上用了三十年。译完后朋友们为他举行"庆功会"，他在会上发表演讲：要译《莎士比亚全集》，必须具备三个条件：一是必须不是学者，若是学者就搞研究去了；二是必须不是天才，若是天才就搞创作去了；三是必须活得相当久。"很侥幸，这三个条件我都具备。"众人听了，开怀大笑，气氛顿时活跃起来。作为我，当然不能也不敢同梁实秋相比，但他说的这三个条件，我想我也大体具备。我不是像样的学者，更不是天才。即使同作为本职工作的教书匠相比，最为让我虚名在外的，也好像更是翻译匠。也就是说，不少人可能不知道我是教授，但大体知道我是翻译匠。

　　其实，即使这最为人知晓的翻译匠，也纯属歪打正着。过去有名的翻译家，如林琴南、苏曼殊、朱生豪、梁实秋、周作人、鲁迅、郭沫若、丰子恺、冰心、杨绛、傅雷、王道乾、查良铮、汝龙等人，大多出身名门望族或书香门第，自幼熟读经史，长成游学海外。故家学（国学）西学熔于一炉，中文外文得心应手。翻译之余搞创作，创作之余搞翻译，或翻译创作之余做学问，往往兼翻译家、作家甚至学者于一身，如开头说的梁实秋即完全如此，也是众人开怀大笑的缘由。而我截然有别。二十世纪五十年代初，我出生在东北平原一个至少上查五代皆躬耕田垄的"闯关东"农户之家——林姓以文功武略彪炳青史者比比皆是，但我们这一支大体无法高攀——出生不久举家迁出，随着在县供销社、乡镇机关当小干部的父亲辗转于县城和半山区村落之间。从我上小学三年级开始定居在吉林省九台县土们岭公社马安山生产大队第三生产小队一个叫小北沟的仅五户人家的小山村。小山村很穷，借用韩国前总统卢武铉的话说，穷得连乌鸦都会哭着飞走。任何人都不会想到，那样的小山沟会走出一个据说有些影响的翻译家。说白了，简直像个笑话。

　　回想起来，这要首先感谢我的母亲。二十世纪六十年代三年困难时期如果母亲不把自己稀粥碗底的饭粒拨到我的饭盒里并不时瞒着弟妹们往里放一个咸鸡蛋，我恐怕很难好好读完小学；其次要感谢我的父亲。爱看书的父亲有个书箱，里面有三国水浒和《青春之歌》《战斗的青春》等许多新旧小说，使我从小有机会看书和接触文学。同时我还想感谢我自己——感谢自己对看书毫不含糊的痴迷。我确实喜欢看书。不喜欢说话，不喜欢和同伴嬉闹，只喜欢一个人躲在那里静静看书。小时所有快乐的记忆、所有刻骨铭心的记忆几乎都和书有关。现在都好像能嗅到在煤油灯下看书摘抄漂亮句子时灯火苗突然烧着额前头发的特殊焦煳味儿。

这么着，最喜欢上的就是语文课，成绩也最好。至于外语，毕竟那个时代的乡村小学，没有外语课，连外语这个词儿都没听说过。升上初中——因"文革"关系，只上到初一就停课了——也没学外语。由外语翻译过来的小说固然看过两三本，如《钢铁是怎样炼成的》《一个真正的人》以及《贵族之家》，但没有意识到那是翻译作品。别说译者，连作者名字都不曾留意。这就是说，我的少年时代是在完全没有外语意识和翻译意识的意识中度过的。由于语文和作文成绩好，作为将来的职业，作家、诗人和记者之类倒是偶尔模模糊糊设想过，但"翻译"二字从未出现在脑海，压根儿不晓得存在翻译这种活计。

阴差阳错，上大学学的是外语日语。不怕你见笑，学日语之前我压根儿不知晓天底下有日本语这个玩意儿。以为日本人就像不知看过多少遍的《地道战》《地雷战》里的鬼子兵一样讲半生不熟的汉语：张口"你的死啦死啦的"，闭口"你的八路的干活？八格牙路"！入学申请书上专业志愿那栏也是有的，但正值"文革"，又是贫下中农推荐的"工农兵大学生"，所以那一栏填的是"一切听从党安排"。结果,不知什么缘故——至今也不知道,完全是一个谜——党安排我学了日语。假如安排我学自己喜欢和得意的中文,今天我未必成为同样有些影响的作家或文学批评家;而若安排我学兽医,在农业基本机械化的今天,我十有八九失业或开宠物诊所给哈巴狗打绝育针。但作为事实,反正我被安排学了日语,并在结果上成了日本文学与翻译方向的研究生导师,成了大体像那么回事的满世界忽悠的翻译家。不是我说漂亮话,在这个意义上,我必须感谢党,感谢党的英明安排。否则,只读到初一的山里娃娃怎么可能结缘于专门写城市题材的日本作家村上春树呢?做梦都没想到翻译两个字的人怎么可能成为翻译家呢?当然,事情也可以有另一种解释:命运!或者说际遇。命运也罢际遇也罢,尽管都不能完全否定其中含有不可控的超越性因素,但终究离不开人的努力、人的安排。

我的翻译活动始于研究生毕业在暨南大学任教的一九八二年以后。一九八四年命运性地为广东电视台翻译了由山口百惠和宇津井健主演的二十八集日本电视连续剧《命运》(赤い運命)。不瞒你说,连中文系饶芃子先生那样的名教授都说译得好。接着翻译了夏目漱石的代表作《哥儿》(坊っちゃん),最初发表于暨南大学外语系主办的《世界文艺》,刊物主编、已故英语教授张弯玲先生赞叹"这才是小说"。一九八八年承蒙中国社科院外文所日本文学专家李德纯先生推荐,我的翻译活动再次迎来一种命运性:开始翻译村上春树的《挪威的森林》。南京大学许钧教授曾对作家毕飞宇说："一个好作家遇上一个好翻译几乎就是一场艳遇。"这句话反过来说也应该一样。"艳遇"是什么，艳遇其实就是命运，就是命运性。总之，不仅起步顺利，整个翻译进程也够一帆风顺。

迄今为止，我自己写了七八本书，而翻译的则有七八十本。其中村上作品系列至少有四十一本（第四十二本《刺杀骑士团长》即将出版）。总发行量达九百万册。以每册平均四个读者计算，总数可能有三千五百万之多。可能影响了不止一两代人的阅读兴趣、审美取向、生活情调以至心灵品位。不谦虚地说，或者实事求是地说，在翻译界可谓独树一帜。即使错，也错得别具一格。以致有"林译""林家铺子"之说。

不过，我并没有受过专门翻译训练。既没有在我的母校吉林大学上过翻译专业学位研究生班，又没有在上外高级翻译学院这么堂皇的学术机构读过相关学术学位。也就是说，尽管我从事翻译教学，却没有接受过翻译教学。尽管没有接受过翻译教学，却在结果上成了翻译匠，并在翻译"一条街"开出了在名气上未必次于乌镇经典林家铺子的冒牌"林家铺子"。不仅名气，经营状况也不至于穷困潦倒。实不相瞒，前天在南京西路签售了《失乐园》，昨天又在中华艺术宫参加《挪威的森林》三十周年庆典。那么，或问其中可有什么高招、什么门道、什么诀窍？其实这也就是刚才说的四点。

第一点，之于翻译的母语或中文。我这个人，本质上是个书呆子。从小就喜欢看书，长大了还是喜欢看书，看书的兴趣甚至超过了看邻院漂亮姑娘的兴趣。长大又长大了，看书的兴趣也远远超过看一官半职的兴趣。看小说看诗歌看散文杂文小品文。不光看，不少时候还边看边抄漂亮句子。而且，这个习惯断断续续差不多持续了半个世纪一直持续到现在。翻阅读书笔记，前不久我还不知从哪里抄得这样的句子："读之如履晴空，四顾粲然。""一杯香茗，半帘花影，幽林冷月，万籁息声。"以及"山衔落日，野径鸡鸣"，还有"清风十里，明月一天"，如此不一而足。同时习惯于每天睡前看一两篇原创散文，把漂亮句子录入脑海，带入梦乡。也许你笑我幼稚，都那么一大把年纪了，都混上教授了，怎么还像个初中生似的？可我以为，在语言、在语言艺术面前其实我们永远是个孩子，应该永远保持童稚之心、敬畏之情。可以断言，正是这样的阅读热情和阅读习惯培育和呵护了我的一点点写作能力、修辞自觉和文学悟性，或者在感受、体悟语言艺术之美方面表现出的一点点灵性。一次在讲座会场有学生问我对自己的翻译最满意的是什么，我回答大概是译文中时隐时现若有若无的那一点点灵性吧。尽管灵性这东西在译文所有要素中大约仅占 1%，但正是这 1% 使得我笔下 99% 的文字活跃起来、机灵起来，开始带有种种微妙的韵味和生动的表情。

那么灵性从何而来呢？恕我重复，来自母语阅读、母语熏陶。也就是说，母语关乎灵性，关乎审美，关乎心灵机微的捕捉以至天人之际信息通道的贯通。而这些，大而言之，与人的幸福感有关；小而言之，与文学翻译的效果有关。三年前在中央电视台作为所谓开奖嘉宾参加"2014中国好书"节目录制的时候，和我一同上台的北大辜正坤教授问及当下翻译作品较差的原因，我这样回答：这方面原因很多。其中一个主要原因，我想是不是和阅读量有关。老一辈翻译家，大多出身书香门第，自幼熟读经史，长成游学海外，正可谓学贯中西。而现在从事翻译的人，客观上由于受手机电脑等多媒体的冲击，读书量明显减少。因此，无论语言功力、修辞自觉还是文学悟性、审美灵性，都不够到位。说到底，一个人如果不能用中文写出像样的文章，那么基本不大可能搞出像样的翻译——翻译终究是一种特殊的母语写作。前年（二〇一四）圣诞节我在上海做翻译讲座的时候，一位男生问我如何提高翻译水平。我反问他写日记了没有。告诉他写日记是最基本的母语写作。如果连日记都不写，提高文学翻译水平无从谈起。不下降就不错了。记得复旦大学英语大家、《中华汉英大辞典》主编陆谷孙教授说过："在学好英语的同时，一定要把汉语作为维系民族精魂的纽带。"陆谷孙教授在《余墨二集》中回忆道："有一位博士生导师，写了一部语言学的理论著作送给我，上面写了'陆谷孙教授扶正'。……'扶正'是过去那个有小老婆的时代，大老婆死掉了，排序最靠前的小老婆变正房了，那叫'扶正'。"（《中华读书报》2015.8.19）换一种说法，外语学得再好也变不成外国人，而若汉语学不好，就是越来越不像中国人或是没了精魂的中国人。

那么，这是否意味一切取决于母语，外语可好可不好呢？

这是我要谈的第二点：之于翻译的外语。

我不仅作为翻译匠搞了三十多年翻译，还作为教书匠教了三十多年翻译课。而翻译课一个相当恐怖的活计就是改翻译作业——几乎所有学生都好像在做翻译作业时忽然变得不会说中国话了，就和老外的汉语作文差不多。事情为什么会是这个样子呢？很长很长时间里我坚定地认为是学生母语差劲儿造成的。后来教研究生的时候我才发现，即使用中文写读书报告写得有声有色的学生，在翻译（外译中）时也往往糟得判若两人。这让我慢慢意识到，翻译的优劣并不像我原来认为的那样由母语好坏一锤定音，它也同外语能力密切相关。当然，我这里说的外语能力主要不是指理解能力，而是指欣赏能力，尤其对文学性外语微妙意味的感受、捕捉能力。简单说来就是语感问题。那么语感从何而来呢？应该说，和汉语同样，主要来自文本的大量阅读。遗憾的是文本大量阅读明显是大部分学生的弱项。即使研究生，完整读过三五部原著长篇小说的也未必占多数。相比之下，他们感兴趣的更是适于应试的语法、句型练习册和习题集之类。也就是说他们接触的多是机械性的模式化的死的东西，而没有通过文本大量阅读在具体语境中感受活的语言，从而形成良好的语感，以致不能把握语汇除词典标准释义之外千变万化的外延性、引申性指涉及其微妙含义。这样，翻译起来不是缩手缩脚亦步亦趋，就是天马行空任意发挥。结果使得译文或枯燥无味或走样变形，甚至语句不通、文理不通。

试举一例。日语有个常用词"にっこり"（smile），辞典

标准释义为"微笑"。老老实实译为"微笑"当然正确。问题是，对于艺术——文学翻译当然是艺术——来说，正确（用村上的说法，"官僚主義的な忠実"）并不是、至少并不总是最重要的。最重要的是什么呢？打个比方，文学翻译就像面对杨贵妃、西施，精准传达"三围"数据没多大意思，重要的是诗意再现"梨花一枝春带雨""淡妆浓抹总相宜"。用钱锺书的话说，就是"化"，是"入于化境"（钱锺书语）。而要想入于"化境"，就必须通过原著文本大量阅读打磨了外文语感，这样才能进入辞典和语法书以外的广阔而神奇的天地，翻译当中才能在某种程度上获得电光石火般的审美灵感和选项自由。亦即"入于化境"。这样，"にっこり"就会有无数种译法：微微一笑、轻轻一笑、淡淡一笑、浅浅一笑、嫣然一笑、粲然一笑、莞尔一笑；妩媚地一笑、动人地一笑、好看地一笑、淡淡地一笑。或者笑眯眯、笑吟吟、笑盈盈、笑嘻嘻。又或面带笑容、嘴角漾出笑意，甚至嬉皮笑脸之类偶尔也不妨一试。再如法语 Femme 在傅雷翻译的《高老头》里面，被分别译为：女人、太太、老婆、妇人、少女、小娇娘、老妈子、小媳妇儿、妙人儿等。岳飞说兵无定法，翻译上可说是译无定法，"运用之妙，存乎一心"。当然，在特定语境中最合适的译法必定只有一种。没有这样的意识和执着，好的文学翻译就无从产生。福楼拜说："我们不论要描写什么事物，要把它表现出来，只有唯一的名词；要赋予它运动，只有唯一的动词；要赋予它性质，只有唯一的形容词。"记得前年在台湾淡江大学参加关于翻译的圆桌会议中间休息时，一位中年女士问我文学翻译到底做到什么程度才能算是比较好的。匆忙之间，假如您晓得而且和并且的区别了，那可能就差不多了。女士忽有所悟似的连连点头。是呀，比如"并且、而且、况且、何况"，又如"但是、可是、不过、然而"，一般人倒也罢了，而作为译者，就应该知道"而且"和"并且"的区别，"但是"和"可是"的区别。该用"但是"的时候不用"可是"，该用"可是"的时候不用"但是"。非此即彼，非彼即此，只有唯一。而译者的任务就是找出那个唯一。说得玄乎些，我觉得很多情况下不是我抓耳挠腮找出那个唯一，而是那个唯一正在静静等我甚至找我——"蓦然回首，那人却在灯火阑珊处"。蓦然回首，灯火阑珊，就是"化境"的形象化，就是化。而化的前提，就是语感的打磨和形成。我的老伙计村上春树也很清楚语感和化的关系。二〇〇〇年他在《翻译夜话》中指出："翻译学校如此这般的东西不过是一种模式，而必须使之在译文中实实在在化为有生命的东西才行。至于如何化，则是每个人的 sense（感悟）问题。"（P66）而拥有语感，话又说回来，最原始而又最有限的办法，就是文本的大量阅读。一次我对研究生没好气地说：没读过十本原文长篇小说，别来跟我学翻译。因为我们不是在同一条线上、同一个层面移动。好比老师在地下室里鼓鼓捣捣，你却在二楼客厅里跷着二郎腿喝茶，我再说什么你也不懂。懂也是脑袋懂而心的 sense 不懂。

　　除了上面第一点第二点所说的通过中外文本大量阅读形成的语言功力、修辞自觉、语感或对文学审美的感悟表达能力，从事文学翻译还需不需要别的呢？这就涉及我在翻译教学中啰唆的和在翻译实践感受到的第三点，那就是爱，之于翻译的爱。村上在《翻译夜话》中谈道："翻译是某种蛮不讲理的东西。说是蛮不讲理的爱也好，蛮不讲理的共鸣也好，或者说是蛮不讲理的执着也罢，反正没有那类东西是不成的。"（P206）后来在《翻译与被翻译》那篇随笔中再次指出："出色的翻译首先需要的恐怕是语言功力，但同样需要的还有——尤其文学作品——充满个人偏见的爱。说得极端些，只要有了这点，其他概不需要。说起我对别人翻译自己作品的首要希求，恰恰就是这点。在这个不确定的世界上，只有充满偏见的爱才是我充满偏见地爱着的至爱。"在《作为职业的小说家》中他又一次强调："即使出类拔萃的译者，而若同原作、同作者不能情投意合，或者禀性相违，那也是出不了好成果的，徒然落得双双心力交瘁而已。问题首先是，如果没有对原作的爱，翻译无非一场大麻烦罢了。"（P290）不言而喻，爱的最高境界就是忘我，就是进入如醉如痴的忘我境地。再次借用村上的说法，就是要把自己是作家啦、要写出优美自然的母语啦等私心杂念统统抛开，"而只管屏息敛气地跟踪原作者的心境涟漪。再说得极端些，翻译就是要舍生忘死"。

与此相关，村上还提到敬意（respect）："关键是要对文学怀有敬畏感。说到底，如果没有对先行作家的敬意，写小说写文章就无从谈起。小说家注定是要学别人的，否则写不出来。翻译也一样，没有敬意是做不来的，毕竟是很细很细的活计。"

（《思考者》P83）

爱和敬意，含义当然不同，但在这里区别不大：前者讲的是"充满偏见的爱"，后者是怀有敬意的爱。说起来，大凡爱都是带有偏见的。没有偏见，爱就无以成立。换言之，大凡爱都是偏心，都是偏爱。即所谓情人眼里出西施（日语说"麻子坑也是酒窝"）。同样，如果不心怀敬意甚至瞧不起对方，爱也很难成立。也就是说，偏见和敬意都是爱赖以产生的前提。事关翻译，就是要爱翻译，要对翻译本身、对原作一见钟情一厢情愿一往情深。类似的意思，如果让傅雷来说，大约就是"热烈之同情"。而余光中说得更加形象："就像一个演奏家诠释音乐，到了入神忘我之境，果真就与贝多芬相接相通了。到此境地，译者就成了天才的代言人，神灵附体的乩童与巫者。这就是译者在世俗的名利之外至高无上的安慰。"（《余光中谈翻译》）

而另一方面，恐怕也不是所有作品都能让译者投入"充满偏见的爱"或"热烈之同情"，从而"到了入神忘我之境"。比如我，翻译夏目漱石和村上春树可以这样；而翻译三岛由纪夫和太宰治甚至川端康成则不然。引用童元方先生的表达，前者我可以"译心"，译之以心；后者则只能"译艺"，译之以技艺，即最大限度地动用技术手段。而那样一来，翻译就不是"至高无上的快慰"，而成了技术性劳作，有时甚至是一种痛楚。所以，这里有个选择（或机遇）问题，即要选择情投意合、能爱得起来的对象。茫茫人世，芸芸众生，原作者碰巧遇上合适的译者或译者有幸邂逅合适的作者的概率，无论如何不会很高。记得有幸遇上合适的英译者葛浩文的莫言说过，"一流的小说遇到了一流的翻译家，那就是天作之合了"。顺便多说一句。二〇〇三年莫言在同苏州大学中文系教授王尧对话时说文学翻译大概有三种可能性。其一是，二流作品被一流译者译为一流作品；其二是一流作品被蹩脚的译者译成二流甚至三流作品；其三就是刚刚说的一流作品遇上一流译者的天作之合。莫言紧接着说道："越是对本民族语言产生巨大影响的、越是有个性的作品，大概越是难翻译。除非碰上天才的翻译家。"（《莫言王尧对话录》P230）恕我回复加补充：除非是"充满偏见的爱"的天才翻译家。

最后第四点说一下文体，之于翻译的文体。翻译这东西，严复的"信达雅"也好，朱生豪的"神味"也好，傅雷的"神似"也好，钱锺书的"化境"也好，金岳霖、许渊冲的"译味"也好，村上的"充满偏见的爱"也好，最终都要落在、体现在文体上面。在这个意义上，译者自始至终面对的和处理的都是文体。盖因原作的主题、情节和人物设计，不存在译者介入的余地。译者可以介入的只有文体或语言风格。所幸那里的确是个充满无数可能性的神奇地带。喏，那里有作品的表情、呼吸、心跳、体温、律动、氛围、气质、气味和节奏、调门或韵律，以及流势、气场等。汪曾祺说写小说就是写语言，村上春树说文体就是一切。我一向认为，一般文学翻译和好的文学翻译的一个区别就是，前者转述故事，后者再现文体和美：文体之美，美的文体，美的文体生成的审美意韵。就村上作品的翻译来说，尤其要注意重构其文体的节奏之美。关于节奏，村上这样说道："创作也好翻译也好，大凡文章，最重要的都是节奏……文章这东西，必须把人推向前去，让人弓着身子一路奔走。而这靠的就是节奏，和音乐是同一回事儿。所以，翻译学校如此这般教的东西不过是一种模式，而必须使之在译文中实实在在化为有生命的东西才行。至于如何化，则是每个人的 sense（感悟）问题。"（《翻译夜话》P66）出于这一认识，翻译当中村上总是想方设法把原文的节奏置调换成相应的日语。众所周知，村上也是个翻译家。他曾这样描述翻译塞林格《麦田里的守望者》时的感觉：此人文章的节奏简直是魔术。"无论其魔术性是什么，都不能用翻译扼杀。这点至关重要。就好像双手捧起活蹦乱跳的金鱼刻不容缓地放进另一个的鱼缸。"（《翻译夜话2》P53）用上外高翻学院谢天振教授一再看重和引用的古罗马政治家、哲学家和修辞学家西塞罗那句名言来说，翻译时"不应当像数钱币一样把原文语词一个个'数'给读者，而是应当把原文的'重量''称'给读者"。无须说，重量就是"语言总的风格和力量"，亦即文体和节奏。"称重"，换言之，就是"捧金鱼"，亦即文体节奏的控制与转换。抑或，重量就是"梨花一枝春带雨"，而不是"三围"数据。

事实上，村上文体的主要特色也是节奏感。节奏感、幽默感（微妙—韵味）、简约感，不妨说是村上文体的三大特色。

也许有哪位想问，原作文体的完全再现是可能的吗？或者说痛快些，你译的村上是百分之百的"原装"村上吗？对此我想这样回答：主观上我以为自己翻译的是百分之百的村上，而客观上我必须承认那顶多是百分之九十或者是百分之一百二十的村上。非我狡辩，也不但我，任何译者——哪怕再标榜忠实于原作的译者——都概莫能外。说白了，百分之百的原作文体、百分之百的村上春树，这个星球上哪儿都不存在。其实，甭说纯文学长篇小说那么纠结的东西，即使"I love you"这样再简单不过的短句，翻译起来也一个人一个样。张爱玲大家都知道的，有一次张爱玲的朋友问张爱玲如何翻译 I love you，并告诉她有人翻译成"我爱你"。张说文人怎么可能这样讲话呢？"原来你也在这里"，就足够了。还有，刘心武有一次问他的学生如何翻译 I love you，有学生脱口而出，翻译成"我爱你"。刘说研究红学的人怎么可能讲这样的话？"这个妹妹我见过的"，就足够了。再举个外国的例子。日本大作家夏目漱石有一次让他的学生翻译 I love you，有的学生同样翻译成"我爱你"。夏目说，日本人怎么可能讲这样的话，"今夜月色很好"，足矣足矣。王家卫更绝。据说有一次他让他的演员翻译 I love you，有的演员译成"我爱你"。王家卫说，怎么可以讲这样的话？应该是"我已经很久没有坐过摩托车了，也很久未试过这么接近一个人了。虽然我知道这条路不是很远，知道不久就会下车，可是这一分钟，让我觉得好暖"。

怎么样，就算去掉王家卫这种极端的例子，也一个人一个样吧？所谓百分之百等于 I love you 的翻译，似乎还没有出现在这个世界上。

　　关于翻译，林语堂有个多少带点儿色情意味的比喻。他说："翻译好像给女人的大腿穿上丝袜。译者给原作穿上黄袜子红袜子，那袜子的厚薄颜色就是译者的文体、译文的风格。"你看你看，穿上丝袜的女人大腿肯定不是百分之百原来模样的嘛！何以如此？原因有二：其一，任何翻译都是基于译者个人理解基础上的语言转换，而理解总是因人而异，并无精确秩序（order）可循；其二，文学语言乃是不具有日常自明性的歧义横生甚或意在言外的语言，审美是其内核，而对审美情境的体悟、把握和复制（copy）更是因人而异，更无精确秩序可循。据曾任香港中文大学翻译讲座教授的台湾学者童元方之论，雅是文学翻译的唯一宗旨，信、达不能与雅并驾齐驱。而雅的最大优势（或劣势）恐怕就在于它的模糊性、无秩序性、不确定性。换个说法，翻译作品是原作者文体和译者文体最大限度达成妥协和谅解的产物。借用村上的说法，译者哪怕再扼杀自己的文体，也还是有扼杀不了的部分剩留下来。而剩留下来的那一小部分，可能就是译者的风格，就是林家铺子而非赖家铺子施家铺子的胎记（identily）。换个说法，翻译总是在海外异质性、陌生美和本土同质性、熟识美之间保持微妙的张力和平衡。好的翻译总是介于生熟之间，是恰到好处的二米饭。一句话，文学翻译追求的是最大近似值或最佳模拟效果。

　　对此，村上本人也发表过类似见解。他说："我的小说有一种类似翻译文体的蜕变（脱构筑）或者偷梁换柱的地方，翻译中也会出现。"他举例说他翻译的雷蒙德·卡佛（Raymond Caver），"尽管千方百计使之成为标准翻译，但我的卡佛在结果上还是带有我的倾向性（vias）"。并且说叙述部分还好，及至"对话，有时就自觉不自觉地冒出'自己'来"。他在《终究悲哀的外国语》最后一章表示："翻译这东西原本就是将一种语言'姑且'置换成另一种语言，即使再认真再巧妙，也不可能原封不动。翻译当中必须舍弃什么方能留取保住什么。所谓'取舍选择'是翻译工作的根本概念。"既要取舍，势必改变原文秩序，百分之百等值翻译秩序也就成了问号。不过，这种既非原作者文体又不是译者文体或者既非日文翻版又未必是纯正中文的文体缝隙、文体错位正是译者出发和施展身手的地方。同时也正是文学翻译的妙趣和价值所在，原作因之获得了第二次生命。换一种解释，翻译必然多少流失原作固有的东西，同时也会为原著增添某种东西。流失的结果，即百分之九十的村上；增添的结果，即百分之一百二十的村上。二者相加相除，即百分之一百零五的村上，因而客观上超过了百分之百的村上——这又有什么不好吗？要知道，艺术总是介于似与不似之间，本来就不存在什么百分之百嘛！试问，卡尔·马克思百分之百，还是加西亚·马尔克斯百分之百，抑或博尔赫斯百分之百？

与此同时，作为译出语介入翻译的汉语也不吃亏——汉语因此而从语言惯性、日常熟识性或"审美疲劳"中挣脱出来，生发出新鲜的异质性，呈现出某种陌生形态、陌生美，从而丰富了汉文学语言的"语料库"，为汉文学语言的艺术表达提供一种启示性、可能性。进而带来一种新的文体、新的审美体验。而这在文学上是比什么都宝贵的。对了，诸位也许知道也许不知道，村上最新长篇小说《刺杀骑士团长》的版权是上海译文出版社花天价买来的——花天价仅仅买来一个故事，值得吗？肯定不值得。而若买来的是一种独特的语言风格或文体，一种微妙的审美体验，那么花多少钱都有其价值。

况且，正因为村上文学在中国的第二次生命是中文赋予的，所以严格说来，它已不再是日本文学意义上或日语语境中的村上文学，而是中国文学一个特殊的组成部分。打个未必恰当的比方，村上就像演员，当他穿上中文戏服演完谢幕下台后，已经很难返回原原本本的自己了。原因在于，返回时的位置同他原来的位置必然有所错位，不可能完全一样。此乃这个世界的规则，包括在场的我们在内，任何人都奈何不得。金鱼或许可以返回原来的鱼缸，但译作绝无可能还原成原文的文体了。不无遗憾的是，文体这一艺术似乎被这个只顾急功近利突飞猛进的浮躁的时代冷漠很久了。而我堪可多少引以为自豪的对于现代汉语一个小小的贡献，可能就是用汉语重塑了村上文体，再现了村上的文体之美。或者莫如说，这不是我的贡献，而是汉语本身的贡献，翻译的贡献。

最后，请允许我不自量力地概括一下我的翻译观，即我所大体认同的关于翻译的言说或观点，当然也多少包括我个人的体悟。我倾向于认为，文学翻译必须是文学——翻译文学。大凡文学都是艺术——语言艺术。大凡艺术都需要创造性，因此文学翻译也需要创造性。但文学翻译毕竟是翻译而非原创，因此准确说来，文学翻译属于再创造的艺术。以严复的"信达雅"言之，"信"，侧重于内容（内容忠实或语义忠实）；"达"，侧重于行文（行文忠实或文体忠实）；"雅"，侧重于艺术境界（艺术忠实或审美忠实）。"信、达"更需要知性判断，"雅"则更需要美学判断。美学判断要求译者具有审美能力以至艺术悟性、文学悟性。但不可否认，这方面并非每个译者都具有相应的能力和悟性。与此相关，翻译或可大体分为三种：工匠型翻译，学者型翻译，才子型翻译。工匠型亦步亦趋，貌似"忠实"；学者型中规中矩，刻意求工；才子型惟妙惟肖，意在传神。学者型如朱光潜、季羡林，才子型如丰子恺、王道乾，二者兼具型如傅雷、梁实秋。就文学翻译中的形式层（语言表象）、风格层（文体）和审美层（品格）这三个层面来说，最重要的就是审美层。即使"叛逆"，也要形式层的叛逆服从风格层，风格层的叛逆服从审美层，而审美层是不可叛逆的文学翻译之重。在这个意义上，我的翻译观可以浓缩为四个字：审美忠实。

令人担忧的是，审美追求、审美视角的阙如恰恰是近年来不少文学翻译实践和文学翻译批评中一个不容忽视的现象。关于文学翻译理论（译学）的研究甚至学科建设的论证也越来越脱离翻译本体，成为趾高气扬独立行走的泛学科研究。不少翻译研究者和翻译课教师，一方面热衷于用各种高深莫测的西方翻译理论术语著书立说攻城略地，一方面对作为服务对象的本应精耕细作的翻译园地不屑一顾，荒废了赖以安身立命的学科家园。在这种风气和价值评价体系之下，原本为数不多的翻译高手渐渐无心恋战，而补充进来的生力军又往往勇气和魄力有余而审美积淀不足。批评者也大多计较一词一句的正误得失而忽略语言风格和整体审美效果的传达。借用许渊冲批评西方语言学派翻译理论的说法，他们最大的问题是"不谈美。下焉者只谈'形似'，上焉者也只谈'意似'，却不谈'神似'，不谈'创造性'"。而若不谈神似，不谈创造性，不谈美的创造，那么文学翻译还能成其为文学翻译吗？

近年来我总有个感觉，感觉我们的翻译实践和翻译批评似乎远离了审美。不仅翻译，而且文学创作和文学研究文学批评也好像离审美越来越远。听关于文学研究的发言，是不是产生错觉，觉得不是在听文学，而是在听社会学、心理学甚至在听关于哲学研究的发言。大而言之，甚至整个现代社会都好像越来越远离审美，远离审美感受性，远离文字之美、文艺之美甚至风花雪月之美。只知脸蛋之美越来越远离审美的同时，向理性、理论、理念靠近，向各种观点、主义、规范、程序、符号靠近。恕我说话尖刻，这在很大程度上意味着跟着西方各种思潮亦步亦趋。你想想，改革开放之初倒也罢了，而进入新时期已经三四十年了，我们至今仍未能建立属于自己的本土的翻译理论体系和文学批评理论体系，仍在套用西方各种理论解读中国文本，甚至用本土材料论证西方理论如何高明深刻和正确。

一句话，这方面我们还完全没有确立话语权。这可是个相当严重的问题。这也注定使得我们日益远离以审美为核心的中国文艺批评传统资源。文学批评关乎文学创作，而文学创作关乎民族心理结构尤其审美心理结构的涵养或重构。如此下去，势必给……造成负面冲击甚至不可忽视的伤害。我想这应该是我们每一个人文学科知识分子应该认真面对考虑和必须解决的问题。我老了，马上要告老还乡种瓜种豆了，所以只能在这里或许杞人忧天地提醒各位年轻学者注意自己肩负的真正的人文使命。

* 此文为 2017 年 12 月 11 日上海外国语大学高级翻译学院讲稿。其主要内容，此外先后在以下院校讲过：2010 年 4 月华东师大外院；2011 年 9 月 5 日中国海洋大学韩语系；2012 年 7 月 12 日大连理工大学中日合办博士班；2014 年 12 月 25 日上海外大学生会；2015 年 4 月 4 日北京外国语大学；2015 年 10 月 28 日中国海洋大学外国语学院；2015 年 11 月 6 日北京第二外国语学院全国日语教师培训班；2015 年 11 月 15 日中山大学外国语学院；2016 年 4 月 7 日南京大学外国语学院；2016 年 4 月 8 日南京信息工程大学、南京三江学院；2016 年 5 月 10 日青岛大学外国语学院；2016 年 5 月 3 日（台湾）辅仁大学；2016 年 6 月 17 日江西科技师大外院；2016 年 8 月 14 日杭州师大日本文学研究会年会；2016 年 10 月 12 日西北大学外院文学院；2016 年 10 月 13 日西安电子科大外院；2016 年 10 月 17 日北二外"青弈讲堂"；2016 年 11 月 3 日华中科大同济校区；2016 年 11 月 10 日华中科大外院；2016 年 11 月 28 日河南大学外院；2016 年 12 月 1 日中国海洋大学外院翻译硕士（MTI）专题讲座；2017 年 6 月 2 日大连海事大学；2017 年 6 月 5 日内蒙古大学外院；2017

年 11 月 18 日澳门大学日本学研究中心；2018 年 10 月 26 日对外经贸大学外院；2018 年 11 月 10 日浙江大学译学馆（外院）；2019 年 4 月 17 日西安外国语大学；2019 年 10 月 26 日华南理工大学外院；2019 年 12 月 3 日山东大学（威海）外院；2020 年 1 月 3 日中国海洋大学"东亚与东亚文明"讲座；2020 年 12 月 4 日上海海事大学外院；2021 年 5 月 3 日中原工学院外院。

我的治学路径与方法

　　我这个人嘛，骄傲与谦虚之间，一向比较倾向骄傲，基本不知道什么叫谦虚——偶尔谦虚，那也是出于逢场作戏的客套或修辞需要，骨子里绝不谦虚——至于是不是因此落后了，突然之间还真不大好说，而且说这个也不是今天讲座的主题。那么就姑且请让我再骄傲一次、显摆一次、猖狂一次。

　　我这个人，如果做身份认定，好像可以拥有四种身份：教书匠、翻译匠、未必像样的学者和半拉子作家。先说教书匠。作为教书匠，我教了三十五年。一九八二年吉林大学研究生院毕业开始教，今年是二〇一七年，三十五年。回想三十五年前，我差不多可以说是风流倜傥心雄万夫，气吞万里如虎。而今，三十五年后，已然西风瘦马日暮途穷，鬓已星星矣。三十五年弹指一挥间。但再一挥间我也的确教了三十五年，从广东教到山东，从广州花城教到青岛岛城。作为二者的转折点是一九九九年。一九九九年我无视广州暨南大学的一再情真意切的挽留和不放档案户口的威胁，执意北上，来到青岛。也就是说，作为彻底完成形的十七年半我在广州暨南大学任教，作为即将完成形的十七年半我在青岛的中国海洋大学任教。说巧也巧，这个月、甚至今天正是后十七年半、后十七年半周年的纪念日。不知是有意还是巧合，院里兼任主管科研工作的副院长任东升教授作为纪念日礼物，安排今天我在这里做一场讲座。这当然是再好不过的、可谓正中下怀的礼物。因此，我要对东升教授致以由衷的感谢之情。同时感谢大家再次前来捧场，来听我的老生常谈和自吹自擂。是的，自吹自擂，此为第一吹，吹我的教书匠身份。

自吹自擂第二吹，吹一下翻译、翻译匠身份。不用说，教书是我的本职工作，是赖以养家糊口的铁饭碗，是主业。而翻译是课余爱好，是副业。没想到结果喧宾夺主，好像副业成了主业。也就是说，就名声而言，我作为翻译匠的声望或知名度远在教书匠之上。外界可能有人不知道我是中国海洋大学的教授、不知道海大外语学院，但很少有人不知道我是翻译匠。想来，出名也真是容易，一不小心就成了翻译家甚至著名翻译家。这方面的评价虽有负面的，但正面的明显占压倒优势。毕竟白纸黑字摆在那里，明眼人总是有的。那么白纸黑字多少本了呢？上海的华东师大一位博士生的博士论文专门研究所谓林译。据他两年前统计，我独立翻译的单行本为八十一本。如今估计有九十本了。其中村上作品系列四十一本。截至去年十二月末，仅上海译文出版社就印行了八百七十万册，若加上十七年前漓江出版社、译林出版社出版的，总发行量至少有九百万册（盗版的当然不算，也无法算）。一般认为一本书平均有四个读者，这样，我翻译的村上作品的读者、我的文字的读者就在三千六百万上下。你想，一个人——男人也好女人也好——不靠"坑爹"不靠团队不靠官位，而仅凭手中一支笔纵横天下，以这支笔流淌出来的文字拨动三四千万人的心弦，或多或少影响他们的阅读兴趣、审美取向、心灵品位以至生活格调，这个贡献怎么评价都未必过分。此为自吹自擂之二，第二吹。

自吹自擂之三，三吹，吹一下学者这个身份。说实话，任教之初，我也是一门心思想当学者的，想写两三本砖头厚的学术专著"啪"一声砸在桌子上把周围同事吓个半死：不服？哼！而作为实际状况，一本还没写出三分之一就碰上了村上春树。而且幸也罢不幸也罢，最先碰上的是《挪威的森林》。实不相瞒，那时候——刚才也提到了——我还没这么老，还拖着三分之一截青春的尾巴。不用说，肯定绿子更有趣，三角关系更好玩，比搜肠刮肚抓耳挠腮捏造论文好玩多了。加上上有老下有小入不敷出，就把学者理想一时扔去脑后，转而搞起了翻译。在这个意义上，村上的确既成全了我，又耽误了我。成全我浪得虚名，耽误我一块"砖头"也没炼成。

问题是，大学在本质上是学术团体，不搞学术研究光搞翻译就没有立足之地。说白了，就评不上副教授、教授。而评不上副教授、教授，别说在学校没有立足之地，在家里也没有立足之地——这么说吧，全世界所有女人都瞧不起你都可以不在乎，而老婆一个女人瞧不起你就彻底玩完儿。所以，学术论文也还是要写的。好在我有翻译匠这个便利条件——翻译过程中总会别有心会，由此顺藤摸瓜总会摸出瓜来，而且没准比别人摸的大，摸个大瓜。事实上我摸的瓜也不算小。迄今为止，别的刊物不算，仅在社科院外文所《外国文学评论》这所谓权威刊物上就发了五篇。一般发两篇就可评教授，五篇可以评两个半教授。恕我夸口，中国的日本文学界且不说，整个外国文学界发过五篇的人加起来也未必前仆后继。也就是说，这五篇足以搞定作为学者的江湖地位。但不管怎么说，同在某个领域构筑完整学术体系的大学问家相比，自己绝对相形见绌，所以再自吹也只能吹到"未必像样的学者"这个程度。这听起来像谦虚，其实不是谦虚。刚才说了，我基本不会谦虚。

自吹自擂之四，四吹，最后一吹，吹一下作家、半拉子作家这个身份。常言说，翻译是为他人做嫁衣裳，为他人做久了，就想给自己做上一件；傅雷说翻译是"舌人"，鹦鹉学舌久了，就想来了自鸣得意；杨绛说翻译是"仆人"，当仆人久了，就想尝尝当主人的滋味。何况我毕竟是当年"造反有理"红卫兵出身。所以对我来说，由翻译匠过渡到所谓作家，并非处心积虑或野心勃勃使然，纯属因势利导水到渠成。也是因为客观上有报刊约写专栏文章这个得天独厚的条件，十多年来，写了五百多篇散文、杂文、小品文。前天晚上写完第五五二篇。已结集出了五部散文集，第六部即将在出版社下厂付印。加上其他的，已经给自己做了八件嫁衣裳，出了八本书。这方面，上个星期湖南师大忽然传来一个让我极兴奋的消息——该校图书馆根据借阅次数统计出二〇一六年度最受师生欢迎作家，本人居然忝列前十：东野圭吾、村上春树、余华、鲁迅、毕淑敏、王小波、林少华、三毛、路遥、韩寒。我跟在我所敬重的王小波后面名列第七。作为作者而非译者得此青睐，这可是破天荒头一遭。兴奋得一大早就偷喝了二两小酒。不言而喻，村上春树主要是我翻译的。也就是说前十之中，第七是我本人，第二村上与我有关。当然，作为我，最看重的不是第二，而是第七。第七是我作为作家转型取得初步成功的里程碑性标志。可另一方面，我写的基本都是一两千字的"豆腐块"，没能像莫言那样写出足以问鼎诺贝尔文学奖的长篇巨著，今后也不大可能写出了，就像我当年在乡下干农活是半拉子，只能算半拉子作家。

好了，差不多了，自吹自擂之一之二之三之四——一吹二吹三吹四吹都吹完了。但是，东升教授不是特意找我来这里自吹的，我本人也不至于浅薄到这般地步。醉翁之意不在酒。我自吹自擂最主要的目的是想告诉大家：我这样一个人——入党四十三年连党支部副书记都没当过、任教三十五年来连教研室副主任也没当过这样一个无官无职的平头教员，而且作为一个因"文革"只读到初一就当半拉子干农活的、在只有五户人家的小山沟爬出来的百分之百属于草根阶层的男人，后来何以混出了四种身份。或者说何以混得看上去风风光光了呢？这里面有没有什么名堂、有没有多少可供参考、借鉴的所谓人生秘诀或诀窍？我想那还是多少有一两点的。只是，一般情况下我不情愿透露，一来更有显摆之嫌，二来我总得留一手，如果大家都知道了学会了，我的生存空间势必受到压迫。不过今天例外。借用刚才提到的本土作家王小波的说法：我已经老了，不把这个秘密说出来，对年轻人是不公道的。再借用外国作家村上春树二〇〇九年题为"高墙与鸡蛋"的耶路撒冷文学奖获奖演讲中的说法："一年之中我也有几天不说谎，今天恰好是其中的一天。"

不说谎而说真话也好，说出秘密或诀窍也好，终究难免围绕我的所谓四种身份、我的人生四部分展开。但教书匠这部分可以省去，那东西和怎么谈恋爱一回事，是不用教的；翻译这部分嘛，对于老师眼下不算成果；对于研究生，我上学期末已经在这里专门讲过，所以也大可省略或一带而过。第四部分半拉子作家也似可免谈。估计在座的诸位好像没有哪位死活非要当作家不可。这样，就只剩下学者这第三部分了。那么我就尽可能删繁就简谈谈这部分。研究生也好年轻老师也好，反正都是要写论文做学问的。因此准确说来，今天的讲座主题应该是：我的治学之路或我的治学路径和方法。讲两点：一是治学或学术研究的当下性，二是治学或学术研究的修辞性。一是写什么，二是怎么写。进而言之，一关乎人生格局关乎境界；二关乎生活情调，关乎性情。应该承认，这两点当下较少有人谈及。至少在我们学院，大家都极谦虚，除了我，当下没有谁谈。所以请大家一定要侧耳倾听。听了，有多大收获我不能保证，但至少可以保证不会有什么损失。

好了，够绕弯子的了，赶紧进入正题。

先说第一点，治学的当下性。所谓当下性，换个说法，也就是现实关怀，就是社会担当意识。我一再告诉我的研究生做学问、写论文的十六个字：国际视野、中国立场、人文情怀、问题意识。北师大历史系刘家和教授曾在北大"东方学研究方法论"研讨会上强调所谓"纯客观的""绝对中立"的研究是不存在的。这点我非常赞同。我想这大约也就是做学问的中国立场和问题意识。山东大学《文史哲》主编王学典曾经指出："近二十年来学报的主要问题是重学术轻思想。日益远离社会，远离问题。这当然不是学报一家的问题，而是整个学界的问题，更具体地说是主流学风的问题。"他认为近六十年来前三十年主要危害是教条主义，后三十年则是实证主义。主要表现为"只相信归纳的作用而排斥演绎、抽象概括、理论工具与概念化能力，甚至排斥问题意识"。结果使得中国学界处在世界学术产业链末端，"中国学者如同世界学术分工中的小工，像蚂蚁一样收集材料清理事实，交由外人利用其加工成概念和模型。然后我们再将这些概念和理念引入"，引入之后又往往与中国的实际"凿枘不入"。《复旦学报》主编汪涌豪也就此直言不讳：我国 SCI 论文已稳居世界第一，而被引用率却低于世界平均值。一些论文"不仅远离当下的现实，也无关一己的性情，让学人读之生厌，大众望而生畏"。之所以如此，部分原因在于不少学者"甘于证实不问发扬，甘于书斋求知不问广场启蒙，甘于在技术层面上安顿自己不追求在思想层面上有所建树"。这是多么有见地的发言，可谓切中时弊，一针见血。换成我的说法：弃道就器。

后来北京大学中文系教授温儒敏也对这种学术生态提出批

评。他（在中国现代文学研究会第十一届年会上）说："我们越来越意识到那并不利于治学的现象与趋向：学科分工越来越细，视野越来越窄，壁垒越来越厚，学问越来越琐碎……以论带史的空论流行，理论和概念的使用不是为了发现新问题，而是为了显示'理论操练'本身，文学研究的'文学性'越来越淡。"

我以为，文科研究生尤其文学方向的研究生，写论文的过程应该是精神受到洗礼、灵魂不断攀升的过程。也只有这样才能产生撰写的冲动或激情，成为一种精神享受。与此同时，如果可能，还应该力争让自己的论文对国民有一点启示性。假如写出的东西除了三五个小圈子的人谁也看不懂，那么，即使修整打磨得再精致好看，那又有多大价值可言呢？在这个意义上，我不大赞成外语专业研究生用外语写论文。而许多外语老师则认为"学外语不用外语写论文，那还是外语专业的吗"？这个说法听起来理直气壮，但稍加思考，就会发现这里面有不少似是而非的成分：1.论文考察的是学术思维本身，而不是作为思维载体的符号，更不是外语作文能力。2.写给谁看？你是在中国本土，不是身在异域的留学生，供养你读研的同胞们看不懂，外国人看不到也未必愿意看。3.文学论文几乎涉及所有语汇且要有相应的文学性，漫说外文，用中文写好说明白都远非易事。北大中文系陈平原教授透露，在北大，连中文系博士生的毕业论文甚至也存在语句不通顺的情况。何况非北大的外文系硕士生呢？ 4.老外们在其本国写《红楼梦》论文、鲁迅论文，哪个是用中文写的？据我所知,至少日本人在日本都用日文撰写。

5. 教育部似乎无此规定,无非"自虐"或"自恋"而已。反正我从不对自己带的研究生的论文用语做硬性规定。北京日本学研究中心老主任严安生教授日语够好的了,他也认为"不要用语言限制学生的思维"。相对而言,我更想说的是写给谁看或为什么写即作者的着眼点问题、目的问题。记得几年前在大连召开的日本文学研究会年会上,曾在北大任职后来转赴日本的刘建辉博士做大会发言时说过这样一番话(大意):人家日本教授做了百分之九十九,剩下的百分之一甚至百分之零点一交给你做。你在最宝贵的年龄段花了几年以至十几年时间做出来了,也因此拿到了博士学位。可你回国后发现自己做的东西是顶多三五个人看得懂的小玩意儿,根本派不上用场,无法融入本土话语,你不觉得太没有"经济效益"了吗?(あまりにも非経済のじゃないですか)。

　　尽管我不是"海龟"博士,但我听了仍颇受震撼,更深有同感。这就是说——恕我重复——做学问不能不考虑当下性、考虑中国立场和怀有问题意识。如果自己所面对的研究领域还没有走过"启蒙"阶段或者属于开创阶段,那么,选题一定要有格局。宁要大气而粗糙些的,也不要小气而精致的东西。至少,选题应是自己学术生命、精神生命的出发点,而不能一开始就把自己逼入自说自话的死胡同。成效如何另当别论,反正这是我进行翻译选题和学术研究选题时所留意的一点。就广泛意义而言,我觉得这既是一种治学方法,又未尝不是一种精神格局。应该说，学问格局在很大程度上取决于精神格局。有大一些的精神格局，有高一些的精神境界，有相对开阔的精神气象或胸襟，才会把学问往大处做，才会更有助于社会进步和人的幸福。说到底，学术研究的终极目的，是不是为了实现共产主义我不知道，但肯定是为了人的幸福、人类的幸福，为了灵魂的引渡和人性的升华。

这种治学的方法和宗旨，说到底，就是儒家经世治用思想和家国情怀在当今学术研究中的运用和体现。我特别欣赏"士志于道，不可以不弘毅，任重而道远"和"知其不可为而为之"那种儒学传统中的人文精神与社会担当意识。尤其在社会日趋商品化、物质化、娱乐化而文化日趋功利化、粗鄙化、浅薄化的今天，在"科学主义""工具主义""犬儒主义""消费主义"和"价值虚无主义"波涛汹涌的大潮中，知识分子、读书人更应以追求真理传播真理为己任，更应具有引领国民精神走向的志向和干预生活的勇气。有学者认为，知识阶层人格的全面堕落导致的文化腐败是明朝倾覆的深层原因。我们痛心地看到，当今知识分子人格的堕落也并非个别现象。有的人在官员官位面前站不起来，在利益集团面前站不起来，在"孔方兄"面前站不起来，甚至在"洗脚馆"面前也站不起来。生于本土，未学得中国传统先忧后乐的士人精神；游学欧美，未学得西方高蹈超越的形而上追求；负笈东瀛，未学得日人的一丝不苟克己奉公。说实话，我不知道还有什么事情能使得教授们从各种奖项申报表和项目申请书中抬起头来望一眼窗外？还有什么事情能唤起教授们心底最深切的哀痛和社会责任感？还有什么事情能让我们从"政治正确"的程序化、体制化语言系统中挣脱出来而为国民个体生命的尊严发出鲁迅式的呐喊？

也许你说那是体制问题。但问题还有另一方面：如果体制好上天了，一切好上天了，还要你这个教授干什么，要你这个读书人干什么？或许还是研究中国知识分子问题的华东师大许纪霖教授说得深刻："今天许多人都在抱怨这个那个的，但是我们就是体制的一部分。因为不管你在体制内还是体制外，体制已经内化为我们不自觉的灵魂，所以它才能大行其道。……重要的不是你身在哪里，而是心在哪里，能不能在一些事情上有所不为。"有所不为就是底线。他说他很欣赏崔卫平教授的这样一段话："你所站立的地方，正是你的中国，你怎么样，中国便怎么样，你是什么，中国便是什么，你有光明，中国便不黑暗。"我隐约觉得，在某种意义上，行政官员堕落并不可怕，甚至公检法堕落也未必有多可怕，最可怕的是知识精英的堕落、学术的堕落。因为那是一个民族的良心在堕落。有"中国官场文学"第一人之称的知名作家王跃文曾说过这样一段话："我始终觉得，当代中国人最应该深刻反省并自新的恰恰是知识分子。二十世纪五十年代后持续三十多年的政治运动中知识分子固然饱受灾难，但知识分子在政治运动中有时又扮演了极不光彩的角色。他们更多时候不是为捍卫真理而呐喊，而是在恐怖的政治狂欢中手舞足蹈，最后给自己戴上枷锁。新时期以后，物欲越来越成为全民崇拜，知识分子越来越没有理想，远离崇高。"

一次我在毕业生典礼上作为教师代表讲话，同事们要我对即将步入社会的学生讲几点希望。我讲了两点。一点是拒绝平庸。我告诉毕业生，你们到我这个年纪，至少有三十年时间。而三十年时间，完全可以使你们成为著作等身名扬一方的学者，成为带甲百万决胜千里的将军，成为奉命于危难之际的商界企业界精英。但也可以使你们庸庸碌碌默默无闻。世人的百分之九十九难免如此。要做百分之一！一个没有佼佼者没有精神贵族的民族，哪怕再有票子房子车子，也是世界民族之林中永远站不起来的矮子！讲的第二点就是拒绝庸俗，拒入俗流。庸俗和平庸不是一回事儿，庸俗比平庸可怕得多。《红楼梦》中，宝钗之所以始终没有赢得宝玉的爱情，最根本的原因就是宝玉嫌她小小年纪便入了俗流。作为老师，不希望你们在社会这个庸俗场、这个大染缸里转眼学得趋炎附势八面玲珑钩心斗角投机钻营。诚然，很难要求你们人人都像古之屈子那样具有"举世皆浊我独清"的悲壮而高贵的情怀，也很难人人都像今之史学大师陈寅恪那样即使在黑色十年也敢于坚持"独立之精神自由之思想"，但你们至少可以在心中为自己保留一角未被世俗浸染的园地，一分纯真，一分圣洁。人的真正幸福，决不取决于衣香鬓影灯红酒绿西装革履前呼后拥，而取决于静夜烛光中是否拥有安顿灵魂驰骋情思的心间净土，一份慈悲与温情。

但是，任何东西都有正负两个方面，孤独也不例外。如果过于孤独自守，过于追求"自成一体"，过于自尊自重、自我肯定，弄得不好，有时候难免陷入病态的孤芳自赏、顾影自怜、自满自恋甚至自闭状态之中。

出于这样的现实关怀和忧患意识，我开始调整作为学术活动一部分的演讲主题和内容。由旨在促进自我觉醒和个性解放而借助村上文学展开的对孤独的守护和美学诠释，转向倡导孤独的超越和进入大丈夫精神境界。即由守护个人心灵后花园的隐士姿态，转为积极参与社会改革进程，诉求社会正义与良知。近几年来在包括北大清华复旦在内的一百多所院校的专场演讲中我一再这样强调：无论作为社会整体还是作为公民个体，现在都应该怀有一分清醒和警觉——在物欲横流泥沙俱下的俗世浪潮中守护孤独以求洁身自好诚然难能可贵，但不能扬扬自得地在此止步，更不能因此自命不凡，而应该鼓足勇气，否定孤独超越孤独，进入社会关怀和社会批判的大丈夫精神境界。只有这样，"小资"的孤独才能升华为"大丈夫"的孤独，星巴克里的孤独才能变成悠悠天地间的孤独，驼鸟的孤独才能升华为鲲鹏的孤独。一句话，"独善其身"的小孤独、小境界才能转为"兼济天下"的大孤独、大境界。换言之，孤蓬自振片云独飞的清高和优雅固然不可或缺，但不能因此忘了"道之所在虽千万人吾往矣"那种黄钟大吕天风海涛的阳刚世界，不能忘了"身无半亩心忧天下"（左宗棠）那种气势恢宏而又热切感人的家国情怀——那里生成的才是民族魂、民族的脊梁。幸好，这样的演讲几乎场场爆满，山鸣谷应。身临其境，让我切切实实感到"80后""90后"也是可以托以重任的一代，中国还有"戏"可唱。读书种子不绝，经纶之心不死，青云之志不堕，我们的民族就总有一天走出消费主义时代和"拜物教"的精神困局，摆脱文化焦虑，振翅遨游于天地之间，为世界提供一种具有强大辐射力的文化范式，成为名副其实的文化大国。

以上杂乱地讲了学术研究、做学问的当下性。说高雅些，即所谓经世致用。通俗说来，也就是学术研究活动的现实关怀。下面讲第二点，想简单谈几句学术表达的文体或文学性、修辞性问题。能否说是治学方法我不敢断定，但确实是我相当注意的一点。

我一九八二年毕业于当时由我国著名化学家唐敖庆教授担任校长的吉林大学研究生院，差不多算是"黄埔一期"硕士生。诸位想必知道，当时的硕士生有可能比当下的博士生还要金贵。不过，上面也说了，由于"文革"这一特殊历史原因，我初中才念到初一，干了几年农活后经由"贫下中农"推荐，作为工农兵学员上了大学——基本等于小学上大学。何况上大学期间一会儿批林批孔一会儿批水浒批宋江批周公，又一会儿学工学农学军，用于专业学习时间有没有一半都很难说。所以，我的知识结构和学养积淀明显先天不足。这也是我迄今未能构筑自成一统的学术框架或成就石破天惊的独家之言的一个客观原因。所幸我自小喜欢读书、喜欢文学，语文和作文成绩一直较为得意。加上乡下务农期间和工农兵学员时代也没有完全中断文学作品的阅读，且有写日记等涂鸦习惯，从而培养了一定程度的写作能力和修辞自觉、文体自觉。这点让我日后占了相当不小的便宜——无论文学翻译还是论文撰写抑或发言演讲，我都比较注意从修辞、审美角度打磨语言或文体。而这往往是一些译者尤其学者和演讲者忽视的"雕虫小技"，使得我乘虚而入并且相对得逞。我翻译的小说、自己写的文章以至演讲之所以较受欢迎并多少有了影响，我觉得与此有不算小的关系。

人生四种境界：欲求境界、求知境界、道德境界、审美境界。审美为最高境界。任何风潮、制度都将灰飞烟灭，任何思想都可能过时或成为常识，唯艺术之美永存。这也是我在翻译当中始终把审美忠实"置顶"的根据。甚至数学都看重美——英国数学家 G. H. Hardy 宣称美是首要标准，丑的数学是没有安身立命之地的。

我之所以看重关乎审美的文学性、修辞性，除了上述个人原因，还同我对中国文化传统的推崇和对当下汉语品相的担忧有关。诸位知道，中国古人非常注重辞章之美——"言而无文，行之不远"，可以说是历代文人墨客心目中的金石之论。诗词曲赋自不用说，即使文论等评论性文章也每每写得文采斐然。如《典论·论文》《文心雕龙》《二十四诗品》《六一诗话》以及《蕙风词话》《人间词话》等，哪一卷不写得异彩纷呈摇曳生姿？哪一篇不写得倾珠泻玉铿锵悦耳？就连寥寥数语的一张便条也当文章写，也不失修辞意识。反观我们现在一些文章，粗放、粗糙、粗疏、粗鄙，可以说有目共睹，甚至到了熟视无睹习以为常的地步。有学者说近一百年来中国始终处于对雅正文化传统的诋毁和破坏的过程，说得好，发人深省。就学术论文而言，漫说文采，有的连严谨都欠火候，个别的甚至语病迭出。还有的喜欢罗列西方文学理论术语，说故弄玄虚未免苛刻，但至少本土化努力做得不够。去年去世的复旦大学英语教授陆谷孙就对"后现代的东西"表示反感："像我看到有人用'模因论'（memetics）解释翻译，戴顶帽子，穿双靴子，内容还是离不开意译直译等，有什么价值呢？还是文本为主吧。"再换成我的说法：不说人话，专说鬼话。而更严重的，是所谓学术规范和程式化学界现状正在变本加厉地打压个性化表达的生存空间，致使学术论文沦为几乎没有形象化语词的学术公文、学术八股文，沦为甚至作者本人都懒得再看的动脉硬化面目可憎的学术瘪三。一如北大曹文轩教授所指出的，"近几十年的学术文章、著作的写作过程，实际上是一个不断贬抑、轻看和驱赶形象化语词的过程"。这也在一定程度上使学者进一步沦为学术匠。大学术匠又到处开"国家社科项目申报技巧讲座"培养小学术匠。工业技术方面提倡工匠精神固然可喜可贺，但对于学术，则必须说工匠是敌人。

窃以为，至少文学论文应该写得有文学性，写得美些形象些。这样才能走出小圈子而为更多的人喜闻乐见，产生广泛些的影响。这方面，曹文轩教授特别欣赏谢冕先生。认为先生坚信形象化语词背后的理性力量。"他发现并收复了被我们遗忘了的或无法问津的理念空间。他对形象化语词的理性功能心领神会，他以他的文体实践让我们懂得了：形象化语词不宜作为学术语词的结论是个错误的结论。现在要做的，只不过是让形象化语词进行转化——而转化后的形象化语词，其表达理性的能力是出乎意料的。"曹文轩教授显然认为这样的学术表达涉及宝贵的个性，进而说了这样一番富于形象因而读来耐人寻味的话："做人作文，若无个性，多少是件让人遗憾的事情。谢冕先生做人是有个性的：当人们普遍滑入平庸的现实主义场景中，他却还一如既往地徜徉在浪漫主义的情调中。而当人们普遍接受无边的自由主义，一身随意的打扮踏入一个庄重会议的会场时，我们却一眼看到他一丝不苟地打着领带、西装笔挺地端坐在那儿。这是他的魅力所在。而他个性十足的批评文字，更是在成千上万、连篇累牍的学术文字中闪烁着夺人双目的亮光。"此外，我觉得范曾先生也是个不错的例子。军旅作家李存葆说"范曾将论文作美文写，滔滔乎言辞，崛崛乎气象，笔致如大江奔涌，读来令人忘倦"。之所以令人忘倦，除了其中构成美文的文学性，我想此外还有作为文学和学术共通的语感，即文中潜伏或涌动的鲜活的文化感觉和强烈的生命气场。

作为我自然不能也不敢同谢冕先生和范曾先生比，但我的确由衷认同那样的努力，我大约从小学四年级开始，无论看三国还是看《苦菜花》，都要把漂亮句子抄在本本上。这使得我很早就有了修辞自觉。不仅作文，即使日后发言也因此受益，进而影响了我的人生旅程。记得"文革"回乡一次会上发言，马上被在场的城里干部看中，推荐到生产大队（村）当团总支书记。其后一次公社（镇）大会登台发言，被公社一位干部看中，发言稿当即被他要走并请我到他家吃饭。再后来我得以作为工农兵学员进省城上大学，不能不说与此有关。话说近些，刚才也提到了，近年来我的演讲之所以较受欢迎和好评，也很可能与修辞有关。不瞒你说，就连开场白致谢辞都不肯放过。例如刚才开场白中关于感谢的说法：非常感谢、十分感谢、衷心感谢、由衷感谢……究竟用哪个好呢？事先斟酌再三，最后决定用"由衷"。这是因为，一来我的感谢的确是发自内心的，二来"由衷"较少有人用。在某种意义上，可以说是文学修辞拯救了我，拯救了我乡下蹉跎岁月时的黯淡心情并带给我以人生转机。而修辞，当然主要来自看书，来自看书时对修辞的关注。

　　修辞，寻章摘句，字斟句酌，诚然是雕虫小技。尝言雕虫小技壮夫不为。可作为我，文不能宵衣旰食泽被一方，武不能带甲百万血染沙场，商不能翻云覆雨一掷千金，农不能稻浪千重鱼米欢歌。只剩"雕虫"一途。但另一方面，雕虫就是艺术，就是艺术之美。人经营的东西，唯美永恒！

　　作为演讲者，我也听别人的演讲；作为老师，我时常听学生在论文答辩时的五分钟或十分钟综述，每每为其修辞水平不到位甚至没有修辞意识造成的效果欠佳暗自叹息。须知，世界上并没有多少新观点新思想，但其表达方式或修辞则有无限的可能性，可以无限神奇，无限美妙。北大中文系陈平原教授去年五月在北大清华讲座席间这样说过："有时候，一辈子的道路，就因这十分钟二十分钟的发言或面试决定。"他因此强调：

一辈子的道路取决于语文。即使写学术文章、写论文，我也比较注意修辞。我推测这也是我的文章容易得到发表或刊用的一个相当不小的原因。我在不妨称之为专著的我的一本名叫《为了灵魂的自由——村上春树的文学世界》的书的序言中这样写道："作为身在学院体制内并且受过一定学术训练的知识分子，学术研究本应是我较为熟悉的风景。但事关村上文学批评，每次动笔我都不太想采用条分缕析严肃刻板的学术文体和范式。这一是因为村上作品受众面较广——而且多是年轻人；二是因为较之从西方引进的那种学术文体和范式，我更欣赏以整体审美感悟和意蕴文采见长的中国传统文学批评笔法。所幸我自己也从事文学创作，算是'半拉子'作家，对这种笔法并不十分陌生。我的一个追求，就是以随笔式文体传达学术性思维，以期在'象牙塔'和大众之间搭建一道桥梁。这本小书可以说是一个远不成熟的尝试。……文学批评的最终目的，不是为了验证以至构筑某种文学批评理论，而在于通过文本解读或赏析促成一种深度认知和审美体验。"这段话大体可以视为关于当下性和文学性、修辞性相结合的我的治学方法的一个概括。

最后，让我冒着浅薄和显摆的风险，从这本书中找出这方面四个例子。

（关于《且听风吟》）距离感或疏离感，连同虚无感、孤独感、幽默感，构成了村上作品的基本情调。它无法捕捉，又无所不在，轻盈散淡，又叩击心扉，凉风习习，又温情脉脉，

似乎轻声提醒在人生旅途中昼夜兼程疲于奔命的我们：且听风吟……（P9）

（关于《挪威的森林》）无数读者来信朝我这个译者手里飞来，每三封就有两封谈《挪威的森林》。或为故事的情节所吸引，或为主人公的个性所打动，或为韵味的别具一格所感染，或为语言的洗练优美所陶醉。有人说像小河虾纤细的触角刺破自己的泪腺，有人说像静夜如水的月光抚慰自己孤独的心灵，有人说引领自己走出四顾茫然的青春沼泽，有人说让人刻骨铭心地懂得了什么叫成长……当年的《挪》迷如今已经三四十岁——又一代人跟着她涉入青春的河床。（P50—51）

（关于《电视人》）六个短篇共同的遗憾是：其中只有灵魂失去归依的怅惘，只有主体性失落的焦虑和惊悸，却没有告诉我们如何安顿漂泊的灵魂，如何找回迷失的主体性，如何返回温馨的秩序和堪可栖息的家园。也许村上会说没有告诉即是告诉，但有时候我们并不希望门在应该关合的时候仍然开着。（P174）

（关于《东京奇谭集》）换言之，艺术、文学艺术既不是真实世界的傀儡，又不是想象世界的附庸，而是这两个世界的落差或关系性的产儿。在其催生过程中，对于稍纵即逝的灵感及偶然性的敏锐觉察和刻意开掘无疑具有特殊意义。有的人任其

"自生自灭"，有的人"鲜明地读取其图形和意义"（参见《偶然的旅人》）。村上则大约进一步视之为天谕，将一丝涟漪接向万里海涛，循一线微光俯瞰茫茫宇宙，从一缕颤悸感知地震和海啸的来临，从而写出了一部部是奇谭又不是奇谭的奇谭集——其实村上每一部作品都不妨以奇谭称之——这大概正是所谓艺术，正是艺术的真实。（P201）

最后有个结束语。讲座开场和昨天微博都引用了村上的话："一年之中我也有几天不说谎，今天恰好是其中的一天。"还引用王小波的话说要告诉大家一个秘密。那么，很可能有哪位要问：我今天就是特意来听你的真话的、听你的秘密的，可你到底说了没有哇？说了，而且说了两点。喏，第一点当下性，或国际视野、中国立场、人文情怀、问题意识这十六个字，换个说法就是：人生设计要大处落墨。现实生活当中，我们应该不难看到有不少人为了一点蝇头小利而察言观色曲意逢迎机关算尽，整天战战兢兢凄凄惶惶蝇营狗苟叽叽歪歪——那样的人生值得你我度过吗？要大处落墨！这是第一个秘密。第二个秘密，就是刚才讲的第二点修辞性。换个说法，就是要懂得文字之美、文学之美。须知，哪怕再是逢场作戏的套话，只要有修辞意识和足够的真诚，也可以斐然成章别具一格。

对了，还一个秘密，第三个秘密，因为涉及隐私，我还在犹豫是不是该讲给大家。还是讲了吧，毕竟今天恰好是不说谎的一天。你们猜、你们看我多大年纪了？五十五？ NO，六十五！六十五年前农历九月关东平原一个满地银霜的凌晨时分，我的母亲、不到二十岁的母亲在一座极普通的农舍里生下了我。据母亲说，我性子急，接生婆没来我就来了，于是母亲在土灶前的柴草堆上自己拿一把剪子蘸一下大铁锅的开水，剪断婴儿的脐带。我就这样彻底脱离母体来到这个未必美妙也未必糟糕的人世。这就是说，今年九月我将年满六十五周岁。回想五年多前，当时的海大校长吴德星教授特意把我找到校长室："林老师，你别退休，再干五年！"我说我这个人有点儿另类，吴校长说当校长的一个常识，就是包容另类；我又说我也没什么国家项目课题什么的，吴校长停顿一下，缓缓说道：一个教授有影响，比拿得一千万元的项目还重要！吴校长这句话未必说我，但毕竟当时坐在他面前的只我这么一个教授。士为知己者死。我当时相当激动地表示：只要学校需要，休说五年，五十年也在所不辞！斗转星移，夏去秋来，五年续聘任期很快期满。

那么九月以后我将去哪里呢？两个选择：一是应武汉一所排名相当靠前的"985"大学之邀，去那里当"楚天学者"；二是告老还乡种树种花种瓜种豆。清晨在爬满紫色牵牛花的篱笆前往来漫步，傍晚搬一把藤椅坐在葡萄架下遥望西方天际那通透亮丽而又幽玄神秘的一缕缕彩霞。但不管在哪里，我都会记着海大、记着前校长吴德星教授那两句话，并且会不时想起今日此时此刻大家真诚的眼神和美丽的笑脸。用这样温馨的回忆温暖我此后的人生岁月。最后的最后，让我再借用一次村上春树的话:"感谢过往人生中有幸遇上的许多静谧的翠柳、绵软的猫们和美丽的女性。如果没有那种温存那种鼓励,我基本不可能写出这样一本书。"对于我,基本不可能写出迄今为止的人生这本书。谢谢大家!

★ 此文为 2017 年 3 月 15 日中国海洋大学外国语学院学术讲座讲稿。其主要内容亦在以下院校讲过:2012 年 9 月 24 日北京大学外国语学院;2012 年 10 月 30 日上海财经大学;2013 年 12 月 5 日中国海洋大学图书馆;2013 年 12 月 27 日上海大学外国语学院"学术节";2014 年 6 月 6 日兰州大学;2014 年 6 月 9 日西安电子科技大学外国语学院;2014 年 11 月 27 日华中科技大学外国语学院;2014 年 12 月 5 日中国海洋大学管理学院(MBI);2015 年 11 月 21 日上海海事大学;2017 年 6 月 15 日中国海洋大学青年教师讲习班;2020 年 12 月 4 日上海财经大学外国语学院。